Das Buch

20 Jahre hat der Hüne Lukas Twen als Landsknecht für die Reformation gefochten. Doch der Schmalkaldische Krieg und sein Ausgang haben ihm alle Ideale geraubt. Heimatlos und ohne Familie bewirbt er sich als Scharfrichter in Stralsund. Aber die Stadt hat schon einen Fronvogt. Und der scheint sich der Obrigkeit unentbehrlich gemacht zu haben. Zwischen den beiden Männern entspannt sich ein tödlicher Konflikt. Und das gerade jetzt, wo die Liebe zu der schönen Dirne Katharina Lukas' Leben einen neuen Sinn gibt.

Es ist belegt, dass im Jahre 1549 der Scharfrichter Martin Tune von seinem eigenen Knecht erschlagen wurde. Auch die Geschichte des erwürgten Säuglings, für dessen Tod Mutter und Großmutter verantwortlich gemacht wurden, findet sich tatsächlich in alten Stralsunder Gerichtsakten. Selbst das Scharfrichterhaus steht noch in den engen Gassen der mittelalterlich geprägten Altstadt.

Die Autorin

Die Schriftstellerin Katrin Hoffmann, 1966 in Stralsund geboren, war viele Jahre journalistisch tätig, ehe sie sich der Belletristik verschrieb und Autorin im STRANDLÄUFER Verlag wurde. Dass Stralsund schon mehr als eine »Wende« zu verkraften hatte, erfuhr sie bei der umfangreichen Recherche für diesen Roman aus der Reformationszeit. Die Autorin studierte eine Vielzahl Quellen, um dem Leben in ihrer Heimatstadt vor fast 500 Jahren nachzuspüren. Mehrere überlieferte Persönlichkeiten jener Zeit erwachen in diesem Buch zum Leben – vom Bürgermeister bis zur Hurenmutter. Wie schon im Roman »Das ewige Lied des Windes« (2010) sowie in den Stralsund-Krimis »Blauzahns Schatz« (2008) und »Die Fischhändlerin« (2010) stellt Katrin Hoffmann hier erneut ihr erzählerisches Talent und ihre fundierten Geschichtskenntnisse unter Beweis.

Katrin Hoffmann

DES HENKERS KNECHT

Ein historischer Stralsund-Krimi

STRANDLÄUFER
VERLAG

Umwelthinweis:
Alle bedruckten Materialien dieses Taschenbuches
sind chlorfrei und umweltschonend.

3. Auflage

Originalausgabe August 2014
by STRANDLÄUFER Verlag® Peter Hoffmann • Stralsund

Umschlaggestaltung: Grafikagentur Irina Stein • Stralsund
Titelfoto: Fotoagentur arguseye Christian Rödel • Stralsund
Titelmotiv: Sanzkower Altar, 4. Tafel – Versuchung und Anfechtung
des Hl. Franziskus durch eine schöne Frau in prächtigem Gewand und
einen Dämon, um 1525, Kulturhistorisches Museum • Stralsund
Autorenportrait: Gabriele Messlin • Seebad Bansin
Layout: Grafikagentur Irina Stein • Stralsund
Druck: CPI books GmbH • Leck
Made in Germany
ISBN: 978-3-941093-16-4

strandläufer-verlag.de

5.

I

»He, mein Großer, willste dir nicht ein wenig die Hände an mir wärmen? Is bitterkalt heute.«

»Nee, den lass man, der kuschelt lieber mit seinem Köter, wenn er Wärme sucht«, rief eine zweite Weibsperson hinter ihm her.

Die schrille Frauenstimme pfiff Lukas um die Ohren, schärfer als der Eiswind.

Lukas blieb sofort stehen und straffte die Schultern. Das fehlte ihm gerade noch, dass ihn jemand der Sodomie mit seinem Hund verdächtigte. Auf so was stand die Todesstrafe. Seine Miene verfinsterte sich. Er warf langsam einen Blick über die Schulter und sah die beiden breit grinsenden Dirnen an die Hauswand gelehnt. Lukas Twen richtete sich zu seiner ganzen beeindruckenden Größe auf und trat auf sie zu. Er sagte kein Wort, sondern starrte sie nur an, bis ihnen das Grinsen verging. Die beiden Stralsunder Huren waren schon manchem übel gelaunten Mann begegnet. Sie kannten die Grenze. Als er die Angst in ihren Augen aufglimmen sah, ergriff Lukas das Wort. Er beugte sich näher zu ihnen hinab und knurrte leise: »Haltet euer Schandmaul im Zaum, ihr liederlichen Frauenzimmer. Sagt mir lieber, wo ich das Scharfrichterhaus finde.«

In diesem Moment mischte sich eine dritte Frau ein. Obwohl sie alt, klein und hutzelig war, schob sie sich vor die beiden Mädchen und bot dem Riesen die Stirn.

»Wer hier liederlich ist, möchte ich erst noch geklärt wissen! Wir sind anständig angemeldete Damen und unterstehen dem Rate. Nur damit das mal klar ist, wenn so ein ungehobelter Fremder dahergelaufen kommt. Und was Ihre Frage betrifft, mein Herr, geht's zur Fronerei da entlang.« Sie blinzelte kampflustig mit ihrem einen Auge. Das zweite ging in einer hässlichen, wulstigen Narbe unter, die quer über die linke Gesichtshälfte lief.

Mit ausgestrecktem Arm wies sie nach links auf das Ende der Gasse. Lukas musste innerlich schmunzeln über die drahtige Alte, die ihm kaum bis zum Bauchnabel reichte. Er knirschte einen Dank zwischen den Zähnen hervor, der eher wie das Knurren eines Wolfes klang und setzte sich langsam wieder in Bewegung. Der schwarze Hund folgte ihm unaufgefordert.

»Recht so, Beke, was bildet der Kerl sich ein!«, giftete eines der Weiber hinter ihm her.

»Da könnte ja jeder kommen! Was will der bloß in der Fronerei beim Tune?«, nuschelte die andere.

»Der Tune wird gar nicht Zeit für den Riesen haben. Der ist heute arg beschäftigt. Die Blomenowsche und ihre Tochter sollen hochnotpeinlich befragt werden. Das wird ihn wohl den ganzen Vormittag beschäftigen«, wisperte die Erste.

Die Huren hatten einen erquicklichen Gesprächsstoff gefunden.

»Seid still! Was der Witwe Blomenow widerfahren ist, muss sie ganz allein mit ihrem Schöpfer ausmachen. Der Tune ist nur sein Werkzeug. Ich will darüber kein Wort mehr hören, bis das Urteil gesprochen ist«, fuhr die kleine Hurenmutter Beke dazwischen. Sie konnte sich Ärger mit dem Henker nicht leisten, denn er kontrollierte ihr Geschäft. In Rostock hatte sie seinerzeit ihre Lektion gelernt. Der Büttel hatte sie mehrmals an den Pfahl gebunden und gestäupt. Beim letzten Mal so arg, dass er ihr mit dem Stock ein Auge ausgeschlagen hatte. Seitdem nannte man sie Beke, die Stupe-Hure. Und seitdem hatte sie wohl oder übel ihren Frieden gemacht mit der Obrigkeit. Doch wenn die Kerle auf ihre Mädchen losgingen, sprang sie immer noch dazwischen. Da war sie zäh und wehrhaft wie eine Katze.

Beke starrte die Kuttlosestraße hinunter dem Fremden hinterher. Von dem war noch Ärger zu erwarten, das stand für sie fest. Der trug den Geruch von Blut auf der Haut. Vor dem musste man sich hüten. »Nehmt euch in Acht vor diesem Mannsbild. Dem sagt ihr keine frechen Sprüche hinterher. Bestimmt ein Landsknecht. Der nimmt sich, was er will, egal wie«, warnte die Hurenmutter die beiden Frauen, die ihrem Blick folgten.

»Und der schwarze Köter erst. Schwarz wie ein Teufel …«

»Gott sei bei uns, sag nich sowat. Ob der gar mit dem Hinkefuß im Bunde is?!«

Weiter kamen sie nicht in ihren Überlegungen, denn von oben klatschte ein Schwall Schmutzwasser auf die unbefestigte Straße. Die Dirnen sprangen kreischend zur Seite und drückten sich an die Hauswand. Lukas blickte noch einmal über die Schulter zurück, was der Lärm zu bedeuten hatte. Gerade noch sah er, wie im ersten Stock ein armdicker heller Zopf und ein gelber Kleiderärmel verschwanden, ehe das Fenster zuschlug.

Protokoll der Befragung der Ursula Blomenow, Tochter der Witwe Elisabeth Blomenow aus dem Eckhaus Langenstraße/Kuttlosestraße, beschuldigt des Mordes am eigenen Kinde

Zeugen der Befragung sind der hochwohllöbliche Rat Herr Nikolaus Rode, Altermann der Kramer, sowie der hochwohllöbliche Rat Herr Gottschalk Vollrath, Weinhändler

Zum Zwecke der hochnotpeinlichen Befragung anwesend: Martin Tune, Scharfrichter der Stadt Stralsund, sowie sein Sohn Wulf Tune als Fronknecht

Es beginnt mit einer Frage des Ratsherrn Rode: »Ursula, wie alt bist du?«

Keine Antwort.

Ratsherr Rode wiederholt: »Ursel, so sag doch mal. Wie alt bist du? In welchem Jahr geboren. Weißt du das?«

Keine Antwort.

Es fragt der Ratsherr Vollrath: »Ursula Blomenow, weißt du, warum du hier bist? Weißt du, was man dir zur Last legt?«

Keine Antwort.

Es fragt der Ratsherr Rode: »Ursel, sag mal, hast du ein Kind geboren?«

Keine Antwort.

Es fragt weiter der Ratsherr Rode: »Ursel, so höre doch mal! Du hast doch ein Kindlein in deinem Leib getragen, oder? Wo ist das denn jetzt? Ich meine, wo ist es hingekommen nach der Geburt?«

»Zu den Engeln.«

Ratsherr Vollrath: »Ja, zu den Engeln, weil du es dahin befördert hast! Zusammen mit deiner Mutter!«

Einwand Rode: »Gottschalk, das ist keine Frage.«

Weiter Ratsherr Rode, an die Delinquentin gewandt: »Ursel, du, es ist ja schön, dass dein Kindlein bei den Engeln ist. Also hast du wirklich ein Kind entbunden. Ja, ist das so?«

»Bei den Engeln. Bei den Engeln. Ein Engelein.«

Ratsherr Rode: »Also du meinst, es ist gleich als Engelein geboren? War es schon bei den Engeln, als es aus deinem Leib gekommen ist? Du kannst uns das ruhig sagen, Ursel.«

Einwand Ratsherr Vollrath: »Aber wir wollen dir auch keine goldenen Brücken bauen! Sag jetzt klipp und klar: War das Kind am Leben oder nicht, als du entbunden hast? Du darfst uns nicht anlügen, Gott merkt das!«

Keine Antwort.

Es fragt Ratsherr Vollrath: »Ursula Blomenow, wer war denn der Vater des Kindes? Hat er von der Frucht in deinem Leib gewusst?«

Einwand Ratsherr Rode: »Immer nur eine Frage bitte.« An die Delinquentin gewandt: »Ja, Ursel, das ist eine wichtige Frage: Wer war denn der Vater zu deinem Engelein? Weißt du das?«

Gegenrede Ratsherr Vollrath: »Das waren jetzt auch zwei Fragen.«

Keine Antwort. Die Delinquentin fängt an, ein Lied zu summen.

Anordnung Ratsherr Vollrath: »So kommen wir doch nicht weiter. Tune, zeig der Beschuldigten jetzt die Instrumente!«

Der Scharfrichter tritt hervor, in der einen Hand den Spanischen Stiefel, in der anderen den Gespickten Hasen.

Die Delinquentin fängt an zu schreien. Ermahnungen der Herren Vollrath und Rode fruchten nichts. Im Geschrei zu vernehmende Worte: »Ich will zu den Engeln. Ich will zu den Engeln.«

Die Zeugen beschließen, die Befragung zu beenden, bis die Delinquentin sich beruhigt hat. Am Nachmittag um Schlag 3 Uhr will man mit der Befragung fortfahren. Inzwischen soll die Mutter der Beschuldigten, die Witwe Blomenow, vernommen werden.

Protokoll beschlossen am 4. Januar 1549 von Henricus Prutze, Gerichtsdiener der Stadt Stralsund

»Müssen wir diesen Fall wirklich öffentlich verhandeln? Mir widerstrebt das!« Bürgermeister Franz Wessel warf das Pergament ärgerlich auf die anderen Schriftstücke, die sich vor ihm türmten. »Der Zöllig gehört bestraft, keine Frage. Aber er ist ein angesehener Altermann. Die Fleischer und Knochenhauer werden einen riesigen Aufstand machen, wenn wir das in die Gerichtslaube bringen. Die kommen glatt mit ihren Messern und Äxten an«, grummelte Wessel in seinen Bart.

Christoph Lorbeer saß neben ihm und nahm sorgsam das Schriftstück in die Hand, das sein Amtsbruder so verächtlich von sich geschleudert hatte. Ein paar Minuten las er den fein säuberlich von Gerichtsdiener Prutze aufgesetzten Text, dann legte auch er das Protokoll wieder aus der Hand. Ratsherr Lorbeer wiegte bedächtig den Kopf, als er sagte: »Das Dreikönigsfest steht vor der Tür ...«

»Ihr braucht mich nicht daran zu erinnern! Und Fastnacht ist auch schon wieder bald heran. Die Fleischer haben alle Hände voll zu tun. Wir werden sie brauchen, wenn wir einen ordentlichen Jahrmarkt abhalten wollen«, fiel ihm Wessel ins Wort.

Einen Moment herrschte Stille im Zimmer, dann setzte Lorbeer erneut an: »Wir sollten Gnade walten lassen. Unserem Herrgott wird es nicht gefallen, wenn wir ausgerechnet am Dreikönigstag einen Ehebrecher hinrichten lassen.«

Wessel nickte beipflichtend. Seine Miene hellte sich ein wenig auf. Dieser alte Lorbeer hatte doch einiges Geschick, ging es um heikle Angelegenheiten, das musste er anerkennen. Und die Angelegenheit des Gildemeisters Hans Zöllig war in der Tat delikat. Erwischt hatte man ihn, mit einer Frau im Bett. Allerdings nicht mit seiner Ehefrau. Die weilte bei ihren Eltern in Greifswald, um sich von den Strapazen des Wochenbettes zu erholen und den neugeborenen Sohn den Ihrigen vorzustellen. Derweil rieb sich Zöllig an der Braut eines seiner Gesellen. Der Bursche selbst hatte das gottlose Treiben in seines Meisters Bett entdeckt und gleich rotgesehen. Hatte einen Stuhl ergriffen und zertrümmert. Hatte mit dem abgebrochenen

Stuhlbein zunächst die Dirne erschlagen und dann auf den Zöllig eingeprügelt. Der war – nur im Hemd – aus dem Fenster gesprungen. Und ausgerechnet dem Scharfrichter Tune in die Arme gelaufen. Der Tune eilte ins Haus und bändigte den tobenden Gesellen. Der Zöllig hatte inzwischen wenigstens Wams und Hose greifen können. Dann ging's mit beiden Männern ab in die Fronerei. Der Geselle nur noch ein heulendes Häufchen Elend, der gestand auch ohne Folter. Inzwischen war der längst gerichtet. Hatte eben in rasender – aber unbegründeter – Eifersucht seine Braut erschlagen. So stand es in den Gerichtsakten. Aber Ehebrecher Hans Zöllig saß immer noch im Turmhaus – seit neunzehn Tagen! Der Tune fragte täglich nach, wie lange er ihn noch beköstigen müsse. Man brauche die Zelle, die Weihnachtsfeierlichkeiten gingen zu Ende, Fastnacht stehe bevor, viel fahrendes Volk und Landbevölkerung sei zu erwarten und die Zahl der Übergriffe mehre sich dann erfahrungsgemäß, klagte der Scharfrichter …

»Einmal mehr sind wir dem Martin Tune zu Dank verpflichtet, dass er die Sache so unter der Decke hält. Noch scheint Zölligs Ehebruch kein Thema für den Pöbel zu sein«, unterbrach Lorbeer Wessels düstere Überlegungen. »Da seine Frau mit Kindern und Mägden in Greifswald bei den Eltern weilt, dürfte sein Verschwinden nicht groß aufgefallen sein. Zumal er immer mal ein paar Tage abzutauchen pflegt nach allzu ausgiebigen Trinkgelagen. Soviel ich weiß, haben der Tune und sein Sohn auch schon ganz im Stillen die erschlagene Dirne auf dem Armenfriedhof unter die Erde gebracht. Ich meine, der Mann hat dafür eine kleine Anerkennung verdient«, schlug Christoph Lorbeer mit leiser Stimme vor.

»Die kommt aber bitte nicht aus dem Ratssäckel. Die wird schön der Zöllig allein berappen. Und eine saftige Strafe dazu. Soll er sich freikaufen von seiner Hinrichtung. Ich denke, zwei Ochsen sind angemessen – einen für übermorgen und einen für Fastnacht. Und eine hübsche Stange Sundischer Mark. Es trifft keinen Armen«, ergänzte Wessel.

»Es wäre vielleicht gut, verließe Meister Zöllig die Stadt für eine gewisse Zeit. Er sollte seine Frau und deren Familie in Greifswald besuchen«, fügte Lorbeer hinzu.

»Also werde ich einen Diener schicken und den Scharfrichter bitten, den Zöllig nach Einbruch der Dunkelheit nach Hause zu bringen, ihm beim Packen zu helfen und morgen vor Tagesanbruch auf den Weg nach Greifswald zu führen. Von dort soll er uns zum Dreikönigsessen einen Ochsen schicken. Seine übrigen Gesellen können ihn schön auf den Spieß stecken.« Franz Wessel lief das Wasser im Munde zusammen, dachte er an den Festschmaus, der den Ratsherren bevorstand. Er nickte Lorbeer anerkennend zu. Der dürre Kaufmann war zwar ein steifer Kerl, der sich unheimlich viel auf seine vornehme Herkunft einbildete. Aber er konnte auch ganz praktische Politik machen. Das schätzte Wessel an seinem Amtsbruder.

Wie hoch die Geldstrafe für den Ehebrecher ausfallen sollte, könnte man bei der nächsten Ratssitzung festlegen, befand Wessel. Für heute hatte er genug von den Gerichtssachen. Allein die Affäre mit der Witwe

Blomenow war schon schlimm genug. Die Kindstötung war im Gegensatz zum Ehebruch des Fleischer-Altermannes in aller Munde. Doch darüber wollte er jetzt nicht nachdenken. Rode und Vollrath sollten mal erst die Befragung hinter sich bringen. Er war gespannt, was in den Geständnissen stand. Der oberste Ratsherr und Braumeister erhob sich schwerfällig aus seinem Lehnstuhl. »So, mein lieber Lorbeer, und nun lasst uns hinübergehen in den Ratskeller und den diesjährigen Lutherwein probieren, ob er auch wohlgeraten ist.«

»Aber Herr Bürgermeister, der Luthertrunk ist erst am Dreikönigstag fällig!«, rief Christian Lorbeer entsetzt aus.

»Ach, papperlapapp! Der Kellerinspektor hat schon ein Probefass geöffnet und meint, der Trunk sei dieses Jahr gar nicht so übel geraten. Der Quacksalber aus der Ratsapotheke hat zu Martini ein glückliches Händchen für die richtige Gewürzmischung bewiesen.« Franz Wessel leckte sich die Lippen, als er an den dunklen Würzwein dachte, der jedes Jahr vom Martinstag bis zum Dreikönigsfest im Gewölbe unter dem Rathaus für die Stadtoberen heranreifte. Kurzerhand packte er den protestierenden Lorbeer bei den Schultern und schob ihn zur Tür hinaus. Der zierliche Kaufmann hatte dem bulligen Bierbrauer wenig entgegenzusetzen.

In der Diele eilte eine Magd mit den Mänteln herbei. Als Lorbeer in seinen Überwurf schlüpfte und ihn am Hals sorgfältig verschnürte, strich Wessel genießerisch über den Pelzbesatz. »Einen feinen Zobel tragt Ihr da, mein Herr Lorbeer«, meinte er anerkennend. Der Kaufmann lächelte geschmeichelt und bemerkte: »Diesen Winter aus Bergen gekommen. Der Kapitän ist ein Teufelskerl, der mein Schiff durch die stürmischen Wetter so weit nach Norden getrieben hat. Hab ihn gehörig gescholten deswegen. Aber die Qualität der Ware hat mich schnell wieder versöhnt …«

Auch Wessel war inzwischen in seinen Mantel aus schwarzem Samt gestiegen. Der sah ungleich schlichter aus als Lorbeers. Als der Bürgermeister aber die schwere Goldkette schloss, die den Umhang zusammenhielt, sah es Lorbeer: Das Innenfutter bestand aus herrlichen Füchsen. Bald ein Dutzend musste in dem Kleidungsstück für den großen, wohlbeleibten Mann vernäht sein. Lorbeer griff zu und schlug eine Ecke des Saumes hoch. Die beiden Stadtoberen sahen sich wortlos an, dann fing Wessel schallend an zu lachen. »Ihr kommt hinter alles, Meister Christoph, nicht mal der Teufel könnte was verbergen vor Euch«, dröhnte er gutmütig und winkte seinen Amtsbruder zur Tür hinaus.

Auf dem Marktplatz herrschte dichtes Gedränge. Die Bauern hatten nicht viel feilzubieten außer kleinen Eiern, Butter und mickrigen Hühnern. Ein paar Lageräpfel sowie Wurzeln, die sie in Sand eingegraben hatten und so seit der Ernte frisch hielten, fanden sich auf ihren Karren und Kiepen. Hingegen hatten die Schneider und Ledermacher, die Schuster und Goldschmiede ihre hohe Zeit. Rund um Weihnachten öffneten viele Stralsunder Herz und Beutel für ihre Lieben, kauften Spielzeug und Ringlein, Pfefferkuchen und Schnallen, Kämme und Tücher als Liebesgaben. Die Hutmacher priesen lauthals ihre bunten Kappen und Hauben, besetzt mit allerhand Tand und Perlen. Auch die ersten Masken tauchten auf den Bänken der Kramer auf, denn die Faschingszeit stand bevor. Fastnacht würde sich die ganze Stadt in einen bunten Taumel stürzen und feiern bis zur Besinnungslosigkeit. Da saßen die Münzen lockerer, obwohl Lohnarbeit zu dieser Jahreszeit rar war. Der Hafen lag verödet, nur kleine Küstenfahrer machten fest. Es brauchte stets nur eine Handvoll Träger und ruck-zuck waren sie entladen. Auch die meisten Baustellen ruhten, denn der Frost musste den Mörtel trocknen, bevor man im kommenden Frühjahr ans Putzen und Zimmern denken konnte.

Franz Wessel und Christoph Lorbeer bahnten sich ihren Weg hinüber zum Ratskeller. Der Bürgermeister störte sich nicht an dem bunten Treiben. Es waren nur wenige Schritte von seinem prachtvollen Haus zum Rathaus hinüber. Doch die Herren mussten sich im Schlängellauf einen Weg durch das Marktgedränge suchen. Überall begegneten ihnen die Menschen mit Hochachtung. Sie zogen die Hüte und neigten die Köpfe, machten Platz und schoben sich gegenseitig aus dem Wege. Plötzlich kam ein kleiner Mann auf sie zugewieselt. Es war Roland Monnick, der zweite Gerichtsdiener der Stadt.

Monnick riss den Hut vom Kopf: »Gott zum Gruße, die hochedlen, gepriesenen Lenker unserer Geschicke! Der Herr möge immer die Sonne über Euren Häusern scheinen lassen«, flötete er mit neckisch angehobener Stimme. Wessel konnte den Kerl nicht leiden und erwiderte den schmeichlerischen Gruß nur mit einem knappen Nicken. Diese Ratte war kein

Vergleich zu Henricus Prutze, dem ersten Gerichtsdiener Stralsunds. Der war ein gebildeter, erfahrener Mann, der dem Rat die Einstellung eines Stadtschreibers ersparte. Dieser Monnick hingegen – nichts als Abschaum aus den elendsten Fischerkaten vor dem Semlower Tor. Ein Zuträger und Speichellecker abscheulichster Art. Außerdem rühmte er sich, er halte die Dänische Grete wie sein eigen Weib. Aber die Dänische Grete war eine der dienstältesten Huren der Stadt, das wusste jeder. Wahrscheinlich bediente sich Monnick nicht nur an Gretels Leib, sondern auch reichlich aus ihrem Geldbeutel. Aber dieser schmierige Bursche war auch einer, der alles sah und hörte, was in den Gassen vorging. Und auf dieses Wissen wusste der Rat gern zurückzugreifen.

Auch Christoph Lorbeer wollte wohl nicht gerne gesehen werden mit dem zwielichtigen Gerichtsdiener. »Was gibt's, Monnick, sag schnell«, herrschte er den schmächtigen Kerl an und trat nervös von einem Fuß auf den anderen.

»Der Wächter vom Tribseer Tor hat gesagt, heute Morgen gleich bei der Öffnung sei der Landsknecht in die Stadt gekommen, der sich als Henker beworben hat«, sprudelte Roland Monnick hervor. Und fügte atemlos hinzu: »Er soll ein Mordskerl sein. Mindestens vier Ellen groß!«

Wessel grinste breit: »Vier Ellen, soso. Da hat der Torwächter wohl schon am frühen Morgen einen Krug zu viel getrunken.«

»Nein, Herr Bürgermeister, Eure Durchlauchtigkeit! Ich schwör's bei Gott, der Torwächter hat gezeigt, der Mann sei ihm fast bis zur Spitze der Hellebarde gegangen. Mit der Größe könnte er gewiss trefflich köpfen. Besser als der klein gewachsene Tune, vor dem die Verurteilten gewöhnlich knien müssen …«, quiekte Monnick aufgeregt. Dann rückte er näher und wisperte: »Der Turmwächter sagt, das sei einer, vor dem müsse man sich in Acht nehmen, der ziehe den Ärger förmlich an.«

Christoph Lorbeer machte einen halben Schritt rückwärts, um den üblen Ausdünstungen des Gerichtsdieners zu entgehen. Dann fragte er mit gerunzelter Stirn: »Wo ist der Mann denn heute schon so früh hergekommen?«

»Ich meine, er hat vor dem Tor auf freiem Feld übernachtet. Der fürchtet sich vor nix!« Roland Monnick nickte eifrig.

Die beiden Ratsherren sahen sich an. Wenn das stimmte, zeugte es schon von einer gewissen Tollkühnheit. Denn nachts war es außerhalb der Stadtmauern nicht geheuer, das wusste doch jeder. Oder sollte der Neuankömmling sogar an das vor der Mauer gelegene St. Jürgen-Hospital geklopft haben? Als Ortsfremder wusste er vielleicht nicht, dass dort ausschließlich Aussätzige lebten. Eins war so gefährlich wie das andere.

Wessels Neugier war erwacht. »Wie sah er denn aus – abgesehen von seiner Größe? Was sagt der Torwärter, wie war er gekleidet?«, wollte er wissen.

Monnick antwortete diensteifrig: »Abgerissen. War zwar ganz in Leder gewandet, hat aber schon bessere Tage gesehen, meint der Torwärter.«

»Waffen?«

»Ein Schwert. Vielleicht noch ein Messer im

Gürtel, war unter dem Überwurf nicht auszumachen. Ach so: Und einen riesigen Hund soll er bei sich führen. Ohne Strick, der läuft einfach immer neben ihm her«, sprudelte Monnick weiter.

Nun ja, ein Hund. Das schien den Herren nun doch nicht mehr so interessant. Aber ein bewaffneter ehemaliger Landsknecht von hünenhafter Gestalt, den sollte man schon im Auge behalten.

Insgeheim beglückwünschte sich Franz Wessel, dass er den Brief des Fremden nicht einfach ins Kaminfeuer geworfen hatte. Es war keine sechs Wochen her, als der Mann um eine Anstellung als Scharfrichter nachgesucht hatte. In der Tat, er schien dafür nicht ungeeignet. Wusste mit Schwert und Strick durch lange Kampferfahrungen umzugehen. War nach eigenen Angaben auch als Feldscher im Krieg gewesen, hatte als Junge beim Bader in Lübeck die Chirurgie gelernt. So einen konnte man brauchen, wenn die reuigen Sünder nach überstandener Folter wieder zusammengeflickt werden mussten, damit sie bei vollem Bewusstsein gottesfürchtig ihr Urteil und die Hinrichtung erleben konnten. Sein Brief zeigte, dass er des Schreibens mächtig war. Wusste sich klar und ohne Schnörkel auszudrücken, nach bester Hanseaten-Art. Wie sich das für einen gebürtigen Lübecker gehörte. Und er hatte auf Seiten des sächsischen Kurfürsten für die gerechte Sache unseres Herrn Luther gefochten. Ein solcher Krieger für den rechten Glauben war in Stralsund willkommen. Nun hatte die Sache nur einen Haken: Stralsund brauchte keinen Scharfrichter. Man hatte einen. Martin Tune. Und der war auf Lebenszeit bestellt.

Trotzdem hatte Wessel sich gegen die anderen Ratsherren durchgesetzt, die die Sache damit als erledigt ansahen. Vielleicht lag es daran, dass er den Tune nicht leiden konnte. Mal abgesehen davon, dass kein Mensch den Henker leiden konnte. Aber der Tune war ihm noch auf besondere Weise unheimlich.

Der Bürgermeister straffte die Schultern und riss sich aus den Gedanken. »Gut, Monnick, nun scher dich davon. Hast du nichts zu tun heute früh?«, raunzte er den Gerichtsdiener an. Der war es gewohnt, grob behandelt zu werden und antwortete mit einer unterwürfigen Verbeugung: »Ich habe heute die Marktaufsicht. Der Prutze sitzt im Verhör der Blomenowschen in der Fronerei«, teilte er mit und verschwand rückwärts im Gedränge. Die beiden Patrizier setzten ihren Weg zum Ratskeller fort.

»Mir ist nicht geheuer bei dem Gedanken, dass wir uns so einen Mann in die Mauern holen«, sagte Lorbeer im Gehen.

»Soll der Tune entscheiden, was mit ihm passiert. Verstehen die beiden sich, so wird der Fremde sein Knecht. Eine starke Hand wird in der Fronerei immer gebraucht.«

»Und wenn sie sich nicht verstehen?«

Christoph Lorbeers Frage blieb unbeantwortet in der kalten Winterluft hängen.

Elisabeth Blomenow hörte die Schreie ihrer Tochter durch die dicken Ziegelwände hindurch.

Eigentlich war es nur ein Schrei. Ein einziger, langgezogener Wimmerton höchster Pein. Etwas Schreckliches musste ihrem Kinde dort geschehen. Ihr Herz zog sich zusammen und sie sank auf die Knie. Sie wollte zu Gott beten, dass er sich ihres armen Mädchens erbarme und dass der Henker aufhören möge, es so zu quälen. Doch sie fand keinen Gedanken für ein Gebet. Da war nur dieser unendliche Schmerz einer Mutter, die ihr Kind leiden hörte.

Elisabeth Blomenow rappelte sich vom Boden auf und stürzte zur Tür. Sie hämmerte mit den Fäusten dagegen und schrie ebenfalls. Sie schrie Ursels Namen und trommelte aus Leibeskräften gegen das feste Eichenholz. Dann hielt sie inne, um zu lauschen, ob ihre Wut und ihr Entsetzen irgendeine Wirkung zeigten. Doch der Schrei ihrer Tochter hielt an.

Tränen brachen ihr aus den Augen. Da wurde ihr Kind gequält, ihr armes verwirrtes Mädchen, das ohnehin schon näher am Ende als am Anfang seines Lebens stand – und sie konnte nichts tun! Unbändige Wut erfasste Elisabeth Blomenow. Erneut schlug sie auf die Tür ihrer Zelle ein, riss sich wie rasend an den Kleidern und zerkratzte sich die Wangen. Was konnte sie nur tun, um den Schinderknecht von Ursel abzulenken? Tune, der leibhaftige Teufel, hörte er sie überhaupt?

Erneut lauschte Elisabeth Blomenow auf die Geräusche im Scharfrichterhaus. Noch immer hörte sie Ursulas Stimme in höchster Pein, doch der Schrei schien näher als bisher. Ja, da waren auch Schritte, die herankamen. Erneut nahm sie alle Kraft zusammen und warf sich mit dem ganzen Gewicht gegen die Tür, als könnte sie sie aufstemmen. Einmal, zweimal, mit einer Wucht, dass ihre Knochen knackten.

In diesem Augenblick wurde die Zellentür aufgeschlossen. Der Tune erschien im Rahmen. Mit einem kräftigen Fausthieb vor die Brust schleuderte er die rasende Frau in die Zelle zurück. Sie fiel über ihren Rocksaum und landete flach auf dem Rücken. Einen Moment rang Elisabeth keuchend nach Luft, dann richtete sie sich schnellstmöglich auf die Knie. Martin Tune stieß ihre Tochter Ursula in die Zelle. Elisabeth reckte die Arme, um sie aufzufangen. Das Mädchen fiel seiner Mutter entgegen, drückte den Kopf in ihren Bauch und wimmerte nur noch. Mit fliegenden Händen betastete Elisabeth Blomenow den bebenden Körper in ihrem Schoß. Das Kleid schien heile. Kein Blut, keine verbrannte Haut, auf den ersten Blick unversehrte Glieder. Was hatten sie beim Verhör nur gemacht? Mit gerunzelter Stirn hob die Witwe Blomenow den Blick zu Scharfrichter Tune. Der stand mit unbeweglicher Miene noch immer im Eingang, die Türöffnung mit seinem unmäßig dicken Körper und dem halslosen Kopf vollkommen ausfüllend. Der Tune und die Blomenowsche sahen sich fest in die Augen. Und was Elisabeth dort sah, war so abgrundtief böse, dass die Wut sofort wieder in ihr hochstieg.

»Du bist der leibhaftige Satan, Martin Tune«, zischte sie ihn an. Dann ballte sie die Fäuste und schüttelte sie über den Kopf ihrer wimmernden Tochter hinweg: »Satan! Der leibhaftige Satan!«, schrie sie aus Leibeskräften. Tune schloss ohne eine Regung die Kerkertür.

Die Ratsherren Nikolaus Rode und Gottschalk Vollrath stärkten sich in der Küche des Scharfrichterhauses mit einem Humpen Bier, den der junge Wulf Tune schnell aus dem Braukeller geholt hatte.

»So etwas ist mir noch nie untergekommen. Sieht den Henker und fängt an zu schreien. Und hört nimmer wieder auf! Dabei war sie zuerst doch so stille. Ich denke, die Ursula Blomenow ist schwachsinnig geworden angesichts ihrer Tat«, fasste Vollrath seine Eindrücke zusammen.

»Hast du die Blomenow-Tochter gekannt? Ich meine, vor dieser Sache? Ist sie schon immer etwas blöde gewesen?«, wollte Rode wissen.

»Gott bewahre, ich habe mit den Blomenows nichts weiter zu tun gehabt. Das sind nicht meine Kreise«, warf sich der Ratsherr in die Brust.

Rode sah seinen Amtsbruder mit hochgezogener Augenbraue an. Unter diesem Blick fühlte sich Vollrath genötigt, etwas kleinlaut hinzuzusetzen: »Naja, jedenfalls seit damals nicht, als wir noch alle zusammen im Achtundvierziger-Ausschuss saßen. Die Ursel war ja da aber auch erst ein paar Jahre auf der Welt. Wie soll ich mich erinnern, ob das Kind schwachsinnig war?«

Nikolaus Rode starrte in sein Bier. Ärgerlich die ganze Sache. Höchst ärgerlich. Da lag Unfrieden in der Luft. Auch er erinnerte sich gut an die wilden Zeiten, als die Achtundvierziger die Herrschaft der alteingesessenen Ratsfamilien endlich brechen konnten. Der Blomenow war ein guter Mann damals. Er passte zwar nicht zu ihrem Stand, aber er ist ein guter Mann gewesen. Das stand für Rode mal fest. Doch konnte er das Gottschalk Vollrath einfach so sagen? Der benahm sich doch wie ein echter Pfeffersack, seit er selbst in den Rat aufgerückt war. Und jetzt, wo man die Witwe Blomenow und ihre Tochter auch noch als Kindsmörderinnen anklagte, musste er ja wohl seine Sympathie für den alten Blomenow endgültig im Herzen begraben. Jedenfalls war er damals auf Reisen gewesen, als sie den ehemaligen Sprecher der Achtundvierziger gerädert hatten. Er hatte mit dem Schandurteil von damals nichts zu tun. Jetzt konnte er nur noch dafür sorgen, dass die Blomenowschen Frauen gerecht behandelt und verurteilt wurden. Aber gestehen mussten sie die Kindstötung, sonst konnte sich das hier ewig hinziehen.

»Hat die Tochter nicht Lederzeug auf dem Markt verkauft?«, setzte Nikolaus Rode seine Überlegungen fort.

»Ja, ganz hübsche Sachen eigentlich. Muss wohl aus den Lederresten des alten Schusters genäht gewesen sein. Sein Werkzeug werden die Weiber nicht versetzt haben. Die Ursula stand jedenfalls immer bei den Hökern auf dem Wendenmarkt in der Badenstraße. So mit kleinen Täschchen und Schuhen für die kleinsten Kinder, die gerade erst laufen lernen. Meine Frau hat auch mal so ein Paar Schühchen gekauft. Die trägt nun schon unser Drittes«, schwatzte Vollrath unbekümmert weiter.

»Deine Frau hätte doch bestimmt keine Kinderschuhchen bei einer Schwachsinnigen gekauft. Stimmt's? Es hätte ja was abfärben können auf deine eigenen Sprößlinge«, hielt Rode ihm vor.

Gottschalk Vollrath verschluckte sich an dem Zug Bier, den er gerade aus der Kanne genommen hatte. Er spuckte und hustete und warf seinem Amtsbruder böse Blicke zu. Als er wieder sprechen konnte, krächzte er hervor: »Natürlich sind meine Kinder nicht schwachsinnig!«

»Das habe ich auch nicht behauptet!« Rode grinste in seinen Bierkrug und nahm selbst einen langen Schluck. Dabei grübelte er: Erwürgt denn eine Frau, die allerliebste Kinderschuhe fertigt, ihres eigenen Leibes Frucht?

Elisabeth Blomenow hatte sich tief über Ursula gebeugt und streichelte ihr beruhigend Haar und Rücken. Noch wusste sie nicht, was beim Verhör vor sich gegangen war. Konnten sie sie nicht einfach in Ruhe lassen? Es sah doch alles so einfach aus. Die Leiche des Neugeborenen in ihrem Bierkeller, eine Schnur um dessen Hals. Die Mutter beschloss, alles auf sich zu nehmen. Sie würde ein umfassendes Geständnis ablegen. Wenn sie nur aufhörten, ihre Tochter zu quälen. Ursels Seelenzustand war ohnehin schon schlimm genug. Was hatte das Mädchen geweint und geweint. Doch als das Knäbelein dann geboren war, hatte ihre Ursel geleuchtet wie die heilige Jungfrau persönlich. Elisabeth Blomenow erschrak.

Die Mutter Maria wollte sie ja nun nicht mehr verehren. Das taten nur die Altgläubigen. Gott, der HERR, alleine war jetzt ihre feste Burg. Aber wie sollte man in einem Glauben Trost finden, in dem es nur Männer gab? Gott und seinen Sohn Jesus Christus und die Apostel und die Heiligen Drei Könige – wo ließ man als Frau seine Not und Pein? Es gab heilige Frauen, ja gut. Dann betete sie eben zu denen. Aber ihr wollte jetzt partout kein geeigneter Name einfallen. Zu wem betete man, wenn die Tochter vor die Hunde ging, zerbrochen an einer unglücklichen Liebe, missbraucht von einem hochfahrenden Laffen, gestraft mit einem toten Kind? Oh Mutter Gottes, kannst du meine Not nicht sehen? Kannst du uns nicht einfach wegnehmen von dieser Welt, die sich gegen uns verschworen hat, betete Elisabeth stumm, während sie ihrer Tochter den Rücken strich.

»Der Leibhaftige …«, murmelte Ursula plötzlich in ihrem Schoß. Ihre Mutter verstand nicht gleich, war aber froh, dass sich das Mädchen etwas beruhigt zu haben schien und wieder sprach.

»Was sagst du, mein Augenlicht? Sag es mir noch einmal«, forderte sie sanft auf und versuchte, Ursels Kopf aus ihren Röcken zu heben. Doch die drückte das Gesicht nur umso fester an ihre Mutter.

»Der Leibhaftige, er war selber da. Er war wieder da«, presste Ursula hervor.

Auch gedämpft durch den Stoff verstand Elisabeth, was ihr Kind gesagt hatte. Und was sie meinte.

»Ja, Urselchen, er ist hier, der Leibhaftige. Wir sind in seinem Haus gefangen. Aber er wird dir nicht mehr wehtun, das verspreche ich dir. Ich werde dafür sorgen, dass er dich in Ruhe lässt.« Elisabeth Blomenow machte eine Pause. Dann musste sie ihrem Kind noch etwas mitteilen: »Urselchen, sie werden mich bald holen kommen. Dann muss ich Rede und Antwort stehen. Ich werde ihnen sagen, dass ich es war. Es ist alles meine Schuld. Dann werden sie dich in Ruhe lassen. Hörst du? Es ist alles meine Schuld! Ich war's, das werde ich ihnen sagen. Dann kann der Leibhaftige dir nicht mehr Böses tun, verstehst du?«

Aber Ursel verstand nicht. »Der Leibhaftige, er ist hier«, murmelte sie in den Rock ihrer Mutter.

»Ja, mein Kind, ich weiß. Er ist hier, der Leibhaftige. Aber er wird dich in Ruhe lassen, ich versprech's«, versuchte die Mutter sie zu trösten und begann erneut, ihren Rücken zu streicheln.

Mein armes, armes Mädchen, dachte sie dabei. So schön, so klug, aber viel zu sanftmütig für diese Welt. Hab den Vater dir nicht retten können, so dass du als Waise aufwachsen musstest. Und hab keinen Ehemann für dich finden können, so dass du den Versuchungen dieser Welt schutzlos ausgeliefert warst. Und die größte Last auf meiner Seele: Ich hab nicht begriffen, dass du dich in diesen Kerl verguckt hattest. Ich hätte doch sehen müssen, dass du aufblühst wie eine späte Rose. Ich dummes, dummes Schaf, ich hab es erst begriffen, als dein Bauch sich rundete. Hab vorher nicht durchschaut, warum du abends so oft noch nach St. Heilgeist gegangen bist. Angeblich wolltest du dich um die alte Trine Bruse kümmern, die sei bettlägerig. So ein mitleidiges Herz hast du immer gehabt, hast unsere letzten Groschen noch mit den Bettlern vor St. Nikolai geteilt. Warum sollte ich nicht glauben, dass du die unglückselige Trine pflegst? Hast ein großes Herz, wie einst dein Vater. Und einen Gerechtigkeitssinn wie er. Nur die Tapferkeit hast du von ihm nicht geerbt. Bist immer mehr so eine Stille, Sanfte gewesen, eher wie deine Großmutter Blomenow. Hast das alles ganz still mit dir selbst ausgemacht, auch als er dich dann nicht mehr sehen wollte, nachdem es passiert war. Der feine Junker, verschanzt im Haus seines Onkels hat er sich. Erst als es jeder sehen konnte, habe ich es auch begriffen. Ach mein Lämmchen, warum bist du nicht eher zu mir gekommen? Ich hätte dir doch geholfen. Das Kind hätte ich dir auch nicht mehr nehmen können, aber ich wäre doch Trost und Stütze für dich gewesen. Wir hätten doch auch das geschafft, wir zwei beiden alleingelassenen Weibsbilder. Wir haben doch auch überlebt, als sie deinen Vater gerädert haben. Danach war unsere Familie sowieso keinen Pfifferling mehr wert bei den Leuten. Haben uns gemieden, wo sie konnten. Ein unehrlich geborenes Kind hätte da auch nicht mehr viel Schaden anrichten können. Pah, diese Feiglinge, diese falschen Freunde aus dem Achtundvierziger-Ausschuss! Damals haben sie uns gebraucht, denn wir waren ehrliche Leute. Und dein Vater konnte gut mit den ehrlichen Leuten, hat immer die richtigen Worte getroffen. Gehen heute umher in Samt und Seide und sind keinen Deut besser als die alten Herren, diese angeblichen Freunde. Und ihm haben sie die Knochen gebrochen, von unten herauf. Ich weiß, dass es dem Tune Vergnügen gemacht hat, deinen Vater zu zerschlagen. Und genauso gerne würde er uns zerschlagen. Aber ich lass ihm nicht den Spaß. Ich werde dem hier ein Ende bereiten. Ich sag es den Herren Rode und Vollrath ins Gesicht: Ich, Elisabeth Blomenow, geboren anno 1512 zu Stralsund, Witwe des Schuster-Altermanns Hans Blomenow, gerädert nach dem Urteil des Rates 1532, ich bekenne, meinen ungetauften Enkel wenige Tage nach dessen Geburt getötet zu haben, um die Schande von meiner unverheirateten Tochter zu nehmen. Nun schlagt mir in Gottes Namen den Kopf ab und meiner Tochter auch und löscht für alle Zeiten den Namen Blomenow aus den Büchern dieser Stadt. Denn das ist euer ganzes Sinnen und Trachten, solange noch ein Blomenow atmet!

Katharina saß in ihrem Kämmerlein und nähte. Leise summte sie ein Lied vor sich hin. Sie wollte das spärliche Licht dieser kurzen Tage ausnutzen, um ein gutes Stück weiterzukommen an ihrem Kleid. Sie war geschickt genug, das meiste selbst zu nähen. Auch feinste Nadelarbeit, mit Stickereien und Zierwerk aller Art. Da konnte sie das Geld für den Schneider und die Putzmacherin gut sparen.

Ihre Kleider waren die schönsten in der ganzen Stadt, sagten die Leute. Nun ja, sie meinten damit, dass sie die am besten gekleidete Hure der Stadt war. Denn natürlich kamen ihre Kleider nicht mit denen der Patrizierfrauen und -töchter mit. Die hatten schillernde Brokatstoffe zur Verfügung, flandrische Spitzenkragen, Perlen und Pelze die Menge. Die Pfarrer wetterten zwar von der Kanzel immer und immer wieder gegen die Putzsucht der Weiber im Allgemeinen und der Stralsunder im Besonderen. Aber wer scherte sich schon darum? Immer neue Modelle brachten die Kauffahrer mit, aus Spanien oder Frankreich oder England. Dazu leuchtende Stoffe, rot, orange, tannengrün oder tiefblau. Wie gerne würde sie einmal Blau tragen. Schweren blauen Samt. Das müsste großartig aussehen zu ihrer hellen Haut und dem blonden Haar. Immer nur dieses Gelb, das machte sie so blass wie dünnes Bier. Und erst die Seide! Was gäbe sie für ein Stück Seide! Die floss wie Wasser zwischen den Fingern hindurch. Sie hatte Seide gesehen und berührt auf den Märkten. Wie gerne würde sie einmal ihr Gesicht an solch ein schimmerndes Tuch schmiegen. Doch kein Händler würde das dulden. Hier nicht und in Rostock nicht und auch nicht in Lübeck. Das gehörte sich einfach nicht: Eine Hure und feinste Ware begrapschen – wo kämen wir denn da hin!

Trotzdem, sie hörte das Raunen schon, wenn sie in einem Kleid neuesten Schnitts über den Markt käme. Wenn die feinen Damen hörbar die Luft einsogen, mit offenem Mund auf die Weite ihres Rockes, die Länge ihrer Ärmel, den perfekten Sitz ihres Mieders starrten. Dann würde ihr Schritt leicht, dann schwebte sie beinahe über das Pflaster. Katharina Sprollhaus, jetzt müsstest du die Sünde der Hoffart beichten, würdest du noch zur Beichte gehen, schalt sie sich selbst.

Katharina schmunzelte, als sie an die eingebildeten Tuchhändler und Schneider dachte, die ihr auf den Märkten hier und dort begegnet waren. Hatten sie den Notstand in der Hose, waren sie nicht mehr so eingebildet. Da konnten sie winseln und betteln und hecheln vor Verlangen. Schon so manchem hatte sie den Stiefel in den Nacken gesetzt und ihn durch den Staub kriechen lassen. Mochten die Kerle auf dem Markt noch so herablassend zu ihr sein – klopften sie an die Tür des Hurenhauses, wollten sie alle nur das eine. Und Katharina konnte sehr, sehr abweisend sein, kam ihr einer quer.

Sie konnte sich das leisten, denn sie war eine schöne Frau. Geistesabwesend strich sich Katharina den langen blonden Zopf, der dick und schwer über ihre Schulter hing. Noch entfärbte sich ihr Haar nicht, noch war ihre Haut glatt, das Fleisch fest, die Zähne weiß und einigermaßen komplett. Nur noch wenige Jahre, dann würde das vorüber sein. Aber ihr war nicht bange vor der Zukunft. Es gab Mittel und Wege, die Jugend scheinbar zu verlängern, den schönen Schein zu wahren. Sie würde nur noch in der Dunkelheit ausgehen, dämmriges Licht im Zimmer würde die Falten einebnen. Vielleicht könnte sie nicht mehr ganz so viel verdienen, aber es würde schon noch für das tägliche Brot reichen. Und wenn die Freier eines Tages doch ganz ausblieben? Katharina dachte an die Stupe-Hure. Beke dürfte schon weit über die 50 sein, ein unglaubliches Alter in ihrem Gewerbe! Und trotzdem war sie als Hurenmutter nützlich. Die Beke verdiente ihren Anteil zu Recht, auch wenn kein Mann sich mehr nach ihrem ausgedörrten, zerschundenen Leib sehnte, befand Katharina.

Die Hurenmutter war aber auch die einzige Frau im Haus, der sie Respekt zollte. Die anderen waren gewöhnliche Weiber, unsauber, ungeschickt, dämlich. Nicht eine, die man eine Freundin nennen konnte. In Rostock war das anders gewesen. Da gab es mehrere, mit denen sie zusammen großgeworden war im Hurenhaus. Mit denen sie lachen und scherzen konnte, die ihre Lieder kannten und mit ihr gemeinsam sangen, wenn sie zusammen nähten oder spannen. Seit der Rostocker Rat sie aus der Stadt geworfen hatte, waren sie in alle Winde zerstreut. Einige waren nach Lübeck gezogen, andere auch dem Reichstag hinterher ganz weit in den Süden. Und eine, ja eine hatte sogar geheiratet! War jetzt in Rostock die ehrbare Frau eines Puppenmachers. Nähte aus Stoffresten lustige Kleidchen für Kasper und Prinzessinnen und Soldaten, für die ihr Mann die Köpfe und Glieder schnitzte. Vielleicht näht sie inzwischen auch schon Kinderkleidchen, dachte Katharina. So konnte es gehen. Ein Wunder.

Eine leise Wehmut beschlich sie. Nicht, dass sie sich Kinder gewünscht hätte. Sie konnte sich gar nicht vorstellen, Mutter zu sein. Sie wollte keine Kinder großziehen in einem Hurenhaus. Wurde trotz aller Gegenmaßnahmen doch mal eins geboren, dann hatte es zwar viele Mütter. Alle Frauen kümmerten sich um die Bälger. Aber waren sie erst einmal hineingeboren in dieses Leben, dann war ihr Weg vorbestimmt. Dann würden sie nie herauskommen aus dem Hurenhaus. Selbst die Jungen waren unehrlich geboren und konnten keinen gescheiten Beruf erlernen. Kein Handwerker nahm einen Hurensohn in die Lehre, und war er noch so geschickt. Nein, sie wollte keinem Kind den Weg vorherbestimmen, das Schicksal sozusagen in die Wiege legen.

Bei ihr war das kaum etwas anderes gewesen. Auch sie war als Echtlose geboren. Ihr Vater soll ein Spielmann gewesen sein. Vielleicht singst du deshalb so hübsch, mein kleines Vögelchen, hatte ihre Mutter manchmal gesagt. Ihre Mutter Sprollhaus, deren Nachnamen sie trug, die aber eigentlich gar nicht ihre Mutter war. Ihre eigene hatte Gott zu sich genommen gleich nach ihrer Geburt. Hoffentlich war sie bei Gott, obwohl sie ein uneheliches Kind empfangen hatte. Aus einer Liebschaft mit einem aus dem fahrenden Volk. Schlimmer geht's nimmer! Aber es sei wahre Liebe gewesen, beeilte sich ihre Ziehmutter dann immer zu sagen. Das sollte trösten.

Katharina dachte nicht oft an die alte Hebamme Sprollhaus, die an ihr Mutterstelle vertreten hatte, bis sie selber starb. Aber es wurde ihr warm ums Herz, wenn sie sich an die Herzlichkeit dieser Frau erinnerte. Wie oft hatte sie sie in den Arm genommen und gedrückt und geherzt. Im kalten Winter hatten sie unter einer Decke gelegen und sich eng umschlungen, um sich gegenseitig zu wärmen. Die ganze Nacht bis zum Aufwachen hatte ihre Ziehmutter sie festgehalten, so dass sie sich ganz beschützt fühlte. Ja, die alte Rostocker Hebamme hatte wirklich verdient, Mutter genannt zu werden. Meine Mutter, dachte Katharina. Hat mich nähen gelehrt und kochen, und ein bisschen was über die Kräuter und über die schwere Arbeit des Gebärens. Schade, dass der Frieden nur währte, bis sie neun war. Da starb die alte Sprollhaus, erstickte bei hohem Fieber an Husten und Auswurf, an einem eiskalten Januartag wie diesem. Dann blieb ihr nur noch das Kirchenportal zum Betteln. Hätte Beke, die

Stupe-Hure, sie dort nicht entdeckt und unter ihre Fittiche genommen, wäre sie binnen kürzester Zeit jämmerlich verhungert oder erfroren. So ist sie dann also doch da gelandet, wo sie hingehörte als Echtlose: im Hurkuffen.

Wenn die Stralsunder Dirnen bloß nicht so strohdumm wären! Die verstanden aber auch rein gar nichts von ihrem Gewerbe. Wie sie zum Beispiel den baumlangen Landsknecht vorhin angesprochen hatten. Lächerlich. In einer Lautstärke, dass sie es bis hier oben in ihre Kammer gehört hatte. Und gleich hinterher die Beleidigung mit dem Hund. Mädchen, Mädchen, mit so einem scherzt man nicht! Der hat viel erlebt in seinen Kriegen. Und es hat ihm nichts eingebracht, weder Ruhm noch Reichtum. Dem ist das Lachen lange vergangen. Das hatte Katharina mit einem Blick aus dem Fenster erfasst. So einen ließ man besser in Ruhe. Oder zur Ruhe kommen. Der will nur irgendwie ausruhen. Vielleicht sogar nur reden. Solche Kerle hatte sie schon heulen sehen wie kleine Kinder. Manche hatten aber nicht nur schreckliche Dinge gesehen, sondern auch gemacht. Vor denen musste man sich in Acht nehmen, die waren unberechenbar. Am besten einfach über sich ergehen lassen und gut. Bloß keinen Widerstand leisten. Und lasst das alberne Geplänkel weg bei solchen, ihr dummen Hühner da unten. Der Riese kriegt es fertig und haut euch einfach eine aufs Maul. Wo der hinhaut, da wächst kein Gras mehr. Da könntet ihr schnell aussehen wie Beke, die Stupe-Hure, mit ihrem zernarbten Gesicht.

Sie hätte es ganz anders angefangen mit dem

Kerl, wäre der an ihr vorbeigelaufen auf der Gasse. Hätte zunächst den Hund gelockt mit ausgestreckter Hand. Denn ein Herz muss einer haben, der mit einem Tier umherzieht. Dann hätte sie gar nichts gesagt, nur so von unten geschaut. Vielleicht ein bisschen mit den Augen gelächelt. Aber nur, wenn er ihr irgendwie entgegengekommen wäre …

Naja, wie dem auch sei: Die dämlichen Gänse da unten hatten es auf Anhieb verdorben mit dem prachtvollen Mannsbild. Die Tratschweiber hatte sie schön auseinandergetrieben mit dem Inhalt ihres Nachttopfes. Hatten die am frühen Morgen nicht andere Dinge zu tun, als mit Wildfremden anzubandeln? Sollten ihre schäbigen Kammern lieber mal kräftig schrubben und ihre fadenscheinigen Röcke flicken. So waren die ja eine Schande für ihr Hurenhaus! Dass Beke das duldete – wurde eben auch alt.

War sowieso die Frage, ob bei dem was zu holen gewesen wäre, kehrten Katharinas Gedanken zu dem Fremden zurück. Hatte sie richtig gehört? Hatte er tatsächlich nach dem Weg zum Tune gefragt? Da kommt einem ja das kalte Grausen an. Tja, da passte so einer wahrscheinlich am besten hin. Hat doch nichts anderes gelernt als Glieder abhacken und Köpfe abschlagen und Weibsbilder verbrennen. Nein, entschied Katharina für sich, mit dem wollte sie doch lieber nicht allein in ihrem Kämmerchen sein.

Unten klopfte es, erneut tönten Stimmen herauf zu ihr. Kurz darauf trat Beke durch ihre Tür.

»Kundschaft für dich«, verkündete die alte Hurenmutter.

Katharina seufzte und legte das blassgelbe

Mieder in die Truhe zurück, an dem sie gerade genäht hatte. »Wer ist es denn?«, erkundigte sie sich beiläufig.

»Fyrow.«

»Och nö, Beke! Das kann doch eine andere machen!« Katharina stampfte verärgert mit dem Fuß. »Nicht der alte Kerl. Der braucht immer ewig!«

»Reg dich nicht auf, er hat nach dir verlangt. Hab schon mit ihm geklärt, dass die Miete für diesen Monat damit beglichen ist«, tröstete Beke.

Der Kannengießer Herrmann Fyrow war ein wichtiger Kunde, denn er war ihr Vermieter. Katharina stampfte noch einmal mit dem Fuß auf, dann ließ sie die Schultern hängen.

»Na gut, schick ihn hoch«, seufzte sie resignierend.

Selbst wenn man nicht wusste, wo das Stralsunder Scharfrichterhaus stand, fand man es doch ziemlich schnell. Immer der Nase nach …, dachte Lukas und postierte sich zunächst eine Straßenecke weiter, um sich die Gegend anzusehen. Die Filterstraße war eine enge Gasse, das ganze schäbige Karree überschattet vom mächtigen Turm der Jakobi-Kirche. Ein schlicht gekleideter Bursche zog einen Karren voller Körbe mit schnatterndem Federvieh hinter sich her. Eine Schwangere quälte sich mit einem vollen Wassereimer ab, den sie weit von sich am ausgestreckten Arm trug. Aus der Nachbargasse tönten gleichmäßige dumpfe Schläge. Schläge auf Holz, registrierte Lukas, dort musste ein Böttcher bei der Arbeit sein. Jetzt kam ein zweiter Hammer dazu. Er hatte also einen Gesellen. Ein kleiner, dickbäuchiger Priester in kotbespritzter Soutane hastete in Richtung Kirchenportal. Im Vorbeihuschen warf er dem Fremden einen misstrauischen Blick zu. Hier wohnten keine reichen Leute, das sah Twen auf Anhieb. Deshalb mussten sie auch den Gestank ertragen, der aus dem Hoftor des Scharfrichterhauses strömte. Eine Fronerei war schon ein abscheulicher Ort. Aber erst die Abdeckerei, der einträglichste Nebenerwerb eines Scharfrichters, machte sie endgültig zu einem Tor zur Hölle, stellte Lukas fest. Und der Gerber gleich nebenan, der eben einen Bottich trüber Brühe auf die Straße kippte, tat das Seinige dazu.

Der Hund hatte sich still vor seine Füße gesetzt und hielt die Nase in den Wind. Er schnupperte eifrig.

»Dir macht das nichts aus, was?«, fragte Lukas leise.

Das Tier wendete sofort den Kopf zu seinem Herrn. Freudig klopfte sein Schwanz auf den Boden. Lukas legte ihm die Hand auf das seidenglatte Fell zwischen den Ohren und ließ sie einen Augenblick dort liegen.

»Trotzdem möchte ich hier deine Nase nicht haben, alter Kamerad.«

Der Hund sprang auf die Beine und zitterte vor Freude, so viel Ansprache von seinem Herrn zu erhalten. Doch Lukas hatte die Hand schon wieder zurückgezogen. Er wappnete sich für die üblen Gerüche, die ihn gleich umfangen würden. Im Felde hatte er viel ertragen, rief er sich ins Gedächtnis. Schweiß und Kot, Blut und Eiter, Tod und Verwesung.

Es konnte in einer Abdeckerei nicht schlimmer sein, machte er sich selbst Mut. Die Nase gewöhnt sich an alles. Es half ein wenig, durch den Mund zu atmen. Da hatte er schon schlimmeren Dreck geschnüffelt. Dann straffte er den Ledersack über der Schulter und schritt auf das Hoftor zu.

Das Stralsunder Scharfrichterhaus war ein seltsames Gebäude, stellte er fest. Der eine Teil schien das Wohnhaus zu sein. Es war schlicht und grau und an etlichen Stellen bröckelte der Putz ab. Gleich daneben erhob sich ein massiger, deutlich höherer Backsteinbau, trutzig und mit winzigen Öffnungen. Manche in Bodenhöhe – wahrscheinlich Auslässe, um Wasser abzuleiten. Vermutlich sehr dicke Mauern. Da drang kein Seufzer nach draußen und kein Schrei. Das Turmhaus, nannte es Lukas für sich. Das massive Gebäude war indes nur auf der Straßenseite so abweisend. Über dem Hoftor erblickte er schmuckes Maßwerk, wie es einer kleinen Kapelle oder einem wohlbestellten Bürgerhaus angestanden hätte. Aber es zierte nicht die Straßenfront, wie es üblich gewesen wäre, um Wohlstand und Geschmack zu demonstrieren. Sondern die drei- und vierfachen Bögen über schmalen Öffnungen verschönerten den Seitengiebel, den kaum ein Passant wahrnahm. Lukas schüttelte leicht den Kopf. Ganz offensichtlich die Fronerei: Die ebenso stolzen wie reichen Stralsunder wollten sogar das Amtsgebäude des Scharfrichters offenbar nicht schmucklos aussehen lassen, versteckten die Zier jedoch an einer Seitenfront. So geht das mit den Henkern, lachte Lukas in sich hinein: Alle Welt braucht sie, aber niemand will etwas mit ihnen zu tun haben.

Einmal mehr kam er zu der Ansicht, dass er sehr gut in eine solche Rolle passen würde. Denn Lukas Twen war enttäuscht von der Welt. Er wollte seine Ruhe haben. Ein Ausgestoßener aus der Gemeinschaft war er schon lange. Warum also nicht ein Henker? Ausgestoßen und doch noch zu etwas nütze.

Herr und Hund hatten das Hoftor erreicht. Es hing schief in den Angeln und knarrte erbärmlich, als er es mit leichtem Druck seiner breiten Schulter aufstieß. Sofort schlug ihm wütendes Fauchen entgegen: Ein Ganter kam mit weitgeöffnetem Schnabel und ausgebreiteten Flügeln auf ihn zu, fest entschlossen, den Eindringling in die Flucht zu schlagen. Zwei Gänse folgten ihm mit lautem Geschnatter auf dem Fuße. Etwas erschrocken über die unerwartete Attacke blieb Lukas stehen. Aus den Augenwinkeln bemerkte er, wie sich sein Hund zum Sprung duckte. Im nächsten Moment hätte er den Hals des aufgeregten Ganters zwischen den Zähnen gehabt. Aber Lukas war schneller. Er griff seinem Hund ins Nackenhaar und hielt ihn zurück.

Zum Dank, dass er ihm das Leben gerettet hatte, stürzte sich der Vogel auf ihn wie ein wild gewordener Wachhund. Lukas versetzte ihm einen kräftigen Fußtritt vor die Brust. Der Ganter purzelte zwischen die aufgeregten Gänse, rappelte sich auf und stimmte in ihr Gekeife ein. Er schüttelte die Federn und fauchte noch ein paar Mal in Lukas' Richtung, ehe er in einigen Metern Abstand abwartend stehen blieb.

Der Hund ruckte noch ein-, zweimal vorwärts, um sich über den frechen Vogel herzumachen, der es gewagt hatte, seinen Herrn anzugreifen. Doch Lukas lockerte seinen Griff nicht. Der Vierbeiner quittierte das mit einem dumpfen Knurren, beruhigte sich jedoch allmählich. Den Ganter ließ er nicht aus den Augen.

»Den wirste wohl an die Kette legen müssen«, ertönte von rechts eine Stimme.

Unter der Tür einer windschiefen Stallung stand ein alter, dürrer Mann in einem schmutzstarrenden Kittel und kicherte vor sich hin. Amüsiert zeigte er auf den schwarzen Hund.

»Ich denke gar nicht dran. Eher landet der Mistvogel am Bratspieß«, gab Lukas zurück und nickte in Richtung des Ganters. Doch seine Augen lächelten dabei.

»Darauf habe ich schon lange Lust! Ich hätt sein Fett lieber im Bauch und seine Federn im Bett. Aber der Mistvogel ist nun mal der Liebling vom Tune«, gab der Alte zurück und ging langsam auf Lukas zu. Dabei hatte er ein wachsames Auge auf dessen vierbeinigen Begleiter. Der setzte sich auf die Hinterbeine, einem winzigen Zeichen seines Herrn gehorchend.

»Ich bin Mattis, der dienstälteste Knecht und Meister der Abdeckerei«, stellte sich der schmutzige Mann vor und wischte sich verlegen die Hände am Zipfel seines Kittels ab.

»Lukas Twen«, kam die Antwort zurück. Und Lukas hielt ihm offen die Hand hin.

Mattis grinste breit, ließ die Wischerei sein und schlug herzlich ein. Dann fragte er schnell: »Bist du der Landsknecht, der den Tune beerben will? Da haste aber schlechte Karten. Der will unbedingt seinen blödsinnigen Sohn aufm Thron sehen.«

»Ich bin nicht blöde! Du sollst das nicht immer sagen«, quäkte eine schrille Stimme aus dem Stall heraus. Jetzt erschien die nächste Gestalt unter der Türöffnung. Und zwar mit einem langen Messer bewaffnet und nicht weniger dreckig als Mattis.

Der stellte den Neuankömmling grinsend vor: »Das is Wulf, seine Majestät, Tune der Zweite!« Mattis lachte wie ein meckernder Ziegenbock und machte einen kuriosen Kratzfuß.

Wulf fand das hingegen gar nicht komisch. Er lief vor Wut rot an, es schien, als schwoll er sogar. Mit dem Messer in der Hand wirkte er äußerst bedrohlich. Lukas hob beschwichtigend die riesigen Hände. »Wulf Tune also«, stellte er in ruhigem Ton fest, »der Sohn vom Fronvogt, nehme ich an.«

Wulfs Gesichtsfarbe normalisierte sich schnell wieder. Er ließ das Messer sinken, machte aber keine Anstalten, aus dem Stall herauszukommen.

»Was willst du denn überhaupt hier, hä?«, fragte er misstrauisch. »Wenn du die Pferdehaut willst, kannste gleich wieder abhauen. Die kriegt schon wer anderes. Und außerdem sind wir noch nicht fertig mit dat Pferd.«

Mattis grinste schon wieder breit. Er reckte sich zu Lukas hinauf und flüsterte: »Na, wenn der nicht blöd ist ...«

»Dat hab ich gehört!«, greinte Wulf im Hintergrund. »Dat sag ich Vaddern!«

Mattis zuckte nur mit den Schultern und würdigte den Jungen keines Blickes.

Lukas jedoch schien sich erklären zu müssen: »Es geht mir nicht um die Pferdehaut, keine Sorge. Ich muss den Scharfrichter Tune sprechen. Der Stralsunder Rat hat mich hergeschickt. Will sehen, ob er Arbeit für mich hat.«

Jetzt weiteten sich die Augen von Wulf und er schwoll schon wieder rot an. Dann quäkte er: »Da kannste auch gleich wieder abhauen. Vadder braucht keine. Der hat mich! Und Mattis. Und den Prutze, der schreibt. Und den Monnick mit der Dänisch-Grete. Kannst gleich wieder abhauen, du … du … du Riesenviech!«

Wulf lachte mit weitaufgerissenem Mund und sehr zufrieden über seinen gelungenen Scherz. Mattis trippelte ein wenig zur Seite, um einem weiteren Kräftemessen der beiden nicht im Wege zu stehen. Aus seinen trüben Augen belauerte er Lukas, wie der wohl reagieren würde.

Auch Lukas schien es an der Zeit, einiges klarzustellen. Von so einem halb garen Bürschchen würde er sich kaum belehren lassen, selbst wenn ein Messer in der Hand eines Schwachsinnigen eine nicht ungefährliche Waffe war. Mit finsterem Blick richtete er sich zur ganzen Größe auf, durchmaß mit zwei Schritten den Hof und baute sich direkt vor Wulf Tune auf. Seine Stimme klang wie das leise Knurren seines Hundes: »Wer bist du, Wulf Tune, dass du entscheiden willst, wen dein Vater sehen will oder nicht? Was ich sehe, ist bloß ein kleiner, dreckiger Abdecker!«

Wulf duckte sich weg unter der tiefen Stimme und dem drohenden Blick. Genau wie Lukas es erwartet hatte. Der Junge hielt das Messer schützend an die Brust gepresst und stammelte: »Aber ich muss doch dat Pferd fertig machen. Vaddern braucht mich gleich wieder bei der Blomenowschen …« Dann überlegte er es sich aber doch anders und drückte sich schnell an Lukas vorbei. Als wäre der Teufel hinter ihm her, rannte der Henkerssohn auf das Turmhaus zu. Der hinterhältige Ganter fuhr ihm unterwegs zwischen die Beine, so dass Wulf ins Stolpern kam und fast gefallen wäre. Das fand Mattis nun wieder zum Totlachen. Sein höhnisches Meckern klang hinter dem unglücklichen Wulf Tune her.

Nachdem der Alte sich ausgelacht hatte, zupfte er Lukas am Ärmel und forderte ihn auf: »Komm einstweilen mit in den Keller. Da brauen wir ein halbwegs genießbares Bier. Und ein Humpen wird sich für dich auch noch finden. Willkommen im sundischen Scharfrichterhaus!«

Protokoll der gerichtlich angeordneten Untersuchung an der Säuglingsleiche, gefunden im Bierkeller des Eckhauses Langenstraße/Kuttlosestraße am 29. Dezember 1548

Vorgenommen durch den Stadtphysikus Dr. Johannes Scheitel und den Bader Dietger Gentzkow am 30. Dezember 1548

Die Herren erkennen den zu untersuchenden Leib als den eines nur wenige Tage alten Kindes männlichen Geschlechts. Kopf und Gliedmaßen sind ebenmäßig und normal entwickelt. Der Kopf ist von weißblondem Flaumhaar bedeckt. Keine augenscheinlichen Missbildungen an Gliedern, Schädel, Gaumen, Brust, Rücken oder Bauch. Der Leichnam misst der Länge nach 51 Zentimeter. Die Herren gehen davon aus, dass das

Kind voll ausgereift und ohne größere Komplikationen auf die Welt gekommen ist.

Herr Badermeister Gentzkow stellt die Frage zum Disput, ob das Kind lebend zur Welt gekommen sei. Die Herren können nach kurzem Diskurs keine eindeutige Antwort geben. Sie untersuchen den Mundraum und finden kein Erbrochenes. Da die Leiche bereits im Stadium der Verwesung ist und zahlreiche grünliche Verfärbungen aufweist, können die Herren keine Schlüsse über Verfärbungen der Haut durch Quetschungen oder Stöße finden. Nach erneuter Untersuchung finden sich auch keine Verletzungen wie Schnitte, Striemen, Brandmale und dergleichen. Die Glieder sind nicht verrenkt und keine Knochenbrüche zu fühlen. Herr Bader Gentzkow möchte als Nächstes die Frage erörtern, wie lange das Kind schon tot sei. Er schätzt etwa zwei Wochen. Dr. Scheitel widerspricht dieser Ansicht. Der Leichnam sei in einer trockenen, fest verschlossenen Kiste im Bierkeller unter der Wohnung der Witwe Blomenow gefunden worden. Der Keller sei nicht sehr feucht, jedoch gleichbleibend kühl. Die Kindsleiche könne also durchaus schon länger dort versteckt gewesen sein, denn Kälte halte nach seiner Erfahrung die Zersetzung des Körpers eine gewisse Zeit auf. Der Herr Stadtphysikus sieht die Möglichkeit, dass die Tötung des Neugeborenen bereits vier Wochen zurückliege.

Herr Gentzkow stellt die These auf, dass das Kind schon genährt worden sei, denn es weise keine Zeichen von Auszehrung auf. Dem entgegnet Herr Dr. Scheitel mit der Gegenthese, dass gesunde Kinder mit einer normalen Fettschicht auf die Welt kommen, von der sie einige Stunden oder gar Tage zehren können, wenn die Mutter keine Milch habe und nicht sofort eine Amme zur Verfügung stehe.

Die weitere Beschau gilt dem Hals des Kindes. Die Herren besehen ein Band, das um den Hals gewickelt ist. Die Herren erkennen an, dass es sich um ein Schürzenband oder Hemdband üblicher Art handelt. Das Band hat eine hellgraue Farbe, eine Breite von einem Zentimeter und ist aus doppelt zusammengelegtem Leinen genäht. Es handelt sich um die Art Bänder, wie sie für Weißwäsche oder Arbeitskittel vielfach benutzt wird und bei jedem Bänderkrämer in der Stadt zu kaufen ist. Das Band hängt vorne eine Spanne über die Brust und hinten eineinhalb Spannen über den Rücken herab. Das vordere Bänderende ist glatt und weist einige grobe Einstichlöcher auf. Darin hängen Reste eines dünnen Nähfadens gleicher Farbe. Das hintere Bänderende sieht leicht ausgefranst aus. Die Herren kommen überein, dass das vordere Bänderende von einem Kleidungsstück abgerissen scheint, während das hintere Ende mit einem Werkzeug abgeschnitten wurde. Dieses Werkzeug könne jedoch nicht besonders scharf gewesen sein, sonst wäre die Schnittkante glatter.

Dann entfernen die Herren das Band vom Hals der Kindsleiche mittels einer Schere. Der Schnitt erfolgt unterhalb des linken Ohres. Herr Gentzkow bemerkt, dass das Abschneiden schwierig sei, weil das Band tief in den Hautfalten stecke.

Die genauere Untersuchung des Bandes ergibt zwei Knoten. Der erste Knoten saß an der Vorderseite des Halses, der zweite im Nacken. Der erste Knoten ist fest gebunden. Der zweite Knoten ist derart gebunden, dass eine bewegliche Schlaufe entsteht, die man mittels Zug von hinten verkleinern kann. Die um den Hals des Kindes gelegene Schlaufe beträgt etwa eine drei viertel Spanne im Durchmesser.

Die Herren untersuchen sodann den Hals des Kindes genauer. Dr. Scheitel erkennt einen bläulich-roten Strich zwischen den Halsfalten, den er auf die Strangulation mittels des Bandes zurückführt. Badermeister Gentzkow bedauert zum wiederholten Male die fortgeschrittene Zersetzung des Leichnams und will keine solche Schlussfolgerung abgeben. Die Herren betrachten den Hals des Kindes noch einmal genauer unter dem Schein weiterer Laternen und Kerzen, tragen den Leichnam auch näher ans Fenster heran. Nach eingehender Untersuchung ist auch Herr Gentzkow bereit, Male auf der Haut als Schnürspuren des Bandes anzuerkennen. Er weist jedoch ausdrücklich darauf hin, dass wegen des Verwesungszustandes keine zusätzlichen Beweise wie blaue Lippen oder eine Schwellung des Gesichtes zu finden seien. Auch die Zunge mache keinen angeschwollenen Eindruck und hänge nicht heraus.

Die Herren disputieren an dieser Stelle weitere Merkmale, die auf Ersticken oder Erwürgen hinweisen können. Stadtphysikus Dr. Scheitel führt seine Erfahrungen ins Felde, was die Untersuchung vom Strang abgeschnittener Gehenkter betreffe. Er meint bemerkt zu haben, dass sich um und in den Augen der Strangulierten häufig winzige rote Punkte fänden, die jedoch groß genug seien, um sie mit bloßem Auge zu erkennen. Bader Gentzkow öffnet darob vorsichtig mit einer Pinzette die Lider des Kindes. Sodann stellen die Herren fest, die die weitere Untersuchung mit einer Lupe vorgenommen haben, dass sich unter den Lidern des Kindes kleine rote Punkte finden.

Nach abschließender Disputation kommen die Herren Mediziner zu der Feststellung, dass es sich bei dem untersuchten Leichnam um ein gesundes neugeborenes männliches Kind gehandelt habe, das mit Hilfe eines Wäsche- oder Schürzenbandes erwürgt wurde. Die Annahme einer Kindstötung wollen die beiden Untersuchenden bestätigen. Sie können sich aber nicht auf einen bestimmten Zeitpunkt festlegen, zu dem das Kind vom Leben zum Tode befördert wurde.

Die Herren empfehlen dem Gericht ausdrücklich, die Verdächtigen hinsichtlich der Herkunft des Wäschebandes zu befragen. Auch könnten Kleidungsstücke der angeklagten Frauen auf das Fehlen eines solchen abgerissenen Bandes untersucht werden, um sie ihrer Missetat eindeutig zu überführen.

Das vom Hals des Kindes abgeschnittene Bändchen liegt der Gerichtsakte bei.

Protokoll geschlossen und gezeichnet am 30. Dezember 1548 von Henricus Prutze, Gerichtsdiener der Stadt Stralsund

Henricus starrte auf das Protokoll, dessen Abschrift er eben beendet hatte. Sollte die Schrift wieder so zittrig und zerfahren ausgefallen sein wie bei der Niederschrift vor fünf Tagen? Nein, jetzt wirkte alles gleichmäßig und sauber, so wie man es von ihm gewohnt war. Während der Untersuchung des winzigen Leichnams hatten ihm derart die Hände gezittert, dass man seine Mitschrift wirklich niemandem zeigen konnte. Doch jetzt hatten die Ratsherren danach gefragt. Die waren aus der Befragung der armen

Ursula Blomenow nicht so recht schlau geworden und wollten ergründen, was andere von der Sache hielten, bevor sie die Mutter anhörten. So musste er hastig die Vernehmungspause nutzen, um das Protokoll noch einmal ins Reine zu bringen.

Noch nie in seinem Leben war ihm sein Beruf so bitter angekommen. Henricus Prutze hatte so manche Leichenschau verfolgt, die das Gericht angefordert hatte. Johannes Scheitel und er hatten schon einige Stunden in der Diele des Stadtphysikus verbracht. Bei heiklen Angelegenheiten nahm der Doktor die Untersuchung gern in seinem Haus vor. In der Halle gab es große Fenster und genügend Helligkeit, um auch kleine Dinge zu sehen. Aber noch nie war ein Ding so klein gewesen …

Der Gerichtsschreiber erschrak bei diesem Gedanken. Erneut stieg Ekel in ihm auf. Es war wirklich nur ein Ding, was der Leichengräber da in das Haus des Stadtphysikus gebracht hatte. Eine winzige Kiste, in der ein stinkendes, in widerliche Lappen gewickeltes Bündel lag. Kinderleichen waren sicher immer etwas Schreckliches. Aber dieses … Ding … war einfach ... Ein unaussprechliches Grauen hatte ihn erfasst, als die beiden Gelehrten den Säugling ausgewickelt und auf den großen Tisch gelegt hatten. Henricus mochte gar nicht hinsehen. Eine unerklärliche Neugier hatte ihn dann aber doch gezwungen, von seinem Schreibpult aus immer wieder einen Blick hinüberzuwerfen. Und als sie den Tisch dann gar mit lautem Schurren ganz nah ans Licht gerückt hatten, war es endgültig aus mit seiner Selbstbeherrschung. Das Kindlein war bei der ruckartigen Bewegung fast vom Tisch gekullert! Der Gentzkow hatte beherzt zugepackt und das Köpfchen gehalten. Es hatte ein Gesicht! Das Ding, sei es noch so verwest gewesen, hatte das Gesicht eines unschuldigen Neugeborenen! Man sah die kleinen Finger, die Füßchen, das entblößte Geschlecht! Dieser faulige Leichnam war alles andere als … – ein Ding.

Dem Gerichtsschreiber zitterten wieder die Hände, als er an die Untersuchung zurückdachte. Er konnte die Bilder einfach nicht aus seinem Kopf verbannen. Das unschuldige Wesen, noch nicht einmal getauft. Es schnürte einem das Herz ab. Henricus Prutze hatte keine Kinder. Seine Frau war jung gestorben, ein bleiches, sieches Wesen, das ihm still den Haushalt versah. Seit ihrem Tod hatte er das Witwertum vorgezogen und sich ganz seiner Arbeit gewidmet. Überhaupt fühlte er sich schon lange zu alt, um noch einmal das ganze Brimborium einer Brautwerbung und Haushaltsgründung anzugehen. Und gar Kinder in seiner stillen Behausung? Die wuselten überall herum, mit schmutzigen Schuhen und lautem Gegarre. Oh nein, dann lieber ein mönchisches Leben, ganz dem geschriebenen Wort gewidmet. Die Bücher, die Prutze im Laufe seines Lebens erworben oder heimlich kopiert hatte, die waren seine wahren Kinder. Da musste erst so ein geisterhaft verfärbter, schlimm stinkender Leichnam auftauchen, um den alten Henner Prutze zu Tränen zu rühren. Denn Tränen waren die eigentliche Ursache gewesen, dass ihm die Buchstaben davontanzten und das ganze Protokoll unordentlich geraten war. Nie vorher in seiner langen Laufbahn hatte ihn etwas derart zu Tränen gerührt wie die Leichenschau an dem unglückseligen Blomenowschen Enkel.

Hastig wischte Henricus Prutze über seine Augen, die schon wieder verdächtig brannten. Dass es der Enkelsohn von Hans Blomenow – Gott sei seiner armen Seele gnädig – gewesen ist, was dort in einer Truhe im Bierkeller unter Elisabeths Kemenate versteckt war, stand für ihn außer Zweifel. Meister Blomenow wäre sicher stolz gewesen auf so einen strammen Enkelsohn von seiner wunderschönen Tochter. Vorausgesetzt natürlich, es hätte einen ordentlichen Schwiegersohn dazu gegeben. Man kannte solche Geschichten ja schon. Nicht nur in Stralsund stapelten sich die Akten über Kindstötungen. Er hatte sie alle gelesen. Und immer war es dieselbe traurige Litanei: Ein leichtfertiges, unerfahrenes Mädchen lässt sich mit einem windigen Burschen ein, fällt auf ein Eheversprechen herein, kann den heißen Küssen und Umarmungen nicht widerstehen, gibt sich hin, wird schwanger und unglücklich und entehrt. Der faule Vater ist längst über alle Berge oder hat günstig geheiratet und das Liebchen gänzlich vergessen. Und die schnürt sich nun monatelang den Leib, verbirgt vor aller Welt ihr Ungemach – bis die Schande quäkend aus ihrem Schoß gekrochen kommt und nicht mehr wegzulügen ist. Dann schreit das frische Leben und fordert Milch und Wärme und alles, was so ein Würmchen braucht zum Menschwerden. Und dann fällt dem unglückseligen Geschöpf, das seine liebende Mutter sein sollte, nichts Besseres ein, als ein Kissen auf das kleine Gesicht zu drücken. Oder eben ein Schürzenband um die Kehle zu legen – und zuzuziehen.

Der Schreiber schluckte schwer und griff sich unbewusst an den Hals. Was für eine ungeheuerliche Pein muss so ein armes Mädchen fühlen, was für ein inneres Fegefeuer, um so einer Tat fähig zu sein! Mit wem sollte man da mehr Mitleid haben? Mit dem gänzlich unschuldigen Kindelein oder mit dem schuldbeladenen Mägdelein? Die waren doch selbst noch Kinder, hatten kindisch und verantwortungslos dem süßen Drängen des Fleisches nachgegeben. Hatten sich ein Spielzeug genommen, das anständigen Eheleuten vorbehalten bleiben sollte.

Aber war die junge Blomenow ein solches dummes Kind? Henricus Prutze konnte es nicht glauben. Sie war gar nicht mehr so jung, praktisch schon zu alt für den Stralsunder Hochzeitsmarkt. Dabei war sie hübsch, hatte ein angenehmes Wesen, eine ruhige, stille Art. Und sie war ein kluger Kopf, hat lesen und schreiben gelernt. Ein Frauenzimmer mit wunderbaren Anlagen. Warum die keiner geheiratet hatte?

Dumme Frage, Henner, schalt er sich selbst. Natürlich wegen der Geschichte mit ihrem Vater nicht. Wer nimmt schon die Tochter eines Mannes, der sich in den wilden Zeiten anno '24 über seinen Stand erhoben und zum Sprecher der Aufruhr gemacht hatte? Eines Mannes, der 1532 von unten auf gerädert worden ist, weil er betrogen und gestohlen hat? Haben soll …

Nun hätte er, der Protokollant und damit das Gedächtnis dieser Stadt, viel zu sagen zu diesem Urteil. Aber Schweigen war Gold. Wenn er alles sagen würde, was er aus den Akten wusste … Irgendwann würde er es mal aufschreiben, eine eigene Chronik dieser Stadt verfassen, wo alles drinstand, wie es wirklich gewesen ist. Jedenfalls wusste der Prutze mehr über den Prozess und die Verurteilung von Hans Blomenow als wohl viele andere in der Stadt. Und auf jeden Fall mehr als so manchem Ratsmitglied lieb sein dürfte. Doch was nützte es, wenn er mit diesem Wissen protzte. Der gute alte Henner weiß sein Mäulchen zu halten und lieber still seinen Teil zu denken. Wie sollte er es auch den Leuten in der Stadt erklären, dass nicht alles mit rechten Dingen zugegangen war, damals bei der Beschuldigung von Hans Blomenow, der nicht einmal unter der Folter gestand und deshalb eigentlich gar nicht hätte verurteilt werden dürfen? Sollte er sich hinstellen und den Schustern in der Innung erklären, dass sie ihren Altermann Blomenow zu Unrecht ausgeschlossen und geächtet hatten? Sollte er es dem Kannengießer Fyrow ins Gesicht sagen, dass er die Notlage der Witwe Blomenow ausgenutzt und deren Haus zu einem Spottpreis erworben hat? Jenem Herrmann Fyrow, dessen Frau Marie die Kinderleiche im Bierkeller gefunden hat? In jenem Bierkeller, der eigentlich der Witwe Blomenow gehört und in dem sie eigentlich nichts zu suchen hatte? Aber »eigentlich« ist eine Einschränkung …

Nein, guter alter Henner Prutze, du behalt mal lieber weiter dein Wissen für dich und schreib deine Protokolle und Briefe und Akten. Und schleich dich nach getaner Arbeit für den hochwohllöblichen Rat nach Hause in dein stilles, kaltes Kämmerlein zu deinen staubigen Büchern. Du machst das schon ganz richtig so. Denn die Wahrheit, mein Lieber, die Wahrheit will im Grunde doch keiner wissen. Die Wahrheit ist nie einfach oder bequem und schon gar kein sanftes Ruhekissen.

Ruhe still, kleiner toter Junge in deiner winzigen Kiste. Dein Großvater ist schon lange tot, unter tatkräftiger Hilfe des Henkers gestorben. Und deine ungetreue Mutter wird es auch bald sein, ebenso unter tatkräftiger Hilfe des Henkers. Und verschone mich mit den Bildern von deiner Leichenschau, ungetaufter Balg!

Das Kerzenlicht vor Henricus Augen verschwamm. Der alte Gerichtsschreiber weinte still vor sich hin. Er bemerkte gar nicht, dass er die ganze Zeit das abgerissene Ende des Wäschebandes, das vor fünf Tagen vom Hals des getöteten Blomenowschen Enkels abgeschnitten worden war, mit den Fingerspitzen strich.

Der Lutherwein war wirklich nicht ohne. Christoph Lorbeers magere Wangen hatten sich gerötet, seine strengen Züge etwas entspannt. Der Wessel war ein unverbesserlicher Sünder, das stand für den Kaufherrn fest. Was für eine Idee, den Lutherwein schon vor dem Dreikönigsfest anzuzapfen. Unerhört! Der dicke Wessel pfiff auf Traditionen. Dabei waren Traditionen wichtig, war sich Lorbeer sicher. Selbst wenn sie noch gar nicht so alt waren. Den Luthertrank gemeinsam anzusetzen und damit die Weihnachtszeit feierlich zu beenden, hatte der Rat erst vor einem Vierteljahrhundert eingeführt. Was für eine lächerlich kurze Zeit, wenn man allein die

Geschichte seiner Familie bedachte. Aber andererseits hatte sich die Welt auch gründlich gewandelt in diesem knappen Vierteljahrhundert. Er hatte das schwer angeschlagene Schiff des Familienunternehmens durch erschreckende Untiefen und Klippen steuern müssen. Die Lorbeers hatten in ihrer Vergangenheit einiges Unglück und Umstürze erlebt, aber was bei dem Aufstand der Unzufriedenen 1524 passiert war, hätte ihn seine Existenz kosten können.

Nichts da, kicherte Christoph Lorbeer beschwingt in sich hinein, als er den Pelzmantel in der Diele seines Hauses in der Külpstraße auszog. Mit List und Zähigkeit hatte er die Familie an der Macht gehalten. Die Lorbeers saßen immer noch im Rat und mischten ganz oben mit. Für all die Emporkömmlinge, die über den Achtundvierziger-Ausschuss dazugekommen waren, hatte er nur Verachtung übrig. Alles, was sie damals so lauthals bekrittelt hatten, taten sie nun selbst. Rafften, was das Zeug hielt, als müssten sie nachholen, was ihnen so lange vorenthalten geblieben war. Protzten und prassten. Er verfolgte da ganz andere Ziele. Langfristige, strategische. Er besetzte Posten in der Stadt mit ergebenen Leuten, ganz beiläufig und unauffällig. Er hatte Spitzel in allen Kreisen und wusste, was andere planten und wollten. So führte man Politik. So mehrte man Wohlstand und Einfluss. Was letztlich seinem ganzen Stand zugutekam. Daran konnte also wohl kein Fehl sein. So holte man mitten im Winter noch feinsten Zobel aus Norwegen, dachte der Patrizier und strich gedankenversunken über den weichen Besatz seines Mantels.

Sein Leibknecht kam in die Diele und half dem

Hausherrn aus den Stiefeln. Lorbeer musste sich dafür auf die Dielenbank setzen, denn seine Standfestigkeit war von der Weinprobe im Rathauskeller doch etwas erschüttert. Sein Diener hütete sich, das zu bemerken. Der Herr wusste seine Schweigsamkeit zu schätzen.

»Bring mir etwas Licht ins Kontor«, ordnete Lorbeer knapp an. Er wollte noch ein wenig in die Bücher schauen. Ihm war so leicht und warm zumute, da hatte er seine Freude am Reigen der sauber aufgezeichneten Zahlen. Vielleicht würde er sogar die Truhe aufschließen und ein bisschen Geld zählen. Die Schreiber waren längst nach Hause gegangen, im Winter gab es nicht viel zu tun für sie. Es gingen ein paar Ideen in seinem Kopf herum, wie er die guten Goldmark im nächsten Frühjahr gewinnbringend einsetzen konnte. Es gab doch zum Beispiel dieses interessante Angebot von dem Bernsteinschleifer aus …

Seine Gedanken wurden durch Lautenklänge unterbrochen. Christoph Lorbeer richtete die Augen an die Decke. Die Musik kam aus dem ersten Stock, wo die Wohnräume lagen. Erst waren es nur verspielte Akkorde, dann formte sich eine temperamentvolle Melodie. Lorbeer blickte seinen Leibknecht an. Der zuckte mit den Schultern.

»Wann ist er gekommen?«, fragte der Hausherr.

»Heute Mittag«, antwortete der Diener knapp.

»Ist er alleine?«

»Nein, zwei Herren und eine Dame sind bei ihm. Und Eure Gattin.«

»Kennen wir die Herrschaften, die mein Großneffe eingeladen hat? Wie viel Wein hast du schon hochgetragen?«

»Sechs Kannen«, beantwortete der Leibknecht nur die eine der beiden Fragen und hob dazu die Schultern, als müsse er seine Unschuld beteuern. Lorbeers gute Laune war augenblicklich verflogen. Jetzt wurde die Musik übertönt von lautem Gelächter. Dann folgte Poltern und Schlurren. Offenbar wurden Möbel gerückt.

Das reichte dem Hausherrn. Er erhob sich energisch von der Dielenbank, schlüpfte in die dicken Filzschuhe, die der Leibknecht bereithielt und schritt die Treppe hinauf. Ein Weingelage mit Musik und Tanz, mitten in der Woche und ohne Anlass, das könnte denen so passen! Seine dumme Frau hielt da gerne mit, das konnte er sich gut vorstellen. Und das mit seinem Wein, das wäre ja noch schöner! Lorbeer wappnete sich für eine lautstarke Auseinandersetzung. Auf der dritten Stufe verharrte er noch einmal und überlegte. Dann wandte er sich zu dem wartenden Bediensteten um und befahl mit ausgestrecktem Arm: »Meinen Stock!«

Der Leibknecht reichte dem Herrn eilig den schweren, mit Messing und Leder eingekleideten, fast drei Ellen langen Stab, ein Zeichen seines Standes und seiner Amtswürde. Kampflustig schlug Christoph Lorbeer damit auf jede Stufe, als er die Treppe hinaufstieg.

Oben angekommen, stieß er die Tür zur großen Stube auf. Weinschwangere, abgestandene warme Luft schlug ihm entgegen. Lorbeer rümpfte die Nase: Wie im schlimmsten Gasthof stank es in seinem Hause. Leider wurde sein Auftritt ein wenig durch einen Stuhl gehemmt, den die Feiernden vor die Tür geschoben hatten. Wohl weniger, um dem Hausherrn den Weg zu versperren, als vielmehr, um Platz zum Tanzen zu schaffen. Aber solche Details entgingen ihm in seinem Zorn. Der magere Kaufherr zitterte vor Erregung, als er die Tür mitsamt dem Stuhl endlich zur Seite geschoben hatte. Der Lautenspieler hielt augenblicklich inne. Die ganze Gesellschaft erstarrte in der Bewegung.

Christoph Lorbeer nutzte die entstandene Pause, um erneut zornig mit seinem Stock auf den Boden zu schlagen. Dann rief er, so laut seine dünne Stimme es zuließ: »Die Herrschaften wollen jetzt gehen! Auf der Stelle!«

Zwei Herren lösten sich aus der Runde, verbeugten sich knapp und drängten dann schnell am Hausherrn vorbei, der noch immer zornbebend in der Tür stand. Eine elegant gekleidete Dame hingegen hatte es nicht so eilig. Sie schaute kokett in die Runde, drehte sich noch ein, zwei Mal und lächelte dann vielsagend den Lautenspieler an. Der junge Mann, der auf der Tischkante hockte und einen Fuß auf einen Hocker aufgestützt hatte, streckte den Arm nach ihr aus. Sie reichte ihm geziert die Hand, die er lächelnd ergriff und galant küsste. »Ich komme später vorbei«, säuselte er der Dame zu, die sich daraufhin zurückbog, ihre Röcke raffte und mit einem vernehmlichen »Bis später dann …« davonrauschte, ohne den Hausherrn eines einzigen Blickes zu würdigen. Im Vorbeigehen streifte sie Christoph Lorbeer mit einem Tuch. Das Tuch war gelb! Die Farbe der Huren.

»Eine Dirne bringst du mir ins Haus? Was erdreistest du dich! Das ist hier kein Hurkuffen!«, donnerte der Patrizier augenblicklich los.

Aus der Diele drang als Antwort das helle Lachen der Frau zu ihm herauf, die niemand anderes war als die schöne Katharina Sprollhaus. Der Lautenspieler lächelte nur und beschäftigte sich mit seinem Instrument. Ein paar leise Töne wehten durch den Raum, ein melancholischer Abschiedsgruß für seine entschwundenen Kumpane.

Im Hintergrund des Zimmers wuchtete sich jetzt eine massige Frauengestalt aus einem hohen Lehnstuhl, der ganz an die Wand geschoben war. Ida Lorbeer, die Herrin des Hauses, meinte den Zeitpunkt gekommen, um sich einzumischen: »Christoph, wie benimmst du dich nur! Die jungen Leute haben so traut beieinandergesessen und geplaudert. Ich hatte meine Freude an dieser lustigen kleinen Gesellschaft. Jetzt hast du sie vertrieben.«

Der Hausherr ruderte mit dem Stab in der Luft und verzog ärgerlich das Gesicht. Dass die dumme Gans ihm in den Rücken fiel, war abzusehen. Was lohnte es sich zu streiten mit einer alten Matrone, die im Kopf weniger Verstand hatte als er im kleinen Finger. Christoph Lorbeer zeigte mit einer energischen Geste erst auf Ida, dann auf die Tür. Die warf mit verletztem Stolz den Kopf in den Nacken und stampfte an ihrem Gatten vorbei aus dem Zimmer. Schnaufend machte sie sich auf den Weg in ihre Gemächer im Kemladen des Giebelhauses.

Lorbeer war allein mit seinem Großneffen Gisbert von Bentkow. Der junge Mann mit dem langen weißblonden Haar schaute noch immer versonnen auf seine Laute herab, die schlanken Finger glitten sanft über die Seiten. Dann hob er den Kopf und schenkte seinem Großonkel ein strahlendes Lächeln.

Dem war nicht nach Fröhlichkeit zumute: »Junker Gisbert, was erdreistet er sich, mein Haus für seine Orgien zu missbrauchen! So haben wir nicht gewettet, als dein Vater dich zu mir schickte.«

Lorbeer wartete eine Reaktion ab, doch Gisbert legte nur den Kopf schief und lächelte ihn weiter an.

»Das will ich nicht noch einmal erleben! Nicht genug, dass die jungen Schmarotzer hier meinen guten Wein wegsaufen. Wo hast du die überhaupt aufgegabelt, hä? Hast dich wieder die ganze Nacht rumgetrieben in den Gassen. Von einem Bordell ins nächste gestiefelt. Wenn das rauskommt, wo ich im Rat für das nächtliche Ausgehverbot gefochten habe! Du bringst meinen tadellosen Namen in Verruf. Das hört mir sofort auf, Herr Junker, sonst kannst du dich umgehend auf den Heimweg nach Riga machen!«

Die letzten Worte schienen doch eine Reaktion auszulösen. Die Nettigkeit fiel von Gisberts Gesicht ab wie eine Maske. Er schlug einen letzten, frechen Akkord auf der Laute, dann legte er das Instrument auf den Tisch, nahm den Fuß vom Hocker und richtete sich auf. Er überragte seinen Gastgeber fast um Haupteslänge. Mit zwei Schritten war er bei ihm, baute sich vor Lorbeer auf und blickte auf ihn herunter.

Lorbeer packte seinen Stab fester. Am liebsten hätte er dem Lümmel eins übergezogen. Das freche Grinsen würde ihm schon noch vergehen. Gisbert lächelte schon wieder. Dann drückte er seinem Großonkel einen dicken Kuss auf die zerfurchte Stirn und wischte geschmeidig an dem zornbebenden Kaufherrn vorbei.

»Bis später, Onkelchen, ich habe noch eine Verabredung mit der schönen Katharina«, klang es fröhlich von der Treppe, die er voll Übermut hinuntersprang. Kurz darauf schlug die schwere Eingangstür zu.

Christoph Lorbeer blieb allein in der verwüsteten Wohnstube zurück. Er packte seinen Stab mit beiden Händen und donnerte ihn auf die Laute, die auf dem Tisch zurückgeblieben war. Das Instrument zerbarst mit einem hässlichen Ton.

»Glaubst du der alten Blomenow oder nicht?« Die Ratsherren Rode und Vollrath standen vor dem Tor der Fronerei. Es dunkelte bereits. Ihnen war kalt nach diesem Tag in dem düsteren Turmhaus. Eine Kälte, die nicht nur dem Winterwind geschuldet war, sondern von innen kam.

Der beleibte Gottschalk Vollrath trat von einem Fuß auf den anderen. Er wusste keine Antwort auf die Frage von Nikolaus Rode. Natürlich war es ein Leichtes, der Witwe Blomenow zu glauben, dass sie allein das Kind erdrosselt hatte, um ihre Tochter von der Schande zu erlösen. Aber wie Elisabeth Blomenow sich bei ihrem Geständnis benommen hatte, das war schon äußerst seltsam. Als der Tune mit der Folter begann, hatte sie nur gelacht. Gelacht! Statt zu wimmern, zu schreien oder sich sonst irgendwie menschlich zu benehmen. Eine Frechheit war das. Eine Verhöhnung des Gerichtes geradezu. Und reichlich unheimlich. Kein Mensch lachte unter der Folter! Oder hatten sie ihre hysterischen Schreie nur falsch gedeutet?

Gottschalk Vollrath konnte nicht still stehen. Er wollte nach Hause und den unangenehmen Tag vergessen. Die kalten Füße dem warmen Kamin entgegenstrecken, ein heißes Eierbier schlürfen und den Kopf an das üppige Mieder seiner Frau lehnen.

»Es ist doch Wurst, ob ich ihr glaube oder nicht. Wir haben ein unterzeichnetes Geständnis und damit ist's gut. Morgen berichten wir dem Rat und dann kann das Urteil gesprochen werden«, verkündete Vollrath. Er schwang dazu die Arme, als würde er höchstpersönlich mit dem Richtschwert ausholen.

Nikolaus Rode war das zu einfach. Man sah ihm sein Unbehagen an. Er öffnete den Mund zu einer Erwiderung. Doch sein Ratsgenosse schnitt ihm das Wort ab: »Gib jetzt endlich Ruhe, Nikolaus. Der Tag war lang und unerfreulich genug. Und die Familie wartet auf mich. Ich gehe jetzt heim, egal was du noch zu erzählen hast.« Wie ein bockiges Kind stapfte er davon.

Rode beeilte sich, ihn einzuholen und am Ärmel festzuhalten.

»So warte doch, Gottschalk. Ich habe kein gutes Gefühl dabei. Lass uns morgen nochmal darüber reden.«

Er sah den Unmut in Vollraths Gesicht. Irgendwie musste er ihn überreden. Rode bemühte sich um Freundlichkeit: »Ach komm, Gottschalk. Ich lade dich morgen zu einem deftigen Frühstück in mein Haus. Komm gegen 9 zu mir in die Mönchstraße und dann gönnen wir uns was Gutes. Vielleicht kann der Prutze noch dazukommen und das Protokoll mit uns erörtern.«

Sein Amtsbruder war erst halb überzeugt. Er zog einen Schmollmund und antwortete: »Aber nicht mit dem Prutze. Ich setze mich doch nicht mit einem Gerichtsdiener an den Frühstückstisch.«

Rode bereute seinen Fehler sofort und beeilte sich zu versichern: »Nein, nein, das ist nur falsch bei dir angekommen. Erst frühstücken wir schön, sodann erledigen wir schnell den Gerichtskram. Ich muss ja dann auch endlich mal wieder in mein Geschäft.«

Gottschalk Vollrath zögerte noch immer. Dann erhellte ein angenehmer Gedanke seine Miene: »Du, sag mal, macht deine Köchin noch diese herrlichen Gänsepasteten? Die waren immer so lecker.«

»Klar macht sie die noch! Da hat meine Köchin wirklich ein feines Rezept.« Rode lachte erleichtert und bekräftigte noch einmal: »Also dann: Bis morgen früh. Und grüß' die werte Frau Rätin Vollrath von mir.«

Gottschalk Vollrath winkte nur noch kurz, dann machte er sich endgültig auf den Weg in die Semlower Straße, wo sein prächtiges Haus stand. Die Aussicht auf Gänsepasteten zum Frühstück söhnte ihn etwas aus mit dem Gedanken, dass er sich noch einmal mit dem Verhör der Blomenowschen beschäftigen musste. Was sollte er zu Hause nur davon erzählen? Vollrath grübelte den ganzen Heimweg. Seine bessere Hälfte würde ihn sicher mit Fragen löchern. Sie brauchte doch morgen was zum Tratschen mit ihren Freundinnen und Nachbarn. Der Rode hatte recht: Womöglich steckte da doch noch mehr dahinter als eine verwirrte Alte aus fragwürdiger Familie, die ihre entehrte Tochter entlasten wollte. So wie die Blomenowsche dem Tune ins Gesicht gelacht hatte, als er die Daumenschrauben ansetzte … War die gar mit dem Schwarzen im Bunde? Ja genau, überlegte der Ratsherr und beschleunigte seinen Schritt. Womöglich lief das Ganze auf einen Hexenprozess hinaus. Die Blomenow war nicht nur eine Kindsmörderin, sondern eine Satanshure! Der Hinkefuß hatte ihr bestimmt auch die Schmerzen genommen bei der Tortur, anders ließe sich ihr freches Lachen gar nicht erklären.

Gottschalk Vollrath geriet ins Schnaufen. Die Kälte wich aus seinen Gliedern. Am Ende kam die Blomenowsche auf den Scheiterhaufen und nicht unters Richtschwert. Und seinem Scharfsinn war das zu verdanken. Er ganz alleine war auf die richtige Idee gekommen! Er würde die Stadt von den finsteren Umtrieben einer Teufelsbuhlin befreien. Natürlich würde er sich morgen früh mit Nikolaus treffen und ihm seine Erkenntnis mitteilen. Er konnte es kaum erwarten, aller Welt von seinem Verdacht zu berichten. Die Witwe Blomenow musste noch einmal verhört werden. Am besten sollte man gleich einen Geistlichen dazuholen. Die kannten sich aus mit Hexen. Auch die Tochter musste man sich noch einmal vornehmen. Die war zwar augenscheinlich nicht mehr recht bei Verstand, aber vielleicht verbarg die hinter der Schwachsinnigkeit nur ihre Buhlschaft mit dem Teufel. Es gibt noch viel zu tun für dich, Gottschalk, feuerte er sich selbst an. Im vollen Bewusstsein der Verantwortung, die ihm von Gott und vom Stralsunder Rat auferlegt war, strebte er mit großen Schritten und weit schwingenden Armen seinem Heim entgegen.

Lukas und Mattis hatten sich im Keller festgesessen. Schon lange hatte Lukas kein so würziges, wärmendes Bier mehr getrunken. Die wenigen Groschen, die ihm geblieben waren, hielt er zusammen, da hatten sich Trinkgelage in Gasthäusern von selbst verboten. Aber der alte Knecht schenkte reichlich aus vom Gerstensaft des Henkers. Auch wenn das Bier recht dünn war, so schmeckte es den beiden Männern doch. Und nach entsprechender Menge lockerte es die Zunge.

Mattis hatte einiges erzählt, wie es so zuging in der Stralsunder Fronerei. Dass Martin Tune die Arbeit des Scharfrichters im Wesentlichen alleine versah. Dass hingegen sein Sohn Wulf und er als Knechte für all die unangenehmen Aufgaben zuständig waren, die einer Fronerei noch oblagen. Als da wären die Abdeckerei und das Entleeren von Gruben. Das Herrichten von Richtstätten und das Abnehmen von Gehängten, wenn ihre Leichname so weit vermodert waren, dass die Knochen von allein vom Galgen zu fallen drohten. Die mussten dann zur städtischen Müllgrube an der Straße nach Tribsees gekarrt werden. Das Reinigen der Zellen, nachdem geständige Sünder an die Stadtwache übergeben waren, wo sie die letzten Tage bis zu ihrer Hinrichtung in der Kustodie verbrachten. Dann gehörten diverse Botengänge dazu, denn der Tune rührte in vielen Töpfen. Oft mussten er oder Wulf zum Prutze und zum Monnick laufen, den beiden Gerichtsdienern. Die hielten die Verbindung zum Rat, zu den Zünften und zu den Geistlichen, denn an die vornehmen Pforten durften sie als Henkersknechte nicht einmal klopfen.

Dass der Scharfrichter und seine Gesellen außerhalb der städtischen Ordnung standen, war Lukas Twen durchaus bewusst. Aber wie stand es mit den Kirchen?

Der alte Mattis fing an zu kichern, als der Gast diese Frage stellte. »Wat willste denn in der Kirche?«, höhnte er von Lachen geschüttelt und wischte sich die tränenden Augen.

Lukas blieb ernst. »Für mich ist das wichtig«, sagte er mit leiser Stimme.

»Ach die Kirche. Was ist denn das noch für eine Kirche? Erst haben sie alle geschrien und gewettert damals, als die dicken Klosterbrüder noch auf der Kanzel standen. Der Ketelhot und der Kureke, angesteckt von den Herren Luther und Bugenhagen, was haben die nicht alles versprochen. Der Ketelhot hat sogar auf dem Friedhof gepredigt, weil die alten Pfaffen ihn aus der Kirche geschmissen haben. Das hättest du mal sehen sollen, zu Hunderten sind sie nach St. Jürgen gezogen, um einem einzigen Mann zuzuhören.«

Mattis unterbrach seine Rede und nahm einen tiefen Zug aus dem Krug. Lukas gönnte ihm die Zeit, denn er war gespannt auf die Fortsetzung. Die ließ auch nicht lange auf sich warten: »Nix ist geblieben von den wilden Predigten. Jetzt stehen neue Pfaffen auf der Kanzel, die sind zwar verheiratet und zwängen sich nicht mehr in den Beichtstuhl. Die schwatzen aber denselben Unsinn von Hölle und Verdammnis. Nur darf die Sünde jetzt nicht mal mehr Spaß machen! Jetzt müssen wir alle ganz bescheiden und züchtig leben, uns schlicht kleiden, nicht völlern und nicht saufen und nicht den Weibern nachlaufen. Als wenn wir je was anderes getan hätten, als uns zu bescheiden …« Mattis meckerte in seinen Bierkrug hinein, aber es war ein bitteres Lachen.

Lukas setzte zu einer Erwiderung an, doch in dem Moment polterte Wulf Tune die Stufen zum Bierkeller hinunter. Er glotzte die beiden zechenden Männer an, bevor er schrie: »Mattis, du darfst nicht vom guten Fass zapfen!«

»Wo werd ich denn! Ich sitz' nur drauf! Wir haben keinen Schluck von Wessels Sundischem getrunken. Frag doch den Twen hier«, verteidigte sich der Knecht.

Wulf brauchte wieder einige Augenblicke, um Mattis Worte zu verarbeiten. Dann fragte er, schon sehr viel ruhiger: »Was habt ihr denn getrunken?«

»Unser eigenes natürlich, Prinz Tune. Nur unser dünnes, tägliches, dämliches eigenes Bier. Ich werd doch die sechs Fässer Sundisches nicht anrühren, die der hochwohlgeborene Herr Bürgermeister Wessel dem Tune für seine großen Taten im Dienste der Stadt verehrt hat!«

Lukas trank schnell seinen Krug aus, um ein Grinsen zu verbergen. Er mochte die Art des alten Mattis, den Henkerssohn zu foppen.

Wulf überlegte wieder einen Augenblick, dann schien er endgültig beruhigt. Jetzt erinnerte er sich an seinen eigentlichen Auftrag: »Du da, du Riesenkerl, du sollst zu Vaddern kommen. Ich bring dich in die Stube.«

»In die Amtsstube! Marsch, marsch …«, höhnte Mattis von seinem Fass und meckerte schon wieder wie ein Ziegenbock.

Wulf entschied jedoch, dem alten Spötter kein weiteres Wort zu gönnen und stapfte die Treppe hinauf voran. Lukas zuckte mit den Schultern, stellte seinen Krug ab und folgte ihm. Im Hof wartete sein Hund, der scheinbar entspannt auf dem Boden vor der Kellerluke lag, aber stets ein wachsames Auge auf den angriffslustigen Ganter hatte. Die Geflügelschar hatte sich ganz ans andere Ende des Anwesens zurückgezogen. Es schien Waffenstillstand zu herrschen. Lukas wies den Hund mit einer knappen Handbewegung an, liegen zu bleiben und ihm nicht zu folgen. Dann ging er dem Sohn des Henkers hinterher.

Der Junge führte ihn durch eine schmale Hintertür und einen dunklen Flur in eine kleine Kammer zu ebener Erde, in der eine einzige Kerze brannte. Lukas brauchte einen Augenblick, um sich an die Lichtverhältnisse zu gewöhnen. Durch das kleine Fenster drang nur noch schwaches Dämmerlicht. In der Mitte des Raumes stand ein mit Papieren und Schreibzeug überladener Tisch, an dem eine massige Gestalt saß. Hinter ihm dienten zwei lange Bretter als Regal. Im unteren lagen einige Pergamente. Darüber, direkt über dem Kopf des Mannes, blinkte ein langes Schwert ohne Scheide. Das Richtschwert des Stralsunder Scharfrichters. Es war fast zwei Ellen lang und glänzte in mattem Silbergrau. In den Stahl war der Länge nach eine Inschrift eingeprägt, die Lukas in dem spärlichen Licht aber nicht entziffern konnte.

Martin Tune hob den Kopf von den Akten und

machte sich nun seinerseits ein Bild von dem Fremden, der gelassen vor seinem Tisch stand. Der Hüne hatte den Kopf tief einziehen müssen, um durch die Tür hereinkommen zu können. Seine lederne Kleidung war abgeschabt, sein Gesicht gefurcht von zahllosen Tagen und Nächten unter freiem Himmel, aber die Augen blickten hellwach auf sein Gegenüber. Die Glieder waren auf den ersten Blick alle beisammen und heil.

Was wiederum Lukas sah, war ein Mann etwa in seinem Alter, der so lang wie breit schien. Den runden Kopf bedeckte struppiges rötliches Haar, das einer großen Stirnglatze wich. Umso dichter wuchs der helle Bart, der sich um die untere Hälfte des Gesichtes kräuselte und direkt ins wuchernde Brusthaar überging, das aus dem flüchtig verschnürten, halb offen stehenden Hemd hervorschaute. Der Kopf mit den kleinen Augen und der nach oben gebogenen, kurzen Nase saß ansatzlos auf den mächtigen Schultern. Gleich darunter begann ein fetter Bauch, der kaum hinter den Tisch passte. Die ganze Gestalt erinnerte an ein Schwein in Menschenkleidung, dachte Lukas, hütete sich jedoch vor Spott. Denn in den kleinen Schweinsaugen standen eine Kälte und Verschlagenheit, die nichts Gutes ahnen ließen.

Der Scharfrichter kratzte sich die behaarte Brust, während er Lukas forschend musterte. Der erwartete einen Kommentar, doch Martin Tune nahm sich Zeit. Das lange Schweigen verdichtete sich zu Dunkelheit.

Schließlich schien Tune sein Urteil über den Fremden gefällt zu haben und er fing mit leiser

Stimme an zu sprechen: »Der Rat will, dass ich dich als Knecht einstelle. Fasching und Fastenzeit stehen bevor, da treibt sich Gesindel herum und die Leute werden kiebig. Ich könnte einen starken Knecht gebrauchen.«

»Stark bin ich wohl, Herr Fronvogt«, antwortete Lukas selbstbewusst, aber mit Respekt. Wie es einem Heimatlosen anstand, der auf der Suche nach Arbeit war.

Martin Tune ließ wieder einige Zeit verstreichen und kramte in seinen Papieren herum. Dann fuhr er fort: »Von mir bekommst du zwei Mahlzeiten pro Tag und einen Strohsack im Stall, wo der alte Mattis schläft. Der macht's sowieso nicht mehr lange, dann gehört dir der Verschlag alleine. Lohn gibt's vorerst nicht. Ich guck mir das mit dir an bis Ostern, dann verhandle ich mit dem Rat über ein kleines Salär.« Tune machte eine Pause und sah Lukas wieder an: »Wenn du dich anstellig erweist«, fügte er hinzu. Die Drohung war deutlich herauszuhören.

»Auf Probe bis Ostern, ich habe verstanden«, sagte Lukas.

Der Henker kratzte sich den Kopf. Vermutlich plagten ihn Läuse. Oder er brauchte etwas Zeit, um zu entscheiden, wie er fortfahren sollte. Dann sagte er sehr betont: »Ich habe mir dich nicht als Knecht ausgesucht. Ich tue nur dem Bürgermeister einen Gefallen damit. Weiß der Teufel, was der für Pläne mit dir hat. Und ich werde den Teufel tun, seinen Plänen im Wege zu stehen.«

Auch Lukas entschied sich zu Offenheit: »Ich erwarte keine Wohltaten von dir, Scharfrichter. Ich brauche nur ein Dach überm Kopf und was zu essen. Und eine Stadt, die mich haben will.«

Tune legte den Kopf schief und grinste, wobei er zwei Reihen schwarzer Stummelzähne entblößte.

»Dann haben wir uns verstanden, Twen. Mach hier keinen Ärger, dann kannst du in der Stadt bleiben. Machst du Ärger, bist du bald Futter für mein Schwert.« Er deutete kurz mit dem Daumen über die Schulter. Dann fuhr er fort: »Und morgen früh gibt's Arbeit für dich: Die Scheißgrube vom ehrenwerten Herrn Rat Vollrath ist voll, wie er mir gerade mitteilte. Da nimmst du den Schinderkarren, lädst leere Fässer auf und fährst in die Semlower Straße. Wulf zeigt dir den Weg. Und auch, wo du das Zeug in den Sund kippen kannst.« Tune wies mit ausgestrecktem Arm auf die Tür. Lukas war entlassen, die Unterhaltung beendet.

II

Mein lieber August,

Gott dem Herrn im Himmel sei es gedankt: Die Geschäfte gehen gut in diesem Winter. Die Ostsee ist eisfrei bis nach Bergen hoch und wir haben aus Norwegen eine zweite Ladung Pelze von hervorragender Güte erhalten. Die Dänen halten hingegen Winterschlaf, so dass ich es wagen werde, eine dritte Expedition auszurüsten.

Auch für die Frühjahrssaaten lassen die milden Temperaturen Gutes erwarten. Allerdings müssen wir damit rechnen, dass die Getreidepreise dann nicht so hoch ausfallen wie im vergangenen Jahr. Das wissen auch die Bierbrauer und reiben sich schon die Hände. Unser Bürgermeister Franz Wessel will dieses Jahr deutlich mehr kaufen. Ich hoffe, wir können ihm wenigstens drei Ladungen zu 1000 Scheffel anbieten. Mache schon jetzt Verträge mit den Bauern, vor allem für Gerste. Schätze einen mittleren Preis und ziehe in Gedanken ein Fünftel davon ab. Dieses Angebot kannst Du dann den Getreideverkäufern machen. Ich denke, mit dieser Methode sind wir auf der sicheren Seite – egal wie die Ernte dann tatsächlich ausfällt. Und denke stets daran: Der frühe Vogel fängt den Wurm.

Insgesamt können wir mit dem Fortgang unserer Rigaer Geschäfte zufrieden sein, mein lieber Neffe. Die

Bücher, die Du zur Prüfung herübergeschickt hast, haben mein Herz erfreut. Ich sende sie in den nächsten Tagen mit einem Kurier und einer kleinen Ladung Honig und Wachs auf den Weg zurück zu Dir. An Bord wird auch ein Diener des Stralsunder Rates sein, der unser Vertrauen genießt und der Verhandlungsunterlagen für die Rigaer Ratsherren bringt. Sie sollen sich zu den Papieren äußern, die vor allem die Sicherheit der Seewege vor dänischen Übergriffen betreffen. Die Stimme aus Riga klingt allzu schwach im lauten Gegacker der Hanse. Deshalb wollen wir sie mit einigen Tatsachenberichten unserer Kapitäne versorgen, damit ihnen der Kamm schwillt und sie endlich etwas lauter krähen. Franz Wessel und ich brauchen ihre Rückendeckung, wenn wir im Frühjahr zum Hansetag nach Danzig reisen.

Nun zum wichtigsten Anliegen: Der Ratsdiener bekommt von mir auch eine Bankverschreibung über 2000 Sundische Mark mit, die ich treuhänderisch zu Deinen Händen widme. (Frage mich bitte nicht, woher die Summe kommt. Ich kann nur antworten, dass ich bei der Verwaltung der geistlichen Güter, die nach dem Umsturz in meine Hände gegeben wurden, einiges Glück bewiesen habe. Der Kämmerer prüft meine Transaktionen nur oberflächlich. Ihm genügt es im Grunde, wenn das Brotgetreide von den ehemaligen Klostergütern bezahlbar bleibt und die Leute in der Stadt satt werden.) Nutze dieses Geld gut und ausschließlich, um uns die Stadtoberen von Riga gewogen zu machen. Vielleicht kannst Du sogar die Ausrüstung einer kleinen Flotte zum Schutz der Hansesegler anregen. Dann wären wir in der dänischen Angelegenheit schon ein gutes Stück weiter.

Auch in der Familie derer von Lorbeer und derer

von Bentkow richtet der Winter 1548/49 keine Flurschäden an, soweit meine Kenntnis reicht. Deine Tante Ida erfreut sich bester Gesundheit. Ihre Kleider knacken in allen Nähten. Ich fürchte gar, eines Tages wird sie platzen. Und zwar beim Tratschen mitten auf dem Markt. (Gott verzeih mir die lästerlichen Worte! Ich ehre und liebe mein angetrautes Weib, soweit es in meiner Kraft steht. Und das nun schon seit 35 Jahren.)

Gesundheit und Wohlergehen – das gilt auch für Deine Basen und Vettern in Lübeck, Amsterdam und La Rochelle. Und Onkel Hugo schickte zu Weihnachten herrlichen iberischen Schinken. Er kuriert sein Gliederreißen wie jeden Winter im sonnigen Süden. Er schwört auf heiße Quellen, die schon die Römer genutzt haben sollen. Nebenbei macht er Verträge mit spanischen Weinhändlern. Er hat auch einen neuen Gewürzhändler kennengelernt, schrieb er, der wohl über vielversprechende Kontakte verfügt. Leider hat Ida den Schinken fast allein vertilgt. Aber ich mache mir ja seit eh und je nicht so viel aus Fleisch. Nur gut, dass bald die Fastenzeit beginnt.

Mein lieber Neffe August, ich hoffe, der schnelle russische Segler, mit dem ich diesen Brief schicke, erreicht Dich deutlich vor der Ankunft der Stralsunder Kogge, damit Du Dir alle Instruktionen genau durch den Kopf gehen lassen kannst. Besonders was die Verwendung der angekündigten Summe betrifft, überlege dreimal, ehe Du sie einmal ausgibst. Es wird eine einmalige Aufwendung bleiben, dessen musst Du Dir stets bewusst sein.

Darüber hinaus wünsche ich dem Fortgang unserer Rigaer Geschäfte Gottes Segen. Möge der Herr weiter seine schützende Hand über Dich und die Deinen halten. Er bewahre uns vor Sturm, Flut und Piraterie,

vor Missernte, Fieber und Pestilenz. Und vor allem vor falschen Entscheidungen. Ich schließe Dich und Deine liebe Frau täglich in mein Gebet mit ein. Ich hoffe, bald wieder von Dir zu hören.
Dein Onkel Christoph

Geschlossen und gesiegelt in Stralsund, am 10. Januar im Jahre des Herrn 1549

Postskriptum: Lieber August,

eine kleine Sache unangenehmerer Art muss ich abschließend doch noch unterbringen. Dein lieber Sohn, Junker Gisbert, lässt es an ernsthaftem Interesse für die Arbeit unseres Handelshauses vermissen. Statt im Kontor die Nase in die Bücher zu stecken, treibt er sich nächtens in Schänken und ehrlosen Häusern herum. Erst gestern musste ich ihn gegen die Zahlung von 25 Sundischer Mark aus der Fronerei auslösen. Er hatte gegen das nächtliche Ausgehverbot des Rates verstoßen und war deutlich nach 9 Uhr abends laut singend vom Nachtwächter aufgegriffen worden. Selbstverständlich habe ich für ihn gebürgt. Aber er musste anschließend im Rathaus Urfehde schwören und dafür waren auch noch Gerichtskosten fällig. Ich erlaube mir, Dir eine Rechnung über 27 Sundische Mark und 7 Groschen beizulegen, die der Junker Gisbert mit dieser unseligen Störung des städtischen Friedens verursacht hat.

Mein lieber Neffe, ich befürchte, dass Gisbert hier in Stralsund den gleichen Ärger machen wird wie schon in Riga und Amsterdam. Ich will noch nicht die Flinte ins Korn werfen, aber vielleicht braucht er doch die Führung der väterlichen Hand. Über seine Verfehlungen in Riga mag ja inzwischen Gras gewachsen sein. Der

Pöbel hat schnell neue Themen, über die er sich das Maul zerreißen kann. Wir sollten gemeinsam überlegen, ob Junker Gisbert im kommenden Frühjahr in den Schoß Eurer Familie zurückkehrt und sich endlich ernsthaften Studien oder einem sinnvollen Broterwerb widmet. Ich habe nach Kräften helfen wollen bei der Ausbildung Deines Sohnes, der ganz sicher einige vielversprechende Anlagen mitbringt. Aber allmählich bin ich am Ende mit meinem Latein. Und überlege bitte auch, ob Du ihm den Kredit kürzen solltest. Mir scheint, er lebt auf zu großem Fuße für den Sohn einer gottesfürchtigen Familie.

Christoph Lorbeer legte die Feder aus der Hand. Konnte er das wirklich so offen schreiben? Sollte er August von Bentkow überhaupt von den Übeltaten seines missratenen Sprösslings berichten? Schließlich war er nicht nur sein Onkel und väterlicher Freund, sondern auch das Oberhaupt der ganzen Familie. Da musste man stets und ständig Stärke zeigen. Was sollte der weitverzweigte Clan von ihm halten, wenn er vor so einem Rotzlöffel kapitulierte?

Andererseits schwoll ihm die Leber, wenn er Gisberts nur ansichtig wurde. Der Laffe schmückte sich wie ein Pfau, war ständig betrunken, und kein Weiberrock war vor ihm sicher. Kaum ein Jahr war der Bursche jetzt in Stralsund, in seine Obhut gegeben. Und er hatte ihm zum Maigrafenreiten noch ein Pferd und eine Kriegermontur gestiftet. Ach, wie sah der Junker prächtig aus hoch zu Ross mit wallender Mähne und glänzendem Harnisch. Die Mägdelein verdrehten den Kopf und die Augen nach ihm. Und jetzt schien es ihm schon ein Wunder, dass der

Schürzenjäger die eigenen Mägde nicht schon alle übermannt hatte. Woher nahm der nur das Geld, um sich einen solchen Lebenswandel zu leisten? Wahrscheinlich spielte er Würfel oder Karten. Und gewann auch noch! Oh HERR im Himmel, wie kannst Du das zulassen, haderte der Ratsherr insgeheim mit seinem Schöpfer.

Aber Gott hatte auch zugelassen, dass dieser schön gestalte Jüngling einen abgrundtief verdorbenen Charakter hatte, dass hinter der hohen Stirn, unter den blonden Locken, in den kornblumenblauen Augen nur Schabernack und Hochmut nisteten. Zielstrebigkeit bemächtigte sich Gisberts nur, wenn es darum ging, eine Jungfrau zu verfolgen und in den Abgrund zu reißen. Das hatte der Junker in Riga schon versucht – und dann in Amsterdam vollendet. Dabei hatte die Familie doch gehofft, der Ortswechsel würde ihn von seinen schändlichen Eigenschaften kurieren. Pah, flüchten musste der Junker von Bentkow schließlich aus Holland! Verfolgt von der dortigen Obrigkeit. Hatte die Tochter eines reichen Holzhändlers geschwängert und schließlich auch noch deren Bruder erstochen. Ein ehrlicher Zweikampf soll es gewesen sein, beteuerte der Junge gegenüber seinem Vater. Aber Christoph Lorbeer wusste es besser, er hatte überall seine Informanten. Der Tote hatte zwei Messerstiche im Rücken gehabt. Im Rücken! Ein Meuchelmörder war dieser Gisbert von Bentkow. Und ein übler Mädchenschänder obendrein!

Christoph Lorbeer kam zu dem Schluss, dass der Schöpfer sicherlich seine Pläne mit dem jungen Mann hegte. Und wenn der HERR ihm den Bengel als Prüfung geschickt hatte? Ja, genau, Gisbert von Bentkow war sein Prüfstein! An ihm musste sich beweisen, ob er Verstand und Durchsetzungsvermögen besaß, so ein wildes Blut zu zähmen und geläutert der Familie zurückzugeben. Als guten Gläubigen, ehrbaren Bürgerssohn und verantwortungsbewussten Ehemann würde er den Jungen seinem Vater nach Riga zurückschicken. Das wäre doch gelacht, wenn er das nicht hinbekommen würde.

Der alte Kaufherr entschloss sich, den letzten Absatz aus seinem Brief zu streichen. Die Rechnung für die Nacht im Scharfrichterhaus würde er seinem lieben Neffen August schon noch zumuten, der sollte ruhig wissen, was das Früchtchen hier trieb. Aber das ganze Gejammer danach tilgte er entschlossen aus seinem Schreiben. Christoph Lorbeer nahm ein kleines Messer und schnitt das Pergament kurzerhand ab an der entscheidenden Stelle. Von »*Flinte ins Korn*« und »*Ende des Lateins*« war nun keine Rede mehr. Es blieb gerade noch Platz für einen letzten Gruß, dann faltete und siegelte er das Papier. Die anderen Dinge, die er mit August zu bewerkstelligen hatte, waren schließlich tausendmal wichtiger als die Eskapaden seines Großneffen Gisbert.

Breit und griesgrämig stand Marie Fyrow in der Tür. Sie stierte die Gasse hinauf und hinunter und suchte nach Bekannten. Doch keine Nachbarin ließ sich blicken, keine Marktfrau, die sie kannte, kein

Kunde ihres Mannes, kein Lieferant oder sonst jemand, mit dem sie ein Schwätzchen halten könnte. Es war wie verhext. Dabei hatte sie immer was zu reden. Am liebsten über das tote Kindelein in ihrem Keller.

Ohne sie würde es immer noch da unten liegen in seinem kalten Grab. Versteckt vor aller Augen. Aber ihr, Marie Fyrow, Ehegemahlin des Kannengießers und Hausbesitzers Herrmann Fyrow, ihr entging nichts im Haus. Auch nicht in dem Keller, den er der Blomenowschen noch lassen musste, nachdem er ihr das Haus abgekauft hatte. Für einen ehrlichen Preis, jawohl. Sind nicht zu kurz gekommen, die scheinheilige Witwe und ihr unehrenhafter Balg.

Wenn man sich das vorstellte, wie die Unzucht getrieben hatte mit Gott weiß wem. Womöglich unter diesem Dach. Schande. Schande über die Blomenows! Alles Verbrecher! Erst der Vater: gerädert. Dann die Tochter: entehrt. Nun die Mutter: des Kindsmordes überführt. Hätten sie das geahnt, wo das mit dieser Familie noch hingeht, dann hätten sie sie doch längst aus dem Hause gejagt. Nur ihrer Gutherzigkeit war es zu verdanken, dass die hier noch eine Kammer bewohnen und einen Keller nutzen durften.

Wer weiß, was die mit der Säuglingsleiche noch alles angefangen hätten tief unter dem Hause. Womöglich brauchten sie das tote Kind für ein rabenschwarzes Ritual. Eine Satansmesse oder so was. Marie griff sich an den Hals und schluckte schwer. Man munkelte ja in der Stadt so einiges, dass die alte Blomenow eine Hexe gewesen sein soll. Dass sie Geld vom Teufel bekommen habe, um sich und ihre Tochter durchzubringen, nachdem ihr Alter verurteilt worden war. Das war natürlich Unsinn, das wusste sie besser. Die Beerdigung des Verbrechers Hans Blomenow hatte seine Witwe schon von der Kaufsumme für das Haus bezahlt. Danach wird es wohl noch ein Stück weiter gereicht haben, bis die junge Ursula dazuverdienen konnte mit ihren kleinen Ledersächelchen. Hat immer so feine Schühchen genäht für die Mägdelein und Knäbelein in der Stadt. Achgottchen, was waren die süß anzuschauen, wenn man die so ausgebreitet sah zum Verkauf.

Alles Teufelswerk, schalt sich Marie sogleich. Alles nur Tarnung für ihr frevelhaftes Tun. Ihr eigenes Balg hatte die um die Ecke gebracht und im Bierkeller versteckt, zusammen mit der alten Hexe. In ihrem Hause, das musste man sich mal vorstellen! Wie viel Nächte sie wohl geschlafen hatte über dem ungetauften Wurm. Hoffentlich geht seine Seele nicht ruhelos um in den Kellern. Und wenn der Unruhegeist gar die Stiege hinauffände, womöglich in ihre Kammer? Marie Fyrow spürte Panik in sich aufsteigen. Und kein einziger Mensch weit und breit, mit dem sie über ihre Ängste reden konnte. Wo steckten denn heute nur alle? Ob sie mal rübergehen sollte zur Nachbarin? Oder gar um die Ecke zur Stupe-Beke? Nein, die war doch selbst mit dem Hinkefuß im Bunde. Die brauchte man sich nur anzusehen mit ihrem Narbengesicht. Mit der Hurenmutter würde sie nie und nimmer freiwillig reden, das war überhaupt völlig unter ihrer Würde. Ihr Herrmann war schließlich ein ehrbarer Bürger dieser Stadt, arbeitsam und tugendhaft und schuldenfrei. Er trank nicht, er würfelte nicht in der Gastwirtschaft, er schlug sie nicht, er ging jeden

Sonntag in die Kirche und nie in den Hurkuffen. Er hatte keine Fehde mit der Obrigkeit. Überhaupt hatte ihr Herrmann nur einen einzigen Fehler: Er sprach nicht gern. Und mit ihr schon gar nicht. War eher so ein Schweigsamer. Naja, nicht jedem ist alles gegeben. Er hatte ja seine Marie. Die wusste immer was zu sagen.

Um die Ecke in der Kuttlosestraße hörte Marie Fyrow erregte Frauenstimmen. Sie löste sich vom Türpfosten und schlich näher, um besser hören zu können.

»Mutter Beke, stell dir vor, auf dem Markt erzählen sie sich, die Blomenow sei eine Hexe!«

»Jaja, sie soll gestanden haben, dass das Kind dem Teufel geopfert wurde!«

»Die alte Blomenow, die Elisabeth, nicht die Junge. Aber die Ursel wird ja wohl ihr Lehrling in den Hexenkünsten gewesen sein …«

»Ach haltet doch den Schnabel, ihr Hühner, ich kann ja gar nichts verstehen, ihr redet alle durcheinander«, fuhr eine energische Stimme dazwischen, die Marie sofort als die von Beke, der Stupe-Hure, erkannte. Die Fyrowsche lugte vorsichtig um die Hausecke, um zu sehen, wer die anderen waren. Es handelte sich um zwei junge Dirnen aus dem Hurenhaus, deren gelbe Kappen sofort ins Auge fielen. Sie hatten Körbe mit Gemüse über dem Arm und kamen augenscheinlich gerade vom Markt.

So behände, wie ihre Massen es zuließen, rannte Marie zurück in ihr Haus und schnappte sich ebenfalls einen Korb. Wenn es auf dem Markt solche Ware gab, dann musste sie sogleich dorthin eilen.

Warum sollte sie hier lange rumstehen und warten, bis jemand vorbeikam zum Reden? Gleichzeitig ärgerte sie sich maßlos, dass die Huren vor ihr die wertvollen Neuigkeiten erfahren hatten. Wo sie doch sozusagen die wichtigste Zeugin war und sich alles in ihrem Hause abgespielt hatte. Marie Fyrow suchte in fliegender Hast nach ihrem warmen Tuch.

Die erregten Stimmen auf der Gasse hatten auch Katharina Sprollhaus aus ihrer Kammer gelockt. Sie war die Stiege heruntergekommen und hatte sich dazugestellt. Das Gespräch ließ sie mehr frösteln als die Wintertemperaturen. Schon als der Fund des toten Kindes in der Nachbarschaft bekannt wurde – Marie Fyrow hatte binnen kürzester Zeit dafür gesorgt – hatte Katharina vor allem eines empfunden: Mitleid für die Blomenows. Vielleicht, weil sie auch eine Echtlose war. Und vielleicht hallten in ihr die Worte ihrer alten Ziehmutter nach: Aber es ist wirklich Liebe gewesen … Das behielt sie natürlich lieber für sich, denn es war kaum angebracht, sich auf die Seite einer entehrten Jungfrau zu schlagen. Dass jetzt der Teufel seine Hand im Spiel haben sollte, stellte ihr Mitgefühl für Ursula und Elisabeth Blomenow allerdings auf eine harte Probe.

Die beiden jungen Dirnen erzählten aufgeregt, was sie während ihres Einkaufes bei den Gemüsehändlerinnen erfahren hatten. Auch Marie gesellte sich jetzt zu der Gruppe, die die kleine Beke umringte. Sie wollte schon mitreden können, wenn sie auf dem Markt ankam. Sie hielt zwar einigen Abstand, war aber nah genug, um sich kein Wort entgehen zu lassen. Die Gerüchte besagten, dass nicht Ursula, sondern

Elisabeth Blomenow das Neugeborene getötet haben solle. Und die alte Blomenow habe es im Auftrag des Satans getan, um ihm ein Opfer zu bringen. Deshalb hätten sie den Leichnam des kleinen Kindes auch in einer Truhe versteckt und nicht in den Sund geworfen oder im Hainholz verscharrt.

Beke, die Stupe-Hure, stand schweigend zwischen den aufgeregten Frauen und hörte mit gerunzelter Stirn zu. Dass die Blomenowsche eine Hexe ist, würde natürlich vieles erklären. Aber der Hurenmutter widerstrebte dieser Gedanke. Sie verließ sich auf ihre Menschenkenntnis. Und die sagte ihr, dass Elisabeth Blomenow eine vom Schicksal gebeutelte, aber ehrliche und aufrechte Weibsperson war. Durch die Verurteilung ihres Mannes selbst ins Elend gekommen, hatte sie doch stets Barmherzigkeit gezeigt. Und den Huren im Hinterhaus der Fyrows war sie mit Respekt begegnet. Keine Spur von Dünkel. Einmal hatte sie Beke sogar in einer durch und durch schwesterlichen Geste die Hand auf die vernarbte Wange gelegt, als sie zusammen in der Sonne standen und ein freundliches Gespräch über unverfängliche Begebenheiten führten. Beke hatte diese Berührung nie vergessen. Nein, eine Frau von solchem Mitgefühl konnte keine Hexe sein.

Die Fyrowsche sah das ganz anders: »Ich hab das ja schon immer gewusst, dass die mit dem Satan im Bunde ist. Die ganze Familie ist von Grund auf verdorben!«, spektakelte sie aus der zweiten Reihe.

In Beke stieg Zorn auf. Ausgerechnet die Fyrow musste sich in die Brust werfen. Die war das ganze Gegenteil von Elisabeth Blomenow.

Doch die jungen Frauen schnatterten schon weiter: »Ja, da kann was dran sein, dass nicht nur die Mutter eine Hexe ist. Denn eine Bäuerin hat vorhin gesagt, sie habe sich nur ein einziges Mal mit ihren Waren neben den Stand von Ursel gestellt. Und hinterher sind ganz viele Kunden gekommen und haben sich beschwert. Die Milch soll sofort sauer geworden sein und ganz viele Eier verdorben!«

»Vielleicht hätte sie sich mit ihrer Milch nicht in die Sonne stellen sollen«, brummte Beke, die Stupe-Hure.

»Oh nein, oh nein, das passt ganz genau«, ereiferte sich hingegen Marie Fyrow: »Das ist so bei Hexen. Die machen die Milch sauer, und auch die Butter wird nicht fest beim Schlagen. Da muss man einen Taler unter das Fass legen, damit es beim Buttern wieder klappt.«

»Man kann auch Blauen Orant neben das Butterfass legen. Es müssen genau drei Zweiglein sein«, wusste eine Dirne.

»Was ist denn Blauer Orant?«

»Na – Blauer Orant eben! Dieses Kraut ...«

»Ackerleinkraut, sagt man auch dazu«, half die zweite Dirne aus. »Wächst an jedem Feldrand ...«

»... oder einen Besen unterlegen. Das hat meine Mutter immer gemacht, damit die Butter fest wird«, fügte die Erste hastig hinzu.

Einen kurzen Moment verstummte das Gespräch, denn die Frauen merkten, dass sie vom Thema abzukommen drohten.

»Du hast eine Mutter?«, fragte Katharina in die Stille hinein.

Das angesprochene Mädchen wollte eben zu einer deftigen Erwiderung ausholen, doch die anderen Frauen waren schon in prustendes Lachen ausgebrochen. Auch die Betroffene merkte, dass es ein Spaß sein sollte und stimmte schließlich mit ein.

Marie Fyrow war verärgert, dass man nicht weiter über die Hexen sprach. Diese dummen Huren konnten doch nichts ernst nehmen. Und die große Blonde in ihren schönen Kleidern war die Schlimmste von allen, das wusste sie schon längst. Die ging ja neuerdings sogar in vornehmen Häusern ein und aus. Unerhört! Verärgert kehrte die Fyrowsche den Weibern den Rücken und machte sich nun doch endlich auf den Weg zum Alten Markt, um noch mehr über das Thema des Tages zu erfahren. Beke hingegen war froh, dass sich die Situation so auflöste. Sie machte sich ihre eigenen Gedanken über die Blomenows. Und über Hexen. Denn auch sie war mehr als einmal als eine solche beschimpft worden. Aber das wussten die jungen Mädels nicht. Nur Katharina. Fein, wie sie die unselige Tratscherei beendet hatte. Kluges Kind. Beke lachte Katharina erleichtert an.

Doch die hatte ihre Aufmerksamkeit schon in eine andere Richtung gelenkt. Sie lächelte noch, als sie zwei Gestalten auf die Gruppe zusteuern sah. Es war der alte Mattis. Und daneben der riesenhafte Landsknecht, der vor gut einer Woche in die Stadt gekommen war und jetzt beim Tune arbeitete.

Lukas trug einen mächtigen Sack über den Schultern, ging aber forschen Schrittes, als würde die Last ihm wenig ausmachen. Fast wäre die davoneilende Marie Fyrow mit ihm zusammengestoßen. Mit einem spitzen Schrei sprang sie dem Hünen aus dem Wege. Das sah so drollig aus, dass die Huren schon wieder schrecklich lachen mussten.

Mattis lief schnurstracks auf sie zu. »Na, meine Damen, alle bester Laune, wie man hört und sieht. Lasst uns teilhaben an eurer Fröhlichkeit«, krähte er schon von Weitem und fiel mit seinem typischen Ziegenbockgemecker ein. Lukas war die Unterbrechung gar nicht recht. Er wollte sich seiner üblen Last so schnell wie möglich entledigen. Aber er tat dem alten Knecht den Gefallen. In kurzer Entfernung ließ er langsam den Sack von den Schultern gleiten und stellte sich breitbeinig darüber. Dann gab er den Damen ausgiebig Zeit, ihn aus der Nähe zu betrachten. Lukas hatte unter ihnen sofort die zähe kleine Hurenmutter mit dem Narbengesicht und die frechen Dinger erkannt, die ihn bei seiner Ankunft in der Stadt verhöhnt hatten.

Die jungen Dirnen warfen sich auch gleich in Pose, wiegten sich in den Hüften und schickten ihm eindeutige Blicke. Aber Mattis wiegelte ab: »Dem braucht ihr keine schönen Augen zu machen, der hat keinen Groschen. Der Tune hält ihn bei Wasser und Brot«, tönte er.

Die Damen taten enttäuscht und brachten mit lauten Ohs und Achs ihr Bedauern zum Ausdruck. Beke aber wollte es genauer wissen: »Wieso Wasser und Brot? Er ist doch kein Gefangener.«

Mattis erklärte kichernd: »Der Tune ist es nun mal so gewohnt. Kommst du in die Fronerei, kriegst du Wasser und Brot. Und kommst du als Knecht in den Stall, kriegst du eben auch nur Wasser und Brot.

Mehr hat der Tune für seine fleißigen Diener nicht übrig.« Er zog die Schultern hoch und kehrte die leeren Handflächen nach oben.

Sofort bedauerten ihn die Dirnen ausgiebig. »Armer, armer Mattis«, miaute die eine und streichelte mitfühlend die leeren Hände. »Ach Gottchen, nur Gefängniskost. Das hat der gute alte Mattis aber nicht verdient«, schmeichelte die andere.

Katharina Sprollhaus stand dabei und schmunzelte. Dann wandte sie sich Lukas zu. In spöttischem Ton rief sie in seine Richtung: »Ihr seht nicht aus, als würdet Ihr vom Fleisch fallen, mein Herr. So ein großer Mann scheint noch was zuzusetzen zu haben.«

Lukas verzog kein Gesicht, aber seine Augen lächelten. Dann blickte er auf den abgestellten Sack zwischen seinen Knien. Katharina folgte dem Blick und setzte nach: »Oder versorgt Ihr Euch jetzt selbst? Der Sack scheint prall gefüllt.«

Mattis brach sofort in heftiges Kichern aus. Lukas zögerte noch einen Moment, dann löste er mit einem Zug das Seil, mit dem der Sack zugebunden war. Zum Vorschein kamen zwei große Hundekadaver, die augenblicklich übelsten Gestank verbreiteten.

»Mein Mittag«, verkündete Lukas lakonisch. Die Frauen sprangen angeekelt davon. Nur Beke und Katharina blieben stehen. »Darf ich die Damen zum Essen einladen?«, fügte er mit einer angedeuteten Verbeugung hinzu.

»Es wird doch nicht gar Euer eigener Hund unter diesen bedauernswerten Kötern sein?«, wollte Katharina jetzt wissen.

»Nein, der erfreut sich bester Gesundheit«, versicherte Lukas. Und Mattis setzte hinzu: »Der durfte heute nur nicht mit. Der bewacht zu Hause die Brotvorräte des Herrn Twen. Denn wie gesagt, der Tune hält ihn kurz. Und sein gefräßiger Ganter schnüffelt überall herum.«

Lukas stopfte wortlos die Hundekadaver zurück in den Sack und schnürte ihn zu. Zu den Aufgaben der Fronerei gehörte es, totes Viehzeug aus den Gassen der Stadt zu entfernen. Handelte es sich um kleine Tiere, deren Häute für die Gerber uninteressant waren, sammelten sie die Körper einige Zeit in einer flachen Grube, bis genügend beisammen waren, um sie hinaus auf den Schindanger vor dem Tribseer Tor zu bringen oder am Waldrand des Hainholz zu verbrennen.

Katharina beobachtete versonnen sein Tun. Er war nicht mehr jung, dieser Lukas Twen. Aber er war ein Mannsbild voller Kraft. Unter all den feinen Runzeln steckte das Gesicht eines Jungen. Ein ewiger Junge, ging es ihr durch den Kopf. Aber es gab solche und solche Jungs. Solche, die fröhlich und naiv sind. Und solche, die Katzen quälen und Mädchen die Haare ausreißen. Nein, auch vor einem Jungen musste man sich in Acht nehmen, besonders wenn er lange Soldat gewesen war wie der Twen. Katharina sah zu Beke hinüber. Die beiden Frauen blickten sich kurz an. Auch Beke schien noch unsicher, was sie von dem Kerl halten sollte. Immerhin gehörte er jetzt zur Fronerei und die Hurenhäuser der Stadt unterstanden dem Fronvogt. Der Geleitbrief des Rates garantierte ihre Gewerbefreiheit innerhalb der Mauern Stralsunds. Aber Beke musste jede Woche einen Teil ihrer

Einnahmen dem Tune bringen, damit er sie in Ruhe ihre Arbeit machen ließ. Dafür kam der Tune mit seinen Knechten zu Hilfe, wenn im Hurenhaus randaliert wurde oder sich späte Gäste nicht an das Ausgehverbot des Rates hielten. So wie neulich, als der reiche von Bentkow mit den langen blonden Haaren über Katharina hergefallen war und sich nicht vertreiben ließ. Da hatte der Tune schon Lukas dabeigehabt. Und der hatte das Jüngelchen einfach am ausgestreckten Arm toben lassen, bis es sich beruhigt hatte und mitging ins Turmhaus. Der neue Schinderknecht könnte noch ganz nützlich sein für sie und ihre Mädchen, hatte Beke endlich entschieden. Und Humor schien er auch zu haben. Deshalb machte sie jetzt auch einen Schritt auf den Riesen zu.

»Wenn du beim Tune nicht genug zu essen kriegst, dann komm doch mal bei uns vorbei. Eine Schüssel Suppe ist immer übrig für hungrige Mäuler«, sagte sie schroff und stemmte dabei die Hände in die Hüften.

Lukas blickte von oben auf den grauen Scheitel der Stupe-Hure herunter und stemmte ebenfalls die Hände in die Hüften. Dann sagte er: »Aber meinen Hund bringe ich mit, als Begleitschutz. Ihr seid mir über, Frau Beke, ich bin Euch nicht gewachsen.«

Alle brachen wieder in schallendes Gelächter aus.

Johannes Scheitel und Henricus Prutze gingen durch die engen Straßen zum Scharfrichterhaus. Prutze hatte den Doktor in dessen Haus in der Fährstraße abgeholt, um ihn zu der Untersuchung von Elisabeth Blomenow ins Turmhaus zu begleiten. Sie schlängelten sich über den Alten Markt und durch den Rathausgang in die Kleinschmiedstraße, überquerten die viel befahrene Heilgeiststraße und tauchten auf der anderen Seite in die Altböttcher Straße ein. Die beiden Männer versuchten, nebeneinanderzulaufen und dabei ein Gespräch zu führen, doch das gelang ihnen schlecht in den belebten Gassen. Immer wieder mussten sie Kothaufen ausweichen, vor die Tür gestellte Handwerkswaren umlaufen oder Karren vorbeilassen. Viele Passanten zogen ehrerbietig die Mütze vor dem Stadtphysikus und dem Gerichtsdiener. Sie gehörten aufgrund ihres Amtes zu den Respektspersonen der Stadt, keine Frage.

Doch die beiden beantworteten die Grüße nur flüchtig. Der Gegenstand ihrer Unterhaltung war viel zu heikel.

»Dem Vollrath ist es zu verdanken, dass wir jetzt einen Hexenprozess daraus machen müssen. Der hat doch tatsächlich darauf bestanden, dass seine Verdächtigungen ins Protokoll kommen«, ärgerte sich Prutze und fügte nach kurzer Pause hinzu: »Der Bürgermeister hat das natürlich gelesen und gleich den halben Rat zusammengetrommelt. Jetzt wollen sie das Verfahren ganz groß aufziehen.«

»Ist sie denn schon vernommen worden zu diesem Vorwurf?«, wollte Dr. Scheitel wissen.

»Ja, schon zweimal. Ich fürchte, eine dritte Tortur überlebt sie nicht. Beim letzten Mal ist sie immer wieder bewusstlos geworden«, antwortete Henricus Prutze mit finsterem Gesicht.

»Hat die Marter denn wenigstens etwas genützt? Hat sie irgendwas gestanden? So lasst Euch die Würmer doch nicht einzeln aus der Nase ziehen!«

Der Gerichtsdiener konnte nicht gleich antworten, weil ihn ein Mann begrüßte und sich nach seinem Befinden erkundigte. Er wimmelte den Bekannten kurzangebunden ab und setzte dann mit Scheitel seinen Weg fort.

»Nein, das ist es ja gerade. Sie lacht hysterisch und schreit immer den Tune an: ›Du bist der Teufel! Du bist der Teufel!‹. Etwas anderes hören wir nicht mehr von ihr«, nahm er den Faden wieder auf.

Johannes Scheitel schüttelte ärgerlich den Kopf. Halsstarrigkeit oder ehrliche Unschuld? Wer konnte das schon wissen, wenn einem die Pflöcke unter die Nägel getrieben wurden. Und er sollte nun zur Aufhellung beitragen. Ausgerechnet er, ein Mann der Wissenschaft! Er sollte die Haut von Elisabeth Blomenow nach Hexenmalen absuchen. Und eventuell auch bei der Tochter Ursula, wenn sich der Verdacht erhärtete. Sollten sie doch die Pfaffen holen, die kannten sich besser mit Hexen aus. Nicht einmal die Protokolle von den Verhören ließen sie ihn lesen. Er musste alles von Prutze erfragen, was für seine heikle Mission hilfreich sein könnte.

»Und im ersten Verhör, ging es da besser?«, forschte der Stadtphysikus weiter.

»Ach, das war auch schon so ein Theater. Nikolaus Rode bemüht sich ja nach Kräften. Doch der Vollrath ist völlig benebelt von seiner Theorie, die Blomenowschen seien Hexen. Er brachte eine Bibel mit zum Verhör, hatte sich mit Kruzifixen und Amuletten behängt und betete ununterbrochen. Zwischendurch hat er höchst unsachliche Kommentare eingeworfen, die wenig hilfreich waren. Inzwischen erzählt er in der ganzen Stadt herum, er sei ein Helfer Gottes und werde die Hexerei aus unseren Mauern verbannen.«

Die beiden blieben stehen und drückten sich in einen Hauseingang, um ein Ochsengespann mit Fässern vorbeizulassen.

»So bekommen wir nie heraus, was wirklich mit dem Neugeborenen passiert ist«, flüsterte Dr. Scheitel mehr zu sich selbst.

»Richtig, Herr Stadtphysikus, es ist so schade. Wir beide haben den Wurm gesehen, wie er da auf dem Tisch in Eurer Halle lag. Es war zum Gotterbarmen. Aber jetzt ist die Tragödie um die Kindstötung nur noch schmückendes Beiwerk für einen großen Hexenprozess. Es ist so jammerschade«, resignierte auch Prutze.

»Und was Ihr von den beiden Frauen berichtet, ist nicht weniger bejammernswert. Die eine wird wahnsinnig vor Seelenpein, der anderen brechen sie auf der Folter Körper und Verstand. In was für einer Zeit leben wir nur, Henricus ...«

Der Gerichtsdiener ließ die Schultern hängen. Selten hatte der Doktor so deutliche Worte gefunden. Es war nicht ungefährlich, Kritik an den Umständen anzumelden. Der Rat und die Geistlichkeit hatten viele Augen und Ohren. Und wenn man in einen Hexenprozess hineingezogen wurde, konnte das schnell Gerede geben. Man denke nur an den Scharfrichter, den die Blomenowsche immerzu als Teufel bezeichnete.

Natürlich war es naheliegend, in größter Pein den Peiniger zu beschimpfen. Kein Mensch würde dieses Geschrei ernst nehmen. Er schrieb das selbstverständlich auch nicht ins Protokoll. Aber es soll schon Fälle gegeben haben, wo die Vernehmer von Hexen am Ende selbst der Hexerei angeklagt worden sind, wusste er.

Schließlich sahen sich die beiden Männer noch einmal lange an und setzten ihren Weg dann mit gesenkten Köpfen fort. Gerade betraten sie die Filterstraße, wo sie schon aus einiger Entfernung den baumlangen Lukas Twen, umringt von einigen Frauen, bemerkten.

»Sehen Sie den Hünen dort? Ist das der neue Fronknecht?«, erkundigte sich Johannes Scheitel schnell.

»Ja, ganz recht. Ist übrigens kein dummer Kerl. Gar des Lesens und Schreibens mächtig. Und hat im Felde auf Seiten des sächsischen Kurfürsten gefochten. Dort war er übrigens Feldscher«, berichtete Prutze hastig, was er über Lukas Twen wusste.

Schallendes Gelächter hallte zu ihnen hinüber, als sie sich der Gruppe näherten. Der alte Mattis bemerkte sie zuerst, drehte sich zu ihnen um und zog mit einer tiefen Verbeugung die Mütze. »Gott zum Gruß, die Herren Prutze und Scheitel«, grüßte er hinüber.

Der Gerichtsdiener grüßte zurück und wollte weitereilen, doch der Stadtphysikus blieb plötzlich stehen. Er wartete einen Augenblick, bis die allgemeine Heiterkeit abgeebbt war, dann blickte er streng in die Runde. Schließlich wandte er sich an Beke, die Stupe-Hure: »Sind deine Damen alle gesund?«, fragte er streng.

»Alle gesund und frisch wie weißer Schnee«, antwortete die Hurenmutter ebenso kurz angebunden. Ihre Mädchen mussten schon wieder ein Kichern unterdrücken.

»Ich will hier keinen Seuchenherd für die Französische Krankheit, da sind wir uns ja wohl einig. Der Rat war überaus großzügig, dass er euch weiter erlaubt, eurem Gewerbe nachzugehen. Zeigt euch dieser Gnade bewusst. Wenn mir nur ein Fall der Lustseuche bekannt wird, lasse ich euer Haus schließen. Und wenn eins der Mädchen deutliche Zeichen trägt, schickst du es sofort zu mir. Habt ihr verstanden?«

»Jedes Wort, Herr Stadtphysikus. Meine Mädchen sind gesund«, betonte Beke noch einmal.

Nun wandte sich Johannes Scheitel an Lukas: »Du bist neu in der Stadt, wie ich höre. Wie sieht es denn um deine Gesundheit aus, Fronknecht? Man hört ja allerhand, was Soldaten aus dem Felde so mit sich schleppen an Krankheiten.«

Henricus Prutze hielt die Luft an. Auch die Frauen hörten endlich auf zu kichern. Ein Verhör zu solch persönlichen Dingen auf offener Straße, noch dazu inmitten einer schwatzhaften Schar Dirnen, das war schon ein ziemlich unverblümtes Vorgehen von Dr. Scheitel.

Auch in Lukas stieg Zorn auf. Eine Frechheit von dem hochnäsigen Kerl, dessen Namen er nicht einmal kannte. Er straffte die Schultern und blickte böse auf den Mann herunter. Dann sagte er mit leiser, aber gefährlicher Stimme: »Ihr müsst sehr viel Macht in dieser Stadt haben, um mir solche Fragen zu stellen. Ich wüsste gern Euren Namen und Euren

Titel, eher wir uns weiter unterhalten.« Der Stadtphysikus machte einen halben Schritt zurück und deutete eine Verbeugung an. »Der Einwand ist berechtigt. Ich darf mich vorstellen: Dr. Johannes Scheitel. Als Stadtphysikus obliegt es mir, über die Gesundheit der Stralsunder zu wachen, insbesondere den Ausbruch von Seuchen zu verhindern. Ich nehme diese Aufgabe sehr ernst.«

»In der Tat, dann dürft Ihr solche Fragen stellen. Ich wünschte nur, Ihr hättet den Anstand gehabt, dies unter vier Augen zu tun«, erwiderte Lukas.

Jetzt schmunzelte Dr. Scheitel. Ihm gefielen die Antworten des Hünen. Der war nicht dumm und auch nicht aufmüpfig, sondern schien Selbstbewusstsein und Anstand zu besitzen. Es war an der Zeit, die Probe zu beenden: »Ihr habt recht, verzeiht einem übereifrigen, zerstreuten Medikus. Vielleicht seid Ihr jetzt auch auf dem Weg zum Scharfrichterhaus, wo ich von Amts wegen zu tun habe. Solltet Ihr körperliche Gebrechen haben, kann ich Euch dort untersuchen – ohne die neugierigen Blicke der Damen.«

»Der hat nichts, was wir nicht schon gesehen hätten«, raunte Beke, die Stupe-Hure, hinter Scheitels Rücken.

Schon brach wieder Heiterkeit aus. Auch der Gerichtsdiener musste schmunzeln. Er kannte die Frauen aus Bekes Hurkuffen alle. Und das nicht nur, weil er ihre Namen alle paar Monate fein säuberlich in eine Liste einschreiben musste. Einmal im Jahr, zum Geburtstag unseres HERRN im Himmel, Jesus Christus, lud Henricus Prutze das ganze Hurenhaus der Kuttlosestraße zu einem Festschmaus in seine Wohnung ein. Sie hatten immer wieder angeboten, seine Großzügigkeit mit Liebesdiensten zu belohnen, doch es ging ihm nicht um Fleischeslust. Nur einmal im Jahr, nach der feierlichen Weihnachtsmesse, wollte er Leben, Wärme und Licht in seine bescheidene Behausung holen. Für sie alle war es die Illusion einer Familie, die sich um das heilige Licht scharte. Es war sein einziges Laster, diese Weihnachtsnacht mit den lasterhaften Frauen. Und weil es seine einzige Verfehlung in einem sonst tadellosen Leben war, verzieh ihm der Rat diese Schwäche. Im Gegenteil, Franz Wessel hatte ihm beim letzten Weihnachtsfest gelobt, dass er Barmherzigkeit übe und die Frauen bewirte, die sonst außerhalb der städtischen Gesellschaft standen. »Deine Armenspeisung mit den Dirnen geht mir ans Herz, Prutze. Du bist wohl doch kein vertrockneter Papierfresser …«, hatte der allmächtige Bürgermeister gedröhnt und ihm gönnerhaft die Schulter geklopft, dass es noch lange nachbrannte. Der alte Gerichtsdiener war geneigt, nur das Lob herauszuhören und nicht die Beleidigung.

Lukas überlegte noch, ob er auf das Friedensangebot des dreisten Stadtphysikus eingehen sollte, als dieser schon weitersprach: »Wie ich hörte, seid Ihr selbst nicht ganz unbewandert in der medizinischen Wissenschaft. Ihr habt als Feldchirurg gedient, nicht wahr?«

»Das stimmt, Herr Doktor. Allerdings bin ich mehr in den praktischen Dingen dieses Handwerks zu Hause. Die Weihen der Universität sind mir versagt geblieben«, berichtete Lukas.

»Nun, mein Herr, dann kann ich Eure praktischen Erfahrungen gleich gebrauchen: Im Scharfrichterhaus sitzt eine Delinquentin, die schwer unter der Folter gelitten hat und der Aufmerksamkeit eines Wundarztes bedarf. Und da Ihr dort neuerdings angestellt seid, könnt Ihr diese Arbeit übernehmen.«

Jetzt war es doch still geworden in der Runde. Die Frauen hörten aufmerksam zu, denn es konnte nur von der Blomenowschen die Rede sein. Der Knecht Mattis hingegen trat unruhig von einem Bein aufs andere. Was der Stadtphysikus hier vorschlug, griff eindeutig in die Aufgaben des Scharfrichters ein. Der Tune würde nicht begeistert sein, wenn man den Twen vorzog.

Auch Lukas war sich dieser Gefahr bewusst. Er wollte Martin Tune keinen Anlass geben, ihn gegen sich aufzubringen. Deshalb antwortete er nach kurzem Überlegen: »Euer blindes Vertrauen in meine Fähigkeiten ehrt mich, Herr Stadtphysikus. Aber seit ich in Stralsund bin, besteht meine Arbeit im Entleeren von Jauchegruben und dem Einsammeln verendeter Tiere. Wer so stinkt wie ich, dürfte wenig geeignet sein, Wunden zu reinigen und zu verbinden.«

»Da habt Ihr wohl recht, Herr …«

»Twen. Lukas Twen«, flüsterte Prutze dem Doktor ins Ohr.

»… Herr Fronknecht Twen. Ich will sehn, ob ich die Sache mit der Arbeitsverteilung mit dem Tune besprechen kann, wenn ich mich meiner Aufgabe in der Fronerei entledigt habe. – So, meine Damen, und nun wollen wir uns nicht mehr gegenseitig von unserem Tagwerk abhalten«, verabschiedete sich Johannes

Scheitel. Zügig setzte er seinen Weg Richtung Scharfrichterhaus fort, so dass Henricus Mühe hatte, Schritt zu halten.

Auch Lukas schulterte wortlos seinen Sack mit den Hundekadavern und winkte Mattis, damit der endlich loskam von den geschwätzigen Dirnen. Doch Katharina berührte ihn noch einmal am Ärmel. Lukas beugte sich herab zu ihr und sie flüsterte ihm ins Ohr: »Dem Gestank kann ich dir leicht abhelfen. Im Badehaus.«

Der große Mann richtete sich wieder auf und sah Katharina in die hellgrünen Katzenaugen. Obwohl das Angebot eindeutig war, konnte er keine Koketterie entdecken. Sein Herz schlug plötzlich bis zum Hals. Dann ging er einfach davon.

Martin Tune schloss auf Geheiß der beiden Amtspersonen die Zellentür auf. In einer Ecke auf einer spärlichen Strohschütte lagen die beiden Frauengestalten eng beieinander. Sie versuchten, sich gegenseitig zu wärmen und der bitteren Kälte im Turmhaus zu trotzen. Ursula Blomenow hob den Kopf, als die drei Männer hereinkamen, doch ihr Blick war leer. Ihre Mutter hingegen rührte sich nicht.

Es war sofort ersichtlich, dass Elisabeth schwer unter den Folgen der hochnotpeinlichen Befragung litt. Es schien undenkbar, dass sie auf eigenen Füßen die Zelle verlassen könnte, um hinunter in den Verhörkeller zu gehen. Es war wohl überhaupt nur den

Bullenkräften des Tune zu verdanken, dass sie nach der gestrigen Befragung wieder hier hinauf in ihre Zelle gekommen war.

Henricus Prutze überlegte sich schnell etwas, wie er den Tune im Rücken loswerden konnte: »Herr Fronvogt, ob Ihr wohl die Freundlichkeit hättet, mir eine Sitzgelegenheit zu bringen? Wir werden die Untersuchung gleich hier an Ort und Stelle vornehmen, aber ich kann das Protokoll schlecht im Stehen schreiben«, bat er ihn.

Der Henker wandte sich wortlos ab und stapfte davon. Die Zellentür ließ er sperrangelweit offen.

Dr. Scheitel hatte sich schon zu Ursula hinuntergebeugt. Er sprach beruhigend auf sie ein: »Komm, gib mir deine Hand, ich helfe dir auf. Ich will deiner Mutter helfen, Kind. Sei vernünftig und lass mich an die Sieche heran.«

Ursula leistete keinen Widerstand. Sie mühte sich auf und drückte sich in die andere Ecke der Kammer. Ihre Mutter, der Stütze beraubt, rollte auf den Rücken und stöhnte dabei leise. Die Augen öffnete sie jedoch nicht.

Der Stadtphysikus legte ihr seine Rechte auf die Stirn und wollte dann nach den Händen greifen, um deren Temperatur zu prüfen. Erschrocken hielt er inne. Von Elisabeth Blomenows Händen war nicht mehr viel übrig. Der Scharfrichter hatte mit Daumenschrauben und Pflöcken bei der Tortur ganze Arbeit geleistet. Johannes Scheitel warf dem Gerichtsdiener über die Schulter einen schnellen Blick zu. Der schüttelte nur betrübt den Kopf.

Hinter Henricus polterte etwas zu Boden. Der

Henker hatte einen Schemel gebracht und unsanft auf die Erde gestellt. Sie hatten ihn nicht kommen hören. Tune stand in der Tür wie ein lauerndes Tier. Seine kleinen Augen huschten zwischen Prutze und Scheitel hin und her. Der Doktor ergriff schließlich das Wort: »Herr Tune, bringt bitte unverzüglich eine Schüssel Wasser und saubere Lappen.«

Der Scharfrichter rührte sich nicht von der Stelle. Dann grunzte er: »Wozu?«

»Ich gedenke, die Wunden dieser Frau zu versorgen. Danach werde ich ihr aus ihrem Kleid helfen, um die Schau vorzunehmen.« Mit einem Blick auf das am Boden liegende Menschenbündel fügte Johannes Scheitel hinzu: »Naja, viel auszuziehen gibt es ja nicht mehr. Bringt also auch zwei, drei wärmende Decken. Und ein Fuder Stroh für den Fußboden. Es ist ja eiskalt hier.«

Der Tune bewegte sich noch immer nicht. Er blickte zum Gerichtsdiener hinüber und schnaubte: »Wozu das Ganze? Die Frau ist verbranntes Fleisch.«

Henricus Prutze schluckte schwer. Natürlich hatte der Henker recht. Es gab wohl nichts, was die Blomenow vor dem Scheiterhaufen retten konnte. Und ihre Tochter wahrscheinlich auch nicht. Trotzdem krampfte sich sein Herz zusammen angesichts der kalten Logik des Martin Tune. Dr. Scheitel schien es ähnlich zu gehen. Er kam aus der Hocke hoch mit gesenktem Kopf, als wollte er wie ein Stier auf den Scharfrichter losgehen.

Der Gerichtsdiener musste eingreifen. Ein Gefühlsausbruch war wohl an diesem Ort fehl am Platze, noch dazu in Anwesenheit der Verdächtigen. Also baute sich Henricus vor dem Fronvogt auf und sagte nachdrücklich: »Herr Tune, noch ist diese Frau nicht verurteilt. Und der Rat wünscht, dass sie bei wachem Verstand ihr Urteil hört und annimmt. Sonst werden die Flammen wohl kaum die reinigende Kraft haben, ihre unsterbliche Seele zu retten. Also bitte – tut Eure Pflicht, zu der es auch gehört, die Delinquenten lebend und aufnahmebereit bis an ihr bitteres Ende zu begleiten.«

Martin Tune sagte nichts, kein Muskel zuckte in seinem feisten Gesicht. Dr. Scheitel setzte nach: »Am besten, Ihr schickt uns Euren Knecht Twen. Der ist bewandert in der Wundversorgung.«

Henricus Prutze hielt die Luft an. Schluckte Tune diese Kröte? Doch der wandte sich wortlos ab und stiefelte davon. Sein ganzer Körper drückte Widerwillen gegen diese Anordnung aus. Aber der Stadtphysikus und der Gerichtsdiener standen in der Hierarchie über ihm. Prutze hatte das Vertrauen des Rates. Das hatte Tune wohl auch, aber was viel schwerer wog: Der Gerichtsdiener war ein ordentlicher Bürger dieser Stadt. Der Scharfrichter war auf seine Art ein Echtloser. Ein notwendiges Übel, aber eben ein Übel. Henricus genoss es in diesem Augenblick, dass er dem Tune über war.

Dr. Scheitel atmete hörbar aus, als müsse er Dampf ablassen. Dann beugte er sich unverzüglich wieder hinunter zu Elisabeth. Und traute seinen Augen nicht: Sie lächelte mit geschlossenen Lidern. Dann versuchte sie, etwas zu sagen. Johannes Scheitel näherte sein Ohr ihrem Gesicht, als sie es noch einmal versuchte.

»Dem habt Ihr es aber gegeben, dem Teufel«, flüsterte die Blomenowsche.

Henricus Prutze hatte es auch gehört. Er plumpste sprachlos auf den Hocker, den der Tune hereingetragen hatte.

Auch der Stadtphysikus war überrascht. Er lächelte ebenfalls, als er versuchte, die entkräftete Frau aufzurichten. »Ihr macht es dem armen Teufel aber auch schwer. Er müht und plagt sich ab mit Euch, Elisabeth Blomenow, und Ihr wollt einfach nicht gestehen«, ging er auf ihren Ton ein. Ernst fügte er hinzu: »Ich bin froh, Euch bei wachem Verstand zu erleben. Aber Euer Körper spricht eine andere Sprache. Wie kann ich Euch Erleichterung verschaffen?«

Ursula war herangekrochen und hatte sich hinter ihre Mutter gekniet. Sie hielt deren Oberkörper aufrecht. Elisabeth Blomenow öffnete jetzt mühsam die geschwollenen Augen. »Mir ist hier immer so kalt …«, sagte sie mit schwacher Stimme, fügte dann aber doch hinzu: »Warm wird's wohl erst wieder im Feuer.«

Dr. Scheitel schüttelte den Kopf. »Euch ist kalt, weil es hier selbst für einen wohlbekleideten, gutgenährten Menschen eisig ist. Außerdem scheint Ihr mir ein wenig Wundfieber zu haben, Frau Blomenow. Wir werden uns gleich mit Euren Händen befassen. Ich kann Euch nicht versprechen, dass das nicht schmerzen wird, aber hinterher wird es besser, Ihr werdet sehen.«

»Ihr seid sehr gütig, mein Herr. Welcher Engel hat Euch in meine Zelle geführt?« Ihr Tonfall blieb spöttisch, aber die Stimme wurde nicht kräftiger.

»Das ist Dr. Johannes Scheitel, der Stadtphysikus. Er ist beauftragt, Euch zu untersuchen und sich ein Bild von Eurem Zustand zu machen«, klärte Prutze sie von seinem Hocker aus auf.

Elisabeth schwieg eine Weile, als müsste sie Kraft sammeln. Dann antwortete sie völlig klar: »Ihr sollt sicherlich nach Hexenmalen schauen. Das fehlt wohl noch im Protokoll, nicht wahr?«

»Ihr seid eine kluge Frau, Elisabeth Blomenow. Ich hoffe, Ihr macht mir keine Schwierigkeiten und ich kann mich dieser Pflicht entledigen«, sagte Dr. Scheitel nach einer kurzen Pause, während er ihr die Fetzen des Kleides von den Schultern streifte und ihren Oberkörper untersuchte.

Vom Hof her hörte man Martin Tune schnauzen. Er ließ seinen Ärger an den Fronknechten aus, die offenbar eben auf den Hof gekommen waren. Man konnte seine Worte nicht verstehen, denn sie wurden durch das Geschrei seiner streitsüchtigen Gänse übertönt. Schließlich kam auch noch das heisere Bellen des großen Hundes dazu, der seinen heimkehrenden Herrn begrüßen wollte. Der Gerichtsdiener empfand diese Geräuschkulisse als sehr störend, während er mit Tintenfass, Feder und Papier auf seinen Knien balancierte. Doch dem Doktor schien das nichts auszumachen. Er bemerkte nur: »Hoffentlich vergisst der Herr Tune über seine Zankerei mit dem Gesinde nicht die Aufträge, die wir ihm aufgegeben haben.« An Prutze gewandt fügte er hinzu: »Ich kann an der Vorderseite keine Male oder Flecken entdecken. Einzig abgesehen von den schwarzen und blauen Flecken, die unzweifelhaft von der Tortur stammen …«

Es dauerte wenigstens zehn Minuten, bis der

Stadtphysikus die Untersuchung der Blomenowschen abgeschlossen hatte, denn er ging so vorsichtig wie möglich zu Werke. Es gab allerdings eindeutige Anweisungen, wonach er suchen sollte: auffällige Leberflecken in erkennbarer Gestalt, die Tiere, Fratzen oder Fabelwesen darstellten. Feuermale. Oder Fleckchen mit starker, starrer Körperbehaarung, sogenannte Hexenborsten. Absonderliche Abszesse, aus denen schwarze kleine Tiere hervorkrochen – alles Ausgeburten der Hölle. Die Geistlichen kannten sich da besser aus, aber auch Dr. Scheitel hatte einiges lesen müssen über derlei äußere Zeichen der Satansbuhlschaft.

Elisabeth stöhnte nur einige Male unterdrückt, als ihr geschundener Körper hin und her gedreht wurde. Ursula war dabei keine Hilfe. Sie saß die meiste Zeit teilnahmslos dabei und schaukelte mit dem Oberkörper. Erst als es darum ging, ihre Mutter wieder mit den Resten ihres zerrissenen Kleides zu bedecken, griff sie zaghaft mit zu.

Prutzes Protokoll war kurz. Er hatte Datum und Anlass der Untersuchung notiert und dazu die Worte des Mediziners:

»Ich kann am Körper der angeklagten Elisabeth Blomenow keine Hexenmale finden. Es gibt keine auffälligen Zeichen auf der Haut – abgesehen von denen, die eindeutig von der hochnotpeinlichen Befragung stammen.«

Schließlich erhob sich Dr. Scheitel und deckte die Blomenowsche mit seinem eigenen Mantel zu, denn ihm war warm geworden beim Bewegen des kraftlosen Körpers. Ungeduldig schielte er auf den Gang hinaus. Wo blieb nur der Tune mit den angeordneten Sachen?

Tatsächlich hörte man jetzt jemanden die Treppe hinaufsteigen. Allerdings war es nicht Martin Tune, sondern sein Knecht Twen. Lukas hatte Mühe, seinen riesigen Körper durch die niedrige Türöffnung zu quetschen. Noch dazu war er beladen mit einem großen Sack und einem Eimer voller Wasser.

»Kommt einen Moment auf den Gang, Herr Stadtphysikus, damit ich die Sachen hineintragen kann, ohne Euch umzurennen«, forderte er schließlich, als erkennbar war, dass so viele Menschen nicht in den kleinen Raum passten. Auch Henricus sprang schnell auf und griff seinen Schemel, um hinter Scheitel auf den Gang zu treten.

Lukas legte zunächst den mit Stroh gefüllten Sack auf die Erde und stellte das Wasser ab. Dann schob er Elisabeth Blomenow die Arme unter Nacken und Kniekehlen. Er hob sie auf, als wäre sie ein Kind und bettete sie vorsichtig auf den Strohsack. Dann ging er wortlos wieder hinaus, um keine zwei Minuten später mit einem weiteren Strohsack für Ursula und einigen Decken wiederzukommen. Über der Schulter hing ihm ein halbwegs sauberes Leinentuch.

Der Gerichtsdiener und der Stadtphysikus sahen sich schweigend an und ließen den Fronknecht gewähren. Seine Bewegungen in der kleinen Zelle zwischen den am Boden kauernden Frauen waren gewandt und sicher. Jetzt ergriff er die gemarterten Hände von Elisabeth und tauchte sie Zentimeter für Zentimeter in den Eimer mit Wasser. Sie stöhnte auf, ließ aber alles mit sich geschehen. Lukas wartete eine Weile, bis die Kälte für eine gewisse Betäubung gesorgt hatte. Dann zog er eine spitze Pinzette aus seinem Wams und wusch sie ebenfalls im Wasser. Anschließend entfernte Lukas die geborstenen, schwarz verfärbten Nägel von den Fingern. Elisabeth Blomenow schloss die Augen und biss die Zähne zusammen. Die Kraft dieser Frau schien unerschöpflich.

»Ihr seid sehr tapfer. Ich habe Männer schreien hören, die deutlich weniger verletzt waren«, redete Lukas Twen mit seiner tiefen Stimme beruhigend auf sie ein und hielt einen Moment in der Arbeit inne.

»Eine Nadel werde ich damit wohl nicht mehr halten können«, antwortete Elisabeth Blomenow und versuchte ein Lächeln.

In diesem Moment drückte Lukas zu und richtete die ausgerenkten Knöchelchen an zwei Fingern. Ein leises Knacken klang durch den Raum, gefolgt von einem zischenden Schmerzenslaut. Erschöpft ließ sich Elisabeth zurücksinken. Schnell tauchte Lukas ihre Hand noch einmal ins eiskalte Wasser, bis der Schmerz etwas nachließ. Dann riss er das Leinentuch in schmale Bahnen und umwickelte damit vorsichtig erst die rechte, dann die linke Hand.

Die Blomenowsche schien ohnmächtig. Vielleicht war sie aber auch nur vor Erschöpfung eingeschlafen. Lukas wickelte sie in zwei große Decken und steckte die Enden unter dem Strohsack fest. Schließlich verließ er noch einmal kurz die Zelle, kehrte mit einem Reisigbesen zurück und fegte die alte Strohschütte zusammen. Ursula drückte sich ängstlich in eine Ecke und beobachtete mit weitaufgerissenen Augen die Vorgänge. Der Fronknecht schob den zweiten Strohsack dicht neben den der Mutter und legte eine weitere Decke darauf. Er wies mit der Hand erst auf Ursula, dann auf die neue Schlafstätte. Das Mädchen folgte seiner Anweisung zögernd, aber sie hatte ihn verstanden.

Prutze und Scheitel hatten kein Auge von seinem Tun gelassen. Jetzt baute sich Lukas vor ihnen auf und sagte: »Ich hoffe, ich habe alles zur Zufriedenheit der Herren erledigt. Ob es nützen wird, weiß ich nicht. Eine kräftigende Suppe wäre jetzt gut für die Gefangene. Aber in diesem Hause wird sie so eine nicht bekommen.«

»Ich werde dafür sorgen, dass jemand eine kräftigende Suppe bringt, Herr Twen. Wenn Ihr denn dafür sorgt, dass Frau Blomenow sie auch bekommt«, antwortete Johannes Scheitel.

»Ich tue, was in meiner Macht steht«, versicherte Lukas und wandte sich zum Gehen. Er musste dem Henker Bescheid sagen, dass er die Zellentür wieder abschließen konnte. Dann zögerte er doch noch kurz und knurrte über die Schulter: »Und was mich betrifft, so bin ich vollkommen gesund, Herr Stadtphysikus.«

Der musste schmunzeln: »Nun, Herr Fronknecht, hoffen wir, dass es so bleibt. Hoffen wir es. Gottes Segen dafür!«

»Richtig, das liegt allein in Gottes Hand«, gestattete sich Lukas das letzte Wort, ehe er die Treppe hinunterlief.

Martin Tune ließ sich den Rest des Nachmittags nicht mehr blicken. Keiner seiner Knechte wusste, wo er sich herumtrieb. Ob er wohl einfach mit einem Krug Kornbrand ins Bett gestiegen war? Das tat der Scharfrichter zuweilen, wenn er niemanden sehen wollte. Jedenfalls war offensichtlich, dass er schwer am Besuch der beiden Amtspersonen heute Vormittag zu kauen hatte. Und dass er die Versorgung der Delinquentin sang- und klanglos dem Twen überließ, gab weitere Rätsel auf. Wahrscheinlich wollte er sich an der Hexe einfach nicht die Hände schmutzig machen. So etwas wie Barmherzigkeit war dem Stralsunder Scharfrichter fremd.

Mattis nutzte jedenfalls die Abwesenheit des Fronvogts, um sich in den Bierkeller zurückzuziehen und seinen Humpen eins ums andere Mal zu leeren. Lukas und Wulf leisteten ihm eine Weile Gesellschaft. Doch der junge Tune war schnell benebelt von dem Bier und trollte sich davon, um irgendwo in der Stadt die Mädchen anzuglotzen. Schließlich gesellte sich ein Gast hinzu: Roland Monnick, der zweite Gerichtsdiener der Stadt. Er wollte irgendetwas mit dem Scharfrichter bereden, entdeckte die Zecher und blieb einfach sitzen bei einem Humpen aus Tunes Hausbrauerei.

Lukas merkte schnell, dass Monnick seinem Amtsbruder Henricus Prutze nicht das Wasser reichen konnte. Aber Monnick hatte eine andere Funktion im Getriebe dieser Stadt. Er war eine Art Mädchen für alles, wieselte zwischen Rathaus, Fronerei, Kustodie und Torschließerhaus hin und her, überbrachte Botschaften der Ratsherren an den Scharfrichter, die

Garde, die Torwärter und Nachtwächter. Er kannte sich aber auch in den Zünften und auf den Märkten aus und nicht zuletzt in den Hurkuffen. Ja, Roland Monnick rühmte sich nicht zu Unrecht, dass er die Behausung jedes einzelnen Stralsunders ausfindig machen konnte. Er merkte sich, wo ein Kind geboren wurde und wo eine Hochzeit stattfinden sollte, wer eine Beerdigung ausrichten musste und wo ein großes Besäufnis bevorstand. Nie fehlte Roland Monnick, wenn auf dem Breiten Stein, der gleich neben dem Pranger am Alten Markt stand, die Verlöbnisse und andere Neuigkeiten von öffentlichem Interesse bekannt gegeben wurden. Überall, wo es etwas zu essen und zu trinken gab, tauchte der umtriebige Gerichtsdiener auf und holte sich sein Stück vom Kuchen. Denn wer ihn nicht ordentlich bewirtete, musste mit Anzeige und Strafe rechnen. Irgendeine Verordnung des Stadtrates gab es immer, gegen die man verstoßen konnte. Und hatten die Ratsherren keine Regel erlassen, dann gab es ja noch das Gebot Gottes, das von der Kanzel gepredigt wurde. Bei der Kirche vom Monnick angezeigt zu werden, konnte einem die entsetzlichsten Schwierigkeiten bereiten.

Also saß der zweite Gerichtsdiener auf jeder Familienfeier in Stralsund mit am Tisch. Solange er sich mit Speisen und kleinen Gaben begnügte, war er ein kalkulierbares Übel. Besondere Freude konnte man ihm bereiten mit einem kleinen Krug Schnaps, denn der Monnick sprach gerne den geistigen Getränken zu. Hatte er sich einen ordentlichen Schwips angetrunken, wurde er großspurig und hielt gern Lobreden auf die eigene Person. Und mochte ihm niemand mehr zuhören, schlich er sich in die Hurenhäuser und frönte der Fleischeslust. Natürlich ohne je einen Groschen dafür zu bezahlen. Kam ihm eine Dirne frech und forderte Lohn für ihre Gefälligkeiten, konnte der Monnick sie schnell der Winkelhurerei bezichtigen. Und die war in Stralsund strafbar. Frauen, die nebenher anschafften, ohne zu einem amtlich gemeldeten Hurenhaus zu gehören, landeten am Schandpfahl – ordentlich gestäupt und dann zur Stadt hinausgejagt. Das übernahm der Monnick dann zuweilen sogar gern selbst.

Dies alles erzählte er freimütig im Keller des Scharfrichters Tune, als er vom neuen Fronknecht ausgefragt wurde, wer er denn sei und worin seine Arbeit im Dienste dieser Stadt bestehe. Lukas stellte hier und da eine kleine Zwischenfrage, ansonsten sprudelte es aus Roland Monnick schon beim zweiten Humpen Bier ganz von selbst heraus. Lukas und Mattis sahen sich vielsagend über ihre Krüge hinweg an und ließen den Gerichtsdiener schwatzen.

Nicht dass er angewiesen sei auf die käuflichen Weiber, stellte Monnick gerade klar. Er halte sich seine eigene Hure! Die Dänisch-Grete stehe nur in seinen Diensten. Tageweise lebe sie sogar in seiner Bude und halte den Haushalt in Ordnung. Das Weib sei über alle Maßen in ihn verliebt und wolle gar seine Ehefrau werden. Roland lachte aus voller Kehle, bis ihm die Tränen kamen. Als wenn er, ein vollrechtlicher Bürger der Stadt und eine unentbehrliche Stütze der Obrigkeit, eine zugezogene Hure zu einer ehrbaren Frau machen würde. Aber solle die Dänisch-Grete ruhig daran glauben, dass er es eines Tages täte. Das mache das Weibsstück gefügig und anstellig. Ganz nebenbei: Seine Hure sei gut im Geschäft und liefere talerweise bei ihm ab. So ein Zubrot könne man immer gebrauchen. Die Entlohnung durch den Rat sei karg genug, bei allem, was er für die Stadt tue …

»Wir kennen deine Grete zur Genüge, Monnick. Die schüttelt auch unserem Herrn Tune die Betten auf«, warf Knecht Mattis ein und griente schon wieder mehrdeutig.

Monnick plapperte gleich weiter: »Ja, richtig, das habe ich doch klug eingefädelt, nicht wahr? Ich habe das dem Tune vermittelt, dass die Grete im Scharfrichterhaus hilft. Wo er doch als Witwer schlecht selbst sauber machen kann.«

»Der Tune ist Witwer?«, hakte Lukas nach. Es hatte ihn schon gewundert, dass keine Frau im Haus war. Die Dänisch-Grete, die einmal die Woche kam und ein paar Stunden in der Wohnung des Scharfrichters blieb, hatte er für eine geliehene Magd gehalten. Leider kochte die Grete auch das Essen für die Männer. Sie setzte einen riesigen Kessel Wasser aufs Feuer und wenn es brodelte, warf sie alles hinein, was sie in der Küche finden konnte. Vieles davon war vergammelt und welk. Wenn sie abends nach Hause ging, zog sie den Kessel vom Feuer – und die Männer sollten dann eine ganze Woche von dem Fraß leben.

»Der Tune ist schon seit Jahren Witwer. Seine Frau ist recht jung gestorben. Da war der Wulf noch nicht alt. Sie war die Enkelin des Scharfrichters aus Halberstadt. Der Tune war wohl über paar Ecken mit der Familie verwandt. War eine gute Partie, so unter Henkersfamilien. Einstellung auf Lebenszeit in einer Stadt wie Stralsund – das versprach schon ein ordentliches Auskommen. Hat sie wohl nicht ungern hergegeben, ihr Großvater«, behauptete Roland Monnick.

Mattis tischte jedoch eine andere Version auf. Schließlich war er schon lange Knecht in der Fronerei: »Gesoffen hat sie, die feine Frau Tune! Gesoffen wie ein Loch. Lag morgens ewig im Bett und hat schon am Vormittag die Branntweinflasche am Hals gehabt. Dass es hier so schäbig aussieht, das ging schon zu deren Zeiten los. Der Tune hat tapfer mitgehalten. Und abends kriegten die sich dann das Prügeln. Laut schreiend durchs ganze Haus und manchmal noch quer über den Hof. Und wenn der Tune sie dann zu fassen kriegte, hat er sich auf sie geworfen und ihr die Röcke hochgehoben. Dann hat sie weiter geschrien, jetzt aber vor Vergnügen. Haben wir alle großen Spaß dran gehabt. So im Suff müssen sie auch den Wulf gezeugt haben, der hatte von Anfang an eine weiche Birne.«

»Na jedenfalls war der Junge acht oder neun, da ist seine Mutter im Haus zu Fall gekommen und nicht mehr aufgestanden. Hat am Ende der Stiege gelegen, der Schädel war gespalten, es war eine mächtige Sauerei. Der Wulf stand die ganze Zeit oben an der Treppe und starrte hinunter. Vom Vater war weit und breit nichts zu sehen. Ich war damals gerade frisch im Amt, aber man hat mich gleich zur Untersuchung herangezogen. Der Prutze musste ein langes Protokoll schreiben, der alte Federfuchser«, führte Monnick die Geschichte zu Ende.

Dann hatte er das Thema aber wohl satt und stellte nun seinerseits Fragen, die schnell auf den eigentlichen Grund seines Besuches hindeuteten. Es wurde klar, dass ihn die Gerüchte über den bevorstehenden Hexenprozess ins Scharfrichterhaus getrieben hatten. »Da werden wir wohl einen ordentlichen Scheiterhaufen auf dem Alten Markt aufrichten müssen. Vielleicht sogar zwei. Wie die Mutter, so die Tochter ...«, meinte er über seinen Humpen hinweg.

Lukas war erstaunt: »Wie, ihr richtet die Hexen direkt auf dem Marktplatz?«

Mattis nickte nur, aber der Monnick wurde ganz rot vor Eifer. Oh ja, beschied er dem Zugezogenen, ein prächtiges Schauspiel gebe das ab, wenn eine Hexe brenne. Die Märkte und die Werkstätten blieben an solchen Tagen geschlossen, damit alles Volk zusehen könne. Zunächst führe man die Hexe durch einige Gassen oder fahre sie im Schinderkarren, wenn sie nicht mehr laufen könne. Damit jeder ehrliche Mensch ihr ins Gesicht sehen und sie bespucken könne. Es bringe Glück, alle Flüche, die man kennt, über dem teuflischen Weib auszuschütten. Sie könnten einen dann selbst nicht mehr treffen, versicherte der Gerichtsdiener mit gesenkter Stimme. Schließlich lange der Zug dann an der Richtstätte an. Zunächst gehe es in die Gerichtslaube unterm Rathaus-Umgang, da werde das Urteil verlesen. Auch der Priester warte da und frage, ob die Hexe dem Satan abschwöre. Sie müsse klar und deutlich antworten. Dann gehe es schnurstracks auf den Scheiterhaufen. Er habe schon so mancher Teufelsbuhle dort hinaufgeholfen. »Unser schöner Marktplatz, dahinter das Rathaus und St. Nikolai – es kann ja wohl keinen würdigeren Ort für sein solches Schauspiel geben!«, warf sich

Roland Monnick in die Brust. Eine Zeit lang habe man die Hexen in den Sund getaucht, fest gebunden an Armen und Beinen natürlich. Mancher Satansbraut sei es trotzdem gelungen, sich zu winden und die Nase über Wasser zu halten. Da hätte der Scharfrichter mit einer langen Stange nachhelfen müssen, damit sie endlich unterging. Aber das Ersäufen sei doch nicht das Wahre. Ins Feuer müssten die teuflischen Dirnen, das helfe viel besser. Natürlich sei das immer viel Arbeit für die Fronknechte. Da müssen der Platz gefegt und mehrere Fuder Holz geholt werden. Und für das Aufrichten des hohen Pfahles, an den man die Hexe binde, brauche man die Hilfe der Zimmerleute. Die würden einen festen Fuß zimmern, da komme dann das Holz drum herum. Schön harzig müsse es sein, denn so ein Teufelsleib brenne nicht so leicht wie man denke. Das Büßerhemd ja, die Haare auch, das gehe schnell. Aber das Fleisch selber, das brauche so seine Zeit, wenn das Feuer zu klein sei. Und es sei ja noch viel mehr zu bedenken. Man müsse Helfer gewinnen, die mit Wassereimern bereitstehen, falls ein heftiger Wind die Funken aufwirbelt. Es solle ja schließlich nicht die halbe Stadt abbrennen, sondern nur die Hexe. Und eine Absperrung müsse sein, um die Leute ein Stückchen fernzuhalten von dem Schauspiel. Sie würden sonst so nah heranrücken, dass sie sich selbst Haar und Brauen absengten. Arbeit, Arbeit, Arbeit. Nichts als Arbeit habe man mit so einer Hexenverbrennung!

Monnick hatte sich die Kehle trocken geredet und musste sich jetzt zunächst den Bierkrug neu auffüllen. Lukas nutzte die Pause für eine Zwischenfrage: »Müsst ihr oft den Scheiterhaufen aufrichten?«

Mattis wiegte den Kopf und verzog das Gesicht, als müsste er scharf überlegen. Aber Monnick war um Auskunft nicht verlegen: »Nein, leider viel zu selten. Alle paar Jahre mal eine. Dabei bin ich mir sicher, dass hier mehr Hexen rumlaufen als uns lieb sein kann. Wenn es nach mir ginge, hätte ich zum Beispiel die alte Trine längst auf den Scheiterhaufen gebracht. Die treibt hier immer noch ihr Unwesen.«

»Äch, Monnick, die ist doch keine Hexe«, winkte Mattis verächtlich ab.

»Aber doch, jaja!«, hielt der Gerichtsdiener eifrig dagegen.

»Nein, nie im Leben. Nun lass mal die Trine Bruse in Ruhe, die hat genug gebüßt für ihren Fehler«, versuchte es der alte Knecht noch einmal.

Aber Monnick hatte einen neuen Gegenstand gefunden, um sich zu ereifern: »Und doch ist Trine Bruse eine Hexe. Eine waschechte, wie sie im Buche steht. Damals, der Montag nach Palmarum anno 1525, das war alles schon Werk des Teufels. Der hat wollen Priesterblut trinken! Und heute geht die alte Trine immer noch umher, ist älter als der älteste Baum, was auch schon unnatürlich ist ...«

»Die ist nicht älter als ich. Eher noch ein bisschen jünger«, warf Mattis schwach in die Debatte.

Aber der Monnick ließ sich nicht bremsen: »Sie geht im ganzen Umland umher. Läuft immer wieder weg aus St. Heilgeist und kehrt tagelang nicht heim. Und wo sie vorbeigezogen ist, da geben die Kühe plötzlich keine Milch mehr. Es soll auch schon ein Kindelein gestorben sein, zu dem sie sich in die Wiege gebeugt hat. Die Mutter hatte es hinausgeschoben in die Sonne und legte derweil die Laken auf der Wiese aus zum Bleichen. Und wie sie sich umwendet, steht die alte zerlumpte Trine Bruse aus Stralsund über das Kleine gebeugt und murmelt Zaubersprüche. Und eine Woche später war das Kind tot. Nun sag selbst: Das ist doch Hexerei! Da gibt es doch gar keinen Verdacht mehr!«

Mattis schüttelte nur müde den Kopf. Es hatte keinen Sinn, sich gegen den eifrigen Gerichtsdiener und seine fertige Meinung aufzulehnen. Und es war auch gefährlich, Partei für jemanden zu ergreifen, der von vielen Stralsundern der Hexerei verdächtigt wurde.

Für Lukas Twen war die Geschichte indes nicht weniger interessant als die von der Witwerschaft seines Brotherren.

»Verzeih, Monnick, aber da ich neu in der Stadt bin, weiß ich mit dem Namen dieser Frau nichts anzufangen. Was war denn damals im April 1525 los? Du erwähntest dieses Datum«, mischte er sich vorsichtig ins Gespräch.

»Das kann ich dir genau sagen, Twen, da hat es hier die größte Welterschütterung seit Gründung der Stadt gegeben. Da ertönten die Posaunen von Jericho und die Mauern der Klöster und Kirchen am Sund bebten!« Roland Monnick war von seinem Schemel aufgesprungen und redete sich in Rage. Er erzählte die altbekannte Geschichte, wie der Stralsunder Rat alle Bettler und Armen in die Nikolai-Kirche gerufen hatte, damit sie ihre Gebrechen und verrenkten Glieder vorwiesen, ihre schrundige Haut und ihre klapperdünnen Leiber. Danach wollten die edlen Herrn einschätzen, ob sie tatsächlich bedürftig seien und in welchem Ausmaße. Der Prutze habe sogar mit Tinte und Pergament am Pult des Predigers gestanden und sollte die Namen aufschreiben, damit es auch mit der Armut am Sunde seine Ordnung finde.

Ungewöhnlich viel Volk sei herbeigeströmt durch das Portal von St. Nikolai. Auch solche, die nicht in Lumpen und an Krücken gingen. Die standen als Gaffer in den Nischen und betrachteten neugierig die Armenschau. Viele Knechte waren darunter und freie Handwerksburschen mit losem Mundwerk und geballten Fäusten. Die Prediger sahen es mit Unmut, dass weitere Massen hereinströmten und wollten die Pforten schließen. Inzwischen versammelte sich aber auch vor der Kirche schon eine Menge und verhinderte dies. Die sahen nun aber gar nicht mehr, was im Inneren eigentlich vorging. Dafür schwangen sie freche Reden, wie sie sie von den Herren Ketelhot und Kureke seit Monaten gehört hatten. Das waren die ersten Prediger, die den neuen Glauben in Stralsund verbreiteten, ganz so, wie sie es vom Bugenhagen und vom Luther gelernt hatten. Sie wiegelten die Menschen auf gegen die alte Obrigkeit mit ihren frechen Reden.

An dieser Stelle verfinsterte sich Twens Gesicht. Er kniff die Lippen zusammen und blickte in seinen Krug. Roland Monnick in seinem Eifer entging dies. Er beschrieb unbeirrt weiter, was sich an jenem Frühlingstag in Stralsund ereignete. Und man merkte an der Geläufigkeit seiner Erzählung, dass er die Geschichte schon öfter zum Besten gegeben hatte.

»Die Witwe Frese wohnte am Alten Markt, reich bedacht mit dem Erbe ihres Kaufhandel treibenden

Gatten. Sie hatte einen eigenen Altar in St. Nikolai, wie es sich für eine angesehene, gottesfürchtige Patrizierin gehörte. Solch ein verzierter Spind mit allerhand Kerzen und Heiligenbildchen. Und es soll sich wohl auch eine kleine Dose aus Bergkristall mit einem Staubkorn vom Hügel Golgatha, wo weiland unser HERR, der Heiland, gekreuzigt worden ist, darin befunden haben. Die Witwe Frese saß nun am Fenster und blickte hinaus. Und sah die Massen, die sich vor dem Kirchenportal drängten. Alles niederes Volk, murrend und bedrohlich. Da sprang sie auf, dass ihr Sessel umfiel und schrie durchs ganze Haus: Die Martiner brechen die Spinde! Die Martiner brechen die Spinde!«

Monnick riss die Arme in die Höhe und schrie selbst, mitgerissen von der eigenen Erzählung. Dann senkte er wirkungsvoll die Stimme und beugte sich vor, um Lukas direkt ins Gesicht zu sehen: »Und in diesem Augenblick schiebt sich die Trine Bruse in ihren Blick, das verschlagene Frauenzimmer. Die war Magd bei der Witwe Frese. Und die Magd bietet sich der Herrin an, hinüber zur Kirche zu eilen und den Hausaltar der Freses zu retten. Ihre Herrin ist heilfroh und schickt sie los. Und die Bruse hat nichts anderes im Sinn, als in die Kirche zu rennen und nun ihrerseits zu schreien: ›Martiner, brecht die Spinde, brecht die Spinde!‹ Wie eine Furie soll sie sich gebärdet haben in St. Nikolai. Hat mit den Füßen die Spinde umgestoßen und darauf herumgetrampelt. Drei Männer waren nötig, um die Rasende zu halten. Ich sage dir, da war sie vollkommen beseelt vom Teufel. Da ist der Leibhaftige in sie gefahren und hat ihr befohlen, mit der Kraft des Unterirdischen durch die

Kirche zu fegen. Und das war dann das Zeichen für die anderen Neugläubigen, über alles herzufallen und zu plündern, was das Zeug hielt. In St. Nikolai begann das Kirchenbrechen am Sunde. Und Trine Bruse hat es im Namen des Satans ausgelöst! Prost!«

Roland Monnick brach erschöpft auf seinem Platz zusammen und tat einen langen Zug aus der Kanne. Mattis indes hatte ihm den Rücken zugekehrt und murmelte leisen Protest. »So war das alles überhaupt gar nicht. Lass doch ab mit dem Blödsinn«, verstand Lukas nur.

Doch der gesprächige Gerichtsdiener ereiferte sich schon wieder: »Woher willst du es besser wissen? Bist du vielleicht dabei gewesen, anno 1525 in St. Nikolai?«

»Ja, bin ich wohl«, patzte Mattis über die Schulter zurück. Dann stellte er heftig seinen Humpen ab und erhob sich.

»Wo willst du hin, jetzt, wo es spannend wird? Wenn du dabei warst, kannst du doch erzählen, wie es wirklich war«, versuchte Lukas ihn zurückzuhalten.

Doch Mattis schüttelte den Kopf. »Ich geh jetzt pissen.«

Er humpelte davon und kehrte nicht wieder.

Im Gasthaus »Zum Schwarzen Adler« saßen zwei andere Zecher: In einer Nische hinter einem dicken Mauerpfeiler bestellten Henricus Prutze und Johannes Scheitel ein kräftiges Abendbrot nebst

Wein. Die Schankmagd brachte zunächst Holzschüsseln mit Hirsebrei, dazu Käse, Zwiebeln und Äpfel. Später tischte sie dicke Scheiben Schweinebraten in einer Schüssel mit Kraut auf. Der Doktor zückte sein Messer und schnitt einen ordentlichen Kanten Brot ab, legte das Fleisch darauf und biss mit großem Appetit hinein. Zwischendurch schob er sich immer wieder einen Löffel des kräftig duftenden Schmorkohls in den Mund. Henricus mochte nicht gar so gerne zufassen. Er begnügte sich mit dem Brei und einigen Stücken Brot, auf die er etwas Käse krümelte.

»Ihr langt ja gar nicht zu. Habt Ihr zu Hause schon gegessen?«, wollte der Stadtphysikus mit vollem Mund wissen.

»Die ganze Sache mit der Blomenowschen schlägt mir auf den Magen. Wenn ich an das Häuflein Elend in seiner Zelle denke, vergeht mir glatt der Appetit«, sagte Henricus und nippte an seinem Becher Wein.

»So denkt aber auch an den amen Wurm, den wir auf dem Tisch hatten zur Untersuchung. Irgendwer muss ihn ins Jenseits befördert haben, weit vor seiner Zeit«, wandte Scheitel ein.

Prutze verzog das Gesicht, als wäre sein Wein sauer. Doch am kräftigen Burgunder lag es nicht. Missmutig schob er die Schüssel von sich und warf den Löffel auf den Tisch. »Nein, Herr Dr. Scheitel, auch das Kindlein vergesse ich nicht. Nie im Leben. Aber mein Herz sagt mir, dass die Ursel und ihre Mutter so was nie fertigbrächten. Da müsste schon ein gar mächtiger Dämon die Hände im Spiel gehabt haben«, entgegnete er.

»Also doch der Teufel?«, fragte sein Gegenüber, während er sich einen weiteren großen Bissen gönnte. Henricus sah sich erschrocken um und hielt die Hand vor den Mund. Aber offenbar hatte niemand Scheitels Worte vernommen. Alle Tische des Gasthauses waren zwar eng besetzt, aber die Leute waren mit eigenen Dingen befasst und die Geräuschkulisse enorm. Außerdem schien der Pfeiler ihre Unterhaltung vor fremden Ohren zu schützen. In aller Öffentlichkeit über so heikle Themen zu sprechen, schien dem Gerichtsdiener unpassend, ja geradezu gefährlich. Aber er musste mit Johannes Scheitel darüber reden. Der schien ihm der einzige vernünftige Mensch in der Stadt. Und zu sich nach Hause, in seine karge Behausung, die eher einer Mönchszelle glich, wollte er keinen Gast einladen. Da war der »Schwarze Adler« eindeutig die bessere Lösung. Dort verkehrten viele Bürger Stralsunds, etliche Zunftmeister und angesehene Handwerker, wenn auch nicht die ganz reichen. Die Patrizier blieben lieber im Artushof am Alten Markt unter sich. Oder sie saßen im Ratskeller und becherten kräftig, gern auch mit den Adligen aus den umliegenden Gütern zusammen.

Dr. Scheitel hatte inzwischen seine Mahlzeit beendet. Er wischte sich am Maultuch den Mund und die Hände, dann putzte er damit noch sein Messer und steckte es zurück in den Gürtel. Nach einem kräftigen Zug aus dem Weinbecher rückte er näher an den Gerichtsdiener heran, denn er hatte die Ängstlichkeit in dessen Blick wohl bemerkt.

»Nun mal ganz unter uns, Prutze: Ihr glaubt doch auch nicht an Hexenspuk. Oder?«

Henricus zögerte einen Moment, dann schüttelte er den Kopf. »Ich glaube schon an das Böse in der Welt. Es gibt viele teuflische Taten von Menschenhand. Aber ich kann nicht glauben, dass jemand anderes ihnen diese Bosheit einflüstert. Das hieße, sie aus ihrer Verantwortung zu entlassen. Ich bin dafür, dass jeder für seine bösen Taten bestraft wird. Und für seine guten belohnt. Sollen wir das ganz allein dem Jüngsten Gericht überlassen? Glaubt mir, Herr Scheitel, das ist das Ergebnis eines langen Lebens voller Prozesse und Gerichtsakten«, erläuterte er mit überlegten Worten.

»Ich teile Eure Auffassung ganz und gar. Obwohl ich erst wenige Jahre zum Stadtphysikus am Sunde berufen bin, habe auch ich schon zur Aufklärung einiger Verbrechen beigetragen. Und ein logischer Verstand scheint mir dabei zumeist hilfreicher als der Glaube an böse Mächte, die die Täter zu Puppen ihres Willens machen. Wir leben in einem Zeitalter, wo viele alte Bärte abgeschnitten worden sind. Ich möchte nicht mehr tauschen mit den düsteren Zeiten, bevor das reine Evangelium zu uns kam, so wie wir es von Martin Luther gelernt haben. Aber dass man den Leuten den Teufelsspuk nicht ausgeredet bekommt, das kränkt meine ganze Natur«, bekannte Scheitel. Dann rückte er noch ein Stück näher heran und flüsterte: »Also, wenn es nicht der Teufel war, der der Blomenow oder ihrer Tochter die Hand geführt hat bei der Erdrosselung des Neugeborenen – wer, Meister Prutze, muss dann wohl die Verantwortung für diesen Mord übernehmen?«

Henricus steckte die Nase zunächst in seinen

Weinbecher. Er ließ sich Zeit mit der Antwort. Man merkte, dass diese Frage ihn schon lange beschäftigte. Dann antwortete er, ebenso leise zum Doktor gewandt: »Nun, die Fakten sprechen selbstverständlich gegen die Frauen Blomenow. Die Ursula hat ein unechtes Kind geboren und verliert ob der Schande den Verstand. Sie kann es also sehr wohl gewesen sein, die den Knaben in den Bierkeller trug und mit einem Schürzenband zum Schweigen brachte, als er zu schreien anhub. Ihre Mutter kommt dazu, aber es ist schon zu spät. Ohne groß zu überlegen, wickelt sie den Leichnam in ein paar Lappen und steckt ihn in die Truhe, um ihn später zu verscharren …«

»Ja nun«, unterbrach Johannes Scheitel diese Überlegungen, »aber warum lässt sie ihn wochenlang da unten liegen? Die Witwe Blomenow ist keine dumme Gans. Sie wird gewusst haben, dass der verwesende Leib bald schon mit bloßer Nase zu finden sein würde, auch im kalten Winter. Noch dazu, wo die rührige Frau Fyrow ihre Vermieterin ist, die ihre Nase ohnehin überall hinsteckt. Warum schafften sie das Kind nicht gleich aus dem Haus?«

»Ein Einwand, den ich wohl gelten lassen muss«, spann der Gerichtsschreiber den Faden weiter. »Wenn aber Elisabeth Blomenow allein in den Keller ging, um das Kind zu töten? Um ihre Tochter von der Schande zu befreien? Wenn sie es auch vor ihrer Tochter verstecken musste? Die ist schließlich immer um sie. An der vorbei kann sie das tote Bündel kaum aus dem Haus schmuggeln …«

Scheitel überlegte. In Gedanken wogen beide Männer die Argumente ab. Dann schüttelte der Stadtphysikus den Kopf: »So wie ich Elisabeth Blomenow kennengelernt habe und was über sie zu hören war, ist sie eine Frau von unerschütterlichem Willen und großer Tatkraft. Reinlich, fleißig um ihren Unterhalt bemüht. Trotz ihrer eigenen Armut im Rahmen ihrer Möglichkeiten freigiebig. Ich sah sie und ihre Tochter immer wieder Kupferstücke und Brot an die Armen vor dem Kirchenportal verteilen. Die Tochter soll ja sogar im Heilgeisthospital ausgeholfen haben, wenn dort Pflege bei den Siechen notwendig war. Eine barmherzige Familie, alles in allem. Warum hat sie eigentlich so einen schlechten Ruf in der Stadt? Die Herrn vom Rat drucksen da nur rum.«

»Das könnt Ihr nicht wissen, das war vor Eurer Zeit«, klärte ihn Henricus auf. »Das geht zurück auf die Zeit des Achtundvierziger-Ausschusses: 48 wackere Männer empörten sich damals gegen die Allmacht des Rates. Es waren keineswegs einfache Leute, sondern durchaus selbst Kaufleute und Altermänner. Aber eben bisher nicht beteiligt an der Ausübung der Macht. Einer der Wortführer der Unzufriedenen war Braumeister Franz Wessel, heutigen Datums unser hochverehrter Herr Bürgermeister. Er stürmte mit den anderen Empörern die Ratsversammlung und hieb mit der Faust auf den Tisch, dass den Herren Hören und Sehen verging. Glaubt mir, mein Freund, mir hüpfte das Herz bis zum Halse, als seine Stimme donnernd durch den Saal ging und er die Ratsherrn als Diebe bezeichnete.« Prutze lächelte, ganz in der Erinnerung versunken.

Dr. Scheitel lehnte sich zurück und sah den Gerichtsdiener amüsiert an. Dessen bleiche Wangen hatten sich gerötet – ob von der Geschichte oder vom Wein, war schlecht zu sagen. Jedenfalls hatte er wohl registriert, dass Henricus ihn »mein Freund« genannt hatte. Und das gefiel ihm wohl. Die Freundschaft eines solchen Mannes, ernsthaft, welterfahren und gebildet, ließ er sich gern gefallen.

Der Doktor wartete ein Weilchen, bis Henricus von allein fortfuhr: »Jedenfalls brach der Achtundvierziger-Ausschuss die Allmacht des alten Rates und ließ sich jeden Beschluss selbst vorlegen. Es erlangte nur Gültigkeit, worin man sich einig war. Vor allem ging es um die Ratskasse, über die bis dahin keinerlei Rechenschaft abgelegt werden musste. Und natürlich auch um den Prediger Christian Ketelhot, der die neue Lehre in Stralsund verbreitete. Der alte Rat blieb zumeist dem Papst treu, man wollte sogar die Ausweisung Ketelhots erzwingen. Na, da hättet ihr unseren Herrn Wessel erleben sollen! Ich fürchtete gar, er würde den alten Pfeffersäcken die Faust in den Rachen stoßen, nach handfester Bierbrauer-Tradition. Tumulte gab es da, kann ich erzählen, wahrhafte Tumulte hinter den verschlossenen Türen! Nun ja, die Achtundvierziger haben sich schließlich durchgesetzt. Gegen die hohe Geistlichkeit, die auch noch ihr Süppchen kochte. Sogar gegen die Hanse, die war erst auch dagegen. Eine Zeit lang sah es aus, als wollte der Städtebund Stralsund ausschließen. Aber der Wessel ist hingefahren nach Lübeck, mit ordentlicher Verstärkung aus dem Achtundvierziger-Ausschuss. Und dann hat er auch da die Herren überzeugt, dass der Ketelhot bleiben muss und predigen darf und zwar gleichberechtigt mit den papistischen Pfaffen. Und dass es überhaupt Zeit wird, einen neuen Wind wehen zu lassen. Damit mehr Gerechtigkeit herrsche und die Bürger wieder wüssten, wofür sie ihre Abgaben bezahlten.«

»Mich dünkt, die Achtundvierziger waren damals die eigentlichen Herren in der Stadt. Wann genau trug sich das denn alles zu? Kenne ich noch mehr von den Unruhegeistern, die damals mit dabei waren? Von Euch einmal abgesehen, Meister Prutze …«, warf Scheitel ein.

»Oh nein, Ihr braucht mir nicht zu schmeicheln«, wehrte Henricus bescheiden ab. »Meine Rolle war stets nur die des Beobachters. Aber in den Ratsakten schlummert so manches Protokoll aus der wilden Zeit, das ich aufgesetzt habe ... Um auf Eure Fragen zurückzukommen: Ich meine, es ist alles 1523 und '24 gewesen, wovon wir hier reden. Und von den Achtundvierzigern kennt Ihr etliche, bei Franz Wessel ganz oben angefangen. Auch Nikolaus Rode und Gottschalk Vollrath, die jetzt die Gerichtsuntersuchung gegen die Blomenowschen vornehmen, sind ehemalige Achtundvierziger. Inzwischen sind sie seeeehr angekommen als neue Ratsherren. Wenn Ihr versteht, was ich meine …«

»Verstehe vollkommen. Heutigentags würden sie sicher nicht mehr mit der Faust auf den Tisch hauen, um neuen Wind in die Ratsversammlung zu bringen. Jetzt sitzen sie selbst an den Fleischtöpfen«, bekräftigte der Stadtphysikus.

Henricus Prutze erwachte wie aus einem fröhlichen Traum. Schon wieder sah er sich ängstlich um, ob einer der Gäste im »Schwarzen Adler« womöglich die lästerlichen Reden vernommen hatte. Doch alle waren mit sich beschäftigt. Trotzdem schien er nicht gewillt, seinen Bericht fortzusetzen.

»Nun seid Ihr mir aber noch eine Information schuldig, Herr Prutze: Wie passt denn nun der Name Blomenow in Eure Geschichte?«, hakte Scheitel nach.

Prutze seufzte schwer: »Tja, Dr. Scheitel, das nun ist eins der schwärzesten Kapitel jener ruhmreichen Tage. Ich weiß bis heute nicht genau, wie es zugegangen ist. Aber ich will versuchen, wahrheitsgetreu zu berichten, was ich weiß: Hans Blomenow, der Ehemann von Elisabeth und Vater von Ursula Blomenow, war Schuster. Der Altermann seiner Zunft. Wie das immer so ist: Die Schuster sind keine betuchten Leute. Die Zunft mickerte so vor sich hin, belächelt von den reichen Gewandschneidern, Fleischhauern, Feinbäckern oder Kammmachern. Der Blomenow war aber ein angesehener Mann. Redegewandt und gerecht, überlegt und humorvoll. Die Leute mochten ihn, nicht nur die eigenen Zunftbrüder. Dazu sehr geschickt, ein wahrer Meister. Nach und nach bekam er bessere Aufträge, nähte für die Gewandschneider passende Pantöffelchen zu ihren Prunkkleidern und Reitstiefel für die Ritterschaft. In seiner Werkstatt wurden mehrere Gesellen groß, die heute selbst Meister sind. Er gelangte zu bescheidenem Wohlstand und baute das Haus an der Langenstraße, wo sich nun auch all diese traurigen Ereignisse zutrugen.«

»Gehörte er zu den Lutherschen?«, fragte Scheitel schnell.

»Ja, gewiss doch, er war einer der allerersten Vorstreiter des neuen Glaubens in unserer Stadt.

Christian Ketelhot hat sogar eine Weile in seinem Haus gewohnt. Blomenow soll den Prediger als Schuster angelernt haben, weil der nicht mehr Klosterbruder sein wollte, sondern ein normaler Handwerker. Doch der Blomenow hat ihn ermutigt, wieder zu predigen und die Lehre Luthers zu verbreiten. Auf dem Johannisfriedhof hat er dann Zusammenkünfte organisiert, zu der Hunderte Bürger hinausgepilgert sind.«

»Also alles in allem doch ein ehrenwerter Mann!«, rief der Stadtphysikus dazwischen.

»Gemach, gemach, es geht noch weiter: Der Blomenow war tatsächlich ein angesehener Bürger, obwohl sein Vermögen sehr bescheiden war. Er führte ein offenes Wort und setzte sich für die Ärmeren ein. Sobald ihm eine Ungerechtigkeit zu Ohren kam, versuchte er zu helfen. Er konnte auch Streit schlichten wie kein anderer. Franz Wessel und seine Empörer lernten ihn bei ihren geheimen Zusammenkünften kennen und merkten bald, dass Hans Blomenow ein wichtiger Verbindungsmann zum gemeinen Volk für sie werden könnte. Ja, sie machten ihn sogar zum Sprecher der Achtundvierziger nach außen. Das heißt, wann immer der Ausschuss getagt und etwas gegen den Willen des alten Rates beschlossen hatte, schickten sie den Schuster auf den Marktplatz. Da stand er dann auf dem Breiten Stein und erklärte es den einfachen Leuten. Insofern hat er sich unschätzbare Verdienste um unsere Stadt erworben.«

»Hört, hört! Aber irgendwie muss sich das Schicksal ja gegen ihn gewendet haben«, platzte Scheitel heraus.

Henricus nickte und feuchtete sich die Lippen

mit einem Schluck Wein. Dann fuhr er fort: »Ganz genau. Aber vorher lasst mich noch ein bisschen von seinen Heldentaten berichten. Es rückte der 10. April 1525 heran. Ein schwarzer Tag in der Geschichte Stralsunds. Der Montag nach Palmarum, ich weiß es noch wie heute. Es gab einen Aufruhr, ausgehend von St. Nikolai. Dort wurde die Kirche gestürmt. Die Empörer zerschlugen Altäre, Spinde und Bildnisse und schleppten auch viel Wertvolles fort. Dann zog der Herr Omnes – bestehend aus Bootsleuten, Gesellen, Knechten und Mägden, auch etliches Landvolk war dabei, ja sogar Kinder – weiter nach St. Jakobi und in die Klöster. St. Brigitten, St. Katharinen und auch St. Annen wurden erbrochen und verwüstet. Als der Sturm nicht endete und die Menge der wütenden Leute eher noch zuzunehmen schien, bekamen die Ratsherren es mit der Angst zu tun. Was, wenn ihre Häuser als Nächstes dran wären? Oder gar die ganze Stadt in Flammen aufging? Also soll Franz Wessel den Hans Blomenow gesucht haben im Gedränge. Der soll keineswegs ganz vorne gestanden haben im Zug der Rasenden, sondern eher versucht haben, die Leute zu beschwichtigen. Aber es hörte kaum einer auf ihn. Der Wessel und der Blomenow sind dann durch die Häuser gezogen und haben beherzte Bürger zusammengesucht, die sich nicht auf die Seite der Empörer schlugen, sondern ihnen vielmehr die Stirn bieten wollten. An die 200 besonnene Stralsunder sind so zusammengekommen, mobilisiert vor allem von den eindringlichen Worten des Schusters. Notdürftig bewaffnet aus den Arsenalen der Stadt, haben sie sich in die Klöster und Kirchen begeben und Herrn Omnes schließlich hinausgewiesen. Es wurden Wachen aufgestellt vor dem Rathaus und den Patrizierhäusern und an den Toren. So zog in der Nacht endlich wieder Ruhe ein. Der Pöbel hatte sich müde getobt.«

»Das ist ja eine abenteuerliche Geschichte, Herr Prutze. Ich habe zwar schon einiges gehört vom Kirchenbrechen am Sunde, aber noch nie eine so genaue Schilderung wie von Euch.«

»Ja, Herr Dr. Scheitel, und nun lasst mich schnell weitererzählen, denn die Geschichte ist noch nicht zu Ende. Am Mittwoch nach dem Kirchenbrechen waren die Bürger aufgefordert, alle entwendeten Sachen auf den Markt zu bringen und zurückzugeben. Damit sollte ein Teil des Schadens wiedergutgemacht werden. Aber viele dachten, das sei eine hervorragende Gelegenheit, den Streit fortzusetzen, denn der Zorn brannte den einfachen Leuten noch in den Adern. Schließlich hatten sie in den Klöstern prall gefüllte Küchen und Vorratskammern gesehen – und das in der Karwoche, wo die ganze Stadt fastete. Sie kamen bewaffnet auf den Markt, brachten Äxte und lange Messer mit, auch Dreschflegel und Knüppel. Es sah alles danach aus, als würde die Sache blutig enden. Vor dem Rathaus standen die Ratsherren, dicht umringt von der Bürgerwache, die schon die Hellebarden senkte. Doch da tritt einer mitten in die Menge hinein und erbittet sich mit lauter Stimme Gehör: Hans Blomenow. Die Leute beruhigen sich allmählich und hören ihm zu. Aber er soll keine langen Reden schwingen, rufen ihm einige Burschen zu. Hans Blomenow klettert auf den Breiten Stein neben dem Pranger, wie er es oft getan hat in den letzten Monaten. Damit jeder ihn sehen und hören kann. Dann streckt er den Arm kerzengerade vor der Brust aus und ruft: ›Wer für den rechten Glauben, wie ihn Martin Luther und Christian Ketelhot lehren, und für die gerechte Sache des Achtundvierziger-Ausschusses ist, der tritt auf meine rechte Seite. Wer dem alten Glauben angehören will, der komme auf meine linke Seite.‹ Und siehe da: Die Menge teilt sich stumm. Und die rechte Seite des Marktplatzes füllt sich mehr und mehr. Die Mehrheit wird immer deutlicher, schließlich überwältigend – die Stralsunder wollen dem neuen Glauben angehören! Als das augenscheinlich wird, brechen sie in Jubel aus, werfen die Arme in die Luft und schwingen ihre Knüppel. Aber es ist nicht mehr feindselig, die Sache ist einfach entschieden. Und das ganz friedlich! Ich konnt' es kaum glauben. Es war wie ein Wunder!« Henricus Prutze lachte aus voller Kehle, mitgerissen von der Erinnerung. Johannes Scheitel ließ sich davon anstecken. Er legte seinem Freund die Hand auf die Schulter und sagte: »Ihr seid ein Meister der Erzählung. Ihr solltet das alles genau so in einer Chronik der Stadt aufschreiben!«

Der alte Gerichtsdiener beruhigte sich wieder und wischte sich über die Augen. Dann fiel die glückliche Erinnerung von ihm ab und er klagte: »Ach, Herr Stadtphysikus, so schreibt man leider keine Chroniken. Und wenn Ihr wüsstet, was sich dann tatsächlich an Papierkrieg anschloss, das war unbeschreiblich. Die Achtundvierziger hatten sich zwar durchgesetzt an diesem denkwürdigen Tag. Aber die Geistlichkeit zog vor Gericht, um ihr Hab und Gut zurückzuerlangen. Jahrelang gingen die Protokolle und Klageschriften hin und her. Der Kaiser entschied auf volle Entschädigung und Rückgabe, aber der Rat ignorierte das einfach. Bis heute verwaltet Christoph Lorbeer die Kirchengüter und nährt das Stadtsäckel mit den Einnahmen. Etliche Vertrauensleute des Achtundvierziger-Ausschusses bezogen Sitze in der Ratsversammlung. Die alten Herren dankten ab …«

»Und der Hans Blomenow? Wählten sie den Helden auch in den Rat?«

»Oh nein, wo denkt Ihr hin! Der passte doch ganz und gar nicht zu den vornehmen Kaufleuten und alten Familien. Den haben sie nicht einmal gefragt, ob er Sitz und Stimme im Rat haben möchte. Das ging den Herren nun doch zu weit, dass ein Schuster sollte über die Geschicke der Stadt und der Hanse entscheiden. Vielleicht war das der Anfang vom Ende des Hans Blomenow. Vielleicht hat er diese Zurückweisung nicht verkraftet, nachdem er so mutig für eine gerechte Sache eingetreten war.«

»Aha, Anfang vom Ende! Jetzt kommen wir also zum unrühmlichen Teil der Geschichte unseres Helden!«, feuerte der Stadtphysikus seinen Gesprächspartner an.

»Ja, gewissermaßen. Der Blomenow ging weiter in der Stadt umher und redete mit den einfachen Leuten. Ihm reichte nicht, was der Achtundvierziger-Ausschuss erreicht hatte. Es zeichnete sich keine wirkliche Verbesserung für die armen Leute ab. Die neuen Ratsmitglieder nannten ihn bald einen Unruhestifter und Aufwiegler. Man überlegte bereits, ihn aus der Stadt auszuweisen. Hinter vorgehaltener Hand, versteht sich, denn offen wagte das niemand zu sagen. Dafür war Hans Blomenow zu beliebt beim Volk. Und nun stellt Euch vor: Just zu diesem Zeitpunkt kommt der Tune und erhebt schwere Vorwürfe gegen den Schuster-Altermann!«

»Wer? Der Tune? Unser Scharfrichter?«, Johannes Scheitel staunte nicht schlecht.

»Ja genau, unser Herr Fronvogt Martin Tune …«

An dieser Stelle unterbrach das Poltern eines umgefallenen Stuhles den Bericht. Prutze zuckte erschrocken zusammen. Laute Rufe schollen durch den Schankraum, während rundrum die Gespräche erstarben. Scheitel war aufgesprungen und lugte hinter dem dicken Pfeiler hervor, um herauszubekommen, woher der Tumult rührte.

Ziemlich in der Mitte des Gastraumes stand ein blond gelockter Jüngling über den auf einen Tisch geworfenen Wirt gebeugt und hielt ihm ein Messer an den Hals. Gleich daneben kauerte die Schankmagd und schrie wie am Spieß. Der Wirt gurgelte in höchster Angst, während sein Angreifer vor Wut rot anlief.

Auch Henricus Prutze hatte sich hinter dem Pfeiler hervorgewagt und flüsterte mit schreckgeweiteten Augen: »Oh nein, nicht schon wieder der Junker von Bentkow!«

»Ihr kennt den Kerl?«, fragte Dr. Scheitel schnell zurück.

»Ja, ja, ein Verwandter von Herrn Lorbeer. Der hat diese Woche schon einmal Ärger gemacht«, gab der Gerichtsdiener aufgeregt zurück.

Jetzt sprangen mehrere kräftige Männer von anderen Tischen herbei und rissen den aufgebrachten Junker von seinem Opfer zurück. Einer entwand ihm den Dolch. Der Wirt richtete sich keuchend auf und fasste sich an den Hals. Die Magd eilte ihm zu Hilfe und schluchzte laut. Es gab ein weiteres Handgemenge, denn der blonde Junker versuchte sich loszumachen. Doch die Männer hielten ihn nach Kräften fest. Schließlich erlahmte seine Gegenwehr.

Scheitel hielt es nicht mehr in seiner Nische. Mit wenigen Sätzen war er am Ort des Streites. »Was geht hier vor?«, verlangte er mit lauter Stimme zu wissen. Dann wandte er sich zum Gastwirt und untersuchte dessen Hals. Die Klinge hatte einen feinen roten Strich auf der Haut hinterlassen, diese aber nicht durchdrungen. Gisbert von Bentkow hatte es offenbar nicht allzu ernst gemeint mit seinem Streich gegen des Wirtes Kehle.

Der hatte inzwischen seine Stimme wiedergefunden: »Ich habe mir nur erlaubt, den Herrn Junker an seine Schulden zu erinnern. Ich wollte keine volle Kanne Wein bringen, ehe die leeren Kannen der vorigen Wochen bezahlt sind.«

Dr. Scheitel musste trotz des Ernstes der Situation schmunzeln. »Nun, Herr Wirt, wegen ein paar Kannen Wein werdet Ihr Euch ja wohl nicht die Kehle aufschlitzen lassen wollen. Da muss der Herr Gast seinen Kredit aber deutlich überzogen haben.«

Jetzt lachten auch die Umstehenden. Die Männer, die den Angreifer hielten, lockerten den Griff und ließen schließlich ganz ab von Gisbert. Der rückte mit finsterem Blick seinen Rock zurecht. Dann starrte er zornfunkelnd den Wirt an. Doch der setzte schon zur Gegenrede an: »Außerdem belästigt er meine Tochter. Er kann nicht von ihren Röcken lassen.«

Gisbert von Bentkow wartete nicht auf weitere Vorwürfe. Er drängte sich blitzschnell aus dem Kreis der ihn umringenden Menschen und rannte aus dem »Schwarzen Adler«. Zwei junge Herren, mit denen er gezecht hatte, folgten ihm im Laufschritt. Der Gastwirt konnte ihnen nur hinterherschreien: »Ich will Euch hier nicht mehr sehen! Solche Gäste können mir gestohlen blieben!«

So hatten die Umstehenden den sonst freundlichen und ruhigen Mann noch nicht erlebt. Junker von Bentkow musste sich einiges geleistet haben, wenn er ihn so dermaßen gegen sich aufgebracht hatte. Das begriffen alle Zeugen des Zwischenfalles wohl. Sie klopften dem Wirt die Schulter und versuchten, die junge Schankmagd mit Worten zu beruhigen. Vater und Tochter verzogen sich schließlich in die Küche, wo Arbeit auf sie wartete. Allmählich löste sich die Versammlung auf und jeder ging an seinen Platz zurück. Aber der Vorfall wurde an allen Tischen noch eifrig weiter diskutiert.

Henricus Prutze hatte bereits einige Münzen aus dem Säckel gezogen, um die Zeche zu begleichen. An eine Fortsetzung des Abends war für ihn nicht mehr zu denken. Johannes Scheitel empfand wohl ähnlich, denn auch er griff nach seinem Überwurf.

»Gisbert von Bentkow hat erst vor wenigen Tagen im Rathaus Urfehde schwören müssen, weil er nachts vor dem Hurkuffen von Beke, der Stupe-Hure, herumkrakeelt hat. Der Tune mit seinen Knechten hat ihn über Nacht einsperren müssen, bis Herr Lorbeer ihn auslösen kam und für ihn bürgte«, berichtete der Schreiber im Hinausgehen.

»Scheint von heftigem Temperament zu sein, der junge Mann«, meinte Johannes Scheitel dazu kopfschüttelnd.

»Und in dieser Stimmung kann es sein, dass er heute Nacht noch mehr anstellt. Ich will sehen, ob ich einen Nachtwächter erwische. Damit die Wächter vorgewarnt sind und bei ihren Rundgängen ein Auge auf den Herrn und seine Kumpane haben. So ein ungestümes Jungblut fehlt uns gerade noch.«

Prutze beeilte sich jetzt, aus dem »Schwarzen Adler« herauszukommen. Scheitel konnte kaum so schnell folgen. Am Ende der Gasse, wo ihr Weg sich trennte, hielt er ihn aber doch noch einmal zurück: »Meister Prutze, habt Dank für die Aufklärung, die Ihr mir heute Abend zuteilwerden ließet. Aber das Ende der Geschichte von Hans Blomenow seid Ihr mir noch schuldig. Ich hoffe, wir können unsere Unterhaltung so bald als möglich fortsetzen.«

»Darauf meine Hand, Herr Stadtphysikus«, sagte Henricus und verabschiedete sich mit einem herzlichen Händedruck.

Lukas hatte sich nicht zurückgehalten im Bierkeller seines Brotherrn. Das Bier half gegen die Kälte, die jede Nacht unter seine dünne Decke kroch. Im Stall der Fronerei war es nicht gerade gemütlich, auch wenn wenigstens reichlich Stroh für eine Schütte vorhanden war. Aber neben dem dösenden Pferd grunzten einige Schweine im Koben und verbreiteten beißenden Gestank, der bis in die Träume waberte. Und ganz früh am Morgen, manchmal noch, bevor die ersten Hähne in der Stadt erwachten, begannen die Gänse des Tune zu spektakeln und verlangten, auf den Hof hinausgelassen zu werden. Ihr Lärm war ohrenbetäubend.

Als Lukas sich auf seinem kargen Lager ausstreckte, lag Mattis schon und schien zu schlafen. Seine Atemzüge waren regelmäßig. Doch irgendetwas an der Körperhaltung des alten Fronknechtes sagte Lukas, dass dessen Schlaf nur vorgetäuscht war. Schließlich hielt er es nicht mehr aus und fragte in die Dunkelheit hinein: »Schläfst du Mattis? Oder grübelst du?«

Der Alte zog nur einmal die Nase hoch, rührte sich aber nicht.

Lukas setzte nach: »Wie war es denn nun wirklich mit Trine Bruse? Der Monnick hat doch nur geschwatzt, oder? Du kennst sie besser, stimmt's?«

Eine ganze Weile bleib es still in ihrem dunklen Verschlag. Dann richtete sich Mattis ächzend auf, drehte Lukas aber den Rücken zu.

»Klar kenne ich die Trine besser. Sind zusammen großgeworden, waren Nachbarskinder. Und wenn Hochzeit gespielt wurde, war sie immer die Braut und ich ihr Bräutigam.« Mattis machte eine Pause. Lukas ließ ihm einige Zeit, dann fühlte er weiter vor. Die Geschichte interessierte ihn wirklich.

»Und als ihr groß ward, war sie dann wirklich deine Braut? Oder hast du dich nicht getraut zu fragen …«

Mattis winkte verächtlich ab. Dann antwortete er knärrend: »Ich und heiraten – wovon denn bitteschön? Und die Trine hatte auch keinen Groschen Mitgift. Hätt' sie schon gern bei mir gehabt, aber wir waren immer arme Leute. Solange die Knochen noch mitgemacht haben, hab ich Säcke und Fässer geschleppt unten im Hafen. Mal war Arbeit, mal keine. Und wenn keine Arbeit war, gab's auch nichts zu beißen. Trine hatte es da besser getroffen, ging in Stellung bei der reichen Witwe Frese. Aber gut hat sie es da auch nicht gehabt. Getreten hat die feine Dame nach Trine, wenn ihr was nicht schnell genug ging. Und das Mädel hatte ganz kaputte Hände von der ständigen Wäscherei im kalten Wasser.«

Der alte Knecht verstummte wieder und hing eine Weile seinen Erinnerungen nach. Lukas konnte sich gar nicht vorstellen, dass Mattis auch einmal jung gewesen war, Träume gehabt hatte und eine Liebste. Er ließ ihm die Zeit, sich zu erinnern. Schließlich sank Mattis zurück auf sein Lager und schien nicht gewillt, die Geschichte zu Ende zu bringen. Deshalb richtete Lukas sich nun auf und langte zu ihm hinüber: »Jetzt will ich's aber erst recht wissen: Hat der Monnick recht, dass deine Trine das Kirchenbrechen ausgelöst hat? Oder spinnt der sich da was zusammen?«

»Ach, lass mich doch in Ruhe mit diesen alten Geschichten! Das ist doch alles längst vergessen. Der Monnick hat recht oder hat nicht recht – wen interessiert das schon«, schoss Mattis scharf zurück und riss an seiner Decke, um Lukas' Hand abzuschütteln. Der legte sich enttäuscht zurück. Entweder war es ihm nicht gelungen, das Vertrauen des Alten zu erringen, wie er sich eigentlich eingebildet hatte. Oder die Erinnerung wog zu schwer für Mattis, als dass er sie preisgeben wollte.

Lukas rollte sich auf die Seite und versuchte einzuschlafen. Vielleicht ergab sich noch mal eine andere Gelegenheit oder eine andere Quelle, um die Wahrheit herauszufinden. Denn dass der Schwätzer Monnick die Ereignisse richtig geschildert hatte, war für ihn kaum vorstellbar. Natürlich hatte der Teufel seine Freude daran gehabt, als die Kirchen gestürmt und zerstört wurden. Aber ob der Höllenfürst selbst seine Hand dabei im Spiel gehabt hatte, bezweifelte Lukas doch entschieden. Da waren ganz andere Kräfte am Werke. Er hatte es am eigenen Leib erlebt: Der Zorn über Ungerechtigkeit! Die Wut über falsches Zeugnis! Die Verachtung für die Scheinheiligkeit und Völlerei der Pfaffen! Er kannte all diese Gefühle bestens. Sie hatten ihn auf die Seite Luthers und des sächsischen Kurfürsten getrieben. Genau diese Wut und dieser Zorn hatten ihn zu einem Soldaten gemacht. Zu einem Verteidiger des wahren Glaubens, einem Kreuzritter ...

Alles Lug und Trug, dachte Lukas verbittert und die Enttäuschung trieb ihm Wasser in die Augen. Einer Lebenslüge war er aufgesessen! 20 Jahre hatte er im Feld gestanden, bis zuletzt gefochten mit dem sächsischen Kurfürsten Johann Friedrich. Und was tat der große Kurfürst, der stets Gott im Wort führte, als er vor den Kaiser kam? Er feilschte nicht nur um sein Leben, er feilschte auch um sein Erbe! Um Privilegien und Gebiete. Wenn ein geschlagener Soldat um sein Leben bittet, das konnte Lukas noch verstehen. Aber der Schacher um Pfründe und Herrschaftsanteile ging bei den Adligen selbst dann noch weiter, wenn das Richtschwert schon sang. Sie alle waren irgendwie versippt und verschwägert, überzeugt von der Besonderheit ihrer Herkunft. Eine Krähe hackte der anderen eben kein Auge aus. Die Macht der Reichen war nicht mit Gottes Wort zu brechen, das wusste Lukas heute. Die besten Jahre seines Lebens hatte er als Soldat vergeudet. Kälte, Nässe, Schweiß, Blut und Ekel – das waren seine Mannesjahre gewesen. Und wofür? Im Grunde war alles beim Alten geblieben. Die Armen arm und die Reichen noch reicher.

Und seine ehemaligen Kameraden? Waren sie nicht seine eigentliche Familie gewesen? Mit ihnen war er unendliche Entfernungen gewandert, hatte Rücken an Rücken mit ihnen gefochten, sich gegenseitig deckend. Er hatte ihre Wunden gewaschen, genäht und verbunden. Sie hatten ihr Essen geteilt und manch eine Dirne. Etliche hatte er begraben helfen. Und die Letzten, die bis zum Schluss mit ihm durchgehalten hatten, bis sie überrannt wurden von den kaiserlichen Truppen? Manche zogen wohl noch heute marodierend durch die Lande, denn sie kannten keinen anderen Broterwerb, als Bauern zu bestehlen. Einige wollten zurückkehren zu ihren Familien. Endlich wieder unter einem festen Dach schlafen. In einem richtigen Bett. Von der Mutter oder der eigenen Frau geweckt. Was für ein schöner Traum. Auch Lukas hatte ihn geträumt. Aber in Lübeck wartete niemand mehr auf ihn, hatte er feststellen müssen. Die Familie war buchstäblich ausgestorben, das Erbe in alle Winde verstreut. 20 Jahre, in denen er zu Hause gefehlt hatte. Wäre er daheimgeblieben oder nach dem Studium als Medikus heimgekehrt, würde seine Familie noch fortbestehen und eine Zukunft haben. Ein angesehener

Mann wäre er geworden in Lübeck, hätte selbst fünf, sechs, sieben Kinder in die Welt gesetzt … Doch nun war alles zu Ende. Er hatte es falsch angefangen. Er war an allem schuld.

Lukas plagte sich mit seinen Selbstvorwürfen und konnte keinen Schlaf finden. Aber er bemühte sich, ruhig zu liegen, genau wie Mattis vorhin. Er fühlte sich dem alten Knecht plötzlich sehr nah. Es war für sie beide keine gute Nacht. Da räusperte sich Mattis noch einmal und sprach mit heiserer Stimme in die Dunkelheit hinein: »Helfen wollte die Trine nur, nichts als helfen. Sah die Not ihrer Herrin und ist hinübergerannt in die Kirche. Angst hatte sie vor den Schlägen der Frau Frese. Und schreckliche Angst hatte sie vor der wütenden Meute, die in St. Nikolai lauerte. Und dann ging alles schief. Ich sah sie hereinkommen, die Augen voller Furcht. Sie zwängte sich durch die Männer, um die Spinde ihrer Herrin zu erreichen. Sie kämpfte sich richtig durch. Sie wollte nur schnell wieder weg sein dort. Dabei stieß sie einen Kerl an. Der kriegt das Stolpern und rammelt gegen einen Schrein. Der fällt um, die Kelche und Kerzen kullern laut scheppernd über den Boden. Und meine Trine packt nun endgültig das Entsetzen. Sie fängt an zu schreien, ganz hoch und schrill, und presst die Hände an den Kopf. Ein anderer Knecht greift sich das Mädel. Ich wusste nicht: Will er sie beruhigen oder will er sie verprügeln? Ich fange also auf meiner Seite des Gestühls an zu rappeln, will nur hin zur Trine, sie dem Kerl aus den Armen reißen und nach draußen in Sicherheit bringen. Aber da denken sie auf meiner Seite, ich wollte auch ein paar Spinde umstoßen und fangen auch an zu rumoren und zu stampfen. Schon fliegt was Silberiges durch die Luft, ein Kerzenhalter oder so was. Dann poltert ein Schrank um. Und dann, wie auf ein Zeichen, bricht die Hölle los! Alle greifen sich was und werfen es um, trampeln darauf herum und brüllen wie die Ochsen. Wie die Gänse vom Tune! Ich wollte nur rüber zur Trine, aber die schreit aus Leibeskräften: ›Die Martiner brechen die Spinde! Die Martiner brechen die Spinde!‹ Sie wehrt sich und ringt und rennt nach draußen und hört nicht auf, diesen dämlichen Satz zu rufen. Und alles will in die Kirche rein und mitmachen bei der großen Zerstörung. Ich habe die Menschen noch nie so wütend gesehen. Da waren Kameraden von mir dabei, einfache Dienstleute, die kannte ich lange von der Arbeit im Hafen. Ich wusste, wie ihre Gesichter aussehen, wenn sie fröhlich sind und lachen, oder wenn sie sich anstrengen und schwitzen. Aber jetzt kannte ich ihre Gesichter gar nicht wieder. Die waren ganz verzerrt und fremd vor Hass. Ich hab die falschen Pfaffen auch gehasst und die hochnäsigen Kauffahrer und die reichen Ratsherren. Aber ich hab da nicht mitgemacht beim Kirchenbrechen. Ich hab nur versucht, da rauszukommen und Trine zu finden! Das arme Ding. Auf dem Markt haben sie schon eingeschlagen auf sie. Trine hat nur geschrien und geschrien: ›Die Martiner kommen, die Martiner kommen‹. Das dumme, dumme, dumme Weibsstück. Ist doch nie mitgegangen, wenn der Ketelhot gepredigt hat. Die Trine hatte doch keine Ahnung, was die Martiner eigentlich wollten. Für so was hatte die gar kein Ohr und nicht genug Verstand. Ich hab sie gerade noch so rauszerren können aus der wütenden Menge …« Mattis schnäuzte sich geräuschvoll in sein Hemd. Lukas lag ganz still, um ihn nicht zu unterbrechen. Aber sein Herz schlug schneller. Die Bilder des Tumultes, die Mattis heraufbeschwor, kamen ihm sehr bekannt vor. Schließlich hielt er das Schweigen nicht mehr aus und fragte leise: »Und jetzt …?«

»Und jetzt hockt das Trinchen im Heilgeisthospital bei den ganz armen Mündeln der Stadt und schwatzt nur noch dummes Zeug. Hat jahrelang gebettelt vor der Tür von St. Nikolai, wo sie ihr so schrecklich mitgespielt haben. Als könnt' sie nicht wegkommen von dem Platz. Aber die Reichen haben sie gehasst, haben gesagt, sie hätte ihre Herrin verraten. Deshalb hat sie auch nie wieder eine Stellung bekommen. Und die einfachen Leute haben sich gefürchtet vor ihr, weil sie doch am Kirchenbrechen soll schuld gewesen sein. Haben gemunkelt, sie wär eine Hexe. So ein Quatsch! Ich hab ihr nicht helfen können, der guten alten Trine Bruse. Siehst ja selber, wo ich gelandet bin.«

Der Alte machte eine Pause, dann fügte er mit einer energischen Geste hinzu: »So, und nun Schluss mit den ollen Geschichten! Da wird man ja ganz trübsinnig von. Morgen Früh scheucht uns der Tune wieder. Wird einen Mordskater haben und deshalb die schlimmste Laune, die du dir vorstellen kannst, Lukas Twen. Also Ruhe jetzt – und gute Nacht!«

»Gute Nacht, Mattis. Gott behüte deinen Schlaf«, antwortete Lukas. Aber der Schlaf ließ noch lange auf sich warten.

Sie hatte den Henker nicht kommen hören, obwohl der pochende Schmerz in den Händen und Beinen ihren Schlaf leicht und unruhig machte. Sie hatte den Schlüssel im Schloss nicht gehört und auch nicht das Aufschwingen der Zellentür. Es konnte sein, dass er schon lange so dastand und auf sie herunterstarrte. Jedenfalls stand Martin Tune in der Tür, als Elisabeth mühsam die Augen öffnete. Sein aufgewölbter Leib füllte die ganze Öffnung. Links hatte er einen kleinen Krug unter den Arm geklemmt und hielt in der Hand einen Leuchter mit einem winzigen Docht, der jeden Moment zu verlöschen drohte. In der rechten Hand baumelte der Schlüssel. Er hatte nur ein knöchellanges, schmutziges Leinenhemd an, das über seiner Brust weit offen stand. Unter dem Saum blickten seine fetten, kleinen, nackten Füße hervor.

Das Kerzenlicht beleuchtete sein Gesicht. Es war rot und aufgedunsen, die kleinen Augen versanken fast vollständig zwischen den geschwollenen Lidern. Der Tune schwankte leicht, stellte Elisabeth fest. Aber er sagte kein Wort. Stand einfach nur da. Fleischgewordene Drohung. Wie eine kalte Schlange kroch die Angst an Elisabeth hoch. In der Magengrube biss sie zu. Elisabeth musste all ihre Kräfte zusammennehmen, um nicht zu schreien.

Martin Tune sah die Panik in ihren Augen aufglimmen. Sein Gesicht verzog sich zu einem Grinsen. Seine Zahnstummel schimmerten im schwachen

Licht. Dann steckte er Elisabeth Blomenow die Zunge heraus. Eine kleine, spitze Zunge. Eine Geste, kindisch und obszön zugleich. Jetzt stieß er einen Zeigefinger in Elisabeths Richtung. Schwankend zielte er genau auf ihr Gesicht. Dann wies sein Finger auf die brennende Kerze und sein Grinsen schien noch breiter zu werden. Er musste es nicht sagen, aber der Satz hing in der Luft: Du wirst brennen, Hexe!

Martin Tune und Elisabeth Blomenow starrten sich mitten in der Nacht eine volle Minute lang an. Dann wandte sich der Scharfrichter zum Gehen. Als er sich wegdrehte, bemerkte Elisabeth noch, dass am Brustausschnitt seines schäbigen Hemdes ein langes Zugband fehlte. Als sich die Zellentür endlich hinter ihm geschlossen hatte, zerriss ein Schluchzen ihre Brust.

III

»... muss ich aus medizinischer Sicht dringend von einer weiteren Anwendung der Tortur abraten. Die Verdächtige Blomenow übersteht nach meinem fachmännischen Urteil eine weitere Befragung dieser Art nicht mehr lebend, so dass kein Urteil über sie ergehen kann. Zu den Wundmalen kommt ein durch Kälte, Hunger und Entkräftung verursachter trockener Husten, der zu einer baldigen Auszehrung der bezeichneten Person führen wird.

Vielmehr empfehlen wir eine Überführung die Delinquentin in das städtische Heilgeisthospital. Sollte dies nicht möglich sein, raten wir zumindest die stete Beaufsichtigung durch den Fronknecht Lukas Twen an. Der ist in solcherart Arbeit bewandert und mit einem gewissen Geschick für wundchirurgische Angelegenheiten gesegnet, was er im Dienste des Stralsunder Fronvogts bereits unter Beweis gestellt hat.

Dr. Johannes Scheitel, Stadtphysikus

Stralsund, am 15. Februar im Jahre des Herrn 1549«

Bürgermeister Franz Wessel traute seinen Augen nicht. Zorn stieg in ihm hoch, sein Gesicht lief rot an. Ein solches Schreiben hatte es in der Geschichte des Stralsunder Rates wohl noch nicht gegeben.

Was wagte dieser Scheitel, sich in eine Gerichtssache einzumischen! Der Stadtphysikus bettelte da gerade um das Leben einer mutmaßlichen Hexe. Warum brannte die Frau immer noch nicht?

Das Stadtoberhaupt starrte den Gerichtsdiener an, der ihm das Schreiben vorgelegt hatte. Henricus Prutze stand mit eingezogenem Kopf vor Wessel und wagte nicht, den Blick zu heben.

»Wie kommt dieser Brief auf meinen Tisch?«, donnerte der Bürgermeister los.

»Dr. Scheitel hat ihn heute Morgen persönlich an der Tür abgegeben. Ich habe mir erlaubt, ihn zu Euren heutigen Erledigungen zu legen …«

»Prutze, was erdreistest du dich! Ja sind denn hier alle verrückt geworden? Der Stadtphysikus bittet für eine Hexe und der Gerichtsdiener macht mit ihm gemeinsame Sache!«

»Aber, Herr Bürgermeister, man weiß doch noch gar nicht, ob sie eine Hexe …«

»Prutze! Schluss jetzt! Ich will kein Wort mehr hören!« Franz Wessel sprang von seinem Stuhl auf, stieß den unglücklichen Schreiber aus dem Weg und stapfte mit Riesenschritten durch die Stube. Henricus duckte sich hinter sein Stehpult und versuchte, nicht weiter aufzufallen. Er hatte gewusst, dass Scheitels Schreiben zu einem Skandal führen würde. Trotzdem hatte er den Doktor unterstützt und den Brief ganz nach oben auf den Stapel der dringlichen Angelegenheiten geschoben. Er stand lange genug in Diensten der Stadt, um Mittel und Wege zu kennen, eine Sache wichtig zu machen.

Schon gestern Nachmittag hatte der Stadtphysikus eingegriffen. Er war vom Fronknecht Twen ins Scharfrichterhaus geholt worden, weil das neuerliche Verhör gründlich schieflief. Die Witwe Blomenow war bei ihrer mittlerweile vierten Vernehmung kaum noch ansprechbar gewesen. Der Tune hatte all seine Kunst aufgeboten, sie immer wieder mit kalten Güssen ins Bewusstsein zurückgeholt, aber selbst ein einfaches Kopfnicken brachte sie nicht mehr zustande. Zudem herrschte Uneinigkeit zwischen den Befragern: Während der Ratsherr Nikolaus Rode die Kindstötung als erwiesen ansah und die Anklage der Hexerei fallen lassen wollte, ereiferte sich sein Amtsbruder Gottschalk Vollrath bis zum Äußersten, seine These beweisen zu wollen. Schließlich hatten sich die Ratsherren nur noch angeschrien. Vollrath echauffierte sich derart, dass er einen Schwächeanfall erlitt und japsend aus dem Keller getragen werden musste. Daraufhin hatte Prutze empfohlen, den Stadtphysikus herbeizuholen.

Twen war der Einzige, der auf dem Fronhof greifbar war. Er ließ augenblicklich alle Arbeit fahren und hatte dank seines riesigen Schrittmaßes binnen Kurzem den Stadtphysikus gefunden. Auch Johannes Scheitel schien Eile geboten. Doch als er keine Viertelstunde später im Scharfrichterhaus erschien, hatte sich Ratsherr Vollrath bereits weitgehend erholt. Der Doktor untersuchte ihn oberflächlich, empfahl ihm Ruhe und leichte Kost und schickte ihn nach Hause. Ein Knecht Vollraths wurde geholt, um seinen Herrn auf dem Weg zu stützen. Mit leidender Miene zog Vollrath davon, immer wieder mit großer Geste die Hand auf sein bewegtes Herz legend.

Rode, Scheitel und auch Prutze waren in das Verhörverlies zurückgeeilt, wo Scharfrichter Tune inzwischen die Blomenowsche bewacht hatte. Sie lag, zerfetzt, zerschunden, durchnässt und mit blauen Lippen auf dem Boden unter einer Fackel. Dr. Scheitel hatte einen langen Blick auf die Frau geworfen, ihren Puls gefühlt und dann die Treppe hinauf nach dem Twen gerufen. Der war auch unverzüglich in den Keller gekommen. Gemeinsam hatten sie die Witwe Blomenow entkleidet und ihre Glieder mit Branntwein eingerieben, bis die Haut sich zu erwärmen begann. Des Öfteren stöhnte sie dabei, wenn schmerzende Stellen berührt wurden. Auch die Reste ihrer Handverbände wurden entfernt. In zwei Fingern der linken Hand saß der Brand, das konnte selbst ein Laie erkennen. Twen und Scheitel hatten sich unterm Licht der Fackel wortlos angeschaut. Dann hatte der Stadtphysikus gefragt, ob der Fronknecht das könne oder ob er den Bader Gentzkow holen wolle. Doch der Twen hatte einfach nur genickt und gesagt, er besorge geeignete Instrumente.

Ratsherr Rode wollte wissen, was jetzt vor sich gehe und Dr. Scheitel hatte ihm erklärt, dass man die brandigen Finger umgehend abnehmen müsse, wolle man die Hand und damit die ganze Frau noch retten. Und er vertraue dem Fronknecht Lukas Twen, dass der das schaffe. Der habe immerhin viele Jahre als Feldchirurg im Heer des sächsischen Kurfürsten Johann Friedrich gedient. Nikolaus Rode war danach weiß im Gesicht geworden und hatte sich hastig verabschiedet. Henricus war ganz froh darüber, sonst wäre der Ratsherr noch auf die Idee gekommen, zu fragen, woher Scheitel so viel über den Twen wusste. Und dann wäre womöglich noch herausgekommen, dass der Stadtphysikus das von ihm hatte. Es wäre schon sehr unangenehm gewesen, wenn sich herumsprach, dass er die Bewerbung von Lukas Twen nicht nur gelesen hatte, sondern auch Details aus dessen Lebenslauf an Unbeteiligte weitergab. Henricus nahm sich vor, künftig vorsichtiger zu sein, was er seinem Freund Scheitel erzählte. Denn dessen Temperament ließ ihn manch unbedachtes Wort sprechen. Die vielen Jahre im Dienste des Rates hatten Prutze da viel vorsichtiger gemacht.

Das alles ging Henricus durch den Kopf, als er den Bürgermeister aus den Augenwinkeln aufgeregt durchs Zimmer laufen sah. Trotzdem sagte sein Herz ihm, dass er noch mehr für die Witwe Blomenow tun musste. War der Stadtphysikus auch ein impulsiver Mensch, setzte er sich doch für die richtige Sache ein. Für die einzig wahre – für Gerechtigkeit. Deshalb nahm der Gerichtsdiener jetzt all seinen Mut zusammen und sprach Franz Wessel vorsichtig an: »Hochwohlgeborener Herr Bürgermeister, Ihr hättet die jüngste Befragung erleben müssen. Das war selbst für mich, der ich so viele Protokolle bei Verhören geschrieben habe, hart.«

Franz Wessel drehte sich unwirsch zu Prutze um und überlegte, ihn sofort wieder zum Schweigen zu bringen. Doch dann rangen Zorn und Neugier miteinander. Wenn das selbst dem alten Prutze naheging, wollte er schon wissen, was vorgefallen war. Der Bürgermeister baute sich breitbeinig vor dem Schreibpult auf, verschränkte die Arme vor der mächtigen

Brust und forderte Prutze mit einem herrischen Kopfnicken auf zu reden.

Der überlegte einen Moment und schilderte dann mit wohlgesetzten Worten seine Erlebnisse im Scharfrichterhaus. Er berichtete, dass der Witwe Blomenow vom Fronknecht Lukas Twen zwei Finger der linken Hand abgenommen werden mussten, dass die Frau dadurch viel Blut verloren habe und man nicht wusste, ob sie die Nacht überleben würde. Dass der Stadtphysikus aber heute Morgen schon nach ihr geschaut habe und sie noch am Leben fand. Dass die Tochter Ursula in einen ständigen geistigen Dämmerzustand verfallen sei und auf ihre Umwelt kaum reagiere, so dass sie also keine Hilfe für ihre Mutter darstelle. Und dass Dr. Scheitel deshalb eine Verlegung ins Siechenhaus des Heilgeistklosters angebracht erscheine.

Henricus machte eine Pause, um Wessels Reaktion abzuwarten. Da der nichts sagte und ihn nur anstarrte, erlaubte er sich, seine persönliche Einschätzung anzufügen: »Wie die Dinge stehen, hat Elisabeth Blomenow die Tötung des Kindes gleich zu Anfang zu Protokoll gegeben und kann dafür hingerichtet werden. Allerdings müsste sich ihr Zustand etwas stabilisieren, damit Urteilsverkündung und Hinrichtung eine gewisse, dem Delikt angemessene Würde haben. Was den Verdacht der Hexerei betrifft, so scheint es mir einzig im Ehrgeiz des Herrn Vollrath zu liegen, sie einer solchen zu überführen. Dieser Ehrgeiz treibt ihn selbst an den Rand eines Zusammenbruches, wie der gestrige Vorfall beweist.«

Der Gerichtsdiener verstummte und machte

eine leichte Verbeugung. Franz Wessel überlegte, die Augen immer noch auf den alten Gerichtsdiener geheftet. Der Prutze hatte lange Erfahrungen und konnte so eine verzwickte Angelegenheit in wenigen Sätzen auf den Punkt bringen. Die Witwe Blomenow musste sterben – ob so oder so. Die Frage war jetzt nur, wie man es zu Ende brachte mit der Frau. Was war für das Ansehen des Rates – und damit für die Stadt – am besten? Schließlich entschied der Bürgermeister, die Sache gründlich zu beraten. Der Prozess war zu heikel, um allein zu entscheiden.

»Schick den Monnick los. In einer Stunde will ich Scheitel, Vollrath und Rode hier haben. Auch Christoph Lorbeer soll er dazu bitten. Wir wollen sehen, dass wir die Kuh vom Eis kriegen.«

Lukas saß in der Küche des Hurkuffens und biss genussvoll in eine dicke Scheibe frisches Brot, die mit Schmalz bestrichen war. Hinter ihm hantierte Beke, die Stupe-Hure, herum. In letzter Zeit hatte er sich angewöhnt, alle Tage einmal zu der alten Hurenmutter zu gehen und sich in ihrer Küche richtig satt zu essen. Der Fraß, den es im Scharfrichterhaus gab, konnte einen großen Mann wie ihn auf Dauer nicht bei Kräften halten. Bei seinen Besuchen im Hurenhaus versuchte er, den Dirnen möglichst aus dem Weg zu gehen. Sie boten gern ihre Verführungskünste auf, um ihn zu umgarnen und in ihr Bett zu locken. Lukas konnte nicht behaupten, dass ihn die Bemühungen der Damen kaltließen. Besonders, wenn die blonde Katharina durch den Raum ging, ihr Kleid an seinem Rücken vorbeiraschelte oder sie ihm wie zufällig mit der Hand den Nacken strich, schoss ihm das Blut in die Adern. Aber er scheute schlicht die Ausgaben. Da er von der Stadt und vom Henker noch immer keinen Pfennig Lohn erhielt, musste er die paar Münzen beisammenhalten, die ihm links und rechts für seine Arbeit zugesteckt wurden.

Manchmal gab es in den großen Häusern ein paar Kupferstücke Trinkgeld, wenn er schnell und sauber eine Dunggrube geleert hatte. Dann hatte Lukas gelernt, dass man trefflich um die Häute einer Kuh oder gar eines Pferdes feilschen konnte, das bei ihnen in der Abdeckerei landete. »Legst beim Tune ein gutes Wort für mich ein, wenn er die Haut verkauft …« raunten ihm dann Gerber, Schuster oder Kürschner ins Ohr, während er sich mit den großen Kadavern mühte. Dabei steckten sie ihm ein paar Groschen in die Tasche. Zunächst hatte Lukas verblüfft das Geld zurückgeben wollen. Aber seine Mittellosigkeit und der Hunger obsiegten. Schnell hatte er dann begriffen, dass für jede Tierhaut eine Art stille Versteigerung vonstattenging. Der Tune vergab am Ende den Zuschlag – für den Meistbietenden. Einige Gerber in der Stadt hielten sogar ihre Gesellen an, verendetes Vieh nicht in der Fronerei zu melden, sollten sie solches entdecken, sondern schnell irgendwo zu verstecken, um es bei Nacht selbst aus der Haut zu schlagen. Den bloßen Kadaver schleppten sie nach getaner Arbeit einfach an den Straßenrand, wo ihn die Henkersknechte einsammeln und draußen vor den Toren der

Stadt verbrennen oder verscharren mussten. Der Tune konnte fuchsteufelswild werden, kam ihm eine solche unredliche Abdeckerei zu Ohren, denn er verdiente nicht schlecht an den Tierhäuten. Einmal hatte er seinen Sohn Wulf losgeschickt zu einem Gerber, den er im Verdacht hatte, auf diese Weise eine Pferdehaut gestohlen zu haben. Wulf war wenig später zurückgekommen – heulend und mit blauem Auge, denn mit den groben Gesellen des Meisters war nicht zu spaßen gewesen. Da hatte der Tune seine Beziehungen zum Rat spielen lassen und der Gerber musste am Ende ein saftiges Schmerzensgeld bezahlen – ob für das geklaute Leder oder für den verprügelten Jungen, war nicht ganz klar. Der Tune konnte eben aus allem Kapital schlagen. Nur für ordentliches Essen für seine Knechte reichte es nicht, dachte Lukas mit Bitterkeit.

Sorgsam pickte er mit der Fingerspitze ein paar Brotkrümel auf, die auf den Tisch gefallen waren, und schob sie sich zwischen die Lippen. Dann entledigte er sich seines eigentlichen Anliegens:

»Frau Beke, ich brauche eine kräftige Suppe. Gerichtsdiener Monnick bringt heute Geld vorbei, damit Ihr ein Huhn oder zwei, drei alte Tauben kaufen könnt. Lasst es möglichst lange kochen, bis die Knochen ganz weich sind. Legt Zwiebel, Lorbeer und Möhren dazu. Auch eine Selleriewurzel ist hilfreich. Habt Ihr alles mehrere Stunden gekocht, seiht den Sud ab und bringt eine Kanne voll zu mir in die Fronerei. Ich brauche die Suppe als Arzenei.«

»Werd ja wohl wissen, wie man eine Krankenbrühe kocht. Hab genug halb totgeschlagene, halb erfrorene oder im Kindbett halb verblutete Mädchen gepflegt«, murmelte Beke hinter ihm und ließ sich in ihrer Arbeit nicht unterbrechen.

Lukas schmunzelte und widmete sich weiter genüsslich seinem Fettbrot. Nach einer Weile fügte er jedoch hinzu: »Eine so hinfällige Frau wie die Hexe Blomenow habt Ihr aber eher selten gepflegt.«

»Die ist nie im Leben eine Hexe! Da kann ich Euch ein Dutzend anderer Weiber nennen, die dem Teufel näherstehen als Elisabeth Blomenow«, nuschelte Beke und hantierte weiter mit gesenktem Kopf.

Lukas hörte auf zu kauen und schielte über die Schulter zu ihr hinüber. Dann fragte er leise: »Ihr mögt die Blomenowsche, kann das sein?«

Beke zog es vor, zunächst nicht zu antworten. Aber ihre Bewegungen wurden heftiger. Schließlich drehte sie sich zum Tisch um und sagte: »Wir haben hier Wand an Wand gelebt. Und so wie ich die Blomenowsche kennengelernt habe, ist sie keine Hexe, sondern eine sehr anständige Frau. Sie hat Herzenswärme und Güte – selbst für unsereins.«

Auch Lukas wandte sich jetzt ganz um, so dass die beiden sich in die Augen blicken konnten. Dabei sagte er: »Und Kraft steckt in ihr. Sie hat mehr überlebt, als man einer Frau zutrauen möchte.«

»Ach ihr Kerle, was wisst ihr von der Kraft der Frauen!«, höhnte die Hurenmutter und schüttelte ihre knochige kleine Faust vor Lukas' Nase.

Der hielt sich schützend die Hände vors Gesicht: »Nicht schlagen, bitte, Gnade! Gnade!«, bettelte er.

In diesem Moment ging die Tür auf und Katharina Sprollhaus trat herein. Sie trug ein wunderbares Kleid mit feinster Stickerei. Das Mieder war aus dunkelrotem Samt, der Rock leuchtend gelb. Über die Schulter lag ihr dicker blonder Zopf. Von der Heiterkeit in der Küche ließ sie sich jedoch nicht anstecken. Nur ein müdes Lächeln huschte über ihr Gesicht. Katharina sah blass aus, unter ihren Augen lagen tiefe Schatten.

»Kaum ist ein Mann im Hause, herrscht Unfrieden«, kommentierte sie das Geschehen in der Küche lakonisch und angelte sich einen Apfel aus dem Korb, der neben Beke stand.

»Gar nicht. Wir tauschen Kochrezepte aus«, verteidigte sich Lukas mit breitem Grinsen.

»Richtig! Mit Bratpfanne und Nudelholz, immer schön um die Ohren«, versetzte Beke und schwang einen hölzernen Löffel durch die Luft, so dass Lukas schnell wieder den Kopf einzog.

»Ich bin doch nun wirklich der friedfertigste Mann in dieser Stadt. Hab ich Euch nicht schon ein paarmal errettet vor den wirklich bösen Buben?«, protestierte er.

Nun musste auch Katharina lachen: »Herr Twen, Ihr seid Schinderknecht! Bestimmt der friedfertigste Beruf in der Stadt …«

Lukas folgte einer plötzlichen Eingebung, packte sie am Handgelenk und zog sie mit einem kräftigen Ruck auf seinen Schoß. Ihr angebissener Apfel fiel herunter und rollte über den Küchenboden. Katharina schnappte hörbar nach Luft und verzog das Gesicht vor Schmerzen. Lukas erschrak. So hart hatte er sie doch gar nicht angefasst. War sie ein so verzärteltes Geschöpf, dass sie einen kleinen Spaß nicht vertragen konnte? Ihre Gesichter waren sich ganz nah und Lukas konnte den Duft ihrer Haut riechen. Er musste seine Nase einfach in ihren Haaransatz hinter dem Ohr drücken und ihren Geruch ganz tief einsaugen. Im selben Augenblick wusste er, dass er auf diesen Duft nie wieder verzichten wollte. Er schien ihm das Köstlichste, was ihm im Leben begegnet war.

Katharina ließ ihn gewähren und hielt still. Doch er spürte den Widerstand unter ihrer Haut. Schließlich zischte sie ihm ins Ohr: »Lass sofort mein Handgelenk los!«

Widerstrebend öffnete Lukas die Hand, denn er musste erwarten, dass sie ihm entschlüpfen würde. Das Herz tat ihm weh bei diesem Gedanken. Er wollte ihren Duft und ihre Wärme nur noch einen winzigen Augenblick auskosten. Doch Katharina sprang nicht davon, nachdem er sie freigegeben hatte. Sie blieb einfach auf seinem Schoß sitzen und rieb sich mit schmerzverzerrtem Gesicht das Handgelenk.

Behänd lief Beke herbei und schob mit einer schnellen Bewegung Katharinas Kleiderärmel herauf. Ihr Verdacht war richtig: Am Handgelenk der jungen Frau kam ein blauroter Streifen zum Vorschein, etwa einen Finger breit. Katharina entriss Beke unwirsch die Hand und streifte schnell den Ärmel wieder über das Mal. Dann verschränkte sie die Arme vor der Brust und versteckte die Hände unter den Achseln.

»Wann bist du nach Hause gekommen?«, fragte Beke knapp.

Katharina zögerte einen Moment, dann antwortete sie ärgerlich: »Heute früh. Schlag fünf!«

»Und hat er bezahlt?«, wollte die Hurenmutter noch wissen.

»Ja, hat er!«, gab Katharina zurück. Dann entspannte sie sich ein wenig und lehnte sich gegen Lukas' breite Brust. Der hielt den Atem an und konnte sein Glück gar nicht fassen. Jetzt legte sie sogar den Kopf auf seine Schulter und schloss müde die Augen. Behutsam zog er das verletzte Handgelenk unter ihrer Achsel hervor und betrachtete es noch einmal genauer. Dann hielt sie ihm auch die zweite Hand hin. Dort fand er dieselben Male. Die Gedanken jagten sich in seinem Kopf. Woher kamen die Striemen? Wer hatte sie so gequält? Wut stieg in ihm auf. Dem Kerl schlage ich die Zähne ein, nahm er sich vor und sein Atem ging heftiger.

Jetzt straffte sich Katharinas Körper wieder. Es hatte wohlgetan, sich an der breiten Schulter des Riesen einen Augenblick auszuruhen, sich ganz dem Schutz seiner Kraft zu überlassen. Aber der Moment der Schwäche war vorbei. Sie richtete sich vollends auf und entzog ihm die Hände. Dann sah sie die Zornesfalte zwischen seinen Jungenaugen.

»Was schaut Ihr so verdrießlich drein, Herr Fronknecht Twen? Mit den Spuren von Stricken müsstet Ihr doch vertraut sein. Eine Frau zu binden, fällt keinem Kerl schwer. Und manchem gefällt es eben ganz besonders, das Pferdchen zu zügeln, das er reitet«, sagte sie spitz und blickte ihn herausfordernd an.

»Warum tust du so was?« Es war die einzige Frage, die ihm in den Sinn kam.

Katharina wollte ihm eine scharfe Antwort geben. Das Mannsbild tat ja gerade so, als wäre es ihre Schuld. Sie holte schon Luft, doch dann musste sie über seine Ahnungslosigkeit lachen. Sie schlang

Lukas die Arme um den Nacken und drückte ihm einen dicken Schmatz auf die Wange.

»Mein lieber Lukas Twen, da bist du viel in der Welt herumgekommen und hast sicher so manches erlebt. Aber von unserem Geschäft verstehst du nicht wirklich etwas«, rügte Katharina wie eine große Schwester. Und Beke brachte ihren Kochlöffel zum Einsatz, um ihm damit einen Klaps auf den Kopf zu versetzen.

»Warum sie so was tut? Um ihren Lebensunterhalt zu verdienen, Herr Twen! Lasst das Mädchen von Eurem Schoß, dann wird Euer Verstand vielleicht wieder arbeiten«, schalt sie.

Lukas lächelte verschämt. Natürlich, die Frauen hatten recht. Er war in einem Hurenhaus. Und Katharina Sprollhaus musste die Wünsche ihrer Kunden erfüllen. War das etwa Eifersucht gewesen, die den Zorn in ihm hochgetrieben hatte? Ungläubig schüttelte er den Kopf. Dann sah er Katharina in die hellen Augen. Sie hielt seinem Blick lächelnd stand, machte aber Anstalten, sich von seinem Schoß zu erheben. Der Traum war vorbei, das Leben hatte sie beide wieder.

»Geh zum Apotheker und hol dir eine Salbe aus Ringelblumen. Auch ein Tuch mit kaltem Wasser um die Handgelenke könnte helfen«, riet er Katharina noch.

Sie deutete eine Verbeugung an und sagte spöttisch: »Sehr wohl, Herr Doktorus. Ich werde Euren Rat sogleich befolgen.« Dann hauchte sie ihm noch einmal einen Kuss auf die Wange und flüsterte in sein Ohr: »Ihr seid mein Ritter, Lukas Twen.« Mit einem koketten Blick über die Schulter drehte sie sich um und schlüpfte aus der Küche. Im Hinausgehen angelte sie sich einen neuen Apfel aus dem Korb, dann schlug die Tür hinter ihr zu.

Lukas fühlte ein Brennen im Leib und auf seinem Gesicht. War er etwa rot geworden? Doch wohl nicht wegen einer naseweisen Dirne – und sei sie auch so schön wie die blonde Katharina. Und doch, da war ein Einverständnis in ihren Augen gewesen, als würden sie sich schon immer kennen …

Mutter Beke stupste ihn wieder mit dem Holzlöffel an. Dann legte sie eine neue Scheibe Brot mit Schmalz vor Lukas auf den Tisch. »So, Herr Ritter, nun esst mal schön noch ein Brot, damit Ihr auch bei Kräften bleibt und uns weiter so wacker vor den bösen Kerlen beschützen könnt«, ermutigte sie ihn.

Lukas machte sich über das Brot her, aber die Gedanken kreisten weiter um Katharina. Schließlich fragte er geradeheraus: »Wisst Ihr, welcher Kunde das heute Nacht war?«

»Ich werde den Teufel tun, Euch das zu verraten. Am Ende rennt Ihr hin und schlagt ihm den Schädel ein. Nein, nein, das heilt schon alles wieder. Und solange er bezahlt …«

Lukas fühlte sich ertappt, aber auch ernüchtert von ihren Worten. Was gingen ihn die Geschäfte der Dirnen an? Er erhob sich vom Tisch, das Brot in der Hand, und murmelte einen Dank. Dann ging er. Es war alles gesagt. Im Gehen schien ihn noch einmal ein Hauch von Katharinas Haut zu umwehen. Traurigkeit packte ihn. Was war nur los mit ihm? Lukas pfiff seinem Hund, der vor der Tür gewartet hatte. Er stopfte dem Tier seine angebissene Stulle ins Maul und trottete mit ihm davon.

Missmutig starrte Martin Tune auf den träge schaukelnden Pferdearsch vor ihm. Der Klepper ging schwer in dem ausgefahrenen, aufgeweichten Weg. Neben ihm auf der Bank schwankte der Körper von Wulf im Takt des Tritts hin und her. Der Junge hielt mit baumelndem Kopf und offenem Mund ein Schläfchen. Die Schaukelei hatte ihn müde gemacht wie einen Säugling, der auf dem Arm gewiegt wird. Jeden Moment drohte sein Kopf gegen die Schulter des Vaters zu fallen. Ich stoß den dämlichen Bengel einfach vom Bock, wenn er sich bei mir anlehnt, beschloss Tune und biss die Zähne zusammen, dass es knirschte.

Viel lieber hätte er den Twen mitgenommen statt seines schwachsinnigen Sohnes. Nicht, dass er den Twen mochte. Ein solches Gefühl kannte Martin Tune gar nicht. Er teilte die Menschen höchstens danach ein, ob sie ihm nützten oder nicht. Und der Twen nützte. Ein richtiger Kerl, der zupacken konnte. Riesenkräfte. Billig im Unterhalt, weil er sich selbst nach Quellen für Kleingeld und Essen umsah. Beschwerte sich über nichts, gab keine Widerworte. Und flink im Denken. Obwohl: Auf solche musste man aufpassen. Die sahen und hörten unter Umständen mehr, als für sie gut war. Und vor allem für ihn, den umtriebigen Fronvogt von Stralsund.

Der Twen war zum Beispiel viel zu oft bei der alten Blomenow und ihrer dämlichen Tochter oben im Turmhaus. Weiß der Teufel, wozu er an der noch rumdokterte. Der Herr Feldscher bildete sich wohl Wunder was ein auf seine Heilkräfte. Da konnte er noch so viel wickeln und winden und schnippeln, kaltes und warmes Wasser in die Zelle schleppen, dass man meinte, er versorge die Frau Bürgermeisterin persönlich. Oder gar eine Gräfin. Ach was: eine Kaiserin! Kaiserin Elisabeth I. von Stralsund! Tune grinste in den dreckigen Schal hinein, den er um sein unrasiertes Doppelkinn geschlungen hatte. Der Winter war zwar nicht kalt, aber feucht und ungemütlich. Seuchenwetter. Und ausgerechnet jetzt musste er raus aufs Lüssower Vorwerk, weil so ein dämlicher Bauer mehr mit seinen Bälgern beschäftigt war als mit dem lieben Vieh. Und dann nur den dämlichen Bengel dabei, der Stroh im Kopf und Butter in den Armen hatte. Wie sollte er mit dem zwei tote Kühe aufladen? Wahrscheinlich musste er sogar zweimal den Weg machen. Der ganze Tag würde darüber vergehen. Als wenn er nichts Besseres zu tun hatte.

Wulfs Kopf schlackerte hilflos hin und her. Auch das Pferd schien fast zu schlafen. Es setzte im allmählich langsamer werdenden Trott Huf vor Huf, den Kopf tief über den schlammigen Weg gesenkt. Bei jedem Schritt schien es zu überlegen, ob es nicht einfach stehen bleiben könnte. Dem Klepper werd ich Beine machen, dachte Tune und pfiff leise durch die Zähne. Die kurze Peitsche in der Hand ließ er einmal hörbar durch die Luft pfeifen. Das Pferd hatte sofort begriffen und straffte die Muskeln. Sein Schritt wurde einen Herzschlag schneller.

Nachdem er das mit dem Gaul geklärt hatte,

widmete sich Martin Tune in Gedanken wieder seinen Geschäften. Die zwei Kühe von Bauer Brahme würden ihm ein hübsches Sümmchen einbringen. Der Dorftrottel war aber auch zu dämlich. Lässt die Kühe mit dem Stier allein auf der Weide. Der alte Bulle soll sie mal schön ungestört decken, damit es bald Kälbchen und ordentlich Milch gibt im Hause Brahme. Wird gebraucht, denn das achte Kind ist angekommen. Die Mutter im Kindbett, will sich nicht recht erholen vom Werfen. Faules Aas. Finden immer eine Ausrede, die Weiber. Und wenn von den ersten sieben Blagen gleichzeitig vier mit Fieber und roten Pusteln im Bett liegen, würde ich mich auch unter die Decke kuscheln und krankspielen, höhnte Tune. Er hätte das Weib rausgeprügelt, die Schwäche wär ihr schon vergangen. Hatte sich gefälligst um die Brut zu kümmern, die aus ihrem dreckigen Leib gekrochen ist. Dann hat der Bauer auch Zeit, nach seinem wertvollen Vieh zu schauen. Was macht der Brahme stattdessen? Rennt in die Stadt nach Medizin vom Apotheker. Macht Wadenwickel und braut Tee. Und seine Rinder bleiben bald eine Woche allein auf der winterkalten Wiese. Da hat der Stier sich männlicher erwiesen. Ist durchgedreht, das rabiate Stück! Den hat die Raserei gepackt, weiß Gott warum. Hat die dämlichen Kühe mit seinen dämlichen Hörnern aufgespießt. Geradezu massakriert. Da hätte er gerne mal zugesehen!

Und der Brahme, das oberdämliche Bäuerlein, merkt es nicht mal. Müssen erst die Nachbarn gerannt kommen und schreien, es liegen seine zwei Kühe seit Tagen mit aufgedunsenen Leibern auf der Weide. Und der Stier würde immer wieder mal drauf rumtrampeln, der sei nun wohl vollkommen von Sinnen. Das Fleisch hätte der Brahme da höchstens noch an den Hund verfüttern können. Wenn die den Hund mal nicht schon selbst auffressen mussten.

Martin Tune schwelgte in Schadenfreude. Ihn würde der durchgedrehte Stier um ein hübsches Sümmchen reicher machen und den Brahme endgültig ruinieren. Und den Bullen kann er auch noch abstechen, an den traut sich nämlich keiner mehr ran. Muss erst der Scharfrichter kommen, jawohl. Hab sogar ein gutes Schwert hinten auf dem Wagen, falls sich die Gelegenheit zu einem sicheren Streich ergibt, frohlockte er. Ansonsten tut es eher der Sauspieß. Auf einen Ringkampf mit einem Stier, der den Satan im Leib hat, lässt er sich jedenfalls nicht ein. Er ist ja nicht so dämlich wie Bauer Brahme, den das tobende Rindviech über die ganze Wiese gejagt hat, als der die toten Kühe von ihm wegziehen wollte. Ach, muss das ein Spaß gewesen sein! Schade, dass man davon immer erst hinterher erfährt. Aber Tune nahm sich vor, sich die ganze Geschichte in Lüssow noch einmal haarklein erzählen zu lassen. Darüber konnte er noch lange lachen.

Das Fleisch vom Stier können die Vorwerkler, die ihn sich gemeinsam gehalten haben, dann auf dem Markt verkaufen. Da kriegt der Brahme vielleicht noch ein paar Münzen ab. Vielleicht reicht's für ein neues Schwein. Aber höchstens für eins. Selber Fleisch essen seine Mäuler diesen Winter ganz bestimmt nicht mehr. Oder das blanke Geld geht gleich wieder für Pustelmedizin drauf. Und des dämlichen Brahmes dämliches Weib überlebt womöglich das Kindbett nicht …

Der Klepper vor dem Schinderkarren riss plötzlich den Kopf hoch und blähte die Nüstern. Martin Tune kehrte sofort aus seiner Gedankenwelt zurück und ließ die flinken Augen huschen. Der Weg machte gleich eine Biegung, ein kleines Wäldchen verbarg den Blick voraus. Doch der Scharfrichter musste nicht allzu lange warten, um zu erkennen, was sein Gaul gewittert hatte. In leichtem Galopp kam ein Reiter auf einem bildhübschen Fuchs um die Ecke. Sein langes blondes Haar wehte mit der Pferdemähne um die Wette.

Gisbert von Bentkow bot ein prachtvolles Bild in der grauen Winterlandschaft. Er trug ein Gewand aus grünem Samt, reich mit Goldborten verziert, dazu eine passende Kappe. Unter dem langen Überwurf aus fein gesponnener Wolle mit breitem Pelzkragen blitzte ein Degen in kunstvoll verzierter Silberscheide hervor. Und gleich daneben am Gürtel wird eine gut gefüllte Börse hängen, vermutete Martin Tune. Das traf sich prächtig, dass er dem Paradiesvogel hier draußen begegnete.

Tune schnallste seinem Gaul, der unverzüglich zum Stehen kam. Wulf zuckte zusammen und kam zu sich. Er rieb sich verwundert die Augen und verstand nicht, warum der Wagen mitten auf einsamer Flur hielt. Dann sah auch er den vornehmen Reiter nahen. Gisbert von Bentkow musste an Tunes Wagen vorbei, wollte er nicht über die aufgeweichten Felder ausweichen, auf denen reichlich Wasser stand. Er zügelte ebenfalls sein Pferd und verharrte einen Augenblick. Dann begriff er, dass die Begegnung mit dem Scharfrichter unausweichlich war. Also setzte er eine herablassende Miene auf und hielt im Trab auf den Wagen zu.

Martin Tune stieß seinem Sohn unsanft den Ellenbogen in die Seite. »Geh in den Wald pissen«, knurrte er Wulf durch die Zähne an.

»Aber ich muss gar nicht pissen«, antwortete der und starrte neugierig den näher kommenden Reiter an.

»Dann vertritt dir die Beine.«

»Aber ich will gar nicht …«

Weiter kam Wulf nicht mit seinem Protest. Mit einer unerwartet schnellen Drehung von Hüfte und Schulter stieß der Tune seinen Sohn einfach vom Wagen. Der Junge landete fast im Morast, konnte sich aber im letzten Augenblick noch mit einer Hand am Kutschbock festhalten. Er verzog greinend das Gesicht und rannte dann auf das Wäldchen zu. Endlich hatte Wulf Tune verstanden, dass er bei dieser Begegnung nicht erwünscht war.

»Gott zum Gruß, Herr Junker von Bentkow«, grunzte der Fronvogt, ohne das Gesicht zu verziehen, als Gisbert neben ihm sein Pferd zum Stehen brachte. Seine flinken Augen hatten längst den blutdurchtränkten Sack am Sattelknauf erspäht. Der feine Herr hatte offenbar der Jagd gefrönt. Ein Jagdrecht hatte er aber nicht, was man dann wohl Wilderei nannte. Dumm gelaufen, dass er ausgerechnet dem Fronvogt in die Arme reiten musste. Immerhin ein bestellter Diener des Stralsunder Stadtrates.

Gisbert focht das scheinbar alles nicht an. Er tätschelte der prachtvollen rotblonden Stute den Hals und würdigte Tune keines Blickes. Vielmehr richtete er die Augen über die Felder auf den Horizont und sprach über dessen Kopf hinweg: »Ein herrlicher Tag für einen Ausritt, nicht wahr, Tune? Kein Schnee, kein Regen – da muss man doch einfach mal hinaus aus der Stadt!«

»Recht so, Herr von Bentkow, immer tummelt eifrig Eure Pferdchen. Da werden Euch wohl die Mauern von Stralsund schon zu eng?«, fragte Tune beiläufig.

Der Junker überlegte einen Moment, denn die Doppeldeutigkeit der Frage war ihm bewusst. Dann antwortete er aber mit Unschuldsmiene: »Ja, weißt du, Tune, der Winter ist lang und beengt die Brust, wenn man immer nur in den Mauern herumläuft. Es fehlt ein wenig an Abwechslung. Da hab ich mich einfach mal zu einem kleinen Ausritt davongemacht. Schon ein wenig üben. Fürs Maigrafenreiten in diesem Jahr«, erklärte er und lachte hell auf, wobei er seine blonden Locken in den Nacken schüttelte.

»Das kann ich verstehen, ein junger Herr in Eurem Alter! Die Gasthäuser und Hurkuffen der Stadt habt Ihr ja längst reichlich erforscht, wie man so hört. Und auch manch Pferdchen geritten«, antwortete der Scharfrichter.

In Gisbert stieg die Galle hoch. Was erdreistete sich dieser schmierige Kerl? Redete schon wie sein Großonkel Lorbeer, der ihm ständig Vorhaltungen machte. Doch er bezwang seinen Zorn. Stattdessen beugte er sich ein wenig zum Tune hinüber, als wenn er Angst hätte, jemand könnte ihn belauschen. Dann fragte er: »Und unser spezielles Pferdchen? Hast du es sicher im Stall?«

»Gewiss doch. Läuft aber nicht mehr gut im Geschirr. Ist ganz wirr und abgeklappert. Glaube nicht, dass das noch einmal auf die grüne Weide kommt.«

Gisbert richtete sich im Sattel wieder auf und sein Gesichtsausdruck verriet Zufriedenheit. »Vielleicht muss es gar ganz in die Abdeckerei?«, fragte er lauernd.

»Gut möglich, liegt aber nicht bei mir. Liegt allein an der Stralsunder Gerichtsbarkeit.«

»Und in der Hand Gottes. Amen!«, schloss Gisbert von Bentkow mit einer salbungsvollen Geste die Unterhaltung. Dann machte er Anstalten, seiner Stute die Hacken in die Weichen zu stoßen. Doch Martin Tune war schneller. Er griff der Füchsin ins Zaumzeug und starrte den Junker an.

»Es kostet Tag um Tag, Euer Pferdchen durchzufüttern. Der Rat stellt dafür kaum was zur Verfügung. Außerdem hatten wir eine Vereinbarung, wenn ich Euch erinnern darf. Hab seit Anfang des Jahres keinen Groschen von Euch gesehen.«

Am liebsten hätte Gisbert seine Faust in das feiste Gesicht des Scharfrichters gestoßen. Einen Augenblick überlegte er, ob er einfach den Degen ziehen und den fetten Wanst aufschlitzen sollte. Aber dort am Waldrand stand der junge Tune und starrte angestrengt herüber. Kein Ahnung, was der von den Händeln seines Vaters wusste. Man konnte leicht einen Zusammenhang zwischen seinem Ausflug und einem toten Stadtdiener auf dem Weg nach Lüssow herstellen, denn sein Ausbleiben war im Hause Lorbeer gewiss bemerkt worden. Nein, es war nicht klug, den schmutzigen Mitwisser hier und jetzt abzustechen.

Und womöglich konnte man den Tune auch noch für andere Angelegenheiten gebrauchen. Also zwang sich der junge Herr zu einem Lächeln. Mit gönnerhafter Geste griff er an seinen Gürtel und zerrte die Geldkatze los. Er wog das Säckchen noch einen Augenblick in der Hand, dann warf er es dem Tune hinüber.

Der fing es geschickt auf und merkte sogleich, dass in der Börse nicht besonders viel Geld klimperte. Herr Lorbeer hielt den prunksüchtigen Großneffen knapp, damit er nicht so viel vergeudete. Aber der Tune nahm, was er kriegen konnte. Und dem Herrn von Bentkow würde er sich immer wieder mal in Erinnerung bringen. Diese Kuh war noch lange zu melken. Also steckte er die Geldkatze wortlos in die Brustöffnung seines Hemdes und nickte grüßend mit dem Kopf.

Auch Gisbert hob leicht die Hand. Doch dann überlegte er es sich anders: »Hast du schon gehört von dem besessenen Stier in Lüssow? Hat wohl eine ganze Herde Kühe aufgeschlitzt und zertrampelt. Das Landvolk munkelt, es habe mit den Hexen von Stralsund zu tun.«

»Bin grade auf dem Weg zum Vorwerk. Soll zwei Kühe zum Abdecken holen. Aber Stralsund ist weit. Wie kommen die dämlichen Bauern dazu, an Hexerei zu glauben?«, überlegte der Scharfrichter laut.

»Mir hat man erzählt, die uralte Trine Bruse habe sich blicken lassen. Just in der Woche, bevor der Stier durchdrehte. Und wir beide wissen ja, dass Trine Bruse eine enge Freundin unseres seltsamen Pferdchens ist. Das solltest du der Stralsunder Gerichtsbarkeit mal stecken, Tune!«

Gisbert wartete keine Reaktion auf seine Worte ab, sondern trieb die Fuchsstute an und preschte Richtung Stralsund davon. Der Tune hockte noch einen Augenblick regungslos auf dem Wagen, dann sah er sich nach seinem Sohn um. Der harrte frierend am Wäldchen aus und traute sich nicht, wieder aufzusteigen. Dämlicher Bengel, dachte Martin Tune. »Wulf, geht weiter!«, rief er und der Junge kam eiligst angelaufen. Dann drehte sich der Scharfrichter noch einmal nach dem Reiter um. Wenn ich den dämlichen Bentkow absteche und seine feinen Kleider verkaufe, kriege ich dafür mehr als für die zwei Kuhhäute von Bauer Brahme, ging es ihm durch den Kopf. Dann pfiff er durch die Zähne und trieb seine Schindermähre an.

Gewandt wieselte Gerichtsdiener Roland Monnick über den Alten Markt. Bei einem Bäckerwagen blieb er stehen. »Gib mir schnell eine Semmel, sonst falle ich auf der Stelle um!«, rief er dem Mann hinter dem Stand zu und hechelte übertrieben.

Der Bäcker schüttelte lächelnd den Kopf und wies auf einen Korb mit kleinem Backwerk: »Ihr dürft Euch gerne einen süßen Kuchen nehmen, Herr Monnick, damit Ihr bei Kräften bleibt. Was treibt Euch denn so eilig an, als wäre der Teufel hinter Euch her?«, fragte er neugierig.

Monnick antwortete ein wenig lauter als nötig, um auch die Aufmerksamkeit aller Umstehenden zu wecken: »Der Bürgermeister höchstselbst schickt mich, einige der wichtigsten Ratsherren zusammenzuholen. Schon in einer Stunde sollen sich alle beim hochwohlgeborenen Herrn Wessel treffen.«

»Und worüber müssen die Oberen sich so eilig beraten?«, bohrte der Bäcker weiter. Mehrere Käufer rückten näher heran. Und auch die Händler von den Nachbarständen spitzten die Ohren.

»Natürlich wird das einem schlichten Gerichtsdiener wie mir nicht mitgeteilt. Ich habe nur den Auftrag, die Ratsmitglieder herzuholen«, maulte Monnick, während er sich das halbe Küchlein in den Mund schob. Doch dann beugte er sich kauend vor und murmelte: »Aber ich glaube, es geht um die Hexen im Scharfrichterhaus …«

»Was? Worum?«, ertönten Nachfragen aus allen Richtungen.

»Ich habe nichts gesagt. Ich habe nichts gesagt!« Monnick hob die Hände. Dann stopfte er sich den Rest des Kuchenbrötchens in den Mund und drängte sich durch die Menschenmenge davon.

»Was hat er zu dir gesagt?«, wollte ein junger Knecht wissen und baute sich vor dem Bäcker auf.

Der bekreuzigte sich eilig und gab Auskunft: »Wegen der Hexen ist es! Wegen der Hexen im Scharfrichterhaus, hat der Monnick gesagt!«

Aufgeregtes Gemurmel folgte. Durch die vorderste Reihe drängte sich eine untersetzte, schmuddelige Frau mit rotem Gesicht – Marie Fyrow. »Das wird ja nun auch endlich Zeit, dass die Blomenowsche und ihre Tochter auf den Scheiterhaufen kommen. Ich habe das ja schon lange gewusst, dass die mit dem Bösen im Bunde sind«, sprudelte sie hervor.

»Ach ja? Und woher wollt Ihr das so genau wissen?«, hakte eine dürre Hausfrau mit einer langen Nase, die an einen Vogelschnabel erinnerte, nach.

»Ich weiß das deshalb so genau, weil die Blomenows bei uns zur Untermiete gewohnt haben. Und ich selbst habe das tote Kindelein im Bierkeller gefunden!«, warf sich die Fyrowsche in die Brust.

Wieder ertönte rundherum aufgeregtes Gemurmel. Die Leute rückten näher heran, immer mehr Neugierige kamen hinzu. Die Frau des Kannengießers war ganz in ihrem Element: »Ich verstehe überhaupt nicht, was die Herren im Rathaus da noch rumrätseln. Müssen erst noch mehr Kinder verschwinden, bevor dem Hexenspuk ein Ende gesetzt wird?«, rief sie und ihr Gesicht färbte sich vor Aufregung purpurrot.

Jetzt kamen zustimmende Rufe aus dem Publikum. Doch die lange Frau mit der Schnabelnase gab sich nicht einfach geschlagen: »Die Obrigkeit wird schon wissen, warum die Witwe Blomenow noch kein Urteil erfahren hat. Irgendwas stimmt nicht an der Sache. Vielleicht war das Kind gar nicht von ihrer Tochter und man hat ihr den Leichnam nur untergeschoben?«

»Ja, genau, vielleicht geht es nur wieder gegen den Namen Blomenow. So wie damals, als man ihren Mann aufs Rad gebracht hat!«, rief ein älterer Mann und schüttelte empört die Fäuste. Viele Köpfe in der Menge wandten sich dem Sprecher zu. Neben ihm stand ein kräftiger Geselle. Die kurze Lederschürze und der Steinstaub auf seinen Hosen verrieten ihn als Steinmetz. Auch der mischte sich jetzt ein: »Der Schuster Blomenow ist den Oberen immer ein Stachel im Fleisch gewesen. Dieselben Herren, die jetzt seine Familie ins Scharfrichterhaus sperren, haben auch ihn damals dem Henker ausgeliefert. Das riecht doch oberfaul! Da brauche ich nicht mal so eine lange Nase wie die da, um das zu riechen«, meinte er und zeigte auf die hagere Hausfrau.

Die Leute brachen in schallendes Gelächter aus. Die angesprochene Frau fasste sich erschrocken an die Nase, winkte dann aber ab und stimmte in das Gelächter ein. Marie Fyrow passte es gar nicht, dass die Sache eine solche Wendung nahm. Sie ruderte aufgeregt mit den kurzen Armen, um sich Gehör zu verschaffen: »Das sind doch alles alte Geschichten, da hat doch eins mit dem anderen nichts zu tun! Der Teufel hat gerade deshalb leichte Beute in den Blomenowschen finden können, weil schon der Vater ein Aufwiegler und Unruhestifter war. Wenn der man nicht auch schon mit dem Schwarzen im Bunde war und es hat damals bloß keiner gemerkt. Damals ging doch alles drunter und drüber und die Kirchen waren aufgebrochen«, schrie die Fyrow, bis sie wieder volle Aufmerksamkeit genoss. Dann fügte sie mit weitaufgerissenen Augen hinzu: »Das Böse lauert in diesen Mauern, ihr Leute, glaubt mir nur! Seid auf der Hut, die Strafe Gottes wird uns alle treffen …«

Weiter kam sie nicht. Der Steinmetz trat in die Runde und baute sich direkt vor Marie auf. Er stemmte die Hände in die Hüften und sah mit strengem Blick auf sie hinunter: »Das Böse lauert vor allem in einem bösen Schandmaul wie dem deinen, dummes Weib. Hör auf, den Leuten Angst zu machen und die Wahrheit zu verdrehen. Der Schuster Hans Blomenow war ein guter Mann, was immer auch zu seiner Verurteilung geführt hat. Das werden die einfachen Leute von Stralsund niemals vergessen, die damals dabei waren in den unruhigen Zeiten.«

Aufgeregt tuschelte die Menge, schwankte hin und her zwischen den Meinungen. Erinnerungen kamen hoch und wurden ausgetauscht. Schließlich rief eine Frau von weiter hinten: »Seid Ihr nicht die Marie Fyrow, die damals für einen Spottpreis das Haus von Blomenows gekauft hat?«

»Was hat das denn jetzt damit zu tun?«, entgegnete Frau Fyrow und stampfte ärgerlich mit dem Fuß auf. Eine neue Welle Getuschel brandete auf. Marie wurde es plötzlich heiß. Sie musste unbedingt ablenken von diesem Punkt, das spürte sie. Also raffte sie alle Kraft zusammen und schrie: »Lasst uns zum Bürgermeister ziehen und die Hinrichtung fordern! Die Hexen müssen brennen!« Dann stieß sie den böse dreinblickenden Steinmetz aus dem Weg und marschierte Richtung Rathaus davon. Es war ihr egal, ob jemand ihrem Aufruf folgen würde. Sie wollte nur weg hier.

Tatsächlich schlossen sich ihr einige Frauen an, doch die meisten blieben vor dem Bäckerstand stehen und scharrten sich um den Gesellen mit der Lederschürze. In kleinen Grüppchen redeten sie noch lange über die Geschehnisse damals und heute, wogen die Standpunkte gegeneinander ab. Im Grunde waren sie sich einig, dass der Obrigkeit nicht unbedingt zu trauen war. Aber dass ein totes Neugeborenes im Blomenowschen Keller gelegen hatte, war auch eine Tatsache. Schließlich zerstreute sich die Menge und jeder ging seiner Wege.

An der Ecke Semlower Straße, im Schatten des Kirchenportals, lungerte Roland Monnick herum. Wichtiger noch als seine Botengänge schien ihm der Ausgang des öffentlichen Disputes. Nachher konnte er dem Wessel brühwarm berichten, was die Leute auf dem Markt so redeten über den Fall. Die paar Wege zu den Ratsherren würde er noch dicke schaffen, ehe die Stunde rum war.

Einen Weg besorgte unterdessen Henricus Prutze persönlich: Er wusste, dass Johannes Scheitel nicht in seinem Haus anzutreffen war, sondern wahrscheinlich im Kerker von Elisabeth Blomenow. Er wollte den Stadtphysikus unbedingt noch einmal von Angesicht zu Angesicht sprechen, bevor es zur Auseinandersetzung mit Franz Wessel und den übrigen Ratsherren kam. Also schloss er die dringlichen Tagesgeschäfte so schnell wie möglich ab, verschob vieles auf später und eilte schließlich in die Filterstraße.

Henricus hatte recht gehabt: Er traf Scheitel direkt vor dem Tor des Henkerhauses. Der Stadtphysikus war verärgert. Martin Tune hatte am Morgen die Stadt verlassen und die Schlüssel für die Zellen mitgenommen. Es war auch keiner der Knechte weit und breit zu finden, der ihn zu den Frauen lassen konnte. Einzig das Hoftor war offen, denn der Henker ging zu Recht davon aus, dass niemand ohne Weiteres sein Gehöft betreten würde. Das Scharfrichterhaus war ein fluchbeladener, böser Ort für jeden anständigen

Christen in der Stadt. Dort wohnte der Mann, der das Böse bestrafen musste. Und also umgab ihn das Böse. Niemand wäre freiwillig dort eingekehrt.

Als er Henricus auf sich zukommen sah, hellte sich seine Stimmung etwas auf: »Ich hoffe, Ihr bringt gute Nachrichten, Meister Prutze. Hat der Bürgermeister meinen Brief erhalten?«

Der Schreiber schüttelte innerlich den Kopf über die Gutgläubigkeit seines Freundes. Dieser Mensch dachte wirklich, er schreibt einmal einen kühnen Brief – und die Stadtherren folgen ihm in seinem edlen Ansinnen. Doch die hatten stets eine eigene Meinung und wurden nicht gern auf ein Problem aufmerksam gemacht, das wusste Henricus aus vielen Jahren bitterer Erfahrung. Deshalb begrüßte er den Stadtphysikus auch mit offenen Worten: »Es sieht nicht gut aus, Herr Doktor. Der Bürgermeister war sehr verärgert über unser Ansinnen.«

Scheitel musste lächeln, was den Gerichtsdiener sehr verwunderte: »Findet Ihr das komisch? Dann habt Ihr Franz Wessel noch nicht verärgert erlebt!«, hielt er dem Stadtphysikus entgegen.

»Nein, nein, darüber bin ich natürlich nicht erfreut. Was mein Herz wärmt, ist vielmehr die Tatsache, dass Ihr von ›unserem Ansinnen‹ gesprochen habt. Von ›unserem‹! Versteht Ihr?«

Henricus brauchte einen Augenblick, dann lächelte auch er. Und der Doktor fügte hinzu: »Ich bin sehr froh, in dieser Angelegenheit einen Mann wie Euch an meiner Seite zu wissen.«

Sie sahen sich einen glücklichen Augenblick wortlos an. Dann strich sich der alte Gerichtsdiener über die Stirn und besann sich auf sein Anliegen: »Leider haben wir keine Zeit, unseren Bund bei einem guten Wein zu besiegeln. Der Bürgermeister will Euch noch heute Vormittag sehen. Er hat auch die Räte Rode, Vollrath und Lorbeer dazugerufen. Der Monnick ist schon unterwegs und holt sie ins Rathaus. Herr Wessel möchte den Fall Blomenow endlich abschließen. Wir müssen uns eilen und unterwegs beraten, wie wir uns verhalten sollen.«

Henricus Prutze wollte auf dem Absatz kehrtmachen, doch der Medikus hielt ihn am Ärmel zurück: »Wenn Herr Wessel die Sache jetzt schnell zu Ende bringen will, wird Elisabeth Blomenow noch vor Ablauf der Woche brennen, egal was wir beiden gelehrten Esel dazu zu sagen haben. Wir müssen schon mit besseren Argumenten kommen als ihrem bedenklichen Zustand. Lasst uns vielmehr überlegen, was wir zur Aufklärung der Wahrheit noch beitragen können. Wir müssen ganz an den Anfang zurück, den Kopf frei machen von allem Hexenwahn.«

Der Gerichtsdiener runzelte die Stirn. Aber er hatte begriffen, was Scheitel meinte. Also konzentrierte er sich. Dann sagte er: »Am Anfang war das tote Kind in einem Bündel im Bierkeller der Blomenows. Dass das Kind von Ursula geboren wurde, steht wohl außer Zweifel, schließlich hat sie über seinen Verlust den Verstand verloren. Das geht schon aus dem Protokoll ihrer allerersten Befragung hervor.«

»Wie oft ist sie denn vernommen worden?«

»Nur das eine Mal. Die Herren waren über ihr verwirrtes Verhalten so erschrocken, dass sie es nicht für sinnvoll erachteten, noch einmal in sie zu dringen.«

»Gut, das ist also eine Sache, die man noch mal nachholen könnte.«

»Jetzt seid Ihr von Sinnen!«

»Mitnichten«, hielt Scheitel dagegen. »Natürlich darf es nicht der Tune machen mit seinen Zangen und Schrauben. Ein vernünftiger Mensch würde bei einem behutsamen Gespräch ihr verwirrtes Gemüt vielleicht besser erforschen können.«

Henricus lenkte ein: »Da mögt Ihr recht haben. Aber dafür wäre allerhand Zeit nötig, nehme ich an. Ihr habt das Mädchen doch erlebt in seiner Zelle …«

»Gut, da habt nun Ihr recht. Dafür fehlt uns jetzt die Zeit. Und übrigens auch der Schlüssel. Der Tune ist aus dem Haus und alle seine Knechte mit ihm. Niemand da, der uns ins Turmhaus lassen würde. Also weiter: Was kam als Nächstes in der Gerichtsakte?«

»Das Protokoll Eurer Untersuchung des Leichnams, gemeinsam mit Bader Dietger Gentzkow.«

»Ja richtig, das werde ich nie vergessen …«

»Ich auch nicht«, fügte Prutze hinzu. Wieder befiel ihn unvermittelt Traurigkeit, als er an den kleinen Leib auf Scheitels Dielentisch denken musste. Doch da kam ihm eine Idee: »Was ist eigentlich mit dem Wäschebändchen? Ihr hattet im Protokoll ausdrücklich empfohlen, die Kleidungsstücke der Blomenows danach zu untersuchen!«

»Hat das denn niemand getan?«

Henricus hob die Hände: »Nein, wer sollte? Die Ratsherren begeben sich nicht in solche Niederungen. Und mich hat niemand beauftragt.«

Scheitel schaute sich kurz um. Dann fragte er:

»Wie lange, meint Ihr, kann der Herr Bürgermeister noch auf uns warten?«

»Eine halbe Stunde ist ihm zuzumuten, würde ich meinen«, antwortete der Gerichtsdiener nach kurzem Zögern. Ohne ein weiteres Wort brachen die beiden in die Langenstraße auf.

Herrmann Fyrow kramte umständlich in seiner winzigen Werkstatt herum, bis er den Schlüssel zur Kammer der Blomenows endlich fand. Kostbare Minuten vergingen. Noch hatte der Kannengießer kein einziges Wort mit den beiden Herren gewechselt, die ungeduldig Einlass begehrten. Doch Fyrows ganzer Körper drückte aus, dass ihm der Besuch des Gerichtsdieners und des Stadtphysikus' überhaupt nicht behagte.

Prutze und Scheitel waren indes nicht gewillt, auf die Befindlichkeiten des Hausherrn sehr viel Rücksicht zu nehmen. Sie hatten es eilig – und sie wollten der Wahrheit auf die Spur kommen. Deshalb hatten sie Herrmann Fyrow auch in kurzen Worten klargemacht, dass sie im Auftrag des Rates kamen und für die Gerichtsakte noch eine Durchsuchung der Wohnstatt von Elisabeth und Ursula Blomenow protokollieren müssten. Henricus hatte dabei eine Feder und ein altes Stück Pergament hervorgekramt, die er stets bei sich trug. Ihr bestimmtes Auftreten hatte keinen Widerspruch geduldet.

Der einzige Widerstand, zu dem sich der Kannengießer aufraffen konnte, war eine Langsamkeit, die die besonders den temperamentvollen Johannes Scheitel schier zur Weißglut trieb. Doch der bedächtige Gerichtsdiener legte ihm die Hand auf den Arm, um ihn zur Geduld zu mahnen. Immerhin war ihr Auftauchen in diesem Haus nicht halb so offiziell, wie sie es vorgaben. Herrmann Fyrow konnte ihnen schlicht den Zutritt verwehren, wenn er auf ihr anmaßendes Auftreten nicht hereinfiel.

Schließlich hatte der Hausbesitzer den passenden Schlüssel gefunden und führte die beiden unerwarteten Besucher einen langen dunklen Flur entlang. Ganz hinten rechts öffnete er eine niedrige Tür. Dahinter lag eine erstaunlich helle kleine Stube. Ein Fenster zum Hof hinaus sorgte für genügend Licht. Der Zustand der Kammer war jedoch erschreckend: Alles war durcheinandergeworfen. Die Reste aus durchwühlten Körben und Truhen lagen über den Boden verstreut. Auch die Bettstatt war um- und umgekehrt. Stroh quoll aus den aufgeschlitzten Matratzen. Selbst der Holzstapel neben dem winzigen Öfchen in der Ecke war auseinandergerissen worden. Die beiden Besucher erfassten mit einem Blick, dass hier jemand gründlich gesucht und geplündert hatte.

Während Johannes Scheitel etwas ratlos im Zimmer umherirrte und kaum erfasste, was ihm in dem Gewühle unter die Augen kam, knöpfte sich Henricus Prutze den Hausbesitzer vor: »Herr Fyrow, was ist hier passiert? Seid Ihr nicht aufgefordert worden, die Wohnung der Witwe Blomenow sicher zu verschließen, nachdem der Scharfrichter sie und ihre Tochter in Gewahrsam genommen hatte? Unterstützt

Ihr so die höchstrichterliche Untersuchung durch den Stralsunder Rat?«

Kannengießer Fyrow starrte auf den Boden und hob langsam die Schultern. Dann griff er sich sinnlos ein paar Holzscheite und legte sie ordentlich neben dem Ofen zusammen.

»So kommen wir nicht weiter, Prutze. Wir wollen uns auf die Wäsche konzentrieren – oder das, was davon noch da ist«, meldete sich Johannes Scheitel zu Worte, der sich offenbar wieder gefangen hatte. Sie gingen zu den beiden Truhen, die an der rechten Wand standen und offenbar die Kleidung und einige Habseligkeiten der Frauen enthalten hatten. Aber auch dort hatte nicht viel die Plünderung überstanden. Ein paar zerfetzte Lumpen waren übrig geblieben. Und ein paar Lederreste. Der Stadtphysikus nahm ein Stück weiches Leder auf und entfaltete es. Am Rand sah man deutlich die ausgeschnittenen Umrisse von zwei winzigen Schuhsohlen. Henricus musste schlucken, als er den Fund betrachtete, den Johannes Scheitel ihm hinhielt.

Der drehte sich empört zu Herrmann Fyrow um, der immer noch in der Ofenecke herumkramte, und fuhr ihn an: »Wo ist das Schusterwerkzeug, das die beiden Frauen benutzt haben?«

Fyrow wandte sich ihm zu, glotzte aber nur.

»Die Frauen haben doch für den Markt gearbeitet. Kinderschuhe und kleine Taschen und so was. Wo ist ihr Werkzeug?«, forderte jetzt auch der Gerichtsdiener zu wissen.

Wieder verging eine ganze Weile, ehe Herrmann Fyrow gedehnt sagte: »In der Werkstatt. Mal gucken.«

»In welcher Werkstatt? In Eurer?«, fragte Prutze nach. Fyrow nickte zögerlich. Die anderen beiden Männer sahen sich an. Ihnen war klar, wer hier geplündert hatte. Der Hausbesitzer höchstselbst hatte sich des Schlüssels bedient und das weggeholt, was er gebrauchen konnte.

Aber der Doktor wollte sich noch nicht geschlagen geben: »Wo ist die Wäsche der beiden Frauen? Hemden, Schürzen, Hauben und so was. Das werdet Ihr ja wohl in Eurer Werkstatt kaum gebrauchen können!«

Fyrow blickte stur wieder auf den Boden vor seinen Füßen und hob langsam die Schultern. »Verkauft? Verschenkt? An wen? Nun redet schon, Mann, sonst muss Herr Tune Euch die Zunge lockern«, raunzte Scheitel ihn an. Henricus Prutze hielt die Luft an. Mit dem Scharfrichter zu drohen, war kühn, dazu hatten sie keinerlei Befugnis. Doch Herrmann Fyrow wusste nichts davon. Scheitels Worte erzielten Wirkung. Der Hausherr begann die Hände zu ringen und unruhig zu werden. Hilfesuchend sah er sich in der Runde um.

Da hörte man aus dem Hausflur ein leises Geräusch. Fyrow wandte den Kopf nach hinten, als wenn von dort Rettung kommen könnte. Scheitel stürmte an ihm vorbei und riss die halb offene Kammertür endgültig auf. Marie Fyrow prallte erschrocken zurück. Wie lange sie schon auf dem Flur gestanden und gelauscht hatte, konnte man nur vermuten.

Henricus Prutze ergriff die Chance und forderte sie in barschem Ton auf, in die Stube zu treten. Er erfragte ihren Namen und tat so, als notiere er etwas auf seinem Schmierpapier. Marie stellte sich verängstigt neben ihren Gatten und schlang das Wolltuch fest um die Schultern, das sie noch nicht abgelegt hatte. Sie war gerade erst von ihrem aufregenden Marktgang zurückgekehrt. Natürlich war sie nicht bis zum Bürgermeister vorgedrungen. Der Zug der aufgebrachten Weiber hatte sich vorher schon zerstreut. Sich auf dem Markt die Mäuler zu zerreißen, war das eine. Den vornehmen Herren vom Rat gegenüberzutreten und dort klare Forderungen aufzumachen – etwas ganz anderes. Ein Weilchen hatten die Letzten noch zusammengestanden und ihre Zungen gewetzt, dann war auch Marie heimgegangen. Schon beim Betreten des Hauses hatte sie gehört, dass etwas in der Kammer ihrer Untermieter vor sich ging und war näher geschlichen, um nichts zu verpassen. Doch jetzt sollte sie selbst Rede und Antwort stehen – und das war ihr höchst unangenehm.

Henricus Prutze ging ohne Umschweife vor: »Marie Fyrow, habt Ihr Euch an den Plünderungen Eures Mannes in der Blomenowschen Wohnung beteiligt? Ich nehme an, das Schusterwerkzeug, das in seine Werkstatt gewandert ist, hat Euch nicht sonderlich interessiert. Wie steht es aber mit der Kleidung der beiden Frauen?«

Marie nahm sich die Art ihres Gatten zum Vorbild und sagte erst einmal gar nichts. Doch Scheitel griff auf das bewährte Mittel zurück, zumal ihnen nicht viel Zeit blieb: »Sprecht schnell, Weib, sonst geht Ihr zusammen mit Eurem Mann ins Scharfrichterhaus zum Verhör!«

Marie lief rot an und hakte sich schutzsuchend

bei Herrmann ein. Aber der stand mit hängenden Schultern da und sagte wie immer kein Wort. Musste sie wohl wieder mal für sie beide sprechen: »Wir haben uns nur genommen, was die Miete wettmacht. Immerhin sind die beiden uns schon mehr als einen Monat schuldig. Da ist es ja wohl nur recht und billig, wenn wir in Sachwerten aufwiegen, was sie uns nicht zahlen können«, verteidigte sie den Zustand der Blomenowschen Behausung.

Herrmann Fyrow schaute mit einem schnellen Blick auf seine Frau und bewunderte einmal mehr ihre Schlagfertigkeit. Sicherlich kannten die beiden Herren von der Stadt nicht die Bestimmung im Kaufvertrag, wonach die Witwe Blomenow und ihre Tochter bis an ihr Lebensende kostenfrei eine Kammer im Hause bewohnen durften. Das hatte Frau Elisabeth damals sehr zu seinem Verdruss durchgesetzt. Dadurch war der Kaufpreis für das Haus aber auch recht günstig ausgefallen. Die Huren im Anbau an der Kuttlosestraße zahlten dafür umso mehr. Deshalb hatte ihn die fehlende Miete der Blomenows nicht wirklich gekränkt. Seine Marie wusste natürlich um diese Regelung. Wie geschickt sie doch in solchen Dingen war. Kannengießer Fyrow rang sich zu einem Kopfnicken durch, um die Wahrheit ihrer Worte zu bekräftigen.

Auf Scheitels Gesicht breitete sich Enttäuschung aus. Aber Henricus wollte noch nicht aufgeben. Er herrschte die Fyrowsche an: »Habt Ihr die Sachen verhökert oder noch im Haus?«

Marie trat unruhig von einem Bein aufs andere. Dann antwortete sie zögerlich: »Aber wir müssen sie doch verkaufen, wegen der ausbleibenden Miete …«

»Ist das bereits geschehen, will ich wissen«, donnerte der Gerichtsdiener sie an.

Marie wand sich wie ein Aal. Sie wollte ihre Beute nicht hergeben. Das dämmerte auch Henricus Prutze. Deshalb fügte er schnell hinzu: »Die Kleidung der Witwe Blomenow und ihrer Tochter sind Gegenstand einer gerichtlichen Untersuchung. Was Ihr nach deren Abschluss damit anfangt und wie Ihr mit ihren Besitzerinnen auseinanderkommt, ist nicht meine Sache. Also zum letzten Mal: Wo sind die Kleidungsstücke?«

»Ich hole sie«, schnappte Marie und stürzte aus der Kammer. Herrmann Fyrow wollte die Gelegenheit nutzen und sich ebenfalls aus dem Staub machen, doch der Stadtphysikus stellte sich ihm mit zwei schnellen Schritten in den Weg. Da kam Fyrows Frau auch schon zurück, beladen mit einem Deckelkorb. Sie stellte ihn schnaufend in die Mitte der Stube und flüchtete sich dann hinter ihren Mann.

Scheitel und Prutze verloren keine Zeit. Sie beugten sich über den Korb und durchwühlten die Kleiderstücke. Es waren nicht viele, aber sie waren sauber und in einem ordentlichen Zustand. Ganz anders als die ausgewaschenen, schlecht geflickten Plünnen, die die Fyrows am Leib trugen.

Der Doktor interessierte sich vor allem für die Leibwäsche der beiden Frauen. Er tastete nach allen Bändern und Schlaufen. Auch die zwei Schürzen, die sich in dem Korb fanden, untersuchten die Männer genau. Aber sie fanden nicht, was sie befürchtet hatten: Alle Sachen waren intakt, es war kein Wäscheband abgerissen oder zerschnitten.

»Ist das wirklich alles? Oder habt Ihr etwas von der Blomenowschen Wäsche am Leibe?«, wollte Scheitel noch wissen. Doch die beiden Fyrows schüttelten die Köpfe und Marie fügte schnell hinzu: »Da pass ich doch gar nicht rein ...«

Scheitel und Prutze sahen sich über den Korb hinweg an. Sie wussten nicht, ob sie sich freuen oder ärgern sollten. Wortlos richteten sie sich auf, mit ihren Gedanken beschäftigt. Dann forderte Dr. Scheitel: »Und jetzt zeigt uns den Keller, in dem Ihr das tote Kind gefunden haben wollt.«

Die Fyrows sahen sich wieder an. Dann ging Herrmann langsam auf eine Truhe zu und schob sie bedächtig zur Seite. Darunter kam eine Falltür zum Vorschein, die den beiden Stadtdienern gar nicht aufgefallen war. Herrmann Fyrow klappte die Luke auf und wies in das Loch, das sich darunter auftat. Eine Stiege führte hinab.

Marie eilte auf einen Wink Prutzes hin diensteifrig hinaus und kehrte eine Minute später mit einem Kerzenhalter zurück. Sobald das Licht brannte, stiegen sie die steile Stiege hinab, die in den Keller führte. Dieser erwies sich als erstaunlich hoch gewölbt. Kurz unter der Decke fiel durch einen schmalen Schlitz etwas Licht vom Hof herein. Die Öffnung war aber so schmal, das höchstens ein Kind hindurchgepasst hätte, stellten die beiden leise murmelnd fest. In dem Keller befanden sich allerhand kleine Fässer, Krüge und Kisten, doch auch sie waren leer, verwüstet, umgeworfen. Fyrows gründliche Suche nach einer »Ersatzmiete« hatte vor dem Gewölbe nicht haltgemacht, selbst wenn es die Gruft des getöteten

Neugeborenen darstellte. Der Gerichtsdiener rief die Hausfrau zu sich nach unten.

»Ihr habt ausgesagt, dass Ihr den Leichnam des Kindeleins selbst gefunden habt, Marie Fyrow. Wie konntet Ihr aber hier hineingelangen, ohne durch die Falltür in der Wohnung der Blomenows hinabzusteigen?«, setzte Henricus sein Verhör fort.

Beflissen eilte Marie in die hinterste Ecke des Kellers und stieß einen umgefallenen Korb beiseite. Ein verschrumpelter Apfel rollte heraus. Triumphierend wies sie auf ein schwarzes Loch, das sich in der Wand auftat: »Es gibt eine Verbindung zu unserem Keller. Dort bin ich hindurchgekrochen.«

Die beiden Männer leuchteten mit der Kerze hinein. Tatsächlich endete der niedrige Gang nach etwas mehr als einer Armeslänge bereits an einer Brettertür, die offenbar vom Nachbarkeller aus zu öffnen war. Marie musste ihn zum Spionieren genutzt haben, vielleicht auch für Diebstähle von Blomenows Vorräten. Sie musste jedenfalls gezielt gesucht haben, sonst hätte sie die sorgsam eingepackte Kinderleiche wahrscheinlich nicht gefunden.

Der Gerichtsdiener und der Stadtphysikus hatten genug gesehen. Sie stiegen wieder hinauf in die Wohnstube und löschten das Licht. Dann hatten sie es plötzlich sehr eilig. Im Hinausgehen befahl Henricus Prutze noch: »Ihr räumt jetzt hier auf, verstanden! Und dann wird die Kammer wieder zugesperrt, bis die Untersuchung abgeschlossen ist.«

Marie Fyrow witterte Morgenluft und rief ihm hinterher: »Wie lange dauert das denn noch? Wir müssen schließlich neue Mieter finden. Wir brauchen jeden Groschen!« Aber Henricus drehte sich nicht einmal mehr um. Der Kannengießer und seine Gattin waren ihm zuwider.

Auf dem Weg zum Bürgermeister werteten die beiden aus, was sie gesehen und erlebt hatten. Dass sich kein Wäschestück fand, an dem die Schnur fehlte, mit der das Neugeborene erdrosselt worden war, schien Elisabeth und Ursula Blomenow zunächst zu entlasten. Aber dann kamen ihnen Zweifel. Vielleicht hatte Marie Fyrow doch nicht alle gestohlene Wäsche beigebracht und schon einen Teil davon zu Geld gemacht? Oder konnte das Kleidungsstück mit dem entscheidenden Beweis auf andere Weise abhandengekommen sein? Wie sie die Sache auch drehten und wendeten: Sie hatten nichts in der Hand, um Bürgermeister Franz Wessel in der bevorstehenden Unterredung zu überzeugen. Ja, sie waren nicht einmal selbst überzeugt von der Unschuld der Blomenows. Denn schließlich war da dieser tote Junge in ihrem Keller, ohne Zweifel das unehrenhafte Kind von Ursula.

»Die Schande einfach zu beseitigen, statt mit ihr zu leben – das könnte ich mir schon als guten Grund vorstellen, warum das Kindelein getötet wurde«, resümierte Henricus.

»Aber warum nur haben sie den Jungen im eigenen Keller versteckt? Die Fyrow hat doch dort gewohnheitsgemäß rumgeschnüffelt, darauf verwette ich meinen Kopf«, hielt Johannes Scheitel dagegen. Keiner von ihnen wusste eine Antwort.

Lukas machte sich auf die Suche nach dem alten Mattis. Sie hatten heute einen Auftrag im Hafen zu erledigen. Dort war gestern eine Kogge von England und Norwegen kommend eingelaufen. Der Tune hatte einige Fässer gesalzenen und gedörrten Fisch direkt aus der Fracht kaufen können. Die mussten nun geholt und ins Scharfrichterhaus gebracht werden. Christoph Lorbeer als Eigner des Schiffes hatte den günstigen Handel mit dem Scharfrichter vereinbart. Der Ratsherr hatte daran allerdings die Bedingung geknüpft, dass der Tune seine Knechte zur Verfügung stellte, um die Fracht zu löschen. Einen kleinen Teil der Waren sollten sie auch gleich noch ins Heilgeisthospital schaffen, denn die Stadt hatte sie für die Armen und Alten erworben, die dort gepflegt wurden. Dadurch sparte Lorbeer bei den Kosten für die Träger.

Das Hospital befand sich in unmittelbarer Hafennähe. Lukas war noch nie dort gewesen. Er kannte die gedrungene, turmlose Kirche, an die sich ein langes Hallenhaus anschloss und um die sich eine Ansammlung elender Hütten und Schuppen drängte, nur von außen. Wie die meisten erwachsenen Menschen im Vollbesitz ihrer Kraft scheute er den Anblick von Siechen und Alten. Mattis hingegen schien ganz aus dem Häuschen, als der Tune ihnen am Abend den Auftrag für den nächsten Tag erteilte. Vergnügt rieb er sich die Hände und griente in sich hinein. Alle Fragen von Lukas, was ihm solche Vorfreude bereite, beantwortete er nur halbherzig. Der Hafen sei eben sein altes Viertel, ließ er nur wissen.

Am Morgen hatte Lukas dann vorgeschlagen, sich zunächst bei Beke, der Stupe-Hure, mit einem ordentlichen Frühstück zu versorgen, denn das Entladen des Schiffes würde gewiss Kraft kosten. Auch wollte er erst nach Elisabeth Blomenow schauen und sich von ihrem Zustand ein Bild machen. Aber Mattis sprang meckernd davon wie ein jugendlicher Ziegenbock. Er solle nur erst ruhig seine Sachen erledigen, man treffe sich dann an der Kogge, rief er Lukas noch zu und war verschwunden. Lukas hatte ihn ziehen lassen, ohne weiter darüber nachzudenken.

Fronvogt Tune war bereits früh am Morgen mit dem Pferdekarren aufgebrochen, ohne dass sie sich noch einmal gesprochen hatten. Er hatte die Zellenschlüssel mitgenommen, so dass Lukas im Turmhaus nichts ausrichten konnte. Aber er hörte Elisabeth Blomenow durch die Tür husten. Ihre Tochter summte leise eine Melodie. Offenbar hatten die Frauen eine weitere Nacht überlebt. Mehr konnte Lukas im Moment nicht für sie tun. Er grübelte noch eine Weile darüber nach, ob sein Dienstherr die Schlüssel absichtlich mitgenommen hatte. Doch der Tune tat nichts aus Unachtsamkeit, so weit kannte er ihn inzwischen. Ein elender, kalter Hund, dieser Henker, dachte Lukas.

Sein Verhältnis zu Martin Tune war schwierig. Die beiden umschlichen sich wie zwei kampfbereite Kater im Revierstreit. Man begegnete sich sozusagen stets mit gesträubtem Nackenfell. Sie wechselten nur die nötigsten Worte und blickten sich selten in die Augen. Aber sobald er dem Tune den Rücken zudrehte, war er stets auf der Hut. Lukas konnte es Tune dabei gar nicht mal verübeln, dass der sich von seiner bloßen Anwesenheit bedroht fühlte. Sicherlich hatte der Bürgermeister den Scharfrichter informiert, dass Lukas sich um dessen Posten beworben hatte. Dass man ihm nun die niedrigsten, schmutzigsten Arbeiten auftrug, war zu erwarten gewesen. Was Lukas wirklich zu schaffen machte, war das ständige Gefühl, von Tune belauert zu werden. Der fette Mann schien sich völlig lautlos durch sein Reich bewegen zu können und man musste immer gegenwärtig sein, dass er irgendwo unvermutet auftauchte. Seinen kleinen, flinken Augen schien nichts zu entgehen. Sicherlich wusste er, dass Lukas sich von Beke im Hurkuffen durchfüttern ließ. Wie sonst sollte er sich erklären, dass der Fronvogt ihm ständig die Rationen kürzte? Ob er auch um die leisen Gespräche wusste, die er abends im Dunkel ihres Stallverschlages mit dem alten Mattis führte?

Und Martin Tune neigte zu unvorhersehbaren Wutausbrüchen. Vor allem bekam das sein beschränkter Junge zu spüren. Wulf konnte seinem Vater nichts recht machen. Ohne große Worte schlug der Vater auf den Sohn ein, mit jedem beliebigen Gegenstand, den er gerade zur Hand hatte.

Lukas ahnte, dass es nicht lange gut gehen würde, mit diesem Mann unter einem Dach zu hausen. Sein Instinkt als Soldat sagte ihm, dass es irgendwann zum Kampf kommen würde. Noch hielt sich der Tune bedeckt, lauerte, schätzte ab. Aber Lukas traute dem fetten Mann einiges zu – vor allem Hinterlist. Er wollte nicht plötzlich ein Messer zwischen den Rippen stecken haben. Deshalb war er stets auf der Hut und versuchte, dem Fronvogt keinen Grund zum Ärger zu geben. Sein Hund schien ebenfalls Gefahr zu wittern, denn er wich ihm kaum von der Seite und war stets wachsam.

Was es heißt zu gehorchen, hatte Lukas im Feld gelernt. Es schien ihm am sichersten, so lange wie möglich auszuhalten und die Anweisungen des Fronvogts widerspruchslos zu befolgen. Diese Überlebenstaktik im Hause Tune hatte sich offenbar auch der alte Knecht Mattis zu eigen gemacht. Allerdings kannte der den Scharfrichter und dessen Gewohnheiten länger und gründlicher. So konnte er sich hinter Tunes Rücken einige Freiheiten herausnehmen. Vor allem wusste er den Bierkeller des Fronvogts geschickt anzuzapfen. Ob der Henker dies nicht merkte oder nur stillschweigend duldete, wollte Lukas nicht wirklich ergründen. Jedenfalls hatte er noch keinen Besuch im Gasthaus vermisst, seit er im Scharfrichterhaus lebte. Ein solcher Gang war auch schier unmöglich geworden, denn wer mit dem Henker an einem Tisch saß, gehörte selbst zu den Ausgesonderten. Der Tune und seine Gesellen waren Unpersonen in dieser Stadt, mochte sie auch jeder kennen und sich ihrer Dienste bedienen. Aber in einem Gasthof waren sie unerwünscht. Genau wie in der Kirche. Und das war das Einzige, was Lukas wirklich schmerzte.

Ausgesondert und gemieden zu sein, störte ihn hingegen kaum. Er wollte zur Ruhe kommen und suchte keinen Kontakt mit den Menschen. Der einzige Ort, wo es ihn hinzog, war der Hurkuffen der Stupe-Beke. Und das lag nicht nur an dem guten Essen, sondern auch an der blonden Sprollhaus, musste er sich eingestehen. Den ganzen Morgen begleitete ihn die Erinnerung an den kurzen Augenblick, als sie sich an ihn gelehnt und ausgeruht hatte. Das schien so köstlich selbstverständlich, als würden sie sich schon immer kennen. Aber ihm fiel kein Weg ein, diesen Augenblick zu wiederholen. Oder gar einen Dauerzustand daraus zu machen. Ein Henkersknecht freit eine Hure – das würde für einen tollen Gesprächsstoff in der Stadt sorgen. Und am Ende würde der Tune sie beide aus Stralsund hinausprügeln.

Mit solchen Gedanken im Kopf ging Lukas die Heilgeiststraße hinunter, die direkt auf den Hafen zu führte. Dort herrschte emsiges Treiben, obwohl zu dieser Jahreszeit kaum Schiffe ein- und ausliefen. Die großen Fahrten begannen erst nach den Frühjahrsstürmen, weit im April. Nur wenige Kapitäne wagten sich in den Wintermonaten hinaus. Vielmehr wurden die Koggen und kleineren Segler jetzt gründlich überholt, lange aufgeschobene Reparaturen vorgenommen, neue Ausrüstungen angeschafft. Auch in den umliegenden Lagerhäusern gab es Arbeit für die Träger, die auf der Suche nach Beschäftigung den ganzen Tag dort herumlungerten. Besonders die Getreidevorräte wurden von den Kaufleuten mit Argusaugen überwacht, auf Schimmel oder Schädlinge untersucht, notfalls umgeschichtet und gelüftet. Säcke und Fässer mussten hinauf und hinab geschleppt werden, auf Karren verladen, gezählt, sortiert, umgestapelt. Jetzt zum Ende des Winters leerten sich die Speicher sichtlich. Die Tuche wurden knapp, auch die Vorräte an

Fellen, Ölen, Kerzen neigten sich dem Ende entgegen. Da wurde jeder Kauffahrer, der in Stralsund einlief, zum Ereignis.

Die große Kogge des Patriziers und Zweiten Bürgermeisters Christoph Lorbeer war schon von Weitem zu sehen, denn ihre Masten überragten die umliegenden Gebäude deutlich. Breit und zuverlässig vertäut schaukelte sie sanft an der hölzernen Kaikante. Von Mattis war allerdings weit und breit nichts zu sehen, stellte Lukas fest. Wer weiß, wo der Alte abgeblieben war. Dafür herrschte auf dem Schiff schon reges Treiben. Die Packer schleppten eifrig Säcke, verschnürte Bündel und Fässer von Bord. Unten am Kai stand ein Schreiber des Kaufmannes Lorbeer und hakte auf langen Listen ab, was aus dem Schiffsrumpf entladen wurde. Gleichzeitig gab er Anweisungen, wo was abgestellt werden sollte. Auf dem fest gestampften Lehmboden des Hafens bildeten sich fünf, sechs verschiedene Zwischenlager, die sich ständig vergrößerten.

Lukas wandte sich an den Schreiber und stellte sich als Knecht des Fronvogtes vor. Der Mann hob den Arm und bedeutete den Trägern an Bord, einen Moment innezuhalten. Die murrten zwar, denn sie wollten in der kalten Februarluft so schnell wie möglich fertig werden mit dem Entladen. Aber dann rieben sie sich die schwieligen Hände, streckten ächzend die krummen Rücken und genossen die kurze Pause. Der Schreiber hingegen blätterte in seiner Ledermappe voller Papiere, bis er die Anweisung Christoph Lorbeers für das Kontingent des Tunes und auch die Spende für das Heilgeisthospital gefunden hatte. Er nickte mit ernstem Gesicht und machte einen kleinen Vermerk auf seinen Zetteln. Er maß mit zwei Schritten einen weiteren Platz auf der Landungsstelle aus, wo die Fässer und Ballen gesammelt werden sollten. Dann hob er erneut den Arm und es ging weiter. Wie die Ameisen liefen die Träger über ein schmales Brett hinauf an Bord und kehrten schwer beladen über einen breiteren Steg zurück an Land.

Lukas kam trotz seiner enormen Kräfte bald ins Schwitzen. Insbesondere die Fässer hatten ein nicht zu verachtendes Gewicht. Er fragte sich, wie weitaus schwächer gebaute Männer diese Arbeit leisten konnten, manche über Jahre. Doch bald bemerkte er, dass sich die erfahrenen Hafenarbeiter einiger Tricks bedienten. Sie waren zäh und dabei sehr geschickt im Aufnehmen und Absetzen der Lasten, bewegten sich nicht ehrgeizig schnell, sondern in einem gleichmäßigen Rhythmus. Vor dem Loslaufen prüften sie genau, ob sie die Lasten richtig und sicher geschultert hatten, damit sie nicht unterwegs ins Rutschen kamen. Lukas versuchte, aus den Augenwinkeln zu lernen und es ihnen gleichzutun, was sich bald vorteilhaft auswirkte.

Gegen Mittag waren die Fässer und Ballen komplett, die für die Fronerei und das Armenhospital bestimmt waren. Der Schreiber gab Lukas ein Zeichen, dass er die Waren abtransportieren konnte. Doch der hatte inzwischen Geschmack gefunden an der ehrlichen Arbeit und fragte, ob er sich nicht noch ein wenig dazuverdienen könnte. Der Angestellte runzelte nachdenklich die Stirn, denn mit Löhnen zu knausern, war einer der wichtigsten Grundsätze des Handelshauses Lorbeer und ganz sicher auch eine Quelle dessen Erfolges. Der Schreiber richtete die Augen fragend auf die übrigen Lastenträger, die zusammenstanden und eine Pause machten, gerade ein Pfeifchen lang. Sie schienen mit dem riesigen Schinderknecht, der so kräftig zupacken konnte, keine Probleme zu haben. Also bewilligte der Schreiber Lukas noch vier Stunden Arbeit, auszuzahlen sofort in die Hand.

Ihm schlug das Herz höher vor Freude. Endlich erhielt er einen fest vereinbarten Lohn für eine gute Arbeit. Wenn ich den Tune überlebe, kann ich auch hier im Hafen mein Geld verdienen, schoss Lukas ein Gedanke durch den Kopf, der ihn glücklich machte. In dieser Hochstimmung wollte er sich zu den anderen Trägern gesellen. Doch die Männer drehten sich weg und steckten die Köpfe zusammen, als er herankam. Die feindlichen Rücken belehrten ihn sofort eines Besseren: Er war Bediensteter im Scharfrichterhaus. Das verwehrte jeden Weg in das normale Leben der Stadt. Sogar die Tagelöhner im Hafen, die selbst den Armen und dem untersten Stand in dieser Gesellschaft angehörten, wollten nichts mit ihm zu tun haben. Lukas hatte ein für alle Mal gewählt.

»… weiß ich aus zuverlässigen Quellen, dass sich in der Bevölkerung eine aufrührerische Stimmung gegen den Rat und die Gerichtsbarkeit aufbaut, weil die Hexen immer noch nicht hingerichtet worden sind. Das Volk hegt keine Zweifel daran, dass die beiden Frauen Teufelsanbeterinnen sind. Heute Morgen soll es auf dem Alten Markt be-

reits zu offenen Auseinandersetzungen und einer Zusammenrottung gekommen sein. Die Empörer formierten sich zu einem Zug und wollten die Ratsstube stürmen, um eine schnelle Verurteilung der Blomenowschen zu erwirken.

Ich bin am Ende meiner Kraft. Meine Gesundheit ist stark angegriffen. Sehr wahrscheinlich haben mich die Hexen während der Verhöre mit einem Fluch beladen, der mich jetzt ins Bette – vielleicht sogar auf die Bahre – zwingt. Ich habe alles in meiner Macht Stehende getan, um die Satansweiber ihrem gerechten Urteil zuzuführen. Wenn über Stralsund Tod und Verderben kommen, weil wir immer noch zögern, den Tatsachen ins Auge zu blicken, so wasche ich meine Hände in Unschuld. Seuchen, Krieg und Missernte, das alles steht uns bevor. Möge der HERR im Himmel mir und Euch unsere übergroße Verzagtheit verzeihen. Verbrennt die gottlosen Frauen endlich, damit Unheil von uns allen abgewendet wird und wieder Ruhe in den Mauern der Stadt einkehrt! Ich bete für die Einwohner von Stralsund, denn für mich selbst kommt wohl jede Hilfe zu spät.

Gottschalk Vollrath, Mitglied des Rates der Stadt Stralsund und Kaufmann der Gewandschneiderkompanie«

Zornig schmetterte Bürgermeister Wessel den Brief auf die Tischplatte im Beratungszimmer. Er hatte Mühe gehabt, Vollraths Geschreibsel zu entziffern, das der Ratsherr offenbar in fliegender Hast zu Papier gebracht hatte. Oder mit zitternden Händen. Das Gewinsel dieses Dickwanstes ging ihm auf die Nerven. Der Waschlappen legte sich ins Bett und zog die Decke über die Ohren, statt seines Amtes zu walten und die

Untersuchung im Fall Blomenow voranzutreiben. So einen konnte er gerade gebrauchen. Überempfindlich und selbstmitleidig wie eine alte Jungfer, der Vollrath. Hing am Rockzipfel seines Weibes und plapperte nach, was es auf dem Markt aufgeschnappt hatte. Natürlich wurde in den Gassen über die Sache geredet. Aber von einem Sturm der Empörer hatte er heute früh nichts gemerkt. Bei ihm hatte jedenfalls niemand an die Amtsstube geklopft. Was bildete sich der Vollrath da bloß ein? »*Zuverlässige Quellen*« – das war doch lachhaft! Ein aufgeblasener Angeber in panischer Angst! Kindische Allüren waren das, nichts weiter. Ein Franz Wessel ließ sich von solchem weibischen Gebarme keineswegs beeindrucken!

Hinter Wessel räusperte sich Roland Monnick, der das Schreiben des Ratsherrn überbracht hatte. Monnick hatte dem Herrn Vollrath genüsslich geschildert, was er auf dem Markt erlebt hatte. Dank seiner Ausschmückungen war aus dem kleinen Streitgespräch vor dem Bäckerstand ein halber Volksaufstand geworden. Der Gerichtsdiener wusste, dass er in dem empfindlichen Ratsherrn einen dankbaren Zuhörer fand. Von Herzen gern hatte er Vollraths Bitte entsprochen, sogleich einen Brief an Bürgermeister Wessel mitzunehmen, den er unter vielen Seufzern aufsetzte.

Der Bürgermeister hatte den wartenden Gerichtsdiener indes schlicht vergessen, als er sich mit Vollraths Schreiben abmühte. Jeden Moment mussten die anderen Herren eintreffen, die Monnick auf sein Geheiß zusammengetrommelt hatte, um in der Sache endlich weiterzukommen. Roland Monnick machte einen Diener und grinste schief. »Braucht mich der Herr wohlgeborene Bürgermeister noch?«, fragte er mit unterwürfiger Geste.

Franz Wessel schüttelte nur bärbeißig den Kopf. Als der Gerichtsdiener schon die Klinke in der Hand hatte, besann sich der Bürgermeister aber noch einmal: »Monnick, was spricht das Volk auf der Straße über den Fall Blomenow?«, bellte er unwirsch.

Roland Monnick kam sofort zurückgewieselt und verbeugte sich wieder mehrere Male. Dann antwortete er atemlos: »Das Volk ist geteilter Meinung, Herr Bürgermeister. Vor allem die Weiber haben Angst vor den Hexen und wollen sie brennen sehen. Manche wittern auch eine Verschwörung gegen Hans Blomenow und ballen heimlich die Fäuste.«

»Hans Blomenow? Aber das ist doch Jahre her! Der kann doch unmöglich immer noch Anhänger in der Stadt haben.« Wessel runzelte die Stirn.

»Doch, doch, Herr Bürgermeister, glaubt es mir nur. Die Aufwiegler halten Lobgesänge auf ihn. Besonders die Gesellen und Knechte schimpfen auf den Rat, weil man die Witwe Blomenow im Scharfrichterhaus schmoren lässt. Erst heute Morgen hörte ich einen Steinmetz auf dem Markt große Reden schwingen und sah ihn die Fäuste schütteln gegen eine ängstliche Frau.« Monnick rückte noch einen Schritt näher und beugte sich etwas vor: »Wenn Ihr mich fragt, Herr Bürgermeister, hatte der Teufel schon damals bei den Blomenows die Hand im Spiel. Der Schwarze hat den alten Schuster zu bösen Taten angestiftet und …«

»Dich fragt aber niemand nach deiner Meinung, Monnick!«, fuhr ihm Wessel in die Parade und winkte den geschwätzigen Gerichtsdiener aus dem Zimmer. Der verstand sofort und trollte sich eilig, in der Tür noch einmal einige Diener in Richtung des Stadtoberhauptes machend.

Dessen Stimmung wurde immer düsterer. Dieser Vormittag bescherte nichts als Ärger. Erst der Stadtphysikus mit seinem frechen Ansinnen, dann der Vollrath mit seinen Wehwehchen und nun musste er auch noch den rattigen Monnick über sich ergehen lassen. Wenn der Kerl recht hatte, braute sich Übles auf den Straßen und Plätzen zusammen. Und da hatte keineswegs der Teufel seine Hand im Spiel. Jetzt war Entschlossenheit nötig und schnelles Handeln, entschied der Bürgermeister.

In diesem Moment klopfte es an der Tür. Ratsherr Nikolaus Rode trat ein, gleich gefolgt von Christoph Lorbeer. Die Männer begrüßten sich mit einem kräftigen Handschlag, dann forderte Wessel sie auf, am Tisch Platz zu nehmen.

»Es geht um die Angelegenheit Blomenow, in der wir heute endlich zu einem Ergebnis kommen müssen«, eröffnete er das Gespräch, kam aber nicht weiter, denn es klopfte erneut. Jetzt kamen Johannes Scheitel und Henricus Prutze hinzu. Der alte Gerichtsdiener eilte sogleich hinter sein Pult und ergriff die Feder. Doch Wessel winkte ab: »Noch kein Protokoll, Prutze, wir wollen erst einmal frei von der Leber weg reden. Nachher kannst du die Beschlüsse aufschreiben.«

Dr. Scheitel forderte er nicht auf, sich zu ihnen zu setzen. Wessel grollte noch immer wegen dessen Eigenmächtigkeit und wollte ihn die Rangunterschiede spüren lassen. In barschem Tonfall forderte der Bürgermeister dann zunächst Nikolaus Rode auf, die Ergebnisse der Vernehmungen zusammenzufassen.

Der Ratsherr wirkte reichlich nervös, denn im Grunde hatte die Folter bei Elisabeth Blomenow nichts ergeben. Sie hatte gleich in der ersten Befragung zugegeben, das Neugeborene getötet zu haben, aber keine näheren Angaben gemacht, wann und wie das geschehen war. Rode hegte auch Zweifel an ihrem Motiv. Die Aussage, Schande von ihrer Tochter abwenden zu wollen, schien ihm allzu fadenscheinig. Als wollte die alte Blomenow das Gericht mit einem Allgemeinplatz abspeisen, um ihre wahren Beweggründe zu verschleiern. Es war Nikolaus Rode zwar etwas mulmig zumute, aber er wollte ehrlich sein und offenbarte seine Zweifel. Möglich sei auch, dass die Mutter die Schuld auf sich nahm, um von ihrer Tochter abzulenken, stellte er weitere Überlegungen an. Rode berichtete, dass eine Befragung der Kindsmutter Ursula nicht möglich sei, weil ihr Geist sich gänzlich umnachtet habe und kein vernünftiges Gespräch mehr möglich sei. Die junge Blomenow sei schon gar nicht mehr von dieser Welt. Deshalb schien es Rode auch fraglich, ob sie einer weltlichen Gerichtsbarkeit unterworfen werden könne und nicht vielmehr in die Obhut eines Armenhauses oder Hospitals gegeben werden sollte.

Wessels Blut kochte schon wieder hoch, als er das hörte. Bereits zum zweiten Mal an diesem Tag bat jemand um eine Verlegung ins Hospital – diesmal für die Tochter, nicht für die Mutter. Ja waren denn hier alle verrückt geworden? Da saßen zwei Kindsmörderinnen beim Tune im Turmhaus und alle mit dem Fall Betrauten baten um unerhörte Milde! Ein Saustall war das! Da musste man mal gründlich ausmisten und zeigen, wer Herr im Hause war!

Christoph Lorbeer las im breiten Gesicht des Bierbrauers wie in einem Buch. Ehe er einen Wutausbruch des Bürgermeisters über sich ergehen lassen musste, griff er ein: »Prutze, schau einmal ins Protokoll, ob der Herr Rode alles zusammengefasst oder einen Fakt vergessen hat.« Der alte Ratsherr erwartete nur eine kurze Bestätigung vom Gerichtsschreiber, wollte aber etwas Zeit gewinnen, damit Wessel sich wieder beruhigen konnte.

Henricus schluckte hinter seinem Pult. Jetzt hatte er die Chance, in der Sache zu sprechen. Jetzt und nie wieder. Er kramte noch einen Augenblick in seinen Dokumenten herum, dann entschloss er sich zu reden. Zunächst kam er auf das Protokoll der Leichenschau zurück und berichtete dann von der Untersuchung der Blomenowschen Wohnstatt im Haus des Kannengießers Herrmann Fyrow, die er gemeinsam mit dem Stadtphysikus heute in der Frühe vorgenommen hatte. Dann berichtete er vom bedenklichen Gesundheitszustand der Beklagten Elisabeth Blomenow und dem Antrag, den Dr. Scheitel in seiner Funktion als Stadtphysikus am Morgen beim Bürgermeister eingereicht hatte und in dem ebenfalls eine Verlegung ins Heilgeisthospital empfohlen werde. »Was jetzt noch sinnvoll erscheint – und darin bin ich mir mit Dr. Scheitel einig –, ist eine behutsame Befragung der Ursula Blomenow, eventuell durch Personen, die in der Pflege Irrer bewandert sind«, schloss Henricus Prutze seinen sachlichen Vortrag. Am liebsten hätte er auch die Augen geschlossen, denn er erwartete ein mächtiges Donnerwetter des Stadtoberhauptes.

Tatsächlich saß Franz Wessel mit offenem Mund in seinem hohen Lehnstuhl und starrte den Gerichtsschreiber an. Er konnte nicht fassen, in welcher Art und Weise hier über die Angelegenheit geredet wurde. Es musste sich wirklich um Hexerei handeln, denn die eingesperrten Frauen schienen alle vernünftigen Männer in ihren Bann zu schlagen und zu ihren Fürsprechern zu machen. Doch dann erwachte der Bürgermeister aus seiner Starre und griff nach dem Papier auf dem Tisch: »So, meine Herren, und nun kommen wir zu der wohl wichtigsten Tatsache in dieser Angelegenheit: Wir haben es hier nämlich mit einem Hexenprozess zu tun! Aber lassen wir Gottschalk Vollrath zu Worte kommen, der ebenfalls ins Gericht berufen ist, der sich aufgrund seines angegriffenen Gesundheitszustandes jedoch nicht in der Lage fühlt, persönlich an dieser Beratung teilzunehmen.« Nach dieser Einleitung las Wessel den krakeligen Brief des kranken Ratsherrn vor. Danach lehnte er sich zurück, kreuzte die Arme über der breiten Brust und blickte herausfordernd in die Runde.

Das Schweigen lastete auf den Köpfen. Allen war bewusst, dass die Angelegenheit für Gerede sorgte in den Straßen der Stadt. Aber dass sich die Situation so dramatisch zuspitzte, wollte keiner wahrhaben. Christoph Lorbeer räusperte sich schließlich und hakte nach: »Gibt es für die Empörung der Leute noch mehr Zeugen als den Herrn Vollrath mit seinem angegriffenen Gemüt?«

Wessel nickte: »Der Monnick bestätigt das voll

und ganz. Heute Morgen auf dem Markt hat es offenen Streit gegeben. Die Leute erinnern sich an Hans Blomenow und wittern eine Verschwörung des Rates gegen die ganze Familie.«

Nikolaus Rode pfiff leise durch die Zähne. Der alte Lorbeer erstarrte förmlich. Jetzt wurde die Sache politisch. Johannes Scheitel, der abwartend am Ende des Tisches gestanden hatte, machte einen zaghaften Versuch zu sprechen, doch Franz Wessel hob gebieterisch die Hand. Dann erhob er sich von seinem Stuhl und sprach mit fester Stimme: »Meine Herrn, der Name Blomenow verfolgt uns seit den Tagen des Achtundvierziger-Ausschusses. Ich bin mir wohl bewusst, dass wir 1532 einen im Volk sehr beliebten Mann gerädert haben. Und das wegen einer geradezu lächerlichen Anklage wegen Betruges und Missbrauchs seines Amtes als Schuster-Altermann. Aber jetzt haben wir hier ein erdrosseltes Kind, unehrlich geboren von seiner Tochter Ursula und tot gefunden im Keller seiner Witwe. Das sind weitaus schwerwiegendere Tatsachen, die sich nicht wegdiskutieren lassen. Ich denke, wir sollten mit aller Härte durchgreifen und die Frauen endlich aburteilen.«

Niemand sagte ein Wort. Prutze und Scheitel wechselten einen schnellen Blick. Dann räusperte sich erneut Lorbeer. Wie stets kündigte er damit an, etwas sagen zu wollen. »Und was machen wir mit dem Vorwurf der Hexerei?«

Der Bürgermeister zögerte keinen Augenblick mit der Antwort: »Wir fordern ein Gottesurteil. Der Sund ist eisfrei. Elisabeth Blomenow wird so weit wiederhergestellt, dass sie auf eigenen Füßen hinunter ans Wasser gehen kann. Dort wird sie gebunden und getaucht. Dann sehen wir auch ohne ihr Geständnis, ob sie eine Hexe ist!«

»Ach Trinchen, nu lach doch mal.«

»Lass mich doch in Ruh, du alter Kerl!«

»Pass auf, Trinchen, ich bring dich schon zum Lachen!«

Mattis kniff ihr deftig in die Seite. Trine wand sich und riss empört den zahnlosen Mund auf. Dann streifte sie mühsam einen Holzpantoffel ab und schlug damit nach Mattis. Der wich aus und verfiel in sein meckerndes Lachen. Sie hatte ihn nicht wirklich treffen wollen. Nun lächelte auch die alte Trine Bruse. Ihr Gesicht legte sich in unzählige Runzeln. Klappernd ließ sie den Holzschuh zur Erde fallen und schlüpfte wieder hinein. Dabei verlor sie fast das Gleichgewicht, kam ins Stolpern und ruderte mit den Armen. Mattis war sofort zur Stelle und hielt sie am Arm fest. Sogleich nutzte er die Gelegenheit und umfasste ihre Hüfte. Doch Trine wand sich aus seinem Griff und schubste ihn weg.

»Was störe ich denn hier für ein hübsches Stelldichein, ihr Turteltauben?«, brummte Lukas. Er war eben mit einem schweren Bündel auf den Hof des Heilgeisthospitals gekommen. Stöhnend ließ er seine Last von den schmerzenden Schultern auf den Boden gleiten.

»Pack schlägt sich, Pack verträgt sich«, griente der alte Mattis und griff nach Trines Hand. Aber sie drehte sich weg von Lukas und versuchte davonzulaufen.

»Bleib doch hier, Trinchen, ich will dir meinen Freund Lukas vorstellen!«, rief Mattis. Doch die Alte ließ sich nicht aufhalten. Sie watschelte mit krummen Beinen davon und war im Nu um die nächste Ecke zwischen den kleinen Hüttchen verschwunden.

Mattis schwankte, ob er ihr hinterherlaufen oder bei Lukas bleiben sollte. Aber der ließ ihm keine Wahl: »Ich bin also dein Freund, ja? Sei dir da mal nicht so sicher. An der Kogge habe ich dich heute jedenfalls nicht gesehen. Hab die ganze Arbeit allein machen dürfen«, knurrte er den alten Knecht an und rieb sich das Kreuz. Der lange harte Tag hatte ihn müde gemacht. Er wollte nicht wirklich mit Mattis streiten, denn der Alte wäre der Arbeit kaum gewachsen gewesen. »Hast du dich den ganzen Tag hier rumgetrieben?«, forderte Lukas trotzdem zu wissen.

Mattis grinste schief und hob entschuldigend die Schultern. »Wann hat unsereins denn schon mal Zeit, sein Liebchen zu besuchen?«, sagte er.

»Dein Liebchen, aha. Ein Liebchen hat der Herr hier also. In diesem vornehmen Viertel, schau an, schau an«, scherzte Lukas. Dann fiel es ihm wie Schuppen von den Augen: »War das etwa die Trine Bruse? Die mit dem Kirchenbrechen?«

Augenblicklich war Mattis' gute Laune verflogen. »Ja, ja, genau die. Die dumme Trine«, murmelte er und drehte Lukas den Rücken zu.

»Mann, Mattis, ich hab's nicht so gemeint. Ich wusste nicht, dass du sie hier triffst«, versuchte Lukas ihn zu beschwichtigen.

»Ich mach mich ja auch nicht lustig, dass du immer wieder zur blonden Katharina hinrennst.«, maulte Mattis.

Lukas nahm noch einmal Anlauf, um den Alten versöhnlicher zu stimmen: »Genau genommen renne ich zu Beke, der Stupe-Hure. Die füttert mich gut, da hab ich's warm. Verzeih, ich bin ein dummes Schaf!«

»Eher ein stinkender Bock«, versetzte Mattis.

»Vielleicht kannst du mir noch mit den letzten paar Stücken helfen? Es ist nicht weit bis zur Kogge. Die Fässer für den Tune habe ich schon ins Scharfrichterhaus gebracht. Nun sind wirklich nur noch die Sachen fürs Armenspital übrig.«

Mattis nickte stumm und machte sich auf den Weg zum Hafen. Vorher zeigte er Lukas noch, wo er mit den Warenbündeln bleiben sollte. Er wies auf eine niedrige Pforte an der Seite des großen Hallenhauses, das sich an die Kirche anlehnte.

Lukas musste den Kopf tief einziehen, als er hineinging. Der Raum, der sich seinem Blick öffnete, war zwar hoch gewölbt, aber dunkel und raucherfüllt. Und voller Menschen. Sie saßen und lagen auf niedrigen Pritschen und schmutzigen Matten, manche auch einfach im Stroh auf den Kacheln des Fußbodens. Es waren zerlumpte Gestalten mit zerfurchten Gesichtern, seltsam geschlechtslos und unförmig, manche mit verdrehten oder fehlenden Gliedern. Sie wärmten sich an kleinen Kohlebecken, die tüchtig rußten und für steten grauen Dunst in der Halle sorgten. Es stank nach Qualm, gekochtem Kohl, ungewaschenen Leibern und vollen Latrinen.

An der Westseite sah Lukas ein kleines Portal,

das direkt in die Kirche führte. Beim Bau der Halle hatte man offenbar eine Mauer gespart und sie direkt an die hintere Kirchenwand angebaut. Gleich neben dem Portal waren einige Leinen gespannt, die mit vielfach geflickten Tüchern behängt waren.

Aus dieser Ecke kamen Stimmen und hohe ängstliche Frauenschreie, was aber niemand in der Halle zu beeindrucken schien. Lukas legte seine Fracht neben der Tür ab und machte sich auf den Weg zur abgetrennten Westseite. In diesem Moment wurde gerade der Vorhang aufgerissen und ein Mann rief mit ärgerlicher Stimme: »Kann hier mal jemand mit zufassen? Ich kriege das Weib nicht ruhig gehalten!«

Lukas eilte sofort hilfsbereit hinzu. Der Mann sah ihm mit gerunzelten Augenbrauen entgegen. »Gehörst du hier zum Hospital?«, fragte er.

»Nein, ich bringe nur einige Waren vom Hafen. Mein Name ist Lukas Twen, ich bin Fronknecht beim Tune«, erklärte er die Situation und stellte sich vor.

Sein Gegenüber musterte ihn von oben bis unten. »Von dir habe ich schon gehört. Der Stadtphysikus sprach davon, dass du ein wenig bewandert seist im Handwerk des Baders?«

»Das könnte man so sagen«, räumte Lukas ein. »Ich habe etliche Jahre für den sächsischen Kurfürsten im Felde gestanden und dort oft genug den Feldscher geben müssen.«

»Ich könnte hier deine Hilfe brauchen. Wenn auch nur zum Festhalten dieser Frau. Ich steche ihr noch ein Auge aus, wenn sie sich weiter so gebärdet.«

Lukas folgte dem Mann schweigend hinter den Vorhang. Dort stand ein Bett, in dem eine wimmernde

Frau lag. Ihr ohnehin hässliches, vor der Zeit gealtertes Gesicht war von einem taubeneigroßen Geschwür verunziert, das an der linken Schläfe wucherte. Glänzend spannte sich die Haut über der dicken, blauroten Beule, die das linke Auge fast zudrückte. Am Bett stand noch eine weitere Frau, die zwar einfach, aber deutlich sauberer gekleidet war. Offenbar war sie eine Pflegerin des Heilgeisthospitals. Sie pustete sich gerade eine Strähne, die unter der Haube hervorgekrochen war, aus dem verschwitzten Gesicht und wischte sich mit dem Ärmel die Stirn. Die wehrhafte Patientin hatte ihr ordentlich zu schaffen gemacht.

»Setz dich am besten auf die Beine der Frau. Sie strampelt wie eine Verrückte«, ordnete der Mann an und nahm ein feines, spitzes Messer zur Hand.

»Sie ist eine Verrückte«, stellte die Pflegerin fest.

Lukas besah sich von oben das Geschwür. Es würde der Frau gewiss Erleichterung verschaffen, wenn man es vorsichtig öffnete und der eitrige Inhalt abfließen konnte. Aber das Auge lag gefährlich nah. Ob rohe Gewalt sie so weit beruhigen würde, dass man sicher das Messer ansetzen konnte, schien Lukas fraglich.

»Ich habe einen anderen Vorschlag, Herr …«, Lukas kam nicht weiter, denn er wusste nicht, wie er den Mann ansprechen sollte.

Der maß ihn wieder mit einem abschätzenden Blick, ehe er antwortete: »Ich bin Badermeister Dietger Gentzkow. Ich komme einmal in der Woche hierher, um die Kranken zu behandeln«, erklärte er dann.

»Gott schütze Euch für diese Selbstlosigkeit«, meinte die Pflegerin und bekreuzigte sich.

»Es freut mich, Euch kennenzulernen, Herr Gentzkow. Ich schlage vor, dass wir die Frau aufrichten und ich mich hinter sie ins Bett setze, dann kann ich ihren Kopf ruhig halten und Ihr kommt auch viel besser an ihr Gesicht heran.«

Gentzkow überlegte einen Augenblick. Es bereitete ihm einige Überwindung, auf den Vorschlag einzugehen. Dr. Scheitel hatte so viel von den Fähigkeiten dieses Mannes geschwärmt, dass sich Eifersucht in seiner Brust regte. Bislang war er der einzige Wundarzt von Ruf in der Stadt gewesen. Jetzt erhielt er ausgerechnet von einem Henkersknecht Konkurrenz.

Der Chirurgus straffte die Schultern und schalt sich selbst für solche bösen Gedanken. Gott verteilt seine guten Gaben auch an die Niedrigsten, sagte er sich. Warum sollte ein Fronknecht nicht mit einem gewissen Geschick gesegnet sein? Man sagte den Scharfrichtern ja ganz allgemein allerlei Künste dieser Art nach, mit der menschlichen Anatomie mussten sie sich schließlich auskennen, um erfolgreich foltern zu können. Und endlich ging es hier darum, einem armen, verwirrten Weibe die Schmerzen zu nehmen und ihr das Augenlicht zu erhalten. Dietger Gentzkow war ein gottesfürchtiger Mann. Er würde heute bei seinem Nachtgebet Gott um Verzeihung bitten für seine selbstsüchtigen Vorurteile.

»Nur zu, Twen, versuchen wir es auf deine Weise«, sagte Gentzkow und winkte die Pflegerin herbei. Gemeinsam richteten sie die Patientin auf, die sofort wieder lauthals zu jammern anfing.

Lukas redete beruhigend auf sie ein, während er sich in ihrem Rücken platzierte. »Kommt, Jungfer, wir machen eine kleine Schlittenfahrt. Ich bin Euer großer Bruder und halte Euch sicher, wenn wir den Hang hinunterrodeln. Ja, so ist es gut, lehnt Euch ganz bei mir an. Ihr wisst doch noch, wie schön es war, auf dem Schlitten runterzusausen?«

Während er mit leiser Stimme auf die Frau einredete, umschloss er ihren Körper allmählich mit Armen und Beinen. Sie wirkte wie ein Kind zwischen seinen langen Gliedmaßen. Dabei schien sie sich zu beruhigen und schloss die Augen. Zum Schluss fasste er behutsam ihren Kopf an Kinn und Stirn. Sollte sie zucken, konnte er sofort fest zupacken. Er könnte ihr so sicher auch mühelos das Genick brechen, schoss es Gentzkow durch den Kopf. Aber er schob den Gedanken reumütig zur Seite und nutzte den Augenblick. Beherzt und zielsicher stach er in den puckernden Abszess. Sogleich quoll dicker, gelblicher Schleim heraus. Die Pflegerin sprang mit einem Tuch herbei und der Bader drückte es auf die Wunde. Die Frau fing zwar wieder an zu schreien, aber wenigstens strampelte sie nicht mehr, als er den Abszess ausdrückte, bis nur noch reines Blut floss. Dann säuberte er ihr Gesicht und wickelte einen Verband um den Kopf, der das gefährdete Auge einschloss.

Die Pflegerin half der völlig erschöpften Patientin von der Pritsche und führte sie in die Halle. Lukas erhob sich ächzend aus dem Bett. Seine Muskeln hatten sich schmerzhaft verkrampft, als er die Frau stützte. Dietger Gentzkow sah ihn schon wieder so merkwürdig an, dass er sich genötigt sah zu erklären: »Ich habe heute den ganzen Tag beim Ausladen der Lorbeer'schen Kogge geholfen. Da dürfen die müden

Knochen wohl mal zicken.« Der Bader stellte sich wortlos hinter ihn und drückte fest gegen seine Wirbelsäule. »Sitzt es hier?«, wollte er wissen.

»Nein. Etwas höher.«

»Hier?«

»Noch ein Wirbel weiter.«

Gentzkow drehte ihm den Rücken zu. Ohne Worte hakte er seine Arme von hinten unter die von Lukas.

»Jetzt ausatmen!«, ordnete der Bader an.

Lukas ließ die Luft aus den Lungen. Plötzlich fühlte er sich in die Höhe gehoben und ruckartig nach hinten gerissen. Seine Augen weiteten sich vor Schreck, als es in seinem Rücken laut knackte. Ehe er sich richtig erschrecken konnte, hatte Gentzkow ihn schon wieder auf die eigenen Füße gestellt. Der Schmerz in seiner Wirbelsäule war so gut wie verschwunden.

»Ihr seid ein Zauberer, Herr Bader! Eine solche Behandlung habe ich noch niemals erlebt.«

Zum ersten Mal lag ein Lächeln auf dem strengen Gesicht von Dietger Gentzkow. Der Henkersknecht wusste also doch nicht alles, was ein ordentlicher Wundarzt wissen konnte. Das erfüllte ihn mit Genugtuung. Noch eine Sünde, wegen der er heute um Vergebung beten musste.

Am frühen Abend herrschte Hochbetrieb im Gasthaus »Zum Schwarzen Adler«. An einem Tisch ging es besonders ausgelassen zu: Die Meister und Altgesellen der Fleischer begrüßten ihren Zunftmeister Hans Zöllig zurück in der Stadt. Mehrere Wochen hatte er in Greifswald bei seinen Schwiegereltern verbracht, wo auch seine Frau und die Kinder noch weilten. Doch in wenigen Tagen war Fastnacht, da wollte die junge Frau Zöllig wieder Einzug halten im eigenen Haus.

Der Altermann der Fleischerzunft berichtete mit weinerlicher Stimme: »Ich muss alle Kammern weißen und die Öfen reinigen, hat sie mir aufgetragen. Und sie will neue Betten. Sonst zieht die hochwohlgeborene Frau Meisterin nicht wieder ein in der Knieperstraße. Sie komme aus einem ordentlichen Haushalt! Hat sie gesagt, jawohl. Und dabei hielt sie ein großes Messer in der Hand und hackte damit ein Hühnchen klein. Ich werd' ihr ja wohl nicht widersprechen, so dumm bin ich nicht! Aber Männer, nun sagt mir: Wie soll ich das alles schaffen bis kommenden Dienstag?« Hans Zöllig drohte in Tränen auszubrechen und schlug den Kopf auf die Tischplatte, was seine Zunftbrüder mit brüllendem Gelächter quittierten. Dann schoben sie ihm einen frischen Humpen Bier zu, klopften ihm die Schultern und versprachen, beim Herrichten seines Hauses nach Kräften zu helfen.

Etwas beruhigter erkundigte sich Zöllig nach Neuigkeiten in der Stadt. Vor allem wollte er horchen, ob man noch über seine Verfehlung mit der Braut seines jüngsten Gesellen redete. Doch das Thema schien bei seinen Zechbrüdern vom Tisch, selbst wenn er sich hier und da gutmütigem Spott ausgesetzt sah.

Hans Zöllig indes sah das Mädchen immer noch

mit eingeschlagenem Schädel in seinem Bett liegen, sobald er irgendwo zur Ruhe kam. Dagegen half nur ein kräftiger Rausch. Auch die endlosen Tage im Turm des Scharfrichterhauses würde er sein Lebtag nicht vergessen, obwohl er sich redlich darum bemühte. Die kalten Augen des Tune verfolgten ihn förmlich. Der Fronvogt hatte doch schon nach der Stelle an seinem Hals geschielt, wo er das Schwert durchschwingen wollte. Nein, die Sache war ihm eine gründliche Lehre gewesen. Fortan wollte er nur noch ein treusorgender Ehegatte und Vater sein. Heute Abend gönnte er sich noch einen ordentlichen Willkommensumtrunk mit seinen Zunftgenossen, aber dann war Schluss. Dann gab es nur noch das selbst gebraute Dünnbier statt des guten, starken Gesöffs aus Barth oder Lübeck. Der Wirt vom »Adler« würde an ihm nicht mehr viel verdienen, nahm Hans Zöllig sich fest vor.

Als seine Gedanken in die lautstarke Runde zurückkehrten, war gerade von der Blomenowschen und ihrer Tochter die Rede. »Was, die sollen Hexen sein?«, rief er in heiligem Schrecken. »Die sind am selben Tag ins Turmhaus beim Tune eingezogen, als ich rauskam. Hoffentlich haben sie mir nicht auch noch was angehext!«

»Ja, bestimmt, den großen Durst und die böse Fleischeslust«, grölte einer der Zechbrüder und schon brach das Gewieher wieder los.

»Das wird ja jetzt alles ganz anders, das kann ich euch versprechen, meine Freunde. Ab jetzt gibt es nur noch Arbeit, Ehe und Kirche. Ich bin ein neuer Mensch!«, hielt Hans Zöllig mit schwerer Zunge dagegen.

»Apropos Arbeit: Habt Ihr schon von dem

durchgedrehten Stier im Vorwerk Lüssow gehört? Der Scharfrichter hat doch glatt drei Kuhhäute erbeutet. Der hat Fastnacht volle Taschen …«

»Der hat immer volle Taschen. Der ist der Letzte in der Stadt, der verhungert. Guckt euch doch seinen Wanst an«, rief es vom anderen Tischende.

»Über den Henker macht man keine Witze, das bringt Unglück«, schrie der Zunftmeister und schlug zur Bekräftigung seiner Worte mit der Faust auf den Tisch, dass die Humpen hüpften.

Die Männer in der Runde sahen sich einen Moment vielsagend an, dann brachen sie im Chor wieder in heftiges Gelächter aus. Dass der Zöllig keine Scherze mehr über den Scharfrichter machen wollte, fanden sie äußerst erheiternd. Ihr Lachen war ansteckend. Hans Zöllig gab auf und grinste breit. »Lasst gut sein, Jungs. Heute zahle ich die Zeche, das ist mir schon klar«, winkte er gutmütig ab und setzte seinen Humpen an. Die ganze Runde prostete ihm herzlich zu.

Die Stralsunder Fleischer hockten noch bis kurz vor dem Zapfenstreich an ihrer langen Tafel. Der »Adler«-Wirt leerte am Ende die Geldbörse des Altermanns bis auf den letzten Groschen aus. Hans Zöllig war seit langer Zeit zum ersten Mal wieder glücklich, aber seine Beine waren weich, als er den Weg nach Hause antrat. Ihm war kalt und warm zugleich und die Glieder so schwer, dass er sich nur noch in sein Bett wünschte. »Männer, ich fühle mich krank«, bekannte er, als sie ihn links und rechts unterfassten und heimführten.

»Ihr seid nicht krank, Meister, Ihr habt nur gut getrunken«, beschwichtigten ihn die beiden Altgesellen an seiner Seite, die ihn in die Knieperstraße zu seinem Haus brachten.

Beke öffnete vorsichtig Katharinas Kammertür, legte den Finger auf die Lippen und löschte die Kerze. Katharina erschrak. Sie war gerade erst aus dem Badehaus zurückgekehrt, wo sie dem Kapitän der gestern eingelaufenen Kogge zu Diensten gewesen war. Sie mochte den schweigsamen Mann, der sie jedes Mal traf, wenn er in Stralsund anlegte. Er galt als verwegener Seemann, der den Winterstürmen trotzte und schon bis Nowgorod gesegelt war. Seine Unerschrockenheit mehrte das Vermögen des Kaufherrn Lorbeer nicht unwesentlich. Aber an Land war der Seemann eher schüchtern, besonders was Frauen betraf. Deshalb hatte er auch noch kein Eheweib, sondern begnügte sich mit Dirnen. Er sprach wenig, war dankbar für jede Zärtlichkeit und zahlte ohne zu murren.

Katharina hatte eben den Mantel abgelegt und wollte ihr Haar kämmen, das noch feucht vom Wasser im Badehaus war. Es konnte gut möglich sein, dass heute Abend noch ein Freier auftauchte. Sie hatte auch schon einige Zeit Stimmen unten im Flur gehört und fast damit gerechnet, dass Mutter Beke sie gleich rufen würde. Dass Beke jetzt so geheimnistuerisch in ihre Kammer schlich, verhieß nichts Gutes.

»Es ist der weißblonde Junker, bei dem du letzte Nacht warst. Er will dich wieder mit nach Hause nehmen«, flüsterte Beke.

»Schick ihn weg, der Kerl ist unheimlich. Da gehe ich nicht für Gut und Geld wieder hin«, gab sie sofort Antwort und rieb sich die geschundenen Handgelenke. Da sie ebenso leise sprechen musste wie Beke, verlieh sie ihren Worten mit heftigem Kopfschütteln Nachdruck.

»Ich hab ihm gesagt, dass du krank wärst und nicht mitkönntest. Aber er besteht darauf, dich zu sehen. Der haut uns das Haus kurz und klein«, stellte die Hurenmutter fest.

»Schick einen Jungen ins Henkerhaus, der soll den Lukas holen. Der hat den Junker schon einmal am langen Arm vor die Tür gesetzt«, schlug Katharina vor und trat vor Nervosität von einem Fuß auf den anderen, während sie die Arme fest um ihren Leib schlang.

»Das habe ich gleich gemacht, als der Kerl an die Tür klopfte. Aber es dauert schon so lange – ich fürchte, der Riese ist nicht da.« Nach kurzem Überlegen fügte sie hinzu: »Wir müssen uns selbst helfen.«

»Ich geh da nicht raus! Der Kerl hat mich nicht nur gefesselt, der hat mich sogar gewürgt letzte Nacht. Ich sage dir, Beke: Der bringt mich um! Noch eine Nacht mit dem überlebe ich nicht!«

Beke griff Katharina am Ellenbogen und zog sie mit zur Tür. Dabei erklärte sie hastig: »Lauf rüber zur Lore in die Kammer. Ihr Fenster geht auf ein Schuppendach im Hof hinaus. Da kannst du rausklettern. Lebendig nutzt du mir mehr als tot.«

Katharina verstand sofort. Ihr Hurkuffen hatte keinen zweiten Ausgang. Wollte sie das Haus verlassen, musste sie an dem gefährlichen Gast vorbei durch den unteren Flur. Die Flucht aus dem Fenster war der einzige Weg.

So lautlos wie möglich schlichen die beiden Frauen über den schmalen Gang. Von unten hörten sie die erregte Stimme des offenbar trunkenen Mannes, den inzwischen die anderen Dirnen beschäftigten, die gerade im Haus waren und nichts zu tun hatten. Der Kerl beschimpfte sie mit unflätigen Ausdrücken und schien immer mehr in Rage zu geraten. Die Frauen keiften tapfer zurück, aber man hörte die Anspannung in ihren Stimmen.

Die beiden sahen sich kurz an. »Geh endlich, wir werden schon mit ihm fertig«, raunte Beke und gab ihr einen kleinen Klaps auf den Po. Dann eilte Katharina davon. Mit zwei Schritten hatte sie die Kammer von Grete durchquert, die ihrem Zimmer gegenüberlag. Behände stieg sie auf das Fensterbrett, hängte die Beine heraus und ließ sich auf das etwa einen Meter darunterliegende Schuppendach gleiten. Nun musste sie auf den Hof springen, was nicht gerade einfach aussah. Sie lief aufgeregt an der Dachkante entlang. Dann entdeckte sie den Misthaufen ganz hinten in der Ecke. Katharina nahm all ihren Mut zusammen, raffte die Röcke und sprang. Als sie landete, versank sie bis über die Knöchel im weichen Abfall. Angewidert zog sie die Füße aus der schmatzenden Masse. Da hatte alle Planscherei im Badehaus wenig genützt, jetzt stinke ich wie Lukas, dachte sie und musste trotz aller Verärgerung lächeln. Sie schüttelte den Kot so gut es ging von den Schuhen und sah sich um. Der einzige Ausweg aus dem ummauerten Innenhof war die Hintertür von Kannengießer Herrmann Fyrow. Und dessen zänkischer Frau Marie.

Statten wir den Nachbarn doch mal einen kleinen Besuch ab, nur so auf ein Schwätzchen, machte sie sich selbst Mut. Katharina atmete tief durch und machte sich auf den Weg zu ihren Vermietern.

Die Hütte von Trine Bruse war der seltsamste Ort, den Lukas in seinem Leben gesehen hatte. Mattis hatte gedrängelt und gebettelt, er solle doch noch mitkommen, sich von der seltsamen Trine zu verabschieden, die ihm augenscheinlich sehr am Herzen lag. Schließlich hatte Lukas nachgegeben, obwohl er müde war nach dem langen arbeitsreichen Tag und sich nur noch Schlaf wünschte.

Mattis hatte ihn zielsicher durch das Gewirr von Hütten und Lagerschuppen geführt, die zum Heilgeisthospital gehörten. Die meisten Hospitaliten, die in den winzigen Behausungen lebten, waren alte Stralsunder, die keine Angehörigen hatten, die sie im Alter aufnehmen konnten. Viele sparten jahrelang, um sich ein Fleckchen im Hospital zu kaufen und dort in Ruhe ihr Leben zu beschließen. Dort konnten sie sich an der Gemeinschaftsverpflegung beteiligen, denn für die Kranken wurde täglich in einer großen Küche gekocht. Häufig bestand der Speisezettel aus Nahrungsmitteln, die Bürger und Bauern spendeten. Und wurden die Alten gänzlich siech, kümmerten sich die Pflegerinnen und Geistlichen des Hospitales um sie. Früher hatten die Franziskaner des St. Johannis-Klosters für die Alten und Kranken gesorgt. Nachdem das Kloster aufgelöst worden war, besorgten die Pfarrer von St. Jakobi den geistlichen Beistand. Die Pflege jedoch übernahmen gottesfürchtige Frauen gegen ein geringes Entgelt aus dem Stadtsäckel. Die meisten hatten selbst Angehörige in den Buden oder in der großen Halle.

Dass Trine Bruse in einer dieser Armenhütten hausen durfte und dort ein Gnadenbrot erhielt, war eine mildtätige Geste des Rates. Vier Jahre nach dem Kirchenbrechen im April 1525 hatte es eine gerichtliche Untersuchung der Vorfälle gegeben. Hunderte Zeugen waren befragt worden, um die Anführer des Aufruhrs festzustellen und die Ereignisse nachvollziehbar zu machen. Schnell war dabei deutlich geworden, dass die dumme, ängstliche Magd der Witwe Frese die Vorgänge zwar ausgelöst, aber keineswegs verschuldet hatte. Trotzdem hatte man sie längst zum Sündenbock gestempelt. Die Witwe Frese hatte Trine ebenso aus dem Haus geworfen wie deren eigene Familie. Nirgends erhielt sie eine neue Anstellung. Niemand gewährte ihr Obdach. Bald schon gehörte sie zu den Bettlern, die vor St. Nikolai hockten und ihr Schälchen für ein paar Almosen hinhielten. Doch selbst dort machten die Leute lieber einen Bogen um sie.

Trine konnte die Welt nicht mehr verstehen. Sie wurde wunderlich und unstet. War das Wetter freundlich, schweifte sie weit umher auf den Vorwerken und Dörfern rund um Stralsund. Sie summte Melodien, die nur sie kannte und sprach Worte, die keiner je gehört hatte. Besonders gerne spielte Trine am Wegesrand mit den Kindern, die Gänse hüteten oder auf Besorgungsgänge geschickt wurden. Niemand konnte besser Kränze aus Gänseblümchen flechten oder Flöten aus Holunderzweigen schnitzen. Die Kinder störten sich nicht an Trines seltsamer ausgedachter Sprache und ihren erfundenen Liedern. Sie liebten die zerlumpte Frau, die einfach Zeit für sie hatte und sich an ihrem Spiel beteiligte. Sie hatte Freude an denselben Dingen wie sie: an Murmeln und Scherben, an bunten Fäden und Flicken, an lehmiger Erde und von der Sonne gewärmten Pfützen. Das kannten sie nicht von anderen Erwachsenen.

Die Kinder spielten so lange mit ihr, bis die Eltern es herausbekamen und ihnen tüchtig eins mit dem Gürtel überzogen. Damit sie sich ein für alle Mal merkten, dass Trine Bruse ein Hexe war und man sich nicht mit ihr abgeben durfte. Frauen wie Trine Bruse waren schuld daran, dass die Milch sauer wurde und die Butter nicht fest, dass das Pferd Bauchkrämpfe plagten und der Kuh die Hufe abfaulten. Solche Frauen konnten machen, dass die Ernte verhagelte und die Säuglinge an der Mutterbrust verhungerten. Von denen hatte man sich tunlichst fernzuhalten. Nach der Züchtigung hängten sie ihren Kindern Amulette um, die sie vor dem bösen Blick schützen sollten. Und wenn Trine Bruse die Dorfstraße entlangzog, warfen die Hausfrauen schnell einen Besen vor die Schwelle, damit die Hexe nicht über selbige in ihr Haus eintreten konnte.

Ein einsames, trauriges Leben führte diese Frau, eine verirrte Seele ohne Bindung, von allen zurückgestoßen und verurteilt für ein Verbrechen, dass sie nie begangen hatte. Der einzige Mensch, der sie immer wieder suchte, war der Fronknecht Mattis. Er konnte seine Jugendliebe nicht vergessen. Als der Rat ihr schließlich einen Platz als Hospitalitin in St. Heilgeist zuwies, damit sie aufhörte, umherzuwandern und Ängste unter der Landbevölkerung zu schüren, war niemand in der Stadt darüber glücklicher als er. Für Mattis war es immer ein Fest, wenn er Trine besuchen konnte. Er machte ihr gern Geschenke, mal eine Kanne Bier aus Tunes Keller, mal ein Sträußchen Wicken vom Nachbarzaun, zu Weihnachten auch mal ein Band, das er bei den Krämern nach langem Betteln und Feilschen für eine paar Kupferstücke erstanden hatte.

Trine Bruse sammelte all diese kleinen Liebesgaben. Und alles, was ihr auf ihren Wanderungen unterwegs gefiel. Sie trocknete Blüten und hob jeden schöngeformten Kiesel am Wegesrand auf. Sie durchwühlte Abfallhaufen nach zerbrochenen Spielzeugen und Hausgeräten. Sie erbettelte bei den Töpfern zerbrochene Gefäße und bei den Schneidern Stoffreste. Kein verlorener Knopf entging ihr in der Gosse und kein von den Ratten hübsch abgenagtes Knöchelchen. Wie eine Elster schaffte Trine all diese aufgeklaubten Gegenstände in ihr Nest im Heilgeisthospital und baute sich damit ihre eigene Welt.

Die Hütte, die Lukas an diesem Abend zum ersten Mal betrat, war eine Wunderwelt, die ihn das Staunen lehrte. Der Lehmfußboden war dicht an dicht besetzt mit bunten Scherben, so dass er sich wie gekachelt anfühlte. Die Wände waren bedeckt mit Fetzen, vergilbten Blättern, an langen Knotenschnüren aufgefädelten Muscheln, Knochen und Ästchen. Von der Decke hingen tote, vertrocknete Vögel, Blumen- und Kräutersträußchen. In angeschlagenen Töpfen und Tiegeln türmte sich verschiedenes Sammelgut: weiße Kreide, grauer Granit, schwarzer Feuerstein. Wahrlich kein Wunder, wenn die Leute sie für eine Hexe hielten.

Mattis wieselte hinüber zu Trine und versuchte, ihr einen Abschiedskuss abzutrotzen, doch die Alte wehrte sich nach Kräften. Ihre blitzenden Augen in dem faltigen Gesicht verrieten, wie viel Spaß ihr dieses Spiel machte. Lukas überließ die beiden in die Jahre gekommenen Brautleute sich selbst und sah sich voller Neugier in der Zauberhöhle um. Dazu nahm er das kleine Talglicht in die Hand, das als einzige Lichtquelle diente und leuchtete damit staunend die Wände, Ecken, Gefäße und Konsolen ab. In einer Ecke stand ein hölzernes Gerüst, das einmal ein Spinnrad gewesen sein mochte. Die vollkommen verdrehten und verkanteten Streben waren über und über behängt mit bunten Bändern, aufgefädelten Perlen und Knöpfen, Wollfäden und anderem Firlefanz. Auch einige Streifen Pergament fand Lukas daran geknüpft. Ausgefranste Ränder von sauber beschnittenen Blättern, zum Teil mit Tintenproben oder abgeschnittenen Buchstaben bedeckt. Und schließlich entdeckte er sogar kleine geflochtene Zöpfe. Drei, vier, fünf Flechten in verschiedenen Farben. Menschliches Haar, ganz ohne Zweifel. Wem mochte sie die Strähnen wohl abgeschnitten haben? Lukas betastete die Zöpfchen. Sie waren sehr weich. Kinderhaar vermutlich. Ob die Kinder wohl freiwillig eine Locke an Trine verschenkt hatten?

»Was ist das hier für ein seltsames Sammelsurium? Frau Bruse, Frau Bruse, so etwas hab ich mein Lebtag nicht gesehen«, murmelte er, während er die Ecken ausleuchtete und immer neue phantastische Dinge entdeckte.

Trine kicherte leise vor sich hin und fühlte sich geschmeichelt von der Aufmerksamkeit des großen Mannes. Auch Mattis strahlte, als wäre es sein Verdienst, dass die Dinge Lukas zum Staunen brachten.

»Ja, wahrlich fleißig gesammelt hat das Trinchen all die Jahre. Landauf, landab«, sagte Mattis und streichelte Trine anerkennend über das schmutziggraue Haar.

»Schöne Dinge, schöne Dinge. Landauf, landab, hier und da und anderswo«, brabbelte Trine und fing an, eine Melodie zu summen. Sie bückte sich unter ihr Bett und zog an einem langen Hanffaden ein Wägelchen hervor, roh gezimmert aus kleinen Brettern. Die Kinder fuhren ihre Püppchen darin spazieren. Allerdings fehlten diesem hier zwei von vier Rädchen, warum es wohl auch auf dem Müll gelandet war. Das Wägelchen eierte quietschend aus der Dunkelheit unter dem Bett hervor ans flackernde Licht und einen Schlag lang schien Lukas' Herz auszusetzen. War das ein Kind, das da in dem Wägelchen lag?

Trine schlug behutsam den Fetzen zurück, mit dem der kleine Körper bedeckt war und hob das Gebilde an ihre Brust. Lukas atmete hörbar aus. Es war nur eine Puppe, aber sie hatte die Größe eines Säuglings und war auch täuschend echt gekleidet. Dieser seltsame Ort narrte ihn. Die Sinne waren abgelenkt von Tausend Kleinigkeiten, so dass die Welt durcheinandergeriet.

Trine wiegte das Püppchen auf ihrem Schoß und summte weiter ihre kleine Melodie. Mattis setzte sich zu ihr auf die Bettkante und sah auf das Wesen hinunter, als sei er der leibhaftige Vater. Lukas konnte es kaum fassen. Die beiden Alten spielten Familie. Ein glückliches Elternpaar mit ihrem Sprössling. Das Bild war zugleich komisch als auch anrührend, und Lukas wusste nicht, ob er den Wahnsinn mitspielen sollte. Doch dann entschloss er sich, den Moment nicht zu zerstören. Das vom Schicksal wahrlich nicht verwöhnte Paar spürte hier einem Glück nach, von dem es in jungen Jahren geträumt und das ihm das Leben vorenthalten hatte.

Der Riese ging vor Trine Bruse in die Hocke und betrachtete lächelnd ihr lebloses Kind: »Da hast du aber eine feine Tochter, Trine. Die macht den stolzen Vater bestimmt glücklich.«

Mattis lachte verlegen und winkte mit der Hand ab. Doch Trine ließ sich nicht beirren und lächelte weiter versonnen. »Und hübsche Schuhchen trägt euer Kind, da wird es bestimmt bald laufen lernen«, fügte Lukas hinzu, nur um den Zauber des Spiels noch einen Augenblick aufrechtzuerhalten.

»Die hat das Urselchen gemacht. Das Urselchen, das feine, feine Urselchen. Feine Schuhchen vom feinen Urselchen«, brabbelte die alte Frau.

Lukas war sofort zurück im Hier und Jetzt. Kinderschuhe von einer Frau namens Ursel? Neugier packte den Fronknecht. Aber er musste behutsam vorgehen, damit Trine sich nicht sogleich verschloss. »Wer ist denn Urselchen, Frau Bruse? Eine Freundin von dir?«, fragte er so beiläufig wie möglich.

»Das Urselchen, eine Freundin, ja, ja«, sang die Alte. »Sie kommt und bringt Suppe und feines weißes

Brot. Und manchmal sogar Kuchen, ja Kuchen, ja Kuchen …«

»Wann war sie denn das letzte Mal hier?«, wollte Lukas wissen.

Die Melodie, die Trine summte, änderte sich, wurde langsamer, schwermütiger. Schließlich sang sie: »Sie kommt schon lang nicht mehr. Der blonde Ritter kam und nahm sie mit. Sie ritt davon, auf rotem Pferd. Sie ritt davon auf rotem Pferd. Vergaß mich hier, vergaß mich hier. Hat eigen Kind, hat eigen Kind, vom schönen blonden Rittersmann …«

Lukas hatte genug gehört. Er richtete sich ächzend auf und streckte die steif gewordenen Knie. Offenbar wusste Trine Bruse um die Liebesgeschichte von Ursula Blomenow. Vielleicht hatten sie sich sogar in dieser Hütte getroffen, die junge Frau und ihr feiner Liebhaber, der sie eiskalt ins Verderben gestürzt hatte. Vielleicht sollte sich das Gericht dafür interessieren, was die alte Hospitalitin zu erzählen hatte.

Da verstummte Trine, hob den Kopf und sah Lukas mit trüben Augen an. »Willst du ihn sehen, den feinen Ritter?«, fragte sie mit leiser Stimme.

Lukas schluckte. Doch er nickte.

Mit krummen Fingern knüpfte Trine das Häubchen auf, das ihre Puppe auf dem Kopf trug. Nachdem das Band gelöst war, streifte sie behutsam das Mützchen vom bemalten Kopf und hielt es Lukas strahlend entgegen.

In dem fein genähten Kleidungsstück lag eine blonde Locke. Hellblond, fast weiß. Lukas kannte den Mann mit dieser auffallenden Haarfarbe. Es handelte sich zweifelsfrei um Junker Gisbert von Bentkow.

Es war bitterkalt in der Zelle im Turmhaus, dagegen halfen auch die Decken und Strohsäcke nicht, die der riesenhafte Fronknecht herbeigeschleppt hatte. Die Feuchtigkeit dieses regnerischen Februars kroch über den Fußboden in die Kleider. Außerdem fieberte sie, das merkte Elisabeth Blomenow wohl.

»Gebt mir den Knaben mit zu seinem Vater. Er wird aufwachsen in Samt und Seide, das verspricht er. Und für Euch wird es sein wie vorher …« Die Worte standen wie mit Flammenschrift in ihr Gedächtnis geschrieben. Wie hatte sie daran nur glauben können, dass je alles wieder würde wie vorher? Es konnte nie mehr so sein, schon nicht nach der Hinrichtung von Hans. Danach war alles zu Ende. Der Traum von einem gerechten Gott und Gerechtigkeit auf Erden. Der irrige Gedanke, man könnte die Armen etwas reicher machen, indem man die Reichen etwas ärmer machte. Und dass dann alle friedlicher und zufriedener miteinander leben konnten.

Elisabeth musste an ihren Mann denken, wie er vor ihr kniete auf dem Boden der Schlafkammer und mit glühenden Augen von einer besseren Welt sprach. In der Stille der Nacht ließ er sie teilhaben an seinen Träumen von freien Menschen in einer freien Stadt. Von Kindern, die lesen und schreiben lernten, weil sie klug waren und nicht weil ihre Eltern die Schule bezahlen konnten. Von einer Generation kluger junger Menschen, die neue Werkzeuge und Maschinen erfinden sollten, um die Arbeit leichter zu machen. Eine Generation, die ihre Sonntage nicht in düsteren Kirchen mit falschen Predigern verbringen sollte, sondern vielmehr hinaus ins Sonnenlicht strömte, sich zu klugen Reden und gemeinsamer Arbeit unter freiem Himmel traf. Ach ja, mein lieber Hans, und du glaubst, sie werden brav über eine bessere Welt reden, statt sich an den Händen zu fassen und unter die Röcke? Was sollen das für junge Menschen sein? Das hatte sie ihn lachend gefragt und sein Haar gezaust. Ja, ja, mein kluges Weib, sie werden sich auch zu Musik und Tanz treffen, hatte Hans eingeräumt. Und sie werden wiederum prächtige Kinder zeugen. Für wen sollten sie sich sonst wohl so anstrengen? Dann hatte er sich von den Knien erhoben und war zu ihr unter die Bettdecke gekrochen. Sie hatte seinen eiskalten Leib mit der Glut ihres Körpers gewärmt, bis sie beide lachten vor Glück.

Elisabeth Blomenow stöhnte leise. Sie spürte kaum Schmerz in den zerschundenen Gliedern, die Kälte tat ihr Bestes. Aber das Herz schmerzte sie bei diesen Erinnerungen. Wie konnten Bilder von den glücklichsten Momenten ihres Lebens nur so wehtun? Sollte sie lieber daran denken, wie sie Hans banden und davonschleppten und sie sofort wusste, dass sie ihn nicht wiedersehen würde? Und wie sie ihn dann doch noch einmal gesehen hatte, gebunden auf das Rad und der Scharfrichter hob immer und immer wieder den Klotz, um ihm fein säuberlich nacheinander die Glieder zu brechen? War es das, was ihr dummes Herz zum Schweigen brachte? Konnte sie den alten Zorn und die alte Wut wieder entfachen, die sie zum

Schreien gebracht hatte, als der Henker ihren Hans zerschlug? Ihr Schrei war untergegangen im Grölen der Menge, die mit glotzenden Augen dem Schauspiel folgte. Aber es gab auch etliche in der Masse, die stumm die Fäuste ballten. Man sah ihnen an, dass sie Elisabeths Zorn über diese himmelschreiende Ungerechtigkeit teilten.

Sie hatte wenig Zeit gehabt, um ihren Hans zu trauern. Da war die kleine Ursel, die nicht verstand, wohin ihr Vater verschwunden war. Warum sie erst stolz auf den Mann sein konnte, der trotz seiner einfachen Herkunft Sprecher des Achtundvierziger-Ausschusses war. Und warum sie sich plötzlich für ihn schämen sollte, weil solche Weibsbilder wie Marie Fyrow sie auf dem Hof bespuckten und ihren Vater einen dreckigen Verbrecher schimpften. Sie musste das Kind schützen vor solchen Menschen. Sie musste das Leben für sie beide neu in Angriff nehmen, obwohl sie innerlich gestorben war an dem Tag, als sie ihr Hans genommen hatten.

»Rück etwas näher, Ursel, mir ist so kalt«, hauchte Elisabeth Blomenow. Sie wollte die Nähe ihrer Tochter spüren, des einzigen Menschen, der ihr geblieben war. Und zu dessen unerträglichem Schicksal sie so leichtgläubig beigetragen hatte.

»*Gebt mir den Knaben …*« Sie hörte die Worte, als würden sie eben ausgesprochen. Es war ihre Schuld, dass das Kind tot war. Wo ein Kind war, gab es Hoffnung. Das lehrte schon die Geschichte von der Geburt Christi. Sie hatte diese allerletzte Hoffnung zerstört. Sie hatte das Licht ihrer alten Tage der Dunkelheit überantwortet. Und dafür gehörte sie auch aufs Rad. Oder ins Feuer. Wenn es doch nur endlich so weit wäre.

Elisabeth spürte, wie Ursulas Hand in der Dunkelheit nach ihr tastete. Jetzt hatte sie ihre Mutter gefunden und rückte ganz nah heran. Sie legte ihr den Kopf auf die Schulter und eine Hand auf den Bauch. Warm strich Ursulas Atem über ihre Halsbeuge.

Elisabeth lächelte im Dunkeln ihrer Zelle. Es war richtig, dass sie alle Schuld auf sich genommen hatte. Aber ob sie das Mädchen damit retten konnte? Nein, sie durfte nicht aufgeben. Sie würde für Ursula kämpfen bis zum letzten Atemzug. Es war der letzte Kampf ihres Lebens. Dass sie dabei nichts mehr zu verlieren hatte, verlieh Elisabeth Blomenow übermenschliche Kraft.

IV

»Du musst was machen wegen der toten Viecher. Man tritt fast drauf!«

»Ich hab wohl Besseres zu tun, als tote Viecher einzusammeln«, schnauzte Martin Tune zurück und blitzte Gerichtsdiener Monnick böse aus seinen kleinen, engstehenden Augen an.

»Aber der Herr Lorbeer hat gestern persönlich gesagt, es sehe schlimm aus am Kai. Die Ratten liegen offen herum. Es soll aber ordentlich aussehen. Wegen Fastnacht ist die Stadt voller Menschen. Die sollen einen guten Eindruck von Stralsund mitnehmen, meint der Herr Lorbeer«, hielt Roland Monnick dagegen und warf sich mächtig in die Brust.

»Solange ich keine schriftliche Anweisung vom Rat habe, die Ratten einzusammeln, rühre ich keinen Finger. Soll der Lorbeer doch seine Lastenträger anhalten, die Viecher aufzuheben, damit er sich seine feinen Lederstiefel nicht dreckig macht«, knurrte der Fronvogt und wandte sich ab, um ins Haus zu gehen. Doch der diensteifrige Monnick gab noch nicht auf und rief ihm nach: »Aber für tote Viecher bis nun mal du zuständig, Tune! Auch wenn sie kein fettes Handgeld für das Leder einbringen.« Grienend stand er auf dem Hof des Scharfrichterhauses und wartete die Reaktion des Henkers ab. Den Tune am frühen Morgen zu piesacken, das war doch mal ein Spaß. So konnten die Tage wirklich beginnen.

Tune stutzte einen Moment und blieb stehen. Sein fetter Nacken färbte sich über dem schmutzigen Hemdkragen rot. Das war ja wohl die Höhe, dass sie ihm vor Tau und Tag den dämlichen Monnick auf den Hof schickten wegen ein paar dämlicher toter Ratten am Hafen. Da lagen immer welche von diesen blöden Viechern rum. Die fraßen Gott weiß was und verreckten dann, weil ihnen die Gedärme platzten. Oder die fetten Kater fingen so viele von den fetten, dummen Viechern, dass sie sie nur noch zum Spaß erwürgten. Höchstens ein bisschen anknabberten und dann liegen ließen. Die saublöden Kater, die müsste man auch gleich alle mit abmurksen. Ab in einen Sack und dann rein in den Sund mit denen. So ähnlich wird es in ein paar Tagen auch der Blomenow gehen, dem frechen Weibsstück …

Monnick wartete auf einen eindrucksvollen Wutausbruch des Scharfrichters. Doch Tunes Nacken entspannte sich wieder. Wortlos ließ er den Gerichtsdiener einfach im Morgendunst stehen und stapfte ins Haus zurück.

Christoph Lorbeer sah voller Zuversicht auf diesen Tag. Ihm schien alles zum Besten zu gedeihen. Eben brachte sein Kammerdiener die dunkelgrüne Festrobe. Und die trug er keineswegs nur wegen des

Feiertages. Sich zu Fastnacht prunkvoll zu kleiden, war ein Privileg des obersten Standes. Immerhin würde man sich heute Nachmittag zu Ochs am Spieß – beigetragen vom reumütigen Zunftmeister Hans Zöllig – und den letzten Resten des Lutherweines im Artushof treffen. Sein Amtsbruder Franz Wessel hatte drei Fässer besten Bieres beigesteuert. Und auch ein Lorbeer ließ sich nicht lumpen: Er hielt mit einem Fass teuersten Rheinweines dagegen. Zwar machte sich der drahtige Patrizier nicht allzu viel aus fettem Fleisch und verabscheute besinnungslose Besäufnisse. Aber gegen eine würdige Feier ehrenwerter Herren war nichts einzuwenden. Zumal man hochrangige Gäste aus der Hanse bewirten konnte. Sie brachten gewiss interessante Neuigkeiten aus Lübeck, Hamburg, Danzig und Riga mit. Christoph Lorbeer war ein Meister im Ablauschen solcher Neuigkeiten. Mit leiser Stimme wusste er genau die richtigen Fragen zu stellen, genau die richtigen Schmeicheleien einzustreuen, um den Abgesandten wichtige Einzelheiten abzuknöpfen. Und zwar so, dass sie selbst nicht merkten, was sie da preisgaben. Obwohl er das Fest nicht wirklich mochte: Solche Tage wie Fastnacht, wo Ausgelassenheit und berauschende Getränke die Sitten und die Zungen lockerten, wusste der Handelsherr geschickt für seine Belange zu nutzen.

Christoph Lorbeer streckte die mageren Arme nach hinten aus, damit der Leibknecht ihm den schweren Samtrock überstreifen konnte. Nicht nur das Fest im Artushof war bestens vorbereitet. Auch seine persönlichen Angelegenheiten dünkten ihm vortrefflich geordnet. Sein Neffe August von Bentkow hatte mit den Gesandten aus Riga wichtige Papiere geschickt, die alle erfreulichen Inhaltes waren. Das aus der Verwaltung der Kirchengüter abgezweigte Geld war höchst willkommen und bereits vielversprechend angelegt. Das Wohlwollen der Rigaer Stadtoberen schien ihm sicher. Bald würde man besprechen, wie aus gemeinsamen Interessen gemeinsames Handeln erwachsen konnte. Mehr Sicherheit auf der Ostsee, neue Märkte im Süden und Osten, das Ausschalten von Konkurrenten – all dies kam direkt seinem Geschäft zugute. Und Christoph Lorbeer musste dafür keinen Pfennig eigenen Geldes aufbringen. Es kam auch nicht aus dem Stadtsäckel. Jedenfalls nicht direkt. Denn wie viel der Stadtkasse aus den eingezogenen Klosterbesitzungen zufloss, darüber konnte er allein entscheiden. Der alte Fuchs musste schmunzeln, als er sich innerlich zu diesem Schachzug beglückwünschte.

Schließlich und endlich hatte der Rigaer Neffe auch den Weg bereitet, ein anderes Problem zu lösen:

»Was die weitere Zukunft meines temperamentvollen Sohnes Gisbert betrifft, so gedenke ich, ihn im Sommer in den Schoß meiner Familie zurückzuholen. Allerdings sollte der junge Mann bis dahin auf seinen neuen Platz in unserer Kaufmannsfamilie vorbereitet werden. Mir schwebt vor, ihn als ständigen Boten zwischen Riga, Stralsund und Lübeck pendeln zu lassen. Unsere Angelegenheiten haben inzwischen ein Ausmaß erreicht, dass ich wichtige Papiere nicht mehr fremden Boten anvertrauen mag. Das ständige Reisen dürfte Gisberts unruhigem Naturell entgegenkommen. Aller-

dings sollten wir ihm gleichzeitig auch einen Anker geben, der ihn mit festen Banden hält. Ich denke dabei an eine Ehe.

Lieber Onkel Christoph, ich weiß, ich verlange viel von Dir, wenn ich Dich bitte, am Sunde eine Braut für meinen Erstgeborenen zu suchen. Als Oberhaupt unserer Familie bist Du der richtige Mann, einen Bund fürs Leben zu schmieden, der Gisbert und uns allen zum Vorteil gereicht. Ich mag hier in Riga nicht die Fühler ausstrecken, denn wir beide wissen, dass er in der Vergangenheit törichterweise Dummheiten angestellt hat, die ihn als Schwiegersohn diskreditieren könnten. Die Hochzeit könnte vielmehr im Frühsommer in Stralsund stattfinden. Wir würden uns rechtzeitig auf den Weg machen, um ihr beizuwohnen. Selbstverständlich finanziere ich die Festlichkeiten. Sollte mein Sohn versuchen, sich gegen Deine Wahl aufzulehnen, steht sein Erbe auf dem Spiel. Das werde ich ihm eindeutig klarmachen …«

Christoph Lorbeer hatte den Brief seines Neffen August von Bentkow mehrere Male mit wachsender Freude gelesen, so dass ihm dieser Abschnitt wortwörtlich im Gedächtnis blieb. August wollte den Lümmel endlich zurückholen. Bald würde er sich wieder frei in seinem eigenen Hause bewegen können, ohne dass ihn die Angst umtrieb, was der Junker nun schon wieder angezettelt hatte. Allerdings sollte Gisbert vorher das Stralsunder Bürgerrecht erwerben und eine Hiesige heiraten. Das schien dem Kaufherrn ein guter Plan. Die junge Frau aus der Stralsunder Gesellschaft wäre ein Garant für die engen Kontakte zwischen den beiden Hansestädten und ihren Handelsniederlassungen. Der Plan von August gereichte dem Hause Lorbeer zur Ehre, befand Christoph.

Er hatte gestern Abend im Bett schon mit seiner Frau Ida gesprochen. Und die wusste auf Anhieb zwei, drei heiratsfähige und standesgemäße Bräute zu benennen, die für Gisbert und seinen Stand infrage kamen. Eine davon war das Fräulein Hilda von Behr auf dem Rittergut in Semlow. Uralter pommerscher Adel, aber finanziell grässlich auf den Hund gekommen. Hildas Vater trieb sich gern am Hofe des Herzogs in Wolgast herum, war aber mit keinem Amt betraut und erhielt daher auch keinen Salär aus der herzoglichen Schatulle. Der alte Behr war tatsächlich der Trunk- und Prunksucht verfallen, dachte Christoph Lorbeer voller Schadenfreude. Mit solchen Leuten machte er gern Geschäfte: Nicht zufällig gehörten die Behr'schen Güter zu den wichtigsten Getreidelieferanten seines Handelshauses. Im Grunde war der Ritter immer in Geldnot. Eine stille Landpomeranze wie Hilda von Behr dürfte einen wohltuenden Ausgleich zu Gisberts feurigem Temperament darstellen. Gisbert gehörte zwar nur dem niederen Rigaer Adel an, aber der alte Behr konnte nicht mehr lange wählerisch sein, denn seine Tochter hatte bereits ein kritisches Alter erreicht. Nicht ohne Grund hatte der Ritter sein Kind den Winter über nach Stralsund geschickt, wie Ida zu berichten wusste. Ein Leckerbissen auf dem hiesigen Heiratsmarkt, befand Christoph Lorbeer. Und eine ordentliche Mitgift gab es sicher auch für die Rittergutstochter. Sollte der Vater die Mittel dafür nicht selbst aufbringen können, müsste man ihm etwas unter die Arme greifen. Es wäre nicht das erste Mal.

Unter Umständen verpfändete der Herr von Behr die gesamte nächste Ernte an das Handelshaus Lorbeer! Christoph rieb sich in Gedanken an einen solchen Geniestreich voller Vorfreude die Hände.

»Weck den Junker von Bentkow und schicke ihn hinunter zum Frühstück zu mir. Ich habe wichtige Nachrichten von seinem Vater«, trug der Ratsherr seinem Diener auf. Der verbeugte sich wortlos und eilte aus der Kammer. Christoph Lorbeer streckte sich genießerisch und drehte sich mit einem Anflug von Eitelkeit einmal langsam um die eigene Achse. Dann griff er nach seinem mannshohen Stab und schritt aus der Stube, als gelte es, Huldigungen für einen König entgegenzunehmen.

Eine halbe Stunde später war seine gute Laune indes schon wieder verpufft. Erst war Ida am Frühstückstisch erschienen, wobei er es vorzog, ohne seine geschwätzige Ehefrau den Tag zu beginnen. Doch sie war aufgeregt und schwelgte in Hochzeitsplänen. Ein solches Fest in ihrem Hause auszurichten, versetzte die alte Matrone in fiebrige Vorfreude. Es gab nur selten Festlichkeiten in dem hohen, dunklen Dielenhaus in der Mühlenstraße. Stets war der Geiz ihres Mannes davor.

»Ida, beherrsche dich! Noch ist nichts spruchreif. Weder habe ich mit dem Brautvater gesprochen, noch weiß dein vielgeliebter Großneffe, der missratene Bengel, von seinem Glück. Also bitte, es gibt noch keinen Grund, sich über Schneiderrechnungen und die Anzahl der Gäste Gedanken zu machen«, herrschte er seine Gattin schließlich ungehalten an.

Etwas kleinlaut berichtete Ida jedoch, dass sie

am Morgen dem Schreiber schon einen Brief an das Fräulein von Behr diktiert habe, um sie auf das Herzlichste ins Hause Lorbeer einzuladen. Am besten gleich am morgigen Tag, anlässlich eines festlichen Essens.

Christoph war entsetzt. Zum einen hätte er lieber erst mit dem Vater des Mädchens verhandelt. Zum anderen begann morgen die Fastenzeit! Wie konnte Ida da ein Festessen planen? Was für ein unbedachtes, ja geradezu gottloses Ansinnen!

Auch Ida war erschrocken, als ihr Gatte ihr deshalb heftige Vorwürfe machte. »Verzeih, mein Herr, lieber Christoph, so weit habe ich nicht gedacht«, bekannte sie kläglich.

»Nein, Denken ist ohnehin nicht deine Stärke! Du hältst dich jetzt da raus, bis ich die Sache spruchreif gemacht habe. Ist der Brief schon aus dem Haus?«

»Ja, ich glaube schon. Ich habe den Schreiber angewiesen, ihn gleich zu besorgen«, gab Ida gequält zu. Zu ihrer Verteidigung fügte sie hinzu: »Aber die jungen Leute müssen sich doch kennenlernen! Wenn das Fräulein Hilda unseren Gisbert erst sieht, wird ihrem Glück nichts mehr im Wege stehen.«

Christoph Lorbeer brütete missmutig über seinem kaum angebrochenen Getreidebrei. Doch was hatte das dumme Weib da eben gejammert? In der Tat, die Damenwelt zeigte eine gewisse Schwäche für diesen Laffen mit seinen weißblonden Locken. Vielleicht war es tatsächlich ein Weg, die Sache mit den von Behrs festzuzurren. Wenn nämlich das Fräulein tatsächlich der Liebe anheimfiele und mit tränenfeuchten Augen auf das Herz ihres Vaters zielte …

»Nun gut, die Sache ist nicht mehr zu ändern. So bewirten wir Hilda von Behr morgen bei einem bescheidenen Abendessen in unserem Hause. Aber es kommt kein Fleisch auf den Tisch! Haben wir uns verstanden, Ida?«

Die Lorbeersche nickte eifrig und war froh, dass es keinen weiteren Streit um ihren voreiligen Brief gab. Sie verabschiedete sich eilig in die Küche, um mit den Küchenmägden darüber zu beratschlagen, was man einem so hochgeborenen Gast in der Fastenzeit an angemessenen Speisen vorsetzen könnte. Ein richtiges Festessen würde es allerdings wieder nicht werden, so ohne Fleisch, schmollte Ida im Geheimen. Naja, vielleicht bekam man wenigstens einen fetten Karpfen und ein paar Mandeln Flusskrebse.

In der Tür traf sie auf ihren Großneffen Gisbert. Ida flötete einen fröhlichen Morgengruß, den der Junker mit einer galanten Verbeugung und einem strahlenden Lächeln erwiderte. Doch sobald die Hausherrin ihm den fetten Rücken zugewandt hatte und davonrauschte, fiel das Lächeln gleich wie eine Maske von seinem Gesicht ab. Gisbert von Bentkow sah müde und verkatert aus, als er sich lässig vor seinem Großonkel aufbaute. »Was gibt es Wichtiges, dass du mich vor Tau und Tag aus dem Bett hochscheuchst?«, wollte er knapp wissen und angelte sich ein Stück Brot vom Tisch.

In Christoph Lorbeer stieg einmal mehr Widerwillen gegen den Junker auf. Verkommener Lotterbube, Hurenbuhle, gottloser Verschwender, wütete das Familienoberhaupt in seinem Inneren. Doch der Hass loderte nur als kurze Stichflamme in ihm auf, dann obsiegte sein kühler Verstand. »Setz dich bitte, Gisbert, ich habe mit dir von Mann zu Mann zu reden«, kündigte er an und wies mit der Hand auf einen Stuhl.

Gisbert setzte sich betont langsam und stopfte sich dabei ein großes Stück Brot in den Mund. Dann hörte er schweigend den Plänen zu, die sein Vater und sein Großonkel für ihn geschmiedet hatten. Christoph beendete seinen Vortrag damit, dass er von dem bevorstehenden Essen mit dem Fräulein Hilda von Behr berichtete und Gisbert mit eindringlichen Worten mahnte, beste Manieren zu beweisen. »Du verfügst ja über eine gewisse Art … – nun sagen wir mal: gewinnenden Charme, wenn es um die Damen geht«, schloss der Hausherr und räusperte sich energisch. Dem Kerl auch noch zu schmeicheln, war eine Kröte, die er kaum schlucken mochte.

Gisbert hatte die ganze Zeit nichts gesagt und seinen Großonkel nur unverwandt angestarrt, während er mit vollen Backen kaute. Dann setzte er die Bierkanne an und trank sie in einem langen Zug fast leer. Den alten Lorbeer ekelte dieses Benehmen, doch er kniff die Lippen zusammen und ersparte sich eine Zurechtweisung. Immerhin ging es jetzt um weitaus wichtigere Dinge.

Schließlich rülpste Junker von Bentkow laut und unflätig. »Habe ich eine Chance, Nein zu sagen?«, fragte er möglichst beiläufig.

»Nein«, antwortete Christoph Lorbeer ruhig und fügte nach kurzer Pause hinzu: »Es sei denn, du möchtest enterbt werden und künftig auf eigenen Füßen stehen.« Die Partie schien gewonnen.

Nach einem kurzen Moment absoluter Stille fragte Gisbert: »Ist sie hübsch?«

Lorbeer hob verständnislos den Kopf. Was sollte das jetzt wieder heißen? »Von wem sprichst du?«

»Na, von dem Fräulein Hilda von Dingsda. Die ältliche Rittergutstochter.«

»Spielt das etwa eine Rolle? Es geht wohl um etwas Ernsthafteres!«, brauste der Kaufherr nun doch auf.

Gisbert schob ruckartig seinen Stuhl zurück und baute sich vor seinem Großonkel auf. Mit dem Finger stocherte er nach Brotresten zwischen seinen Zähnen, dann hielt er Lorbeer die leere Hand unter die Nase: »Ich brauche Geld«, forderte er barsch.

Lorbeer sah entgeistert an dem Burschen hoch. »Wofür?«, stieß er hervor.

»Ich muss zum Barbier und zum Schneider. Oder soll ich etwa in diesen Lumpen um eine Braut freien?«

Katharina hatte keinen Schneider nötig. Sie führte Schere und Nadel so geschickt, dass sie jede Meisterprüfung bestehen könnte. Lächelnd drehte sie sich in der Diele des Hurenhauses, während die anderen Frauen staunend um sie herumstanden und das herrliche Kleid bewunderten, das sie trug. Monatelang hatte sie Flicken um Flicken gesammelt. Erbettelt, gestohlen, manchmal auch gekauft, aus anderen Kleidern herausgetrennt oder geschenkt bekommen.

Flicken für Flicken hatte sie dann aneinandergefügt in zierlichen Rhomben. Rote, braune, dunkelgrüne, ockerfarbene. Und immer wieder gelbe. Leuchtend gelbe Seidenflickchen in einem bunten Rock, der in langen Stößen herabwallte. Im Mieder setzten sich die bunten Farben fort, diesmal aber in schmalen Streifen nebeneinandergenäht. Das betonte ihre schlanke Taille und ihren hohen Wuchs. Ihr schwanengleicher Hals krönte ein üppiges Dekolleté, umrahmt von großen, mehrfach geschlitzten Keulenärmeln. Durch die Schlitze schimmerte erneut die gelbe Seide. Zwei Ellen nur hatte Katharina ergattert, aber sie waren ein kostbarer Schatz. Überhaupt hatte sie dafür nur deshalb einen bezahlbaren Preis aushandeln können, weil die Seide gelb war – die Farbe der Huren. Keine ehrbare Frau in der Stadt würde eine solche Farbe offen tragen. Aber wenn sie schon dazu verdammt waren, immer wieder die Farbe ihres Gewerbes zur Schau zu stellen, dann sollte es auch Seide sein. Und eine Festtagsrobe, die ihresgleichen suchen konnte.

»Schön wie eine Blume«, flüsterte eben eine Dirne neben ihr und zupfte vorsichtig an dem weit schwingenden Rock.

»Nein, es sieht aus wie ein Herbstwald, mit Sonnenflecken zwischen den Blättern«, meinte eine andere. Alle sahen sie mit offenen Mündern an. So viel Poesie hatten sie ihrer Kameradin nicht zugetraut. Dann brach die Schar in gackerndes Gelächter aus.

Beke, die Stupe-Hure, kam eben herunter in den Flur, um nach der Ursache des Lärms zu forschen. Sie hatte einen Eimer mit schmutzigem Wischwasser und einen alten Lappen bei sich. Während Beke noch die

Hände an der Schürze abtrocknete, musterte sie Katharina von oben bis unten. Alle erwarteten ihr Urteil.

Die kleine alte Hurenmutter stemmte die Fäuste in die Hüften, baute sich vor der hochgewachsenen Katharina auf und verzog keinen Muskel in ihrem zerschlagenen Gesicht, als sie sagte: »Ich grüße Ihre Hoheit, Katharina I. von Stralsund, Fastnachtsprinzessin 1549! Geh hinaus und regiere das närrische Volk! Lenke mit Weisheit und Fleiß ihr Geld in deine Taschen.«

Wieder lachten die Mädchen, bis ihre Augen tränten. Doch Beke scheuchte sie auseinander: »Tummelt euch, meine Damen! Macht euch ebenso hübsch wie eure ungekrönte Königin. Heute wird Geld verdient! Die Stadt ist voll mit Männern. Und die haben alle ein volles Säckchen!« Kreischend stoben die Dirnen davon auf ihre Zimmer.

Katharina und Beke blieben allein in der Diele zurück. Die Alte bückte sich, hob den Saum des Kleides an und befühlte die Nähte mit ihren knorrigen Händen. Katharina ließ es lächelnd geschehen.

»Wirst dir nochmal die Augen verderben mit der ewigen Näherei«, meckerte Beke, während sie sich ächzend wieder aufrichtete. Dann hob sie den Saum noch einmal und schielte auf Katharinas Füße. Das braune Schuhwerk, das sie trug, erregte offenbar das Missfallen der Hurenmutter. Mit einer knappen Kopfbewegung dirigierte sie Katharina in eine Kammer, wo ihre Truhe stand. Beke wühlte ein Weilchen darin herum und holte dann ein Leinenbündel heraus, das sie vorsichtig auseinanderschlug. Ein Paar senfgelbe Stiefel aus feinstem Saffianleder kamen zum Vorschein.

»Hab sie nicht oft getragen, waren mir viel zu groß«, knurrte die Stupe-Hure und hielt den Schatz Katharina hin. Die nahm die Stiefel, schloss die Augen, befühlte das weiche Leder und schnupperte genießerisch daran. Dann lüpfte sie eilig den Rock und stieg in die Stiefelchen, die wie gemacht waren zu ihrem Gewand.

»Der Linke drückt ein bisschen, aber das gibt sich vielleicht noch«, verkündete Katharina nach ein paar Probeschritten. »Was willst du haben dafür?«

»Nichts. Behalt sie.«

»Aber Beke, das geht doch nicht. Die sind ein Vermögen wert«, wehrte Katharina ab und wollte Beke am Ärmel fassen.

Doch die drehte sich schnell um und kramte wieder in ihrer Truhe herum. Den Kopf tief darin versteckt, sagte sie: »Hab sie selbst geschenkt bekommen. Und jetzt trag ich sie sowieso nicht mehr.« Dann tauchte ihr schiefes Gesicht wieder auf: »So was kann man nur weiterverschenken. Dafür hätten du und ich wohl eh nie genug Geld. So weit bringt es unsereins nicht – da kannst du noch so schöne Kleider nähen.«

Katharina legte den Kopf schief und meinte herausfordernd: »Sei dir nicht so sicher. Wirst sehen – noch heute Abend tanze ich im Artushof.« Sie wiegte sich versonnen hin und her und schwenkte neckisch das neue Kleid.

»Sicher doch, Euer Hoheit. Und euer Kavalier wird der baumlange Ritter Lukas sein, Oberster Abdecker des Fronvogts. Ein schönes Paar wird sich da im Fastnachtsaufzug drehen«, ging Beke auf ihren ironischen Ton ein.

Beide Frauen fielen sich lächelnd in die Arme. Doch Beke löste sich schnell wieder und wies auf die Tür: »Geh in die Küche, was Anständiges essen. Der Tag wird lang und anstrengend.«

Katharina gehorchte widerspruchslos und ging leise summend in die Küche. Sie griff sich eine Schüssel mit Hafergrütze und eine Handvoll Dörrobst und setzte sich an den Tisch. Sie und der baumlange Ritter Lukas. In der Tat, ein schönes Narrenpaar. Dachte sie schon wieder an den Riesen? Wie mochte es sich wohl anfühlen, von so einem zum Tanz geführt zu werden? Oder die Arme um seinen Hals zu legen? Müsste man sich dafür sehr recken? Wie küsste man so einen groß gewachsenen Mann? Sie war ja auch nicht gerade klein. Aber Lukas müsste ihr schon ein Stück entgegenkommen. Ob er seinen Stiernacken wohl beugen würde, um sich von ihr küssen zu lassen …?

Katharina schrak aus ihren Gedanken auf, als Beke klappernd und scheppernd mit dem Eimer zur Tür hereinkam. Dann ärgerte sie sich über sich selbst. Musste sie schon wieder an den Kerl denken? Was machte den nur so besonders, dass er sich ständig in ihre Gedanken drängte? Mann ist Mann und alle wollen nur das eine. Und hatten sie kein Geld, würden sie es von ihr nicht bekommen. Und der Lukas hatte kein Geld, den mussten sie sogar mitdurchfüttern im Hurenhaus. Was für ein jammervolles Leben. Da klingelte es doch in ihrer Geldkatze viel freundlicher. So freundlich, dass man sich sogar zwei Ellen Seide leisten konnte.

Die schöne Katharina löffelte schweigend ihren Morgenbrei, während Beke hinter ihrem Rücken hantierte. Die Geschäfte liefen gut in diesen Tagen. Ab morgen würde das dann schlagartig nachlassen. Die Herren begannen die Fastenzeit gern mit ein paar Tagen Enthaltsamkeit. Es brauchte mindestens eine Woche, bis die Ersten ihre guten Vorsätze über Bord warfen und zaghaft wieder an ihre Tür klopften. Doch das war nicht weiter schlimm. Heute würden sie alle reichlich Kunden haben, das genügte dann für eine Weile. Die Münzen saßen locker in der Fastnacht. Da konnte man sich hinterher ruhigen Gewissens ein paar Tage ausschlafen. Die letzte Zeit war wirklich nicht unanstrengend gewesen, schätzte Katharina ein. Sie hatte jede freie Minute genäht. Nicht nur an ihrem bunten Kleid, sondern auch an dem wollenen Umhang für Lukas. Fünf Ellen Stoff hatte sie dafür besorgt und ein hübsches Sümmchen investiert. Grober, aber warmer Wollstoff für einen neuen Winterumhang, in der gleichen dunkelbraunen Farbe wie sein Lederwams. Lukas hatte sie eine volle Minute völlig entgeistert angestarrt, als sie ihm gestern den neuen Umhang gegeben hatte. Sie wusste schon gar nicht mehr, wo sie hinsehen sollte. Tausend Gefühle spiegelten sich in seinen Augen, für die er keine Worte fand. Schließlich hatte er traurig den Kopf gesenkt und Anstalten gemacht, ihr das Geschenk zurückzureichen. Doch Katharina war einfach davongerannt. Sie wollte sich die Schande ersparen, dass der Schinderknecht die Gabe einer Hure nicht annehmen mochte. Wie konnte der Kerl so verbiestert stolz sein! Worauf bildete er sich nur immer noch was ein? Ein ausgedienter Soldat aus einem geschlagenen Heer, der als Geringster unter den Niedrigen beim

Tune gelandet war. Ohne einen Groschen Lohn. Ohne Familie außer einem Hund voller Flöhe … Vor Scham brannten Katharina die Wangen, dass so ein Kerl das Geschenk zurückweisen wollte, dass sie ihm von Herzen gemacht hatte. Sollte er doch frieren auf seinem jämmerlichen Strohsack im Stall des Scharfrichters. Sollten ihm doch Zehen und Finger abfrieren …

Jetzt kamen weitere Dirnen in die Küche, aufgeputzt und fröhlich gestimmt. Bald wurde es eng um den Küchentisch. Beke zupfte hier ein paar Haarbänder zurecht und erteilte dort ein paar kluge Ratschläge, was den heutigen Tag betraf. Schließlich scheuchte sie die ganze Truppe aus dem Haus: »Tummelt euch, Weibsbilder! Seid fleißig und achtet auf die Winkelhuren. So manche versucht heute, ihr Haushaltsgeld aufzubessern. Aber denkt immer daran: Ihr seid die eingetragenen Damen des Rates. Die Stralsunder Obrigkeit hat nur euch das Recht gegeben, die Kerle zu erleichtern. Vor allem um ihr Geld!« Die Frauen griffen ihre wollenen Tücher und bunten Kappen und traten auf die Kuttlosestraße hinaus, um ihrem Gewerbe nachzugehen.

Die Sonne ging als gleißend heller Ball über dem Strelasund auf und vertrieb die pastellfarbenen Wolken der Morgenröte. Der Rauchgeruch aus hunderten Kaminen stieg kerzengerade in die eiskalte Luft. Es würde ein klarer, klirrendkalter Tag werden, sah Bürgermeister Franz Wessel voraus, als er aus dem großen Tor seines prachtvollen Hauses trat. Er straffte die Schultern und zog den schweren Pelz über der Brust enger zusammen. Wo war die alte Heiterkeit geblieben, mit der er früher diese ausgelassenen Tage begrüßt hatte? Heute dünkte ihm, Fastnacht sei nur eine unendliche Abfolge von anstrengenden Verpflichtungen. Erst die Frühmesse, dann die Begrüßung der Abgesandten der Hanse. Beim Mittagsläuten musste er dem Volke symbolisch die Tore öffnen, so dass der Narrenumzug beginnen konnte. Die Edlen und die Gäste der Stadt versammelten sich dann im Artushof zum Festschmaus. Das war noch der angenehmste Teil des Tages, besonders wenn er an den stattlichen Ochsen dachte, der sich bereits seit gestern Abend am Spieß drehte und auf sorgsam klein gehaltenem Feuer vor sich hin sott. Die Schankknechte hatten sich die ganze Nacht abgelöst, um den fast drei Meter langen Spieß in Bewegung zu halten.

Ein schönes braunes, saftiges Stück Rinderbraten, vielleicht aus der Lende – dem reuigen Sünder Hans Zöllig sei Dank – war doch eine Aussicht, für die es sich aufzustehen lohnte, befand Wessel. Und einen ordentlichen Humpen sundischen Bieres dazu, darauf ließ er nichts kommen. Aber konnte er sich hemmungslos der Schlemmerei widmen? Mitnichten. Die Gäste wollten unterhalten werden. Dabei musste er höllisch aufpassen, was er sagte. Nicht zu viel preisgeben, gekonnt schmeicheln, über die richtigen Leute wettern. Das war eigentlich eher eine Arbeit für Christoph Lorbeer, den alten Fuchs. Ein Braumeister Wessel war da mehr so geradeheraus. Am liebsten würde er sich ein Stündchen dem wilden Treiben auf der Straße anschließen, den Dirnen in den prallen Po kneifen, sich mit seinem Weibe zur Musik drehen und den Späßen des fahrenden Volkes zusehen. Aber das war leider unter der Würde des Stralsunder Stadtoberhauptes.

Franz Wessel zog die Augenbrauen verärgert zusammen und trat endgültig auf die Straße. Vor ihm breitete sich der Alte Markt, der heute voll besetzt war mit Buden und Karren aller Art. Schon zu dieser frühen Stunde brodelte hier das Leben. Die Fahrensleute stimmten ihre Instrumente. Die Händler wärmten Hände und Sterze an kleinen Feuerschalen. Fröhliche Rufe flogen hin und her. Alles schien frisch geputzt in der klaren Winterluft. Die Leute trugen Festgewänder. Vor dem Portal von St. Nikolai versammelten sich die Bettler und die ersten Patrizier, die den Gottesdienst besuchen wollten. Oh, er wusste schon, wie der Pfarrer wieder von der Kanzel eifern würde. Dass sie alle zu fein gekleidet seien und zu viel Tand trugen. Dass es nicht die richtige Vorbereitung auf die Fastenzeit sei, sich den Wanst noch einmal so richtig vollzuschlagen. Undsoweiterunsoweiterundsoweiter. Sollten sie doch wettern: Der Narrenzug war so alt wie diese Stadt. Egal, wer auf der Kanzel stand und predigte.

Irgendwann werden wir den ganzen Mummenschanz verbieten müssen, dachte der Bürgermeister nicht ohne Bedauern. Die Kirche hatte ja nicht unrecht. Es war keineswegs im Sinne unseres Herrn, sich der Prasserei und dem Laster hinzugeben. Vielleicht auch gut so, wenn er nur an die gestrigen Meldungen von der Stadtwache und aus der Fronerei dachte. Sieben Prügeleien mit zwei Dutzend Verletzten. Ein völlig zerschlagenes Gasthaus und eine geplünderte Feinbäckerei. Den ganzen Nachmittag hatten sie im Schnellverfahren Urteile gesprochen und Bußen verhängt. Prutze, der alte Federkratzer, kam kaum hinterher mit der Ausfertigung der Protokolle und Urteile. Dabei hatten sie noch Glück gehabt in diesem Jahr, dass es keine Toten gab. Noch nicht. Fastnacht hatte seinen Höhepunkt noch nicht erreicht.

Was Franz Wessel jetzt im Gewühl entdeckte, passte zu seinen düsteren Gedanken. War das nicht der riesenhafte neue Henkersknecht? Wie hieß der noch gleich? Twen. Ja, Lukas Twen. Auf sein Gedächtnis konnte er sich noch verlassen. Schien kein so übler Bursche zu sein, wie seine Körpergröße zuerst befürchten ließ. Bisher keine Beschwerden. Der Monnick, die kleine Ratte, hatte ihm erst kürzlich geflüstert, dass der Koloss sogar bei den Dirnen der Stupe-Beke recht beliebt sei, im Hurkuffen in der Kuttlosestraße ein- und ausgehe. Sei ihm gegönnt, das Vergnügen. Ein ehrliches Stralsunder Mädchen kam für so einen ohnehin nicht in Betracht. Eigentlich schade bei so einem kraftstrotzenden Mannsbild. Der könnte für frisches Blut sorgen in den Hütten am Hafen oder den engen Gassen rund um St. Jakobi. Aber einen Henkersknecht würde sich selbst der ärmste Stralsunder nicht zum Schwiegersohn nehmen.

Jedenfalls ragte der Twen aus dem Gewühl wie der Hauptmast einer Kogge aus einem Hafen voller Klippfischer, befand Wessel. Und jetzt konnte er auch erkennen, was den Hünen hierherführte. Er trieb mit einem dicken Knüppel drei arme Sünderlein vor sich her. Die trugen schwer an einem Nackenjoch, in das ihre Köpfe und Hände eingespannt waren. Fortwährend stolperten sie über ihre eigenen Füße und der Twen ließ den Knüppel freundlich auf ihren gebeugten Buckeln tanzen, um sie zum Weitergehen zu bewegen. Der schwarze Köter, der den Riesen begleitete, tat sein Übriges mit anfeuerndem Bellen und kleinen Schnappern nach den Beinen. Augenscheinlich waren die drei Burschen schon die ganze Nacht ins Joch gespannt gewesen. Nun musste der Fronknecht sie aus der Stadt treiben. Franz Wessel kramte in seinem Gedächtnis, für wen sie gestern diese Strafe verhängt hatten. Waren es die Anstifter einer der Schlägereien? Oder die Plünderer der Bäckerbude? Er wusste es nicht mehr genau. Also litt sein Gedächtnis doch allmählich unter seinem Alter. Aber den Namen des neuen Fronknechts hatte er sich anstandslos gemerkt!

Die Marktleute machten eine Gasse frei für die Austreibung der Sünder, riefen ihnen derbe Scherze zu und warfen auch mit der einen oder anderen faulen Frucht. Jetzt rutschte einer der Verurteilten auf dem Eis einer Pfütze aus und knallte auf den Allerwertesten. Brüllendes Gelächter breitete sich aus. Der Twen stemmte ihm wortlos den Knüppel in den Rücken und half dem Mann so wieder auf die Beine. Auch der Bürgermeister musste grienen. Franz Wessel war so in das Schauspiel vertieft, dass er gar nicht bemerkte, wie Christoph Lorbeer zu ihm trat.

»Ah, das sind ja die Herrschaften, die den Streit mit dem Brauwirt angezettelt haben. Wir mussten ihre gesamte Barschaft einbehalten, damit der Schaden und die Gerichtskosten beglichen werden konnten.

Zum Glück hatten sie allerhand eingesteckt, weil sie ordentlich zechen wollten«, lästerte Lorbeer mit grimmigem Blick, noch ehe sie sich begrüßt hatten.

Hat der alte Fuchs doch das bessere Erinnerungsvermögen, grollte Wessel innerlich, hielt ihm dann aber doch die Hand zum Gruß hin.

»Der Twen macht eine wirklich gute Figur als Fronknecht. Wenn der nicht Respekt einflößt! Wäre es nicht gar prächtig, wenn er auch einmal das Richtschwert schwingen täte?«, überlegte Wessel und holte mit beiden Armen aus, als wollte er diese Arbeit gleich selbst übernehmen.

»Ihr wisst so gut wie ich, dass der Twen in dieser Stadt nie das Richtschwert schwingen wird. Da ist unser guter alter Tune davor. Wir können schon froh sein, wenn die beiden sich nicht gegenseitig die Köpfe einschlagen«, unterbrach ihn Lorbeer und drückte beschwichtigend die Arme des Bürgermeisters herunter.

»Ihr missbilligt immer noch meine Entscheidung, dass ich auf die Bewerbung des Lübeckers eingegangen bin«, drehte sich der Bürgermeister zu seinem Stellvertreter und sah ihn mit festem Blick an.

»Wie käme ich dazu, eine Entscheidung des Stadtoberhauptes zu missbilligen«, versicherte Lorbeer schnell und zog dabei die Augenbrauen in die Höhe.

Wessel musste lächeln. Genau das hatte er vorher gemeint: Die hohe Diplomatie war eher etwas für den alten Fuchs Lorbeer. »Mir müsst Ihr nicht schmeicheln, Herr Lorbeer. Mit mir könnt Ihr offen reden. Seid ehrlich: Der Twen leistet hier gute Dienste. So einen können wir gebrauchen. Gerade zu Fastnacht, wenn die Stadt vor Hitzköpfen wimmelt.«

Sein Stellvertreter wog seine Worte sorgsam: »Sicher, Herr Wessel. Aber so einen wie den Tune können wir hier auch gebrauchen. Erinnert Euch nur, welche – nun sagen wir mal – delikaten Dienste er der Stadt schon erwiesen hat …«

»Er ist ein gewissenloser Schlächter. Ich kann ihn nicht ausstehen«, polterte Wessel dazwischen.

»Ohne Zweifel. Aber eine gewisse Gewissenlosigkeit kann auch von Nutzen sein, wenn es um politische Ziele geht, die dem gemeinen Volk lieber verborgen bleiben sollten. Ich muss Euch doch nicht erst erinnern an das umstrittene Urteil von anno '32.«

Wessel musste nicht lange kramen in seinen Erinnerungen. Er wusste sofort, was Lorbeer andeutete: »Ihr meint die Sache mit Hans Blomenow …«

Lorbeer fasste den Bürgermeister am Ellenbogen und zog ihn näher an die Hauswände heran. Über solche Themen sollte man lieber nicht auf einem belebten Markplatz sprechen, befand der vorsichtige Patrizier. »In gewisser Weise sind wir dem Tune verpflichtet. Ihm einen bärenstarken Knecht vor die Nase zu setzen, der sich auch noch dreist um seinen Posten beworben hat, könnte den Scharfrichter verärgern. Vielleicht nutzen wir die Stärke des neuen Mannes lieber in der Stadtgarde? Immerhin ist er ausgebildet im Waffenhandwerk.«

»Wir können doch keinen Henkersknecht zum Stadtwächter machen! Wer einmal in der Fronerei gelandet ist, kommt nicht wieder zu ehrlich Brot«, grollte Wessel. »Außerdem finde ich es ganz gut, dem Tune eine stete Mahnung an die Seite zu geben, dass er nicht unersetzlich ist für Stralsund. Ich will mich für so einen Kerl nicht erpressbar machen.« Lorbeer wiegte den Kopf.

»Da habt Ihr etwas Kluges gesagt, Meister Wessel. Also beten wir für jeden Tag, an dem der Tune und der Twen nicht aneinandergeraten und beide im Dienste des Rates ihr Bestes geben«, schloss er die Unterhaltung.

Dann machten sich der Braumeister und der Handelsherr auf den Weg in die Kirche. Als Franz Wessel noch einmal den Kopf umwandte, um Lukas Twen hinterherzublicken, sah er ihn, den Knüppel lässig über die Schulter gelegt, mit den drei Sünderlein auf dem Weg hinunter zum Kniepertor. Hatte der Fronknecht einen neuen Umhang um? Jedenfalls sah er nicht mehr so zerlumpt aus, wie er ihn in Erinnerung hatte, befand der Bürgermeister.

Dietger Gentzkow besah sich die Schulter des Mannes von allen Seiten. Er legte die Hand auf das geschwollene Gelenk und befühlte es ausgiebig. Gebrochen schien nichts. Wahrscheinlich ausgekugelt. »Und seit wann genau plagt Euch der Schmerz?«, befragte der Bader seinen Patienten mit leiser Stimme, während er weiter vorsichtig die Schulter abtastete.

»Seit gestern Nachmittag. Es gab eine Prügelei, mitten auf der Straße. Da bin ich einfach so hineingeraten. Aua!« Der Mann keuchte vor Schmerz, weil Gentzkow versucht hatte, den Arm zu bewegen. Der Wundarzt ließ den Blick hinab zu den Händen des Mannes gleiten. Die Knöchel zierte blutiger Schorf.

»Nur so hineingeraten, hm? Tüchtig mit ausgeteilt habt Ihr, guter Mann. Das sieht man Euren Fäusten an. Hat Euch einer den Arm auf den Rücken gedreht oder ähnliches?«, forschte er weiter.

»Das kann schon sein. Ich erinnere mich nicht mehr so genau. Nur plötzlich konnte ich den Arm nicht mehr heben. Da hab ich mich aus dem Staub gemacht und bin heimgelaufen«, berichtete sein Patient.

Gentzkow nahm einen Schemel vom Boden auf und stellte ihn neben den Mann auf den Behandlungstisch. »Seid so gut und legt den Arm hier herauf, dann komme ich besser an«, bat er freundlich. »Und dann erzählt noch einmal ganz genau, wo die Prügelei war und wo Euer Zuhause ist. Damit ich mir ein Bild von Eurem Weg machen kann.«

Der Mann holte tief Luft und setzte an: »Also, ich bin am Nachmittag …«

Weiter kam er nicht. Bader Gentzkow hatte mit einem geschickten Griff und voller Kraft an dem ausgerenkten Arm gezogen, so dass die Kugel mit einem vernehmlichen Knacken wieder ins Gelenk sprang. Der Mann auf dem Untersuchungstisch wurde kreideweiß und drehte die Augen nach hinten.

»Na, na, na, es ist ja schon vorbei. Atmet, mein Guter! Atmet tief ein!« Er bewahrte seinen Patienten mit zwei leichten Ohrfeigen vor der drohenden Ohnmacht. Tatsächlich kehrte die Farbe in dessen Gesicht zurück. Gefolgt von ungläubigem Staunen und schließlich sichtbarer Erleichterung.

»Es ist fast weg, Herr Chirurgus! Ich kann den Arm wieder gebrauchen!«

»Aber noch kein Holz hacken damit. Und keine neuerliche Prügelei, verstanden? Ich habe in den letzten Tagen genug Platzwunden genäht und gebrochene Nasen gerichtet. Predigt nicht unser aller HERR Mäßigung und Ausgeglichenheit? Und zwar für alle Tage des Jahres! Ich weiß gar nicht, warum zu Fastnacht regelmäßig der Wahnwitz von ansonsten gottesfürchtigen Menschen Besitz ergreift.«

Der Mann sah Gentzkow mit leerem Gesicht an und knöpfte eilig sein Wams zu. Sich jetzt auch noch eine Moralpredigt vom Wundarzt anzuhören, darauf hatte er wahrlich keine Lust. Der ausgerenkte Arm und der Ärger mit seinem Weib waren wirklich schon genug für ihn. Schnell kramte er die Münzen hervor, die der Bader für die Behandlung verlangte.

In diesem Moment öffnete ein halbwüchsiger Knabe die Tür und ersuchte atemlos um Hilfe: »Herr Bader, kommt bitte schnell in die Knieperstraße. Meister Zöllig, der Altermann der Fleischer, liegt auf den Tod, wie es scheint. Er glüht vor Fieber und schreit vor Schmerz.« Ein Schwall kalter Luft war mit dem jungen Boten hereingeweht. Gentzkow fröstelte plötzlich. Es war mehr einer bösen Vorahnung geschuldet als dem Winterwind.

»Fieber und Schmerzen, sagst du? Wo hat er die Schmerzen denn?«, fragte der Wundarzt bedächtig.

»Ich weiß nicht. Man hörte nur sein Gestöhne die ganze Nacht hindurch. Die Frau Meisterin hat alle Mittel probiert, die sie kannte. Nun hat sie Angst, ihr Kind könnte sich anstecken. Deshalb hat sie nach Euch geschickt, Herr Gentzkow.«

Der Badermeister packte wortlos einige Instrumente zusammen, die man zum Aderlass und Schröpfen brauchte. Dann wandte er sich an den wartenden Knaben: »Lauf sofort zum Stadtphysikus. Ich möchte, dass er ebenfalls zu Meister Zölligs Haus kommt.«

Der Junge runzelte die Stirn. Er wusste nicht, wo Dr. Scheitel wohnte. Dietger Gentzkow erklärte es ihm bündig und griff nach seinem Überwurf.

»Aber, Herr Gentzkow, meint Ihr denn, unser Meister braucht zwei Heiler?«, fragte der junge Mann noch einmal nach.

»Vor allem braucht er die Gnade unseres HERRN. Und nun troll dich!«

Elisabeth versuchte ächzend, ihren Oberkörper hochzuhieven. Schwer atmend stützte sie sich auf die Ellenbogen. Was war das für ein ungewohntes Geschwärm und Geschrei in ihrer Hölle? Treibt der Teufel jetzt die armen Seelen zusammen, um sie ähnlicher Pein zuzuführen, wie es für sie und ihre Tochter vorgesehen war? In den wirren Wachträumen ihrer Fiebertage war Elisabeth zu der Überzeugung gelangt, dass sie in der Hölle gelandet war. Geschah ihr recht, befand sie immer wieder grimmig. Es war ihr nicht gelungen, Tochter und Enkel vor dem Untergang zu bewahren. Und dafür hatte Gott sie hinuntergestoßen in die Hölle. In die Hölle zum Tune. Sie hatten ihr gesagt, dass sie in wenigen Tagen zum Strelasund hinuntergeführt und getaucht werden sollte. Da würde sich dann zeigen, ob sie eine Hexe sei oder nicht. Auch das war eine Strafe, die ihren Verbrechen angemessen war, befand Elisabeth Blomenow. Wer die eigene Familie verderben lässt, der gehört ersäuft. Sie wünschte sich den Tag recht bald herbei. Das kalte Wasser des Sundes würde sie reinigen. Sie stellte sich ihren Tod sauber und klar vor. Ganz anders als die ewige Dämmerung und Fäulnis ihrer Zelle im Turmhaus.

Aber heute weckte der ungewohnte Lärm ihre Aufmerksamkeit, die schon ganz auf eine andere Welt gerichtet war. Sie lauschte angestrengt. Da waren Männerstimmen, eindeutig. Andere Stimmen als die von Lukas Twen, der immer wieder ihre Wunden besah, sie mit allerhand Brühen und Breien fütterte und sich verzweifelt mühte, ihr elendes Lebenslicht am Flackern zu halten. Auch andere Stimmen als die ängstliche, irre ihrer armen Tochter Ursula. Deren richtige Stimme erkannte die Mutter nur noch, wenn das Mädchen gedankenverloren leise vor sich hin sang.

Wo war Ursel jetzt überhaupt? Meistens hockte oder lag sie an ihrer Seite, auch wenn sie längst in einer eigenen Welt lebte. Elisabeths Augen suchten im Halbdunkel nach ihr. Sie wand mühevoll den Kopf und entdeckte sie in der Ecke neben der Tür. Dort stand Ursula mit schreckgeweiteten Augen und wiegte den Oberkörper hin und her. Bei jedem ungewohnten Geräusch zuckte sie leicht zusammen.

»Was geht hier vor? Öffnen sich die Pforten der Hölle?«, fragte Elisabeth mit krächzender Stimme. Ursula antwortete nicht. Jetzt meinte Elisabeth, unflätiges Fluchen zu hören, gedämpft durch die dicken Mauern. Gleich darauf polterte es, als würde man Fässer die Treppe hinabrollen. Danach wurde es wieder ruhiger. Aber sie spürte, dass sie nicht mehr allein war mit ihrer Tochter in diesem Gemäuer. Das Scharfrichterhaus schien plötzlich voller Leben. Summte und brummte wie ein Bienenstock.

Summende Bienen, was für eine schöne Erinnerung. Sonne und Wärme, weiches Gras und bunte Blüten. Wenn sie ins Paradies eingezogen wäre, dann hätte es genau so ausgesehen. Einen Moment lang sonnte sich sie in der bittersüßen Wehmut dieser Vorstellung. Doch der Augenblick genügte nicht, um sie zum Lächeln zu bringen. Sofort biss sie wieder die Zähne zusammen vor Ingrimm. Kälte, Schmerz und Dunkelheit waren für sie bestimmt. Ihre Buße begann schon auf Erden.

Erschöpft sank Elisabeth Blomenow auf ihr Lager zurück. Waren die Räuber in Stralsund eingebrochen, dass sich das Scharfrichterhaus so mit fremdem Leben füllte? Hatten Auswärtige geplündert und gebrandschatzt? Saß die Bande nun hinter Schloss und Riegel? Oder hatte es gar eine Revolte gegen die Obrigkeit gegeben? Und die Ratsherren schlossen jetzt hier die Anführer ein? So wie damals ihren Hans, anno 1532? Oder tobte draußen das pralle Leben bei einem großen Fest? Hatten die Männer dabei die Fäuste geschwungen, dass die Fetzen flogen, wie sie das liebten nach reichlich Bier und Wein? Mussten die Raufbolde nun hier ausgenüchtert werden?

»Was für ein Tag ist heute?«, fragte Elisabeth in die Stille ihrer Zelle, als sie mit ihren Überlegungen bis zu diesem Punkt gelangt war.

Niemand sagte ihr, dass Fastnacht war.

Die Patrizier hatten die Kirche noch nicht ganz erreicht, als sich Roland Monnick unter unflätigen Ausrufen durch das Gedränge schob und auf sie zueilte. Vor dem Bürgermeister und seinem Stellvertreter bremste er atemlos, riss sich die schmutzige Mütze vom Kopf und katzbuckelte übertrieben.

»Monnick, was gibt's?«, fuhr Franz Wessel den Gerichtsdiener an.

»Der Herr Fronvogt Tune schickt mich. Der Turm im Scharfrichterhaus ist voll mit Unruhestiftern. Auch die Stadtwache weiß vor Arbeit nicht mehr aus noch ein. Die Übergriffe nehmen überhand in der Stadt, Herr Bürgermeister! Und immer mehr Volk quillt durch die Tore herein. Der Tune schickt um Hilfe!«

Wessel und Lorbeer sahen sich an. Wie jedes Jahr war die Stimmung zu Fastnacht explosiv. Noch einmal schienen alle Höllenhunde von der Kette gelassen, ehe die Fastenzeit ihr stilles Tuch über die Stadt breitete. Und jedes Jahr stieß die Obrigkeit an die Grenzen ihrer Macht. Viel fremdes Volk war nach Stralsund gekommen, um sich den Lustbarkeiten hinzugeben. Und wenn er heute Mittag das Stadttor für den Umzug öffnete, würden es noch mehr sein. Die Bauern aus den Vorwerken und den umliegenden Dörfern ließen sich das bunte Getümmel nicht entgehen. Jeder Mann, jede Frau, jedes halbwüchsige Kind mehr in den Gassen vermehrte die Gefahr, dass es zu Streitigkeiten kam.

Monnick weidete sich innerlich an der Ratlosigkeit der Patrizier. Aber er hatte eine Idee, die ihm wie ein köstlicher Streich erschien. Der Tune hatte vor allem eins beklagt – dass er nicht genug Männer hatte, um die Strolche im Zaum zu halten. Und dass seine größte Zelle von den Hexen Blomenow belegt war. Roland Monnick jedoch hatte daraus einen eigenen Vorschlag gemacht, den er jetzt eilfertig vortrug: »Hochwohlgeborener Herr Bürgermeister, der Tune hat ja einen starken Knecht, den Lukas Twen. Der ist auch eifrig dabei, die verurteilten Sünder zu staupen und aus der Stadt zu treiben. Aber der bräuchte sein Schwert! Dann wäre er noch viel furchteinflößender.«

»Welches Schwert?«, hakte Ratsherr Lorbeer nach. Der Monnick konnte ja wohl schlecht das Richtschwert meinen, das der Tune in seiner Kammer verwahrte.

Doch Wessel schaltete schneller. Der ehemalige Landsknecht war mit einem Schwert in die Stadt gekommen, wenn er sich recht entsann. Für einen Soldaten war das keineswegs ungewöhnlich, dass er eine solche Waffe mit heimbrachte von den Feldzügen. Aber seit er Henkersknecht war, stand ihm das Tragen eines Schwertes nicht mehr zu. Das durften sich nur Ritter und freie Bürger erlauben. Den Hünen zu bewaffnen, war ein verlockender Gedanke. Aber Franz Wessel zögerte.

Dann entschied er schnell: »Lauf zum Prutze. Der soll ein Papier aufsetzen, dass eine Bürgerwehr von – sagen wir mal 15 – Leuten zusammenzutrommeln ist, die die Stadtwache verstärkt und auch dem Tune während der Fastnachtsfeierlichkeiten bei der Ausübung seiner Pflichten zur Seite steht. Zumindest was das Festsetzen der Angeklagten bis zur Verhandlung betrifft. Verhör und Vollstreckung obliegen natürlich weiter dem Fronvogt.«

Lorbeer nickte zustimmend: »Besser 20 als 15«, schlug er vor.

»Prutze soll das Ermächtigungsschreiben gleich zu mir in die Kirche bringen. Ich denke, bis der Gottesdienst vorbei ist, dürfte er damit fertig sein. Dann kann ich es schnell unterschreiben und siegeln und muss mich nicht noch mal ins Rathaus durchkämpfen dafür«, ordnete Wessel weiter an.

Roland Monnick wollte schon loswieseln, als Christoph Lorbeer in einer schnellen Geste die Hand hob und ihn zurückhielt. »Auf ein Wort, mein Herr Wessel«, raunte er dem Bürgermeister zu und drehte sich weg vom Gerichtsdiener, der unruhig von einem Bein aufs andere trat. Dann wisperte er Wessel zu: »Sollte man nicht einen Herrn aus unserem Stande an die Spitze der Bürgerwehr stellen? Vielleicht einen jungen Ritter? Eine weitere Truppe unter Waffen kann an einem solchen Tag auch zu einer Quelle von Ärger werden. Da braucht es feste Führung ...«

Der Bürgermeister überlegte einen Wimpernschlag, dann hellte sich sein Gesicht auf: »Ihr habt doch so einen prächtigen jungen Verwandten im Haus. Der hat sich beim letzten Maigrafenreiten über alle Maßen ausgezeichnet. Wie wäre es, Herr Lorbeer, ziehen wir ihm doch mal wieder seine strahlende Rüstung an und schicken ihn in die Fastnachtsschlacht!« Wessel schlug dem dürren Ratsherrn munter auf die Schulter, denn er hielt seinen Vorschlag für eine glänzende Idee.

Christoph Lorbeer zuckte innerlich zusammen. Zwar hatte er mit dem Gedanken gespielt, den Junker von Bentkow für diese ehrenvolle Aufgabe ins Gespräch zu bringen. Er sah ihn lieber mit einer ernsthaften Arbeit betraut als im Festgetümmel hemmungslos Schabernack treiben. Aber einen Moment lang plagten ihn Zweifel: Würde man nicht den Bock zum Gärtner machen, wenn man Gisbert ausgerechnet heute unter Waffen setzte und mit Befehlsgewalt ausstattete? In Sekundenschnelle wog Lorbeer die Vor- und Nachteile gegeneinander ab. Dann schenkte er dem Bürgermeister ein zuckersüßes Lächeln: »Was für eine Ehre für unser Haus! Gern schicke ich sogleich nach meinem Großneffen mit der Order, sich zu rüsten und bei der Stadtwache einzufinden. Das ist eine rechte Aufgabe für den Junker von Bentkow.«

Bis zum Mittagsläuten war alles gerichtet. Vor dem Semlower Tor formierte sich der Fastnachtsumzug. Von überall strömte festlich geschmücktes Volk zusammen. Die Ratsherren, angeführt von Bürgermeister Franz Wessel, setzten sich die Semlower Straße hinunter in Bewegung, um den Feiernden das Tor zu öffnen. Wessel hielt mit lauter Stimme eine kurze Ansprache, in der er alle Gäste aus nah und fern willkommen hieß in Stralsund, sie aber zugleich zu Mäßigung und Anstand aufrief. Dann schloss er eigenhändig mit einem riesigen Schlüssel das Tor auf. Einige Wachen halfen ihm, den gewaltigen Riegelbalken zu entfernen und die Flügel zu öffnen. Der Zug begrüßte diese Amtshandlung mit lautem Beifall und Gejohle. An der Spitze stand eine hochbeinige, nervös tänzelnde braune Fuchsstute mit einem prachtvollen Reiter: Gisbert von Bentkow trug einen silbernen Brustharnisch, der glänzend die Sonne reflektierte, über dem blausamtenen Wams. Der dunkelblaue Samtumhang, den er dazu übergeworfen hatte, brachte seine weißblonden Locken prächtig zur Geltung.

Mit einer gönnerhaften Geste hob der Junker die Hand und hieß den Festzug losmarschieren. Sofort setzten die hinter ihm gehenden Musikanten ein. Mehrere Trommler gaben den Takt vor, begleitet von Pfeifern und Fiedlern. Den Spielleuten folgten zunächst junge, prächtig gekleidete Sprösslinge aus den angesehensten Stralsunder Familien. Sie hielten sich züchtig bei den Händen und warfen kleine Kupferstücke in die Reihen der Schaulustigen. Auch der Festumzug hielt sich streng an die Standesordnung. Hinter den Patriziern kamen die betuchten Zunftmeister und die mittlere Kaufmannschaft, gefolgt von den Handwerkern, die mit übergroßen, nachgebauten Werkzeugen auf ihre Künste aufmerksam machten. Die Gesellen der Kuchenbäcker trugen eine riesige Torte voller Zuckerwerk auf ihren Schultern, die den Gaffern das Wasser im Mund zusammenfließen ließ. Die Pelz- und Lederschneider hatten einige ausgestopfte Tiere dabei, mit denen sie die Kinder am Straßenrand erschreckten. Gar prächtig anzusehen waren die Rüstungs- und Waffenschmiede, die ihre funkelnden Stücke heute einmal selbst trugen und die scharfen Klingen pfeifend durch die Luft sausen ließen. Die Müller zogen mit einigen Eseln in die Stadt ein und verteilten aus den Sattelkörben kleine Salzkringel. Und die Bechermacher, Kannengießer und Kesselflicker verbreiteten einen Höllenlärm, indem sie mit spannenlangen Nägeln auf Metalltöpfe aller Art einschlugen. Zwischendurch tauchten neue Trommler auf, auch Sackpfeifen erklangen. Artisten in kunterbunten Kostümen schlugen Rad und jonglierten mit Fackeln. Doch dann wurde es etwas ruhiger im Getümmel: Würdigen Schrittes kamen die Stadtbediensteten daher, die Schreiber und Zöllner, Münzer, Wiegemeister und Wächter. Henricus Prutze war unter ihnen. Er wusste zwar vor Arbeit derzeit nicht, wo er beginnen sollte. Aber er hatte sich trotzdem die Freiheit genommen, nach Hause zu eilen, sein kostbarstes Buch zu nehmen und es jetzt wie einen Schatz im Arm zu tragen. Man sollte sehen, dass er ein gebildeter Mann war, des geschriebenen Wortes mächtig. Stadtphysikus Johannes Scheitel schritt neben ihm. Der Doktor hatte sich bei einem geschickten Schreiner einen mannshohen Äskulapstab schnitzen lassen und stampfte damit bei jedem Schritt forsch auf den hart gefrorenen Boden. Der Bote, der ihn zu Hans Zöllig rufen sollte, hatte Scheitel am Morgen nicht angetroffen. Scheitel ahnte noch nichts von dem Unheil, das in der Knieperstraße seinen Lauf nahm.

Und schließlich folgte das Heer der einfachen Leute: Die Fischer und Bauern, Tagelöhner und Träger, Köchinnen und Kutscher, Knechte und Mägde tanzten schon auf der Straße. Die Dirnen mischten sich unter dieses graue Volk wie bunte Blüten auf einer staubigen Wiese. Bettler und Versehrte bildeten den Schluss des Zuges, humpelten auf Krücken oder wurden auf niedrigen Wägelchen gezogen. Sie hielten die Hände bittend links und rechts auf. Und ganz am Ende, als wollte er sie alle zusammentreiben mit seinem Knüppel, ging Lukas Twen, begleitet von seinem schwarzen Hund. Er wusste nicht, ob es ihm zustand als Fronknecht, sich an diesem öffentlichen Spektakel zu beteiligen. Aber er spürte unbändige Lust, Musik und Lachen, klare Luft und hellen Sonnenschein in sich aufzusaugen. Den Knüppel hatte er geschultert, um sich eine Art halbamtliches Aussehen zu geben. Sollten die Leute die Nase rümpfen, dass er im Zug mitging, könnte er immer noch sagen, er sei die stete Mahnung der Obrigkeit, sich ordentlich zu benehmen und die Gesetze zu achten.

Ein Stück voraus sah er Katharina tanzen in der Menge. Sie fiel mit ihrem bunten Kleid und dem hellen Haar sofort ins Auge. Es wärmte ihm jedes Mal das Herz, wenn er einen Blick auf sie erhaschen konnte. So ein Blick wärmte mehr noch als der neue wollene Umhang, den sie ihm geschenkt hatte und den er heute mit dem Stolz eines Königs trug. Er musste ihr unbedingt noch danken für dieses Geschenk. Wie hatte er nur so töricht sein können und es zurückweisen wollen, weil es ihm zu kostbar schien für einen erniedrigten Kerl wie ihn. Erst als sie wegrannte, war ihm klar geworden, wie verletzend seine Zurückhaltung für Katharina gewesen sein muss. Nein, er musste das schleunigst wiedergutmachen. Er würde ihr die wärmsten Worte sagen, die ihm in den Sinn kamen, ihr erklären, was sie falsch verstanden hatte. Vielleicht konnte er sie sogar umarmen vor Dankbarkeit, ihr einen Kuss auf die Wange drücken. Daran war nichts anzüglich, das war eine – eher brüderliche – Geste. Dagegen konnte sie doch wohl nichts einwenden. Er konnte ihr seine Dienste als Beschützer anbieten. Nur so von Weitem ein Auge auf sie haben, ohne ihr natürlich die Kunden zu verscheuchen. Sonst setzte es wieder Hiebe von der kleinen Stupe-Beke.

Vielleicht tanzte Katharina heute sogar mit ihm! Lukas musste lachen bei diesem verwegenen Gedanken. Heute konnte er Katharina zum Tanz führen, ohne ein Gasthaus betreten zu müssen, in dem er als Fronknecht nicht gelitten war. Ohne sich vor der Zeche zu fürchten, die seine bescheidene Barschaft auffraß. Denn heute spielten die Musikanten auf der Straße, heute tanzte das Volk durch alle Gassen. Warum sollte er die schöne Katharina da nicht auch einmal im Kreise drehen! Meine Güte, wann hatte er das letzte Mal getanzt? Als Student in Wittenberg, bevor der neue Glaube und der Krieg von ihm Besitz ergriffen hatten. Was war das alles weit weg. Nur für einen Tag sollten all die bösen Erinnerungen, all die Schmach, Enttäuschung und Bitterkeit von ihm abfallen. Ja, heute war ein Tag wie gemacht für einen Mann wie ihn!

Auf den Märkten zerstreute sich der Umzug allmählich. Die Leute hatten Hunger auf Zuckerwerk und Pfeffernüsse, auf gebrannte Mandeln und Würste mit Kohl. Das Geschiebe und Gedränge zwischen den Ständen war unbeschreiblich. Vor den Bühnen des fahrenden Volkes blieben die Zuschauer in großen

Trauben hängen, applaudierten ausgiebig, wenn ihnen die Darbietungen gefielen, pfiffen und johlten unbarmherzig, wenn das nicht der Fall war. Auf dem Verkündigungsstein neben dem Pranger stand ein junges Paar nach dem nächsten und gab Verlöbnisse oder Kindstaufen bekannt. Fastnacht war ein beliebter Zeitpunkt dafür. Ein Grund mehr, sich zu Schmaus und Tanz zu treffen. Die Hochzeit wurde dann meist zu Ostern gefeiert, wenn die Fastenzeit vorbei war.

Lukas reckte sich hierhin und dorthin, doch trotz seiner Größe konnte er Katharina nirgends mehr entdecken. Dann fiel es ihm siedend heiß ein: Sie war eine Hure, sie musste an diesem Tag Geld verdienen. Der Gedanke, dass sich gerade ein wildfremder Mann ihres Körpers bediente, widerte ihn an. Wütend ballte er die Fäuste um seinen langen Knüppel. Am liebsten hätte er ihn dem erstbesten Kerl auf den Schädel krachen lassen.

Eine Schar junger Mädchen mit Tiermasken kam auf ihn zugerannt. Eine Jungfer stieß ihn im Vorbeilaufen an und stürmte übermütig lachend weiter. Fast hätte er den Knüppel über sie geschwungen, doch Lukas besann sich im letzten Augenblick. Heute ist Fastnacht! Wo ist sie hin, deine gute Laune, alter Brummbär, schalt er sich selbst. Dann pfiff er seinem Hund, der eifrig zwischen den Ständen nach heruntergefallenen Leckerbissen schnüffelte, und trollte sich Richtung Scharfrichterhaus. Der Tune hatte bestimmt zu tun für ihn. Er durfte nicht vergessen, wo jetzt sein Platz war. Auch nicht an einem Festtag wie diesem.

»Na los, Meister Prutze, wir verstecken uns einfach in der Menge und trinken noch einen Becher schönen warmen Würzwein.«

»Nein, nein, mein Herr Dr. Scheitel, beim besten Willen: Die Arbeit wartet auf mich. Wenn ich nicht bald anfange, den Berg abzutragen, erschlägt mich eine Lawine.«

»Eine Lawine aus Pergament hat noch keinen erschlagen. Heute ist Fastnacht, mein lieber Prutze! So eine Gelegenheit kommt nicht so bald wieder.« Der Stadtphysikus versuchte, seinen Freund am Ellenbogen zum Weinschenk hinüberzuziehen, dessen köstlich duftender Kessel Würzwein langsam auf einem kleinen Feuer vor sich hin dampfte.

Der Gerichtsdiener stieß einen tiefen Seufzer aus und Scheitel dachte bereits, er hätte gewonnen. Doch Henricus Prutze entwand ihm den Ellenbogen und schüttelte den Kopf.

»Nein, mein Lieber, und noch einmal nein! Ich muss dringend ins Scharfrichterhaus. Dort stapeln sich die Gefangenen und ich muss die ausgefertigten Urteile hinschaffen. Der Tune wird tobsüchtig, wenn ich ihm nicht ein paar Sünder abnehme. An einem Tag wie heute geht es in der Fronerei drunter und drüber.«

»Ach, was geht uns heute der Tune an. Hol ihn doch der Henker …« Scheitel lachte aus vollem Halse über seinen eigenen Scherz. Doch dann kam er ins Grübeln. Schließlich nahm er den alten Gerichtsdiener nochmals beim Arm und zog ihn ein wenig aus dem Gewühl.

»Ihr sagt, im Scharfrichterhaus geht es heute drunter und drüber?«, fragte Johannes Scheitel.

»Ja, das könnt Ihr mir glauben. Das ist immer so, wenn die Stadt in Tollheit verfällt«, antwortete Prutze mit heftigem Kopfnicken.

»Meint Ihr, der Tune hat noch alles im Auge, was in seinem übervollen Turmhaus passiert?«

Prutze schaute dem Stadtphysikus ins Gesicht. Was meinte der mit dieser seltsamen Frage? Scheitel half ihm schnell auf die Sprünge: »Ich meine, bemerkt er jeden, der aus und ein geht und wer mit wem redet? Vielleicht bekommen wir in all diesem Getümmel Gelegenheit, Ursula Blomenow zu sprechen.«

Henricus Prutze riss vor Überraschung den Mund auf. Ein gewagter Gedanke, aber einen Versuch wert, befand er dann. »Man könnte den Tune in Amtsgeschäfte verwickeln. Aber ob Ihr in die Zelle vordringt, scheint mir recht ungewiss«, sagte er.

»Trotzdem, lasst es uns versuchen. Heute ist Fastnacht, da sind die Geister losgelassen. Vielleicht stehen sie uns hilfreich zur Seite bei dieser Unternehmung«, meinte Dr. Scheitel gut gelaunt.

Der Würzwein war vergessen. Sogleich machten sich die beiden Männer auf den Weg. Henricus Prutze führte eine prall mit Pergamenten gefüllte Tasche bei sich. Sie eilten die Mönchstraße entlang und bogen nach links in die Heilgeiststraße ein. Doch es war schwer, dort zügig vorwärtszukommen, denn überall war viel Volk unterwegs. Sie beschlossen, sich durch die kleinen Gassen zu schlängeln. In Richtung Kuttlosestraße begegnete ihnen ein eng umschlungenes, lachendes Paar. Die Frau trug eine gelbe Haube.

»Im Hurkuffen der Stupe-Beke herrscht heute Hochbetrieb«, murmelte Dr. Scheitel und grinste zu

Henricus Prutze herüber. Der nickte zustimmend und schritt zügiger aus, als wäre er von dem Thema peinlich berührt. Gerade, als das Scharfrichterhaus in Sichtweite kam, eilte ihnen aus der Kuttlosestraße ein Mann entgegen. Sie erkannten sich sofort.

»Gott zum Gruße, Herr Vollrath. Wie ich sehe, habt Ihr Eure Herzschwäche überwunden und freut Euch wieder des Lebens«, schmetterte der Stadtphysikus dem Ratsherrn entgegen. Der feiste Weinhändler lief puterrot an und nickte einen verlegenen Gruß in ihre Richtung. Dann warf er sich schnell die Kapuze seines Mantels über den Kopf und zog sie tief ins Gesicht. Ohne ein Wort flüchtete Gottschalk Vollrath in die entgegengesetzte Richtung.

Jetzt musste auch Prutze lächeln. »Der fühlte sich aber ertappt«, stellte er mit fein gespitzten Lippen fest.

»Ein schlechtes Gewissen ist kein gutes Ruhekissen. Und ein ehrbar verheirateter Mann sollte sich eben nicht in einem unehrenhaften Haus herumtreiben«, kommentierte Scheitel. »Es ist doch mal ganz interessant, wenn man unseren obersten Hexenjäger privat trifft. Der tugendsame Ratsherr beweist also nicht nur bei der Verfolgung der Frauen Blomenow Leidenschaft …«

Das Lachen blieb ihnen im Halse stecken, denn das Thema war viel zu ernst. Der Tag des Gottesurteils rückte unausweichlich näher. Sie wussten von Lukas Twen, dass sich der Gesundheitszustand von Elisabeth Blomenow nicht wirklich gebessert hatte. Aber einen Aufschub für das Tauchen im Strelasund würden sie wohl kaum erwirken können. Machtlos mussten sie zusehen, wie die traurige Geschichte um das tote Neugeborene wahrscheinlich unaufgeklärt blieb.

Die beiden Männer schwiegen sich aus, bis sie das Scharfrichterhaus erreicht hatten. Tatsächlich herrschte dort Chaos. Im Hof lungerten einige Gestalten umher. Man wusste nicht recht, ob sie zu der Bürgerwehr gehörten, die heute den Fronvogt unterstützen sollte, oder ob es Angeklagte waren, die wegen kleinerer Verfehlungen auf ihr Urteil warteten. Eben polterte Martin Tune aus dem Haus heraus. Er schleifte am Kragen einen jungen Kerl mit sich, der ein blaues Auge hatte, aus dem Mund blutete und kaum hinterherkam.

»Wulf!«, schrie der Scharfrichter schon auf der Treppe nach seinem Sohn. »Wulf, du saublöder Bengel, wo steckst du?«

Kurz hinter seinem Vater kam Wulf Tune aus dem Haus geschossen. »Hier! Ich bin hier«, schrie er. Obwohl er sofort zur Stelle war, versetzte ihm der Fronvogt mit der freien Hand eine schallende Ohrfeige.

»Bring den Kerl auf den Alten Markt an den Pranger. Ein Tag lang wegen lästerlicher Reden über die Obrigkeit!«, schnauzte der Tune seinen Sohn an und schleuderte ihm den blutig geschlagenen Burschen in die Arme: »Nimm einen Strick und binde ihm die Hände, damit er dir im Gewühl nicht davonrennt.«

Wulf rieb sich die brennende Wange und nickte stumm.

»Na los, oder brauchst du noch eine auf die andere Backe?«, fuhr ihn der Tune an. Sofort rannte Wulf über den Hof zum Stall, den Verurteilten mitzerrend. Dort griff sich der Junge ein Seil und schlang es ihm in Windeseile um die zusammengelegten Hände. Der Scharfrichter grunzte zufrieden und schaute sich im Hof um, was als Nächstes zu tun sei. Dabei entdeckte er den Gerichtsdiener und den Stadtphysikus.

»Euch kann ich hier brauchen, Prutze«, kam Martin Tune mit ausgestrecktem Zeigefinger auf den Gerichtsdiener zu. »Euch nicht, Scheitel!«, fügte er schnell an und setzte dem Stadtphysikus den Zeigefinger auf die Brust.

»Dr. Scheitel, wenn es beliebt«, antwortete der Angesprochene, wobei er das »Doktor« scharf betonte. Dann schob er Tunes Zeigefinger energisch zur Seite. Der Scharfrichter glotzte ihn wortlos an, wich jedoch keinen Schritt.

»Der Herr Stadtphysikus begleitet mich heute auf allen meinen Wegen, denn der Rat will sich ein Bild von den Vorgängen während der Fastnacht machen. Dazu gehört auch Auskunft über die Zahl der Verletzten und die Art ihrer Verletzungen«, erfand Henricus Prutze aus dem Stehgreif und schob sich vorsichtig zwischen die beiden. Der Tune starrte Scheitel noch einen Augenblick drohend an, dann wandte er sich ab.

»Kann gerne gucken und zählen, der Doooktooor Scheitel, wenn es dem Rat beliebt«, polterte er dann über die Schulter. »Soll aber nicht im Wege stehen, sondern lieber aufpassen, dass er nicht selbst zu Schaden kommt. Wir können hier heute nicht zimperlich sein und für niemanden garantieren.«

Wulf Tune stürmte an ihnen vorbei und zog das

Lästermaul, das seine vorwitzige Zunge am Pranger bereuen sollte, wie ein Stück Vieh am Strick hinter sich her. Gleichzeitig näherte sich von draußen Lärm. Eine schrille Frauenstimme durchbrach das Gemurmel der Männer rundherum. Lukas betrat den Hof des Scharfrichterhauses, an jeder Hand ein sich windendes und keifendes Frauenzimmer hereinziehend. Er baute sich in ganzer Größe vor dem Fronvogt auf und hielt die zappelnden Weiber mit eisernem Griff am Oberarm gepackt: »Überführt der Winkelhurerei. Stammen beide nicht aus der Stadt«, informierte er knapp. Der Tune stemmte die Fäuste in die fetten Seiten und schielte zum Twen hinauf. Dann musterte er die beiden Frauen, deren Widerstand unter dem Blick des Scharfrichters sichtlich nachließ.

»Hast sie selbst ausprobiert? Nehmen wahrscheinlich nur den halben Preis«, sagte Martin Tune mit einem gefährlichen Glitzern in den Augen.

Doch Lukas ließ sich nicht provozieren. »Sind mir von Gerichtsdiener Monnick übergeben worden. Aufgegriffen in der Mauerstraße. Angezeigt von der Dänisch-Grete«, berichtete er ohne Umschweife.

»Und wo soll ich jetzt hin mit euch, ihr beiden Hübschen?« Der Tune richtete seine Aufmerksamkeit auf die jüngere der beiden. Dann schnellte seine Faust vor und schlug ihr unvermittelt vor die Brust, so dass die Frau nach hinten taumelte und nach Luft schnappte.

Johannes Scheitel wollte ihr sofort zur Hilfe eilen, doch Henricus Prutze hielt ihn am Mantel fest. Es schien ihm ratsamer, die Situation aus einiger Entfernung zu beobachten, als sich in die Amtsgeschäfte des Tune einzumischen. Der Gerichtsdiener war eher an die rauen Sitten gewöhnt, die im Scharfrichterhaus herrschten.

Auch Lukas zeigte keine Reaktion. Er hatte die Frau nicht einen Augenblick losgelassen. Jetzt richtete er die vor Schmerz Keuchende langsam wieder auf, indem er sie am Arm nach oben zog. Dabei ließ er seinen Herrn nicht einen Augenblick aus den Augen und versuchte zu erraten, welche Teufelei nun folgen würde. Tunes Wutausbrüche waren unberechenbar. Gerade an einem so arbeitsreichen Tag wie heute.

Die beiden Winkelhuren, die sich in der Fastnacht ein paar Münzen dazuverdienen wollten, zeigten keine Spur von Widerspenstigkeit mehr. Der Tune drehte sich langsam einmal um sich selbst und musterte schweigend alle Umstehenden. Dann brüllte er los: »Ich habe keinen Platz für euch gottverdammte Dirnen! Ich kann euch höchstens noch in den Schweinekoben sperren.« Mit einer unvermutet schnellen Bewegung trat er der zweiten Frau in den Bauch. Auch sie sackte in sich zusammen, doch Lukas hielt sie fest.

Alle zogen die Köpfe ein. Die Brutalität des Fußtritts hatte jeden erschreckt. Niemand wollte den Zorn des Fronvogts auf sich ziehen. Lukas blieb still stehen, die wimmernden Frauen fest gepackt.

»Zu den Hexen«, entschied Martin Tune schließlich knapp und zuckte mit dem Kopf Richtung Turmhaus.

Lukas schüttelte kurz den Kopf. »Kein Schlüssel«, gab er zurück.

Die Schlüssel für die Zellentüren trug allein der

Fronvogt bei sich. Hatten seine Knechte dort zu tun, schloss er in der Regel selbst auf und wieder zu. Nur selten rückte er einen Schlüssel heraus.

Der Tune starrte seinen Knecht noch ein Weilchen lauernd an, dann hakte er das große Bund vom Gürtel. Wortlos warf er es Lukas Twen vor die Füße. Der legte die Handgelenke beider Frauen in seine rechte Pranke und zog sie halb hinter seinen Rücken, aus der Reichweite von Tunes Fäusten und Tritten. Dann bückte er sich langsam zum Schlüsselbund hinunter. Während er mit der freien Hand danach griff, ließ Lukas den Blick nicht von Tune. Wenn der jetzt mit einer ebenso schnellen Bewegung wie vorhin bei der Winkelhure nach seinem Kopf trat, musste er blitzschnell ausweichen. Die beiden Männer maßen sich mit den Augen.

In denen des Scharfrichters stand deutlich geschrieben, dass er es genoss, wenn sein riesiger Knecht den Rücken vor ihm beugte. Nur allzu gerne hätte er jetzt ein starkes Holz oder ein klobiges Eisen auf diesen Stier niedersausen lassen. Oder noch besser: ein scharfes Schwert. Schließlich konnte er, Martin Tune, es sogar mit durchgedrehten, besessenen Stieren aufnehmen, wie er erst kürzlich in Lüssow bewiesen hatte. Dagegen war der doch ein Kälbchen. Nein, ein saublöder Ochse, dem das Genick gebrochen gehörte. Genüsslich überließ sich Tune der Vorstellung, wie er Twen die bloßen Arme um den Hals schlingen und ihn zu Boden ringen würde, bis dessen Genick brach. Dann drang das Heulen der beiden ertappten Winkelhuren in sein Bewusstsein.

Der Blick des Scharfrichters klärte sich wieder. »Schließ sie weg! Aber schnell«, bellte er.

Alle im Hof schienen sich zu entspannen. Lukas beeilte sich, die Frauen ins Turmhaus zu bringen. Henricus Prutze ließ Scheitel los und eilte auf Tune zu. Er verwickelte ihn lautstark in ein Gespräch über die Urkunden, die er in der umgehängten Tasche mitbrachte. Ohne seine Rede zu unterbrechen, warf er noch einen schnellen Seitenblick auf Scheitel. Der Stadtphysikus verstand sofort: Die Gelegenheit konnte nicht günstiger sein. Ohne großes Aufsehen eilte er hinter Tunes Rücken Lukas Twen ins Turmhaus nach.

Lukas stellte die beiden Frauen vor die Zelle von Elisabeth und Ursula Blomenow und hieß sie mit einer Handbewegung, ruhig zu warten, bis er den richtigen Schlüssel gefunden und die Tür geöffnet hatte. Die beiden heulten leise vor sich hin. Dass ihr Ausflug nach Stralsund so enden würde, hatten sie nicht geplant. Sie wollten sich im Festgetümmel ein paar betrunkene Männer suchen, um sie in dunklen Hausecken oder Torbögen schnell im Stehen zu bedienen und abends mit gutem Verdienst nach Hause heimzukehren. Vielleicht konnten sie dem einen oder anderen auch noch unbemerkt die Geldkatze stiebitzen. Die Kerle abzulenken, war schließlich kein Kunststück. Ihre Familien daheim würden sich freuen über einen satten Zuverdienst und nicht lange fragen, woher das Geld kam. Lief es gut, hätten sie bis Ostern ausgesorgt. Und dann fand sich wieder Arbeit auf den Feldern. Dass Winkelhurerei in Stralsund streng verfolgt wurde, hatte sich natürlich herumgesprochen. Aber wer wollte die Verbote des Rates schon überwachen an einem Tag wie diesem? Die beiden Abenteurerinnen hatten nicht mit der Wachsamkeit der Stralsunder Huren gerechnet. Sie verteidigten eifersüchtig ihre Pfründe.

»Ist da wirklich eine Hexe drin?«, fragte jetzt die jüngere der beiden ängstlich und versuchte, mit der Schulter ihre laufende Nase abzuwischen. Lukas antwortete nicht.

»Ich lass mich nicht mit einer Hexe einsperren«, meldete sich nun auch die ältere zu Wort. Lukas warf ihr einen finsteren Blick zu, sprach aber immer noch kein Wort. Die Gelegenheitshure legte das als Schwäche des Fronknechtes aus. Sie versuchte ein schiefes Lächeln und flüsterte: »Du kannst uns immer noch laufenlassen. Ich lass dich auch umsonst ran. Und meine Freundin auch, wenn du uns beide willst.«

Die junge Frau neben ihr schniefte heftig und fing schon wieder an zu heulen. Entmutigt ließ sich die andere gegen die Wand fallen.

Lukas hatte endlich den Schlüssel gefunden und stieß die Kerkertür auf. Jetzt bemerkte er Schritte hinter sich und hob den Kopf: Dr. Scheitel kam auf leisen Sohlen die Treppe herauf.

»Ich fand, die Gelegenheit ist günstig und ich könnte mich mal nach dem Zustand der Beschuldigten Elisabeth Blomenow erkundigen.« Mit diesen Worten wollte er an Lukas vorbeischlüpfen in die Zelle. Doch der legte schnell einen Arm quer vor den Eingang. Von oben sah er auf den Stadtphysikus hinunter.

»Hat der Tune das genehmigt?«, fragte Lukas.

Scheitel biss sich auf die Lippen. Er hätte wissen müssen, dass der Twen nicht so einfach auf eine List hereinfiel.

Lukas ließ ihm Zeit, sich eine Antwort zu überlegen. Einstweilen zerrte er die beiden Winkelhuren in die Zelle und löste endlich seinen Griff von ihren Handgelenken. Dann trat er zurück auf den Flur zu Dr. Scheitel und zog die Kerkertür fast zu.

Der Stadtphysikus entschied sich zu Offenheit. Bislang war Lukas Twen in dem Bemühen, die Wahrheit ans Licht zu bringen und Elisabeth Blomenow am Leben zu erhalten, eher ein Verbündeter für sie gewesen.

»Ich will ehrlich sein«, bekannte er: »Uns läuft die Zeit davon, die Untersuchung mit Hilfe der Logik und des gesunden Menschenverstandes zu Ende zu bringen. Wir werden nie erfahren, durch wessen Hand das Enkelkind von Hans Blomenow tatsächlich ums Leben gekommen ist, wenn die Großmutter erst dem Gottesurteil unterzogen wird. Ich habe mich wirklich bemüht, die Wahrheit ans Licht zu bringen, aber alle Nachforschungen blieben bisher umsonst. Wir haben nicht einmal herausfinden können, wer der Geliebte von Ursula war.«

Johannes Scheitel unterbrach sich, denn in dem bislang unbewegten Gesicht des Fronknechtes veränderte sich etwas. Lukas ließ zum ersten Mal den Blick von ihm und schüttelte langsam den Kopf. »Warum ist das von Interesse, wer der Vater des Kindes ist?«, fragte er leise.

»Weil er ein Motiv haben könnte, die Frucht der

außerehelichen Beziehung zu beseitigen«, antwortete Scheitel, einer Eingebung folgend.

»Aber die Schande trägt ohnehin allein die Mutter. Der Kerl kann sich im Wirtshaus sogar noch damit brüsten, dass er das Mädchen geschwängert hat«, hielt Lukas dagegen.

Dr. Scheitel musste schmunzeln: »Ihr denkt wie ein ...« Er wollte Henkersknecht sagen, besann sich aber eines Besseren. »... wie ein Mann aus dem einfachen Volke. Nehmen wir jedoch mal an, es handelt sich um einen hochgestellten Bürger. Es würde bekannt, dass ein uneheliches Kind von ihm in der Stadt herumläuft. Die Mutter könnte ihn um Geld erpressen, damit sie seine Vaterschaft nicht preisgibt. Oder das Kind könnte dereinst selbst Ansprüche anmelden, wenn es die Mündigkeit erreicht hat. Verkehrt man in den höheren Kreisen, könnte die Frucht solch einer unglücklichen Liebelei durchaus ins Gewicht fallen.« Das war doch alles sonnenklar. Scheitel wunderte sich über sich selbst, warum sie bisher gar nicht über solche Motive nachgedacht hatten.

Lukas überlegte einen Moment. »Ein hochgestellter Bürger also. Oder ein reicher Erbe. Vielleicht auch der nahe Verwandte eines Patriziers und Ratsherren?«, sagte er dann langsam und mit gesenkter Stimme.

Der Stadtphysikus hob den Kopf und forschte in Twens Gesicht. Das klang ja, als wüsste der Kerl etwas über die Abstammung des toten Kindes. Aufgeregt holte er tief Luft und wollte nachfragen. Doch Lukas hob abwehrend eine Hand.

»Habt Ihr manchmal im Heilgeisthospital zu tun, Herr Stadtphysikus? Dort wohnen die absonderlichsten Gestalten. Ich sah jüngst in der Hütte einer verwirrten alten Frau seltsame Dinge, die sie gesammelt hat. Und unterm Bett hütet sie ihren größten Schatz – eine Puppe, die sie für ihr Kind hält. Oder für das Kind einer anderen Frau, die ihr eine barmherzige Stütze gewesen ist. Nehmen wir mal an, eine junge Frau aus einfachen Verhältnissen …«

Angespannt trat Johannes Scheitel von einem Fuß auf den anderen. Er witterte, dass er vielleicht gerade einen neuen Faden der Geschichte zu fassen bekam. Einen Faden, dem man unbedingt folgen sollte. Der Twen gab ihm hier Hinweise, die von größter Wichtigkeit waren. Aber warum erzählte der Kerl nicht weiter? Wo lagen Twens Bedenken? Traute er ihm nicht? Oder wollte des Henkers Knecht, dass er selbst auf die Antwort kam? Scheitel musste also mitdenken.

Er formulierte es als vorsichtige Fragen: »Nehmen wir mal an, die junge Frau brachte ihr Essen? Ein wenig Kleidung? Andere Almosen. Und natürlich Trost. Sagtet Ihr nicht, die seltsame Alte bewohnt im Heilgeisthospital eine eigene Hütte? Könnte es sich also um ein Mündel der Stadt handeln?«, nahm Scheitel den Faden behutsam auf.

Lukas nickte wortlos.

»Könnte es sein, dass die junge Almosenspenderin sich dann eines Tages verliebt? Sagen wir mal, in einen Mann, den sie im Heilgeisthospital trifft«, fuhr Scheitel fort.

»Sie kann ihn gut und gerne dort getroffen haben, denn die alte Frau kennt ihn wohl. Aber ansonsten verkehrt er nicht im Heilgeisthospital. Ich schätze mal, er hätte von sich aus nie einen Fuß dort hineingesetzt. Das wäre völlig unter seiner Würde.«

Scheitel runzelte die Stirn. Was trieb der Fronknecht da für ein Spiel mit ihm? Das wurde ihm jetzt zu bunt: »Heraus mit der Sprache, Herr Twen! Ihr wisst, wer der Vater des Kindes ist!«

Lukas hob die Hände in einer Unschuldsgeste: »Ich habe lediglich einen Verdacht, wer es gewesen sein könnte. Eher eine Eingebung. Und ich kann nichts davon beweisen. Ich sah nur eine weißblonde Locke bei einer verwirrten alten Frau.«

Die beiden Männer starrten sich an. Vor den Augen des Doktors stieg ein Bild auf: Bader Gentzkow und er untersuchen die Kinderleiche in der Diele seines Hauses. Ein in Verwesung übergehendes Neugeborenen-Körperchen mit weißblondem Flaum auf dem Kopf. Keine ungewöhnliche Haarfarbe bei einem kleinen Kind. Meist dunkelten die Haare nach, wenn es größer wurde. Aber es könnte auch eine ererbte Haarfarbe gewesen sein, die ihm sein ganzes Leben erhalten geblieben wäre. Ursula Blomenow jedenfalls hatte dunkelbraunes Haar. Ihre Mutter war ebenfalls nicht blond.

Er musste das schnellstmöglich mit dem Prutze bereden. Kannten sie jemanden mit weißblondem Haar? Konnte man einen angesehenen Stralsunder Bürger allein aufgrund seiner Haarfarbe verdächtigen? Die Gedanken jagten sich in seinem Kopf. »Ich muss noch einmal mit Ursula reden. Deswegen bin ich heute hier eingedrungen«, brachte Johannes Scheitel nun endlich sein Anliegen auf den Punkt. Plötzlich hatte er es sehr eilig.

Doch Lukas legte wieder den Arm vor die Zellentür. Traurig schüttelte er den Kopf: »Glaubt mir, das hat keinen Zweck. Ich sehe sie täglich und ich weiß: Sie ist nicht mehr von dieser Welt.«

»Aber mit einfühlsamen Fragen …«

»Ihr habt gar nicht die Zeit für einfühlsame Fragen. Gleich kommt der Tune und verlangt seine Schlüssel zurück. Soll ich Euch etwa mit einsperren bei den Weibern da drin?«

Einen Moment überlegte der Doktor, ob das ein ernstzunehmender Vorschlag war und er sich darauf einlassen sollte. Doch Lukas sprach schon weiter: »Nicht die Tochter müsst Ihr befragen. Die Mutter hat den Teufel gesehen!«

Noch einmal sahen sich die beiden Männer in die Augen.

»Meint Ihr auch, Elisabeth Blomenow sei eine Hexe?«, fragte Scheitel.

»Es gibt auch unter den Menschen Teufel«, entgegnete Lukas schlicht.

Unüberhörbar hallte es durchs Turmhaus: »Twen! Schlüssel!«

Die Stimme des Tune überschlug sich fast vor Wut. Hatte er ihr Gespräch belauscht? Hastig schloss Lukas die Zellentür der Frauen ab und rannte an Dr. Scheitel vorbei. Mit langen Schritten nahm er die Treppe nach unten.

An der Außentür riss ihm der Tune das Schlüsselbund aus der Hand und stürmte vom Hof. Einige Männer folgten ihm. Hatte er eben richtig gesehen? Trug der Tune ein Schwert in der Hand? Lukas sah sich ratlos auf dem Hof um. Der alte Mattis starrte der Meute entgeistert hinterher, die eben davongerannt war. Lukas stellte sich zu ihm.

»Was war das denn?«, fragte er Mattis.

»Es gibt eine dicke fette Prügelei. Hinter dem Rathaus, in der Badenstraße. Eben kam ein Kerl gerannt und rief den Tune. Sein Sohn soll drinstecken«, gab Mattis Auskunft.

Jetzt hatten sich auch Scheitel und Prutze zu den beiden Fronknechten gesellt.

»Kann es sein, dass der Tune das Richtschwert mitgenommen hat?«, fragte Lukas unbestimmt in die Runde. Alle Augen richteten sich sorgenvoll auf ihn.

»Nein, nicht das Richtschwert. Er hat noch ein paar kleinere«, meinte Mattis trocken.

»Um Gottes willen, in der Stimmung, in der er heute ist, haut er einfach dazwischen«, meinte der Gerichtsdiener mit schreckgeweiteten Augen.

»Das gibt Tote«, kommentierte der Stadtphysikus.

Prutze wandte sich an Lukas: »Ihr müsst ihn aufhalten! Der haut alles kurz und klein!«

»Wieso ich?«, gab Lukas zurück.

»Weil, na weil … Seht Euch doch an!«, versuchte Henricus Prutze zu begründen, was doch völlig offensichtlich war.

»Weil Ihr der Einzige seid, der dem Tune in seiner Raserei über ist«, vollendete der Stadtphysikus den Satz. »Schnell, eilt Euch. Wir kommen mit«, setzte er hinzu.

»Ja, lauft! Rennt dem Satan hinterher und fangt ihn mit bloßen Händen!«, krähte jetzt auch der alte Mattis und brach in sein meckerndes Lachen aus. Lukas zögerte noch immer. Mattis hatte recht. Einem blindwütigen Martin Tune, der außerdem mit einer Waffe unterwegs war, konnte man unmöglich mit bloßen Händen entgegentreten. Ob da sein dicker Knüppel allein reichte? Dann entschied er sich. Mit langen Schritten ging er Richtung Stall, wo die Schlafstatt der Knechte war.

»Lauft voraus, ich hole Euch gleich ein«, rief er den Männern über die Schulter zu. Scheitel und Prutze zögerten keinen Augenblick.

Die beiden Dirnen hatten sich in die äußerste Ecke der Zelle gehockt, möglichst weit weg von den Strohsäcken der Blomenowschen. Sie weinten leise vor sich hin und wischten sich immer wieder mit den Ärmeln die Tränen ab.

Ursula lag still an der Seite ihrer Mutter. Doch Elisabeth spürte, dass sie nicht schlief. Der Körper ihrer Tochter war gespannt wie eine Feder. Zwischendurch schien sie immer wieder die Luft anzuhalten, so als wollte sie auch nicht durch den kleinsten Hauch auf sich aufmerksam machen. Wahrscheinlich hatte Ursel Angst vor den Neuankömmlingen. Elisabeth ging es nicht so. Sie empfand fast so etwas wie Freude, dass noch ein menschliches Wesen in ihrer Nähe war. Wie viele Tage hatte sie nur ihr schwachsinniges Kind und den Twen gesehen, der mit seinen Bemühungen um ihre zerschlagenen Glieder nur immer neue Schmerzen verursachte. Elisabeth richtete sich ein wenig auf und räusperte die Stimme frei. Dann fragte sie heiser: »Kommt ihr aus Stralsund?«

Die beiden Frauen antworteten nicht. Elisabeth versuchte, so freundlich wie möglich zu sprechen: »Ich habe euch in der Stadt noch nie gesehen. Aber ich bin in letzter Zeit auch nicht oft unter die Leute gekommen.« Ihr eigener Scherz entlockte ihr ein gequältes Lächeln.

Die jüngere der beiden Frauen schien zugänglicher zu sein. Sie schüttelte langsam den Kopf. Dann fiel ihr ein, dass diese Art von Antwort in der dunklen Zelle wohl nicht zu erkennen war.

»Wir kommen aus Franzburg«, antwortete sie leise. Ihre Freundin stieß sie ärgerlich in die Seite und zischte ihr zu, sie solle den Mund halten.

Doch Elisabeth gab noch nicht auf: »Und weshalb seid ihr im Scharfrichterhaus gelandet?«

Wieder entstand eine längere Pause. Dann antwortete erneut die Jüngere: »Hurerei.«

Die Blomenowsche ließ sich erschöpft zurückfallen. Dann sprach sie wie zu sich selbst: »Seit wann verfolgt man denn in Stralsund die Hurerei? Die gehört doch zu den ehrenwertesten Gewerben in unseren Mauern. Ich habe Huren gekannt, die waren die barmherzigsten und ehrlichsten Menschen, die mir je begegnet sind.«

Voller Bitterkeit sprach nun auch die ältere der beiden Inhaftierten: »Winkelhurerei!«

»Aha«, meinte Elisabeth nur. »Muss halt alles

seine Ordnung haben in dieser Stadt. Man muss fein auf einer Liste des Rates stehen und pünktlich seine Groschen und Taler in die richtigen Taschen zahlen, dann wird man auch nicht der Winkelhurerei bezichtigt.« Erneut musste sie lächeln. Nun wollte sie wissen: »Und wie heißt ihr?«

Wieder entstand eine längere Pause. Schließlich meldete sich die Jüngere: »Ida.« Die Ältere drehte mit den Augen und stöhnte entgeistert.

»Wieso soll sie nicht ihren schönen Namen sagen, gute Frau?«, fragte Elisabeth freundlich.

»Damit du sie nicht so leicht verhexen kannst!«, schleuderte ihr die Ältere entgegen.

Elisabeth musste husten und schwieg eine Weile. Dann fuhr sie leise fort: »Hat es sich also schon bis Franzburg herumgesprochen, dass ich eine Hexe bin. Wer hätte das gedacht? Da kommt doch der Name Blomenow noch einmal zu Berühmtheit. Erst wird der Hans Blomenow, Sprecher der Achtundvierziger und Aufrührer, wegen einer angeblich gestohlenen Pferdehaut aufs Rad gebunden. Dann tötet seine Tochter, die arme Ursula Blomenow, ihr unehelich geborenes Kind und wird über die eigene Tat wahnsinnig. Und schließlich erweist sich die Mutter Elisabeth Blomenow als Hexe. Das passt doch alles wunderbar. Dieser Name wird so bald nicht vergessen werden in der stolzen Hansestadt Stralsund. Da werden noch die Sänger auf den Märkten landauf, landab gar schaurige Balladen drüber zu singen wissen.«

Die beiden Winkelhuren hatten aufgehört zu weinen. Sie saßen völlig erstarrt in ihrer Ecke und wagten kaum zu atmen. Elisabeth fuhr in einem heiseren Flüstern fort, als spräche sie zu sich selbst: »Ich weiß aber auch noch ein anderes Lied. Es handelt von einem aufrechten Mann namens Hans Blomenow, Sprecher der Achtundvierziger, weil er die Sprache des Volkes sprach. Er kannte die Nöte seiner Nachbarn, er forderte wie sie Gerechtigkeit, wie unser HERR Jesus Christus sie lehrt. Und nicht, wie die feinen Ratsherren sie für sich beanspruchten. Er forderte Aufhebung der Standeschranken, damit auch ein niedrig geborenes Kind die Möglichkeit bekam, durch Fleiß und Anstand zu Wohlstand und Ansehen zu gelangen. Deshalb wollte er seiner Tochter auch das Lesen und Schreiben lehren, das Rechnen und ein wenig Latein, denn zu jenen Zeiten predigte man von der Kanzel noch nicht in Deutsch. Das sollte sich bald ändern. Aber ansonsten änderte sich nicht viel in dieser Stadt. Die Aufrührer kamen selbst ans Ruder, aber sie teilten die neue Macht nicht mit denen, die ihnen ins Rathaus geholfen hatten. Sie wollten, dass alles nur so bliebe. Die armen Leute arm und die Reichen immer reicher.

Und eines Tages schickten sie ihren Teufel, der frech behauptete, Hans Blomenow betreibe unredliche Geschäfte mit wertvollen Häuten. Schlachte in der Nacht auch schon mal selbst ein Pferd ab, um es aus der Decke zu schlagen und die dem Gerber zu bringen. Der Zunftmeister Hans Blomenow habe sich mit den anderen Schustern abgesprochen, zu welchem Preis man Leder ankaufe, auf das keine Spanne mehr für die Gerber übrig bleibe. Fanden sich sogar ein, zwei bettelarme Flickschuster, die dies bestätigten gegenüber dem hohen Gericht. Und das befand dann, dass der Aufwiegler und Betrüger Hans Blomenow von unten auf gerädert gehörte. So dann auch geschehen im Mai 1532. Er hinterließ eine Witwe von noch nicht 21 Jahren, die ihr Haus verkaufen musste, um die Beerdigung zu bezahlen. Und die fortan allein für ihre vierjährige Tochter sorgte …«

Erschöpft hielt Elisabeth inne. Wann hatte sie das letzte Mal so viel geredet? Bisher hatten sich die Worte nur in ihrem Kopf geformt. Sätze, die sie aufschreiben wollte. Verteidigungsreden, einfach die Wahrheit, für die in diesen Mauern keiner ein Ohr hatte. Doch wem nützte das alles? Niemand würde ihre Worte je hören. Außer diesen armen Frauen, die man morgen wegen Winkelhurerei auf dem Markt mit dem Knüppel staupen und mit Schimpf und Schande aus der Stadt jagen würde.

»Habt ihr Kinder?«, fragte Elisabeth unvermittelt in die Dunkelheit der Zelle hinein und stützte sich stöhnend auf die Ellenbogen.

»Zwei«, antwortete zum ersten Mal die Ältere. Nach einer kleinen Pause fuhr sie fort: »Ein Junge und ein Mädchen. Der Junge ist beim Bauern als Kostgänger. Er verdient sich sein Brot schon bei den Gänsen und Hühnern. Die Kleine ist bei meiner Mutter.« Dass Elisabeth auch allein für ein Kind sorgen musste, hatte ihr Herz gerührt. Niemand wusste besser als sie, wie schwer das war.

»Ein kleiner Gänsehirt, ja?«, ermutigte Elisabeth die Frau zum Weitersprechen.

»Du solltest mal sehen, wie er den Stock über dem Kopf schwingt, wenn der Habicht kommt und eines der Gössel holen will. Da ist er ein unerschrockener Ritter. Wie der Heilige Georg. Verteidigt das Federvieh wie ein Drachentöter. Deshalb trägt er zurecht den Namen Georg.«

»Auch ein sehr schöner Name. Er wird noch manchen Drachen zu töten haben in seinem Leben.« Elisabeths angeschlagene Stimme war ganz weich geworden: »So lasst mich noch ein wenig berichten von meinem Kinde, denn es wärmt das Herz einer Mutter, darüber zu reden. Mein Urselchen war ein kluges Köpfchen, von Anfang an. Es fiel ihr leicht, die Buchstaben zu Wörtern zu ordnen. Lernte viel schneller lesen als ihre Mutter damals. Konnte auch flink rechnen. Und hatte geschickte Hände. Wir nähten so kleine Dinge aus Lederresten. Schuhchen vor allem für die Kinder. Beutelchen für Murmeln oder Fingerhut und Zwirn. Für kleine Dinge, die sonst immer irgendwie abhandenkommen im Haushalt. Und Geldkatzen für kleine Leute, damit sie ihre Kupferstückchen und Groschen zusammenhalten konnten. Ursula ging damit auf den Markt. Viele freundliche Leute kauften bei ihr. Sie war ja auch so ein heiteres Geschöpf. Immer hat sie still gelächelt.

Dann kam der Tag, wo ein hoher Herr an ihrem Stand stehen blieb. Ein strahlender Jüngling mit weißgoldenen Locken hat ihr binnen weniger Augenblicke den Kopf verdreht. Ein galanter Ritter, der sie umschmeichelte und umwarb. Ihr auf allen Wegen folgte, wo immer sie sich auch auf der Straße zeigte. Das muss ihr sehr gefallen haben. Hatte ja nicht viel Erfahrung mit Männern, mein Töchterchen. Wer gab sich schon ab mit dem Kind eines verurteilten Verbrechers und einer mittellosen Mutter ...«

»Ich will das alles gar nicht hören. Hört auf damit!«, fiel ihr die Ältere scharf ins Wort. Auch Ursula versteifte sich an ihrer Seite, bemerkte Elisabeth. Sie war in ihrer Erzählung an einen Punkt gekommen, der alle Frauen im Raum schmerzte. Denn die süße Bitternis der Liebe kannten sie alle.

»Ich hab auch zwei unehrliche Kinder geboren. Aber ich wär nie auf die Idee gekommen, sie totzumachen«, stieß die Winkelhure in ihrer Ecke hervor. In ihrer Stimme lag so viel Abscheu, dass sich eisige Kälte in der Zelle auszubreiten schien. Lange lastete Schweigen über den Gefangenen.

Dann holte Elisabeth Blomenow noch einmal tief Atem: »Sie hat ihr Kind auch nicht erwürgt. Ich allein bin schuld an dessen Tod. Ich habe ihr das winzige Leben aus dem Arm genommen, als sie schlief, völlig entkräftet und von Fieber geschüttelt. Hab das warme Bündel von ihrer Seite genommen – und es freiwillig dem Teufel ausgehändigt.«

Ihre Stimme wurde wieder hart, ohne eine Spur von Selbstmitleid: »Und deshalb gehört die Witwe Blomenow am kommenden Freitag nach der Frühmesse zum Strand hinuntergeführt, an Händen und Füßen fest gebunden und ins Wasser des Strelasunds geworfen! Und sollte es der Hexe noch einmal gelingen, aufzutauchen und nach Luft zu schnappen, so gehört sie mit langen Stangen wieder untergetaucht. Und wieder! Und wieder! Denn nur der Teufel kann ihr nach oben helfen und sie am Leben erhalten.« Elisabeth schloss die Augen und fügte leise hinzu: »Aber keine Sorge, die Hexe wird nicht lange oben schwimmen …«

Sie kreuzten gerade die Heilgeiststraße und wollten weiter Richtung Rathaus hasten, als Badermeister Dietger Gentzkow auf sie zueilte. Schon aus einiger Entfernung rief er: »Herr Stadtphysikus, endlich treffe ich Euch! Ich habe schon den ganzen Tag nach Euch suchen lassen!«

Johannes Scheitel blieb einen Augenblick stehen, bis der Wundarzt heran war. Im Weiterlaufen fragte er: »Ja, ich habe zwischendurch von meiner Magd gehört, dass Ihr einen Boten geschickt hattet. Aber dann musste ich mich beeilen, um rechtzeitig zum Umzug am Semlower Tor zu sein. Was gibt es denn so Wichtiges?«

Bader Gentzkow blieb stehen und hielt ihn mit einer bittenden Geste zurück. Sein Gesicht war nicht nur wegen der Kälte kreideweiß. Der Mann sah aus, als hätte er seit Tagen nicht geschlafen.

»Ich muss Euch dringend etwas sagen. Es geht um Fleischermeister Hans Zöllig.«

Interessiert kam auch Henricus Prutze näher, obwohl die Zeit drängte. Er gehörte zu den wenigen Männern in der Stadt, die wussten, warum Zöllig einige Wochen in Greifswald verbringen musste. Und warum er vorher mehrere Tage im Scharfrichterhaus gesessen hatte … Was hatte der Ehebrecher Zöllig denn nun schon wieder angestellt?

Gentzkow sammelte sich, ehe er zu einer Erklärung anhob: »Seine Frau ließ heute Vormittag nach mir schicken, weil er mit hohem Fieber im Bette lag. Als ich in der Knieperstraße ankam, fand ich einen todkranken Mann vor. Er wand sich in Krämpfen, glühte vor Fieber und hatte Schaum vor dem Mund. Als ich ihn näher untersuchte, fand ich Schwellungen …«

Dr. Scheitel griff nach Gentzkows Arm: »Schwellungen? Wo hatte er Schwellungen?«

»An den Leisten. Und auch unter der Achsel. Ich fürchte …« Der Bader beendete den Satz nicht.

»Ich muss den Zöllig selbst sehen. Lasst uns zu ihm eilen und ihn noch einmal untersuchen«, sagte der Stadtphysikus und ließ die Schultern sinken, als sei plötzlich jede Entschlusskraft von ihm gewichen.

Henricus Prutze mischte sich entschlossen ein: »Ihr könnt jetzt nicht in die Knieperstraße gehen. Vorher wartet noch eine schlimme Gefahr in der Badenstraße! Habt Ihr den rasenden Fronvogt vergessen? Die große Schlägerei hinterm Rathaus? Vielleicht braucht auch der Tune-Junge Eure Hilfe! Und zwar nötiger als die Schwellungen des Lebemannes Hans Zöllig!«

»Ereifert Euch nicht, Meister Prutze. Ihr habt ja recht. Kommt, Gentzkow, lasst uns erst das Schlachtfeld in der Badenstraße besichtigen. Hat der Zöllig die Pest, erfahren wir das noch früh genug«, resignierte Scheitel.

»Die Pest?« Jetzt erstarrte der alte Gerichtsdiener zur Salzsäule.

»Psssst, schreit doch nicht so«, zischte Dietger Gentzkow. »Es muss ja noch niemand hören. Es ist erst nur eine Vermutung. Und selbst wenn sich unser Verdacht beweisen ließe, bräuchte es kluge Überlegungen, wie man mit dieser Nachricht richtig umgehen sollte. Sonst löst Ihr ein heiliges Erschrecken aus, das ganz Stralsund erschüttert.«

»Richtig. Und deshalb werden wir jetzt kühlen Kopf bewahren und zunächst bei der Schlägerei nach dem Rechten sehen«, entschied der Stadtphysikus und zog den benommenen Gerichtsdiener mit sich.

Das Erste, was sie schon im Näherkommen sehen konnten, waren die roten Spuren im festgetrampelten Schnee. Sie bestätigten die schlimmsten Ahnungen. Hinter dem Rathaus wogte ein Pulk von mindestens 50 Menschen, die aufeinander einschlugen. Jeder schien gegen jeden zu kämpfen, Fronten waren nicht zu erkennen. Nur zur Mitte hin wurde die Masse dichter. Und immer mehr Menschen strömten von allen Seiten herbei, die sich an dem Schauspiel weideten. Es war abzusehen, dass sich noch etliche Raufbolde in die Schlacht stürzen würden – egal gegen wen oder um was es gerade ging.

Lukas Twen hatte Scheitel und Prutze eben eingeholt, als sie aus der Kleinschmiedstraße nach links in die Badenstraße einbogen und das Gemetzel erblickten. Der Fronknecht hatte seinen Degen aus dem Versteck geholt und umgehängt, was allen unter dem langen Umhang nicht weiter auffiel. Deutlich zu sehen war hingegen sein armlanger Knüppel, den er mehrmals drohend um das kreisende Handgelenk schwang.

Aus der anderen Richtung, der Ossenreyerstraße, preschte zur gleichen Zeit ein kleiner Trupp Berittener und Lanzenträger heran, angeführt von Gisbert von Bentkow. Auch die der Stadtwache zugeordnete Bürgerwehr war also benachrichtigt worden und eilte herbei. Wobei man nicht genau wusste, ob sie die Keilerei beenden wollte oder lieber tatkräftig mitmischen. Nur wenige der Streitenden bemerkten das Herannahen der Truppe überhaupt. Einige Kampfhähne, die am Rande aufeinander eindroschen, ließen erschrocken die Fäuste sinken und rannten weg. Und die Schaulustigen versuchten, sich vor den Pferdehufen in Hauseingänge und Gassen zu retten.

Lukas warf sich ohne langes Federlesen ins dickste Getümmel. Er ließ seinen Knüppel auf Rücken und erhobene Arme niedersausen und setzte so manchen Kämpfer außer Gefecht. Mehrere Male zog er Verwundete unter den Füßen der Raufbolde hervor und schleifte sie zum Medikus und zum Badermeister, die sich auf dem Nikolai-Hof postiert hatten. Nach und nach stießen weitere Zunftgenossen Gentzkows dazu und errichteten ein provisorisches Lazarett. Gerichtsdiener Prutze begann sofort mit der Anfertigung eines Protokolls, in dem er vor allem die Namen der Verletzten und Verhafteten festhielt.

Gisbert von Bentkow ritt mittenhinein in den Haufen und verteilte vom Sattel herab Fußtritte und Stöße mit dem Schwertknauf auf die Köpfe. Wo er hinlangte, fielen weitere Männer zu Boden und färbten den Schauplatz rot. Die Wachtruppe des Junkers sah ihre Aufgabe vor allem darin, ebenfalls die Verletzten wegzuschleppen und auf diese Weise die Masse zu zerstreuen.

Ganz im Mittelpunkt jedoch türmten sich buchstäblich die Leiber. Immer noch warfen sich Männer mit lautem Kampfschrei auf das Knäuel, das sich ächzend am Boden wälzte. Wer hier unten lag, hatte keine guten Aussichten, heile aus dem Scharmützel heimzukehren. Lukas machte sich daran, in den Haufen einzudringen. Zunächst lehnte er seinen Knüppel gegen die nächste Hauswand und streifte den neuen Umhang ab, um ihn nicht zu beschädigen. Nun fing er oben an und riss einen Kerl nach dem anderen aus dem Gewühl. Der bärenstarke Hüne schleuderte sie so weit es ging nach hinten weg. Das war sehr beeindruckend, fanden die Männer von der Stadtwache und formierten sich schnell, um ihm zu helfen. Sie empfingen die gerupften Kampfhähne, banden ihnen die Hände und setzten sie entlang der Rathausmauer unter strenger Bewachung auf den Boden.

Gisbert, hoch oben auf seiner tänzelnden Fuchsstute, war hin- und hergerissen. Am liebsten wollte er es dem Fronknecht gleichtun und ebenfalls seine Kraft unter Beweis stellen. Dafür hätte er aber vom Ross steigen müssen und sich unter das gemeine Fußvolk mischen. Und das widersprach voll und ganz der Würde, die er seinem kurzzeitig erworbenem Amte schuldete. Heute Morgen war er noch sehr erbost gewesen über den Posten, den sein Großonkel und der Bürgermeister ihm zugeschanzt hatten. Viel lieber hätte sich Gisbert mit anderen jungen Herrn aus seiner Bekanntschaft den ganzen Tag im Fastnachtsgetümmel umhergetrieben. Aber dann hatte er beschlossen, seinen blankpolierten Harnisch umzuschnallen und mitzuspielen. Wenn sie einen

Kommandanten, einen Helden wollten, sollten sie ihn bekommen! Schließlich würde er bald ein verheirateter Bürger dieser Stadt und Rittergutserbe sein.

Bis zum Abend hatte er diese Rolle auch glänzend gespielt, wobei es keine ernsthaften Zwischenfälle gab. Gerade, als er sich kurz im Artushof zum alten Lorbeer gesetzt hatte und ein Glas Wein auf seinen beschwerlichen Dienst leeren wollte, kam der Hilferuf aus der Badenstraße. Sofort war der Junker aufs Pferd gesprungen und hatte seine Heerscharen einmal um die Ecke in die Schlacht geführt.

Das Getümmel hinter dem Rathaus war auch wirklich nach seinem Geschmack, zumal er es vom Pferderücken aus bestreiten konnte und damit wenig Gefahr lief, selbst etwas abzukriegen. Aber jetzt waren alle Augen auf den Riesen aus dem Scharfrichterhaus gerichtet. Ich muss verhindern, dass ein stinkender Schinderknecht zum Helden dieser Nacht wird, dachte der Junker und gab seiner nervösen Stute ganz leicht die Sporen. Das Pferd, im ungewohnten Gedränge halb wahnsinnig vor Angst, schoss nach vorne und rannte mitten in den Haufen sich wälzender Leiber hinein. Dann stieg die Stute mit lautem Gewieher in die Höhe. Gisbert hatte Mühe, sich auf ihrem Rücken zu halten. Doch schon ließ sie die Vorderhufe wieder fallen – mitten hinein in Gesichter und Körper.

Von allen Seiten erklangen Schreckensrufe. Lukas hatte das durchdrehende Ross aus den Augenwinkeln bemerkt. Die Stute kam unmittelbar neben ihm wieder herunter. Er griff beherzt nach ihrem Zaumzeug und zwang ihren schönen Kopf in seine Richtung. Dann holte er zu einem gewaltigen Schlag aus. Seine Faust traf krachend auf ihre Schläfe. Der Fuchs stand augenblicklich still, dann knickten seine Beine ein und er sackte benommen zu Boden. Geistesgegenwärtig riss sein Reiter die Füße aus den Steigbügeln und rollte sich zur Seite weg, um nicht unter dem schweren Leib begraben zu werden.

Die fallende Stute hatte auch die letzten Kämpfer ernüchtert. Wer noch laufen konnte, humpelte eiligst davon – direkt in die Arme der Stadtwache hinein. Den Rest erledigte Lukas. Er zerrte einen Raufbold nach dem anderen auf die Beine. Am Ende blieben zwei Körper übrig: Martin Tune, das Schwert in der Faust, lag mit dem Rücken nach oben. Und unter ihm sein Sohn Wulf, den zertrümmerten Schädel in einer Lache aus Blut.

Lukas wusste nicht, ob der alte Tune noch am Leben war. Als er die Hände unter dessen Achseln steckte, um ihn aufzurichten, hörte er ein wütendes Knurren. Der Scharfrichter sprang mit ungeahnter Behändigkeit von selbst auf die Füße. Er schien nicht einmal verletzt, denn er richtete sein Schwert sofort auf seinen Knecht. Der hob beschwichtigend die Hände, doch der Tune unterschied nicht mehr zwischen Freund und Feind. Er stürmte mit gesenktem Kopf und ausgestrecktem Schwertarm auf Lukas zu. Der zog blitzschnell seine Waffe aus der Scheide und parierte den Angriff.

Das Klirren der Klingen schien die Raserei des Scharfrichters weiter anzufachen. Wütend drehte er sich einmal um sich selbst und ließ sein Schwert durch die Luft zischen, nur Millimeter von Twens Bauch entfernt. Der hatte gerade noch rechtzeitig einen Satz nach hinten gemacht und schlug erneut die Klinge des Henkers weg. Im Nu entbrannte ein erbitterter Kampf zwischen den beiden. Während Tune einen mörderischen Angriff nach dem nächsten unternahm, wehrte Twen die Schläge nur ab, zeigte dabei aber die Aufmerksamkeit und Geschicklichkeit eines erfahrenen Kämpfers. Er hütete sich, seinen Dienstherrn ernsthaft zu bedrängen, musste aber alle Kraft aufbringen, um den aberwitzigen Hieben Paroli zu bieten. Der Scharfrichter hatte die stärkere und längere Waffe. Schon deshalb musste Lukas besonders auf der Hut sein.

»Ich werde dir zeigen, wer hier der Herr ist!«, brüllte der Tune und rollte furchterregend die rot unterlaufenen Augen. Dann stürmte er erneut gegen Lukas an. Der verkniff sich jede Antwort und wich mit einer geschickten Drehung des Körpers dem Schlag aus. Martin Tune rannte ins Leere, was ihn noch wütender machte.

Längst hatte sich ein Ring um die beiden Kämpfenden gebildet. Nicht nur die Männer von der Stadtwache sahen zu. Immer mehr Schaulustige näherten sich, die sich die Spuren der großen Schlägerei ansehen wollten.

»Dafür landest du auf dem Rad, Twen!«, schrie der Scharfrichter erneut. »Erhebst die Waffe gegen deinen Herrn.« Ein Raunen ging durch die Menge. Tatsächlich: Wie kam ein Fronknecht dazu, eine Waffe zu tragen?

Jetzt mischte sich auch Gisbert von Bentkow ein. Er hatte seine Stute wieder auf die Beine gezerrt und ein Stück weggeführt. Er würde das Tier mit der

Armbrust erschießen, hatte er gerade beschlossen, als der Zweikampf begann. Da wurde er sich wieder seiner Rolle als Kommandierender der Bürgerwehr bewusst und drängte sich durch den immer dichter werdenden Ring der Gaffer ganz nach vorne. »Ergreift ihn!«, befahl er mit lauter Stimme.

Seine Leute sahen ihn ratlos an. Wen sollten sie jetzt ergreifen? Den tollwütigen Henker, der blindlings um sich schlug? An den wagte sich niemand heran. Wenn dem einer Einhalt gebieten konnte, dann nur der riesige Twen.

»Ergreift ihn, ihr Dummköpfe! Ergreift den Fronknecht!«, keifte Junker von Bentkow und stampfte wütend mit dem Fuß auf. Doch noch immer reagierte niemand auf seine Anweisung. Da zog Gisbert selbst die Klinge und stürmte in den Kreis hinein.

Ein Aufschrei ging durch die wogende Menge der Zuschauer. Lukas wirbelte herum und stellte sich zunächst dem Junker, der ihn in seinem Kampfeifer fast ansprang. Lukas beantwortete drei seiner Schläge, dann holte er mit der Linken aus und ließ seine Faust auf Gisberts Kinn krachen. Wie zuvor seine Stute ging nun auch der Junker zu Boden. Schon lachten die Leute über das ähnliche Schicksal von Pferd und Reiter. Seine Männer zogen von Bentkow schnell aus dem Kreis der Schaulustigen, damit er nicht noch mehr Schaden nahm.

Der vor Anstrengung keuchende, blindwütige Martin Tune ließ sich von diesem Geschehen kaum beeindrucken. Er holte erneut gegen Lukas aus – und diesmal traf er. Seine Schwertspitze durchtrennte Twens Waffenrock am rechten Ärmel und schlitzte die Haut einen Finger lang auf. Sofort sickerte Blut aus der Wunde. Lukas griff kurz nach dem verletzten Arm, dann entschloss er sich zum Gegenangriff. Unbarmherzig prasselten seine Hiebe auf den Scharfrichter nieder.

Wer das Richtschwert schwingt, muss zwar gut zielen können und enorme Kraft haben, hat aber nie ein bewegliches Opfer vor sich. Deshalb war es um Tunes Fechtkünste nicht weit her. Der altgediente Landsknecht Twen hingegen brauchte nur ein paar Atemzüge, um seine Überlegenheit zu demonstrieren. Der Henker war immerzu im Rückwärtsgang, der Ring der Schaulustigen wogte in dieselbe Richtung mit. Schließlich schlug ihm Lukas mit dem Knauf seiner Waffe so kräftig aufs rechte Handgelenk, das Tune sein Schwert loslassen musste. Dumpf fiel es auf den festgestampften Schnee. Der Schmerz im Handgelenk schien den Henker etwas zur Vernunft zu bringen. Schwer atmend rieb er sich die blau anlaufende Hand. Noch einmal machte er eine blitzschnelle Bewegung in Richtung seiner Waffe, doch Lukas setzte ebenso rasch wie entschlossen den Fuß auf die Klinge. Dann schob er schweigend das eigene Schwert in die Scheide zurück. Für ihn war der Kampf beendet.

»Herr Fronvogt, kümmert Euch um Euren Sohn«, rief Lukas. Und als der Tune weiter schwieg, fügte er hinzu: »Wenn Ihr es wünscht, trage ich seinen Leichnam nach Hause.«

Ein anerkennendes Gemurmel ging durch die Reihen. Der neue Fronknecht besaß Anstand. Er war nicht nur ein tapferer Kämpfer, sondern auch ein nobler Sieger.

Doch der Scharfrichter war anderer Meinung: »Kümmere dich um die Gefangenen. Die Stadtwache soll einen geeigneten Keller leer räumen, um sie einzusperren.« Der Fronvogt schien wieder ganz der Alte. Die Leute holten erleichtert Luft.

Lukas gab das Schwert unter seinem Stiefel frei und sah sich nach seinem Umhang und seinem Knüppel um. Die Menge zerstreute sich. Doch der Tune war noch nicht fertig mit ihm. Als er sich nach seinem Schwert bückte, raunte er von unten herauf: »Du wirst es noch bereuen, dass du die Waffe gegen mich erhoben hast. Es kommt der Tag, an dem du dir wünscht, ich hätte dich eben ganz einfach der Länge nach aufgeschlitzt.«

Es dauerte noch eine Weile, bis sich der Schauplatz des Tumultes leerte. Die Stadtwache beschlagnahmte kurzerhand ein Nebengelass im Rathauskeller, in dem leere Fässer lagerten. Dorthinein pferchte man 28 Unruhestifter, derer man nach der Schlägerei habhaft werden konnte. Stadtphysikus Dr. Scheitel und Bader Gentzkow verfügten sich in den Keller und behandelten Wunden. Auch Henricus Prutze hatte dort alle Hände voll zu tun. Er befragte die Männer nach dem Beginn und nach den Gründen der Prügelei und notierte Namen und Herkunft. Nach etwa einer Stunde hatte er einen ungefähren Überblick über das Geschehen.

Als kurz vor Mitternacht Bürgermeister Franz

Wessel auftauchte, konnte ihm der getreue Gerichtsdiener eine kurze Zusammenfassung geben: »Wie sich die Sache darstellt, war der Fronknecht Wulf Tune auf dem Weg zum Pranger, um dort einen der gotteslästerlichen Reden und der Aufwiegelei gegen den Stralsunder Rat überführten Unruhestifter anzubinden. Es handelte sich um den Steinmetzgesellen Peter Drews, zugehörig der Bauhütte St. Marien. Als sie sich durch die Badenstraße bewegten, folgten ihnen einige Kumpane des Drews und forderten vom jungen Tune, den Mann laufenzulassen. Der wollte jedoch seiner Pflicht nachkommen und ließ den Gefangenen nicht frei. Es gab ein Handgemenge, in dem sie ihm den Strick entrissen und den Steinmetz befreiten. Statt wegzulaufen, fielen sie jedoch über den jungen Tune her … Oder der Wulf Tune griff die Männer an, das erschloss sich mir noch nicht ganz«, ergänzte Prutze nach kurzem Innehalten. Ehe Wessel nachfragen konnte, führte er aus: »Leider kann ich den Tune-Sohn nicht mehr befragen, wer angefangen hat. Er ist erschlagen worden.«

Franz Wessel blickte betroffen zu Boden. Dann fragte er leise: »Weitere Tote?«

»Keine, Herr Bürgermeister. Aber an die 30 Verletzte. Eingeschlagene Nasen und Kiefer, gebrochene Handknöchel und Schienbeine, blaue Augen, fehlende Zähne. Das Übliche. Einem Mann hat das Pferd des Junkers von Bentkow alle Rippen gebrochen. Und Badermeister Gentzkow näht gerade eine Wunde am Arm unseres Fronknechtes Lukas Twen. Er hat einen Schwerthieb abbekommen.«

Franz Wessel merkte auf: »Wer hat denn da

mit dem Schwert dreingehauen? Der Lorbeer-Neffe?«

»Der zwar auch – aber mitnichten. Hier war's der Tune.«

»Was um alles in der Welt hatte der Tune dazwischen mit einer scharfen Waffe zu suchen?«

»Das weiß Gott allein. Ich war gerade in der Fronerei, als die Nachricht kam, dass Wulf Tune in Bedrängnis sei. Der Scharfrichter griff sich ein Schwert und rannte blindlings zu Hilfe. Ist wohl aber zu spät gekommen. Warum der Tune und der Twen sich dann allerdings einen Zweikampf geliefert haben, ist mir auch nicht bekannt. Ich war mit den Verhaftungen auf dem Nikolai-Hof beschäftigt. Aber es gab jede Menge Gaffer, die das Geschehen beobachtet haben. Reichlich bekannte Gesichter dabei. Wenn Ihr es wünscht, können wir in den nächsten Tagen noch mehr Zeugen befragen.«

»Richtig, das muss ja nicht alles heute Nacht sein. Es wird überhaupt Zeit, dass wir alle ins Bett kommen«, hob Wessel abwehrend beide Hände. »Und der Twen hatte frech sein Schwert umgebunden?«, wollte er dann aber doch noch wissen.

Henricus Prutze drückte sich nicht um eine Antwort: »Wir haben ihn darum gebeten, um den rasenden Tune von weiterem Unheil abzuhalten. Manches, was heute Nacht passiert ist, kann mit klarem Verstand kaum noch erklärt werden.«

»Trotzdem. Es geht nicht an, dass sich der Scharfrichter und sein Knecht auf offener Straße einen bewaffneten Zweikampf liefern! Was haben denn die Leute dazu gesagt?«

»Ich hatte den Eindruck, sie feiern den Twen

als Helden. Aber auch dazu können wir morgen noch genauere Untersuchungen anstellen«, winkte der todmüde Gerichtsdiener ab.

»Na gut, dann bleibt mir nur noch eine Amtshandlung«, meinte Franz Wessel und suchte die Reihen ab, bis er den Hünen entdeckt hatte. Lukas saß mit entblößter Schulter auf einem Weinfass, während Dietger Gentzkow den tiefen Schlitz an seinem Oberarm nähte. Der Fronknecht biss die Zähne zusammen und gab keinen Laut von sich, als die Nadel durch seine Haut fuhr.

Der Bürgermeister baute sich vor den beiden auf, die durch ein Beugen des Kopfes ihren Respekt erwiesen.

»Wo ist Fronvogt Martin Tune?«, fragte Wessel.

»Es tut mir leid, mein Herr, aber das kann ich nicht genau sagen. Ich nehme an, er kümmert sich um seinen toten Sohn. Mir hat er nur die Order erteilt, die Gefangenen einzusperren«, antwortete Lukas.

»Nun gut, dann hast du hier und heute die Schlüsselgewalt. Sorgt dafür, dass bald Ruhe einkehrt und schließt ab. Sechs Mann Bewachung vor die Tür.« Wessel machte eine Pause, dann streckte er fordernd die Hand aus. »Und ich will, dass du mir unverzüglich dein Schwert aushändigst, Fronknecht Twen.«

Der Bader hielt in der Bewegung inne. Lukas starrte den Bürgermeister an. »Sofort«, forderte der noch einmal, bestimmt, aber ohne die Stimme zu heben.

Wortlos fingerte Lukas seine altgediente Waffe vom Gürtel und reichte sie Wessel. Der nahm das Schwert, klemmte es sich unter den Arm und sagte: »Deine Bemühungen um die Beendigung des Tumults sind vom Rat keineswegs unbemerkt geblieben. Aber es geht nicht an, dass der Knecht seinen Herrn mit einer scharfen Waffe bedrängt. In dieser Stadt hast du kein Recht, deine alte Kriegswaffe zu tragen. Ich nehme das Schwert in Verwahrung. Solltest du jemals als freier Mann aus eigenem Willen unsere Mauern wieder verlassen, erhältst du es zurück.«

Junker von Bentkow streifte ruhelos durch die eiskalte Nacht, angetrieben von dumpfer Wut. Nachdem ihn einige Wachleute aus der Ohnmacht gerüttelt hatten, beachtete ihn kein Mensch mehr. Er vertraute sein Pferd einem Burschen an, der das völlig verstörte Tier in den heimatlichen Stall brachte. Dann trollte sich Gisbert noch einmal in den Artushof. Aber dort waren die Schankknechte schon mit Aufräumen beschäftigt. Erst nach mehrmaligem Brüllen fand man sich bereit, ihm noch eine Kanne Wein auszuhändigen. Er stürzte sie schnell hinunter, ohne Geschmack daran zu finden. Und auch seine dröhnenden Kopfschmerzen betäubte der Alkohol nicht wirklich. Sein Kiefer schmerzte höllisch. Da, wo ihn die Faust des Riesenkerls erwischt hatte. Mehr noch aber schmerzte die Schande, von einem Henkersknecht niedergestreckt worden zu sein.

Schließlich stolperte der Junker wieder auf den Markt hinaus, lief zwischen den geschlossenen Ständen umher, trat sinnlos nach herumstehenden Kohlebecken und Eimern und zerriss Planen. Er musste irgendetwas zerstören, zertrampeln, aufschlitzen, um seinen Ärger zu dämpfen. Einer unklaren Eingebung folgend, lief er Richtung Scharfrichterhaus. Er wollte noch mit dem Tune sprechen. Er musste mit dem Tune sprechen. Sie mussten diesen grobschlächtigen Lümmel bestrafen, diesen abgehalfterten Landsknecht, der sie beide bloßgestellt hatte heute Nacht. Unter den zahlreichen Augen der neugierigen Stralsunder. Das würde die Runde machen auf allen Märkten und Gassen der Stadt, in Küchen und Kammern. Die Scham brannte ihm auf den Wangen. Oder war es der Frost? Egal. Vielleicht konnten sie den Knecht ja jetzt gleich bestrafen. Er gehörte ausgepeitscht, nackt in die Dunggrube geworfen und erfroren. Gemeinsam müssten sie ihn doch umwerfen können, der Tune und er. War ja nicht das erste Mal, dass sie an einem Strang zogen.

Als Gisbert von Bentkow in die Filterstraße einbog, entdeckte er ein kleines Stück vor sich ein buntes Kleid, das ihm schon im Festumzug immer wieder ins Auge gesprungen war. Trieb sich die schöne Katharina also auch noch spätnachts auf der Straße herum. Das traf sich aber gut, befand Gisbert. Er verfiel in Trab und holte sie schnell ein, auch wenn Katharina zügigen Schrittes der schützenden Tür ihres Hurenhauses zustrebte. Sie hatte eben den letzten Kunden verabschiedet und wollte nur noch nach Hause. Sicher hatte Beke einen Topf Wasser für sie warm gehalten, damit sie sich reinigen konnte von all dem Schmutz dieses langen Tages …

Katharina hörte Gisbert erst hinter sich nahen, als er schon die Arme nach ihr ausstreckte. Grob drehte er sie herum und stieß sie gegen die Hauswand. Er presste ihr den linken Unterarm auf die Kehle und lehnte sich mit seinem ganzen Gewicht dagegen. Mit der Rechten riss er an ihrem Gewand. »Hab ich dich, du hübsches Hürchen. Wolltest mir wohl davonlaufen …«, keuchte er in ihr Ohr, während Katharina nach Atem rang. Gisbert war so mit dem Nesteln an ihrer Kleidung beschäftigt, dass er den riesigen Schatten nicht gewahrte, der hinter ihm auftauchte.

Katharina stand kurz davor, die Besinnung zu verlieren, denn der Junker drückte ihr unbarmherzig die Luft ab. Flehentlich richtete sie die schreckgeweiteten Augen auf einen Punkt über Gisberts Kopf. Der erhaschte einen Blick in ihr Gesicht und grinste breit: »Schaust wohl schon das Himmelreich, was, meine Süße?«

In diesem Augenblick rissen ihn zwei mächtige Pranken von der Frau weg. Dann legte sich von hinten ein Arm um seinen Hals und drückte zu. Jetzt rang der Junker nach Luft – genau wie eben noch sein Opfer. Gisbert strampelte und versuchte, mit den Fäusten nach hinten zu schlagen, aber seine Bemühungen waren völlig vergebens. Die Zange um seinen Hals blieb fest geschlossen. Erst als sein Widerstand erlahmte, lockerte sich der mörderische Griff. Lukas Twen öffnete seine mächtigen Arme und ließ den Patrizier zu Boden gleiten.

Katharina lehnte kreidebleich an der Wand und rieb sich den gequetschten Hals, während Gisbert von Bentkow auf der Straße lag und hustete und würgte. Der Hüne beugte sich ganz dicht zu ihm hinab und knurrte gefährlich wie ein Wolf: »Diese Frau rührst du nie wieder an. Hast du mich verstanden?« Der Junker konnte nicht antworten. Aber aus seinen Augen sprach Mordlust.

Also setzte Lukas nach und trat ihm kräftig in den Unterleib. »Nie wieder!«, donnerte er dann von oben herunter. Gisbert wand sich im Straßenkot wie ein Wurm. Doch er nickte.

Lukas gab sich damit zufrieden und kehrte sich Katharina zu. Sie kämpfte mit den Tränen. Die paar Schritte bis zur Tür ihres Hurenhauses schienen ihr ein endlos weiter Weg. Eine unglaubliche Schwäche bemächtigte sich ihrer, die Knie drohten nachzugeben. Ehe sie fallen konnte, fing Lukas sie auf. Er trug sie behutsam und sie legte die Arme um seinen Hals. Lautlos weinte sie in seine Halsbeuge.

In dieser Nacht lernte Lukas mehr über die Liebe als in den 42 Lebensjahren davor. Beke, die Stupe-Hure, hatte ihnen die Tür geöffnet und Lukas den Weg zu Katharinas Kammer gewiesen. Er trug das Mädchen hinauf wie ein müdes Kind und legte sie genauso behutsam auf ihr Bett. Beke stellte ein kleines Talglicht auf die Truhe, dann ging sie und zog die Tür hinter sich zu. Lukas wollte ebenfalls gehen, doch Katharina löste die Arme nicht hinter seinem Nacken. Sie zog ihn stillschweigend auf sich, ohne die Augen zu öffnen.

Lukas schlug ihren herbstbunten Rock zurück, nestelte seinen Hosenlatz auf und drang ohne Umschweife in sie ein. Er tat es so, wie er es aus den Feldlagern des Schmalkaldischen Krieges gewohnt war. Schnell, grob und geräuschlos. Katharina ließ es über sich ergehen, wie sie schon so viele Männer hatte über sich ergehen lassen. Nach wenigen Minuten war es vorbei und Lukas wälzte sich beschämt von ihr herunter. Er fühlte vieles, aber vor allem fühlte er sich nicht gut. Voller Reue wollte er sich davonschleichen. Doch plötzlich waren Katharinas Hände überall auf ihm. Sie streichelte und schmeichelte, schnurrte und gurrte, öffnete Schnallen und Bänder und schälte ihn geschickt aus seinen Kleidern. Vorsichtig befühlte sie den Verband auf seinem rechten Oberarm und plapperte seine Verlegenheit fort. Als Lukas nackt war, richtete sie sich vor dem Bett auf und schlängelte sich langsam aus ihrem prächtigen Gewand. Sie ließ ihm ausgiebig Zeit, sich an ihrem festen, tadellos gewachsenen Körper zu weiden. Bis er gierig die Hände nach ihr ausstreckte und sie an sich zog.

Haut auf Haut mit einem Weibe – das hatte er nur einmal als junger Student in Wittenberg erlebt. Damals hatte er eine kurze Affäre mit der Küchenmagd seines Philosophie-Professors gehabt. Er trug ihr auf Geheiß des Gelehrten die vollen Körbe vom Markt nach Hause und sie bedankte sich mit zusätzlicher Kost und einigen hemmungslosen Begegnungen in ihrer Kammer neben der Küche.

Die Magd war ein grob gebautes, üppiges Geschöpf gewesen. Was er jetzt bei Katharina erfuhr, löschte endgültig jede Erinnerung an damals. Noch nie hatte er erlebt, dass eine Frau ihm derart das Becken entgegenreckte und seine Stöße erwiderte. Dass sie die langen, schlanken Beine um seinen Leib schlang und sich ihm ganz tief öffnete. Dass sich Fingernägel in seinen Rücken gruben. Mit leisen Kommandos bestimmte sie Geschwindigkeit und Rhythmus, hielt ihn abwechselnd zurück und feuerte ihn an. Beim dritten Mal hörte er deutlich ihr genussvolles Stöhnen, was ihn zusätzlich beflügelte. Danach lagen sie lange schweigend aneinandergeschmiegt. Jedes Wort hätte den Augenblick zerstört. Was für ein kostbares Geschenk sie ihm machte, staunte Lukas. Er zweifelte nicht einen Augenblick daran, dass es ein Geschenk war. Er nutzte die einmalige Gelegenheit, mit Händen und Mund ihren Körper zu liebkosen. Es dauerte nicht lange, bis sie seine neugierige Zärtlichkeit erwiderte, ihn neckte und kitzelte, biss und kniff, bis er sich laut lachend ergab und auf den Rücken rollte. Plötzlich war sie über ihm und ritt ihn wie ein Schlachtross. Sein Erstaunen wich bald ungezügelter Lust. Er presste seine riesigen Hände auf ihre wippenden Brüste und vergaß alles um sich herum.

Später lag sie entspannt in seine Achselhöhle gekuschelt und atmete regelmäßig. Ein Bein hatte sie über seinen Bauch gelegt, Lukas fühlte ihre feuchte Scham an seiner Hüfte. Mit den Fingerspitzen streichelte er ihren Rücken. Er wusste, dass sie nicht schlief. Auch er dachte keine Sekunde an Schlaf. Dafür war er viel zu aufgewühlt.

»Mein Ritter Lukas Twen. Wir könnten weggehen, zusammen«, sagte Katharina in die Stille hinein.

Lukas versteifte sich und murmelte: »Wo würden sie zwei wie uns schon haben wollen?«

Katharina überlegte ein Weilchen, ehe sie antwortete: »Wir könnten so weit weggehen, dass uns niemand kennt.«

»Und wovon sollen wir uns ernähren? Ich meine, du verdienst gewiss nicht schlecht. Aber das würde ich nicht mehr wollen, wenn wir gemeinsam weggingen«, antwortete er.

Katharina wartete wieder etwas, aber es schien, als hätte sie sich schon längst Gedanken über diese Fragen gemacht: »Weißt du, ich nähe ganz gut. Ich könnte mich als Näherin verdingen. Und du hast Bärenkräfte. Überall, wo gehandelt wird, brauchen sie starke Träger. Meinst du nicht, das würde reichen für ein bescheidenes Leben?«

Lukas atmete tief durch. Das klang viel zu verlockend, um wahr zu werden. Er zog den Arm unter ihrem Kopf hervor und schaute ihr fest in die Augen: »Meinst du wirklich, dass sie irgendwo auf der Welt auf uns warten? Auf den Henker und die Hure?« Ihm war zum Heulen zumute.

Aber Katharina lächelte. Sie küsste ihn fest auf den Mund und zog ihn ein weiteres Mal in ihren Bann.

V

Es brauchte zwei Tage, dann hatte sich das Scharfrichterhaus wieder geleert. Am ersten Tag führten Mattis und Lukas einen Delinquenten nach dem anderen in die Gerichtslaube unter den Rathausarkaden, wo sie nach kurzer Anhörung abgeurteilt wurden. Die meisten kamen mit geringen Strafen davon, doch alle mussten ihre Taschen umstülpen und reichlich in die Stadtkasse sühnen. Einige kamen an den Pranger, ins Joch oder gleich zur Stadt hinaus. Und mehrere Male musste Lukas seinen Knüppel tanzen lassen, um saftige Prügelstrafen auszuführen. Am Ende dieses Tages waren sie alle einsilbig und hundemüde.

Katharina hatte Lukas noch nicht wiedergesehen seit ihrer Liebesnacht. Es war nicht so, dass sie sich mieden. Es hatte sich nur keine Gelegenheit ergeben während des hektischen Aufräumens nach dem großen Fest. Doch Lukas dachte ständig an sie. Als sie gegen Morgen – es dämmerte bereits zart im Osten – endlich an seiner Seite eingeschlafen war, hatte er sich zurückgequält in die Wirklichkeit und leise angezogen. Er wollte ins Scharfrichterhaus zurückgekehrt sein, ehe dort alles auf den Beinen war.

Lukas war die Treppe hinuntergetappt, das Hurenhaus schien noch zu schlafen. In der Diele lief er jedoch prompt der Stupe-Beke in die Arme. Sie stand herausfordernd vor der Küchentür, die Fäuste in den Hüften, ihren Kochlöffel in der Hand. Es war kein Vorbeikommen an der drahtigen Alten. Sie musterte ihn durchdringend mit ihrem übrig gebliebenen hellen Auge. Lukas hatte schuldbewusst den Kopf gesenkt und ihre Vergebung erbeten. Er könne niemals bezahlen, was er in dieser Nacht erlebt habe, gestand er mit einem schiefen Grinsen. Beke klatschte den Kochlöffel vor seine breite Brust und funkelte ihn böse an. Doch dann sagte sie: »Der Herr Ritter Twen hat Kredit in diesem Hause.« Anschließend hatte sie ihn mit ihrem Kochlöffel zur Tür hinausgewiesen.

Am zweiten Tag nach Fastnacht versuchte das Gericht, auch die Zusammenhänge um den Tod von Wulf Tune aufzudecken. Aber die Männer, die im Rathauskeller eingesperrt waren, erzählten höchst widersprüchliche Geschichten, wie es zu der Straßenschlacht gekommen war. Und wer nun wann genau auf den jungen Fronknecht eingeschlagen hatte, konnte nicht ermittelt werden. Trotzdem verurteilte das Gericht, dem Bürgermeister Franz Wessel an diesem Tag höchstselbst vorsaß, den Steinmetz Peter Drews und zwei weitere Gesellen der St. Marien-Bauhütte zur Todesstrafe. Die drei Männer gingen in die Kustodie am Kütertor, wo sie in der Obhut der Stadtwache ihrer Hinrichtung durch das Schwert entgegensahen.

Im Protokoll der Vernehmung fanden sich einige Sätze, die die Stadtoberen aufhorchen ließen:

„Lesen entspannt!"

»Bürgermeister Wessel fragt: Du hast doch aber eingesehen, dass du wegen lästerlicher Reden an den Schandpfahl gehörtest?

Der Geselle Peter Drews antwortet: Das waren keine lästerlichen Reden. Ich habe nur gesagt, dass die Blomenows irgendwas an sich haben …

Ratsherr Gottschalk Vollrath fragt: Was genau meinst du damit? Was sollen die an sich haben? Meinst du, dass sie sich mit dunkler Magie abgeben und Leute in ihren Bann ziehen? Gehörst du auch schon …

Ratsherr Nikolaus Rode unterbricht und sagt: Kommen wir auf die ursprüngliche Frage zurück: Was meinst du damit, dass die Blomenows irgendwas an sich haben?

Der Geselle Drews antwortet: Na, ich meine, dass die irgendwas an sich haben müssen, was den Oberen ein Dorn im Auge ist. Den Hans Blomenow hat man schließlich wegen Betruges gerädert. Obwohl jeder wusste, dass der ein ehrlicher Mann war. Und die Elisabeth Blomenow soll nun als Hexe verurteilt werden, obwohl sie eine barmherzige, gottesfürchtige Frau ist, die von ihrem wenigen Geld den Ärmeren vor der Kirche immer noch abgegeben hat. Während reiche Leute achtlos an den Bettlern vorbeigehen. Und auch die Ursula hatte ein weiches Herz, ist immer ins Heilgeisthospital gelaufen und hat Suppe hingebracht. Die hätte niemals ihr Kind erwürgt, wenn ihr nicht jemand …

Bürgermeister Wessel unterbricht: Es reicht! Und mit solchen Reden gehst du im Wirtshaus hausieren?

Der Geselle Drews antwortet: Ja, mein Herr Wessel. Und nicht nur ich! Viele anständige Stralsunder machen sich solche Gedanken. Die Familie Blomenow war ein Beispiel für unsere Stadt, da sollten sich mal einige Hochgestellte was von abschneiden! Das sagen ganz viele Stralsunder! Wenn auch nur im Stillen, wenn sie unter sich sind. Aber ich kann das hier laut sagen, denn ich habe nichts mehr zu verlieren. Wenn alle so wären wie die Blomenows, gäb's weniger Elend in unserer Stadt!

Der Angeklagte wird von mehreren Teilnehmern des Gerichtes entschieden zum Schweigen aufgefordert. Die beiden Mitangeklagten des Drews bezeugen hingegen ihre Unterstützung durch lautes Rufen und Pfeifen …«

Bürgermeister Franz Wessel verfügte später, dass diese Sätze aus den Gerichtsakten zu tilgen seien. Aber der Schreiber Henricus Prutze vergaß diese Anordnung des Stadtoberhauptes einen Tag um den anderen. Er wurde eben auch älter und es gab viel zu tun in dieser Zeit. Schließlich vergaß er es selbst noch, als der Drews und seine Kumpane längst auf dem Galgenberg nach Rostock zu vermoderten und die Akte geschlossen und in den Raum getragen wurde, wo alte Schriftstücke für die Ewigkeit aufbewahrt wurden.

Nach dem Urteilsspruch entspann sich zwischen den Ratsherren ein leise geführter Disput, dass man solche Ausschreitungen zu Fastnacht nicht mehr dulden dürfe. Man müsse das unchristliche Treiben künftig einschränken, am besten gänzlich verbieten. Es ginge nicht an, dass es Jahr für Jahr Tote und Verletzte gab. Sollte es so weitergehen, müsste man eine kleine Armee ausrüsten, um Ruhe und Ordnung aufrechtzuerhalten. Als Erstes sollte man nächstes Jahr den Umzug verbieten. Und die Zahl der Markthändler, die mit Würzwein, Bier und Schnaps anreisten, müsste deutlich eingeschränkt werden. Wenn einer an Fastnacht verdiente, dann die sundischen Gastwirte und Brauer. Würden sich die Stralsunder den Fastnachtsumzug einfach so verbieten lassen? Ratsherr Nikolaus Rode versuchte zaghaft, dieser Frage nachzugehen. Der Rat habe es noch immer geschafft, seine Verordnungen durchzusetzen, zischte ihn Gottschalk Vollrath an. Und man könne sich der Unterstützung der reformierten Stralsunder Kirchen in diesem Bestreben sicher sein. Dass es dieses Jahr Tote gegeben habe, sei ohnehin nur dem Umstand zu schulden, dass der Teufel in den Mauern umgehe. Und die Dienerinnen des Teufels immer noch unbehelligt im Scharfrichterhaus sitzen würden. Vollrath erntete betretenes Schweigen. Hatte der Eiferer wohl am Ende recht mit den Hexen?

Bürgermeister Wessel wollte sich jedoch auf keine Diskussion einlassen. Er befand: »Das sind zwei Paar Schuhe, mein Herr Vollrath. Dieser Fall von Hexerei ist das eine – der entfesselte Herr Omnes zu Fastnacht etwas anderes. Der tobt sich hier schon immer aus in den Straßen. Aber wer gegen unsere Verordnungen angeht, endet wie dieser Drews und seine Spießgesellen. Haben wir nicht gerade bewiesen, dass diese Stadt eine starke Obrigkeit hat?« Niemand wollte ihm widersprechen.

Nur der alte Fronknecht Mattis, der den Peter Drews in Ketten vor das Gericht geführt hatte, dachte sich seinen Teil. Das klang wie damals, anno 1524. Da war sich der Rat auch ganz, ganz sicher gewesen, dass er tun und lassen konnte, was er wollte. Und rummsbumms – hatte er den Achtundvierziger-Ausschuss vor der Nase! So mancher der Herren, die heute redeten wie die alte Obrigkeit damals, gehörte einst zu den Aufrührern. Mattis zog verächtlich die Nase hoch und spuckte neben sich aus. Die missbilligenden Blicke der vornehmen Herrn störten ihn kein bisschen.

Am Morgen des dritten Tages begruben sie den Tune-Jungen. Der Scharfrichter hatte durchgesetzt, dass er in geweihte Erde kam, obwohl er am Rande der Gesellschaft stand. Aber es fand sich kein Pfarrer bereit, aus der Bibel zu lesen für den toten Jungen. Niemand wollte den Sarg des Fronknechtes tragen. Und selbst das Loch mussten sie allein ausheben, denn sogar der Totengräber stand noch über ihnen und weigerte sich. Schweigend gruben sie die gefrorene Erde auf, der Tune, der Twen und der alte Mattis, und ließen die einfache Holzkiste mit Wulfs zerschlagenem Leib hinunter. Ohne ein Wort schaufelten sie die Grube wieder zu und gingen zurück an ihre Arbeit. Lukas war elend zumute nach dieser trostlosen Beerdigung. Sicher würde man ihn eines Tages ebenso verscharren, von allen gemieden, ohne kirchlichen Beistand. Keiner würde ihm eine Träne nachweinen, keine Witwe und keine Kinder und keine Kindeskinder. Ihn fröstelte in der kalten Morgenluft. Auch der Gedanke an Katharina konnte ihm nicht das Herz wärmen.

Am dritten Tag nach Fastnacht sollte beim zehnten Schlag der Turmuhr von St. Nikolai die Witwe Elisabeth Blomenow ihr Gottesurteil empfangen. Doch das Tauchen im Strelasund musste sehr zum Ärger des Rates und der Schaulustigen abgesagt werden. Der Scharfrichter Martin Tune hatte sich krankgemeldet. Das war noch nicht vorgekommen, seit er in Stralsund im Amt war.

Nur Lukas und Mattis wussten, dass der Tune nicht wirklich krank war. Er lag in seiner Kammer, den Branntwein-Krug im Arm. Zwei weitere Krüge hatte er neben dem Bett stehen. Er würde nicht eher aufstehen, bis er sich eine schöne Teufelei ausgedacht hatte, um seinen schwachsinnigen Sohn zu rächen.

Der Totengräber hatte eine tief sitzende Angst vor dem Scharfrichter, denn die Leichen, die der ihm brachte zur Beisetzung, waren keines ehrlichen Todes gestorben. Allenfalls taugten die enthaupteten, geräderten, gehenkten, ersäuften oder schlicht irgendwo aufgefundenen Körper dazu, allerlei geheimnisvolle Arzneien aus ihnen zu bereiten. Zaubertränke gegen schwindende Manneskraft etwa. Amulette gegen den bösen Blick oder Pülverchen gegen die Pest. So was wusste der Totengräber von seiner Mutter und seiner Muttermutter. Aber er traute sich nicht, den Toten, die der Tune brachte, ein Fingerchen abzuschneiden oder auch nur eine Haarlocke. Der Tune guckte immer so drohend, denn er wollte sich selbst nicht das heimliche Geschäft mit solchen Mittelchen verderben lassen.

Eigentlich hatte der Stralsunder Totengräber nichts gegen den Tune-Jungen gehabt. Der war ja auch nicht durch des Henkers Hand ums Leben gekommen, sondern sozusagen in Ausübung seiner Pflichten ehrlich erschlagen worden. Aber er hatte gar keine Zeit, für den jungen Fronknecht die Grube auszuheben. An diesem Tag stand nämlich noch eine Beerdigung ganz anderer Güte auf dem Plan: Hans Zöllig, Altermann der Fleischer und Knochenhauer von Stralsund, würde heute Nachmittag mit allem Pomp und Ehr zu Grabe getragen werden. Und für den musste er an bester Stelle ein schönes, sauberes, großes Geviert ausheben. Der froststarre Boden machte das nicht gerade leichter.

Die halbe Stadt lief zusammen, als Zölligs Leichenzug von der Knieperstraße aufbrach. Mehr als einhundert ehrenwerte Gäste waren zur Trauerfeier in den Artushof geladen, erfuhr Marie Fyrow, die sich das Begräbnis natürlich nicht entgehen ließ. Die Frau des Kannengießers drängte sich mit anderen Gaffern in der Nähe des Zöllig'schen Hauses. Sie war sehr verärgert gewesen, dass die Hexe Blomenow heute nicht ihre verdiente Strafe erhielt. Der Trauerzug galt ihr als kleine Entschädigung dafür.

Dicht neben Marie Fyrow stand Gerichtsdiener Roland Monnick mit wichtigtuerischer Miene. Er tat so, als müsse er das schaulustige Volk davon abhalten, vor den Leichenwagen zu springen, der von zwei schweren schwarzen Pferden gezogen wurde. Da Marie ihre Neugier aber nicht bezwingen konnte und immer wieder einen Schritt nach vorn tat, schnauzte er sie an: »Weg da, Weib! Wenn dir dein Leben lieb ist, gehst du nicht zu nahe ran an diesen Sarg.«

»Wer will mir hier was verbieten?! Gehört Ihr jetzt zu den Stadtwächtern, Roland Monnick?«, hielt

Marie ihm ärgerlich entgegen. Von so einem Rattengesicht würde sie sich nicht um ihr Vergnügen bringen lassen.

»Ist nur zu deinem Besten, Fyrowsche. Ich mein ja nur: Diesem Sarg würde ich nicht zu nahe kommen«, raunte der Gerichtsdiener und schickte ihr dazu Blicke, als wüsste er mehr, als er sagen durfte.

Marie starrte ihn ein Weilchen an. Ihre Neugier war bereits entfacht. Sie trat ganz dicht an ihn heran und fragte: »Was ist denn an diesem Sarg so Schreckliches, Herr Monnick? Mir könnt Ihr es doch sagen.«

Der Gerichtsdiener sonnte sich in seiner eigenen Wichtigkeit und ließ sie noch etwas zappeln. Dann beugte er sich herab zu Maries Ohr und flüsterte sehr vertraulich: »Man sagt, Hans Zöllig sei keines leichten Todes gestorben. Eine schwere Krankheit hat ihn aus der Blüte des Lebens gerissen. Die Frauen, die seinen Leib gewaschen und hergerichtet haben, haben wohl Beulen auf seiner Haut gesehen. Faustgroße …«

»Beulen?«, wiederholte Marie und runzelte die Stirn. Was konnte das nur bedeuten?

»Richtig, gute Frau. Beulen und Geschwüre«, wiederholte Monnick. »Und seine Hände und Füße sollen ganz schwarz angelaufen gewesen sein. Als hätte man sie in Tinte gesteckt. Aber eine Tinte, die sich nicht abwaschen ließ.«

Jetzt keimte Erkenntnis in Marie. Sie riss den Mund auf und sog hörbar Luft ein. »Ihr meint …«, begann sie, konnte den Satz aber nicht zu Ende führen, weil sie sich vor Aufregung am eigenen Speichel verschluckte.

»Denk dir selbst was dabei, Fyrowsche. Ich

warne ja nur alle ehrlichen Leute dieser Stadt, dem Sarg von Meister Zöllig nicht zu nahe zu kommen«, verkündete der Gerichtsdiener und reckte den Kopf über Marie hinweg.

Die stand noch einen Augenblick wie vom Donner gerührt, dann stürmte sie nach Hause, sich rücksichtslos einen Weg durch die Menge bahnend. Dort riss sie die Tür auf und suchte nach ihrem Mann.

»Herrmann? Herrmann, wo steckst du?!« Marie rannte schreiend durch den Flur, nachdem sie sich mit einem raschen Blick vergewissert hatte, dass er nicht in der Werkstatt war. Sie lief weiter in die Küche und in die Kammer, aber von Herrmann Fyrow keine Spur. Schließlich riss sie die Tür zum Hinterhof auf. Und richtig: Der Kannengießer nestelte eben seinen Hosensack zu. Er kam vom Dunghaufen, wo er sein Wasser abgeschlagen hatte.

»Herrmann, stell dir vor: Fleischermeister Zöllig ist an der Pest gestorben!«, stieß Marie aufgeregt hervor.

Doch ihr Mann schien nur mit den widerspenstigen Bändern an seinem Hosenbund beschäftigt, die sich irgendwie verknotet hatten. Marie sprang ihm entgegen und stieß ihn unsanft vor die Brust: »Hörst du nicht? Der Zöllig ist an der Pest gestorben!«

Aber Herrmann reagierte noch immer nicht so, wie seine Frau sich das vorstellte. Deshalb schrie sie ihn an: »Wir müssen was unternehmen! Der Schwarze Tod ist nach Stralsund gekommen!«

Über ihr im Innenhof schloss sich leise ein Fenster. Es gehörte zum Hurenhaus in der Kuttlosestraße. Was nur langsam in Herrmann Fyrows Verstand eindrang, hatte Stupe-Beke sofort begriffen. Tiefe Besorgnis schnürte der Alten den Hals zu. Jetzt wird mehr brennen als nur eine Hexe, dachte sie.

Martin Tune lag mit geröteten Augen in seiner zerwühlten Bettstatt und starrte an die Decke. Hin und wieder angelte er nach einem Branntwein-Krug und nahm einen Schluck daraus. Manchmal schloss er für ein Weilchen die Augen und dämmerte weg. Doch seine unruhigen Träume unterschieden sich kaum von den bösen Gedanken, die er im Wachen wälzte.

Nur ganz entfernt nahm er wahr, was sich um ihn herum tat. Im Turmhaus reinigten die Knechte die Zellen, die nach Unrat und Schweiß stanken. Er hörte die beiden dämlichen Kerle mit Wassereimern treppauf schleppen, die Böden und Wände schrubben, das Wasser mit lautem Klatschen ausgießen. Es lief durch die Rinnen in der Wand direkt nach draußen und prasselte auf die Straße. Einmal kreischte nach so einem Schwall unten eine Frau auf. Das saudumme Weib hat's getroffen, dachte Tune und lachte tonlos in sich hinein.

Gegen Abend klopfte Dänisch-Grete an seine Tür und fragte in ihrem schlechten Deutsch, ob er was essen wolle. Sie habe frisch gekocht. »Kriech in dein Loch bei Monnick zurück«, schnauzte der Henker und warf einen leeren Branntwein-Krug gegen die Tür. Grete verzog sich schnell wieder und man ließ ihn in Ruhe. Zufrieden grunzend drehte sich Tune zur Wand und schlief wieder ein. Er hatte kaum gemerkt, dass es schon sehr später Abend geworden war, als es erneut pochte. Verärgert schoss er hoch und wollte losbrüllen, man solle ihn gefälligst in Ruhe lassen. Doch diesmal war es nicht die Dänisch-Grete, sondern der alte Mattis: »Herr, hier ist Besuch für Euch. Soll ich ihn hereinlassen?«

»Was für eine blöde Frage, dummer Kerl. Aus dem Weg, der Fronvogt wird mich auf jeden Fall empfangen«, ließ sich eine herrische Stimme hören. Dann wurde auch schon die Tür aufgestoßen. Gisbert von Bentkow schob die Scherben des zerbrochenen Tonkruges einfach zur Seite und stand schon in der Kammer, ehe der Tune wusste, ob er sich ärgern oder freuen sollte über diesen unerwarteten Besucher.

Mattis zuckte mit den Schultern und zog die Tür von außen zu. Von Bentkow sah sich naserümpfend in Tunes schäbiger Schlafkammer um. »Es stinkt in deinem Pfuhl ganz erbärmlich. Da haben es deine Knechte im Schweinekoben sauberer, Tune«, stieß er schließlich hervor und hielt sich den Ärmel seines Gewandes vor Mund und Nase.

Der Tune schwang langsam seinen fetten Leib auf die Bettkante. Das gefiel ihm, dass der vornehme Junker in seinen Schweinestall herabstieg und seinen Gestank aushalten musste. Er deutete mit einem Kopfnicken auf den einzigen Schemel im Zimmer und grunzte: »So setzt Euch doch, mein feiner Herr. Euer bescheidener Diener kann Euch aber nichts anbieten außer einem ehrlichen Schluck Branntwein.«

Mit dem Fuß schob Gisbert ein paar schmutzige

Kleidungsstücke vom Hocker und setzte sich. Dann angelte er nach dem Krug, den der Tune ihm hinhielt. Beide Männer grinsten. Da hatten sich zwei gefunden, die sich auf abgründige Art verbunden fühlten.

Tune wartete, bis von Bentkow den Krug abgesetzt und sich den Mund gewischt hatte. Dann nahm er selbst einen Zug. Sollte ruhig der reiche Pfeffersack die Unterhaltung eröffnen. Tune hatte plötzlich das Gefühl, dass dies doch noch eine ganz unterhaltsame Nacht werden konnte.

Der Junker entschloss sich, nicht lange um den Brei herumzureden: »Ich komme, um Beschwerde über einen deiner Knechte zu führen, Fronvogt. Du müsstest da mal ganz streng durchgreifen«, forderte er.

»Der alte Mattis? Was hat Euch denn an dem ollen Kerl so beleidigt, gnädiger Herr?«, scherzte der Tune und lachte tonlos, so dass sein fetter Leib wogte.

Von Bentkow begriff wohl, dass der Tune ihn auf den Arm nehmen wollte und ließ sich gerne auf das Spielchen ein. »Mit dem alten Knochen habe ich nichts am Hute, Tune. Es ist vielmehr der riesige Lump, der es wagte, die Hand gegen mich zu erheben. Und gegen dich übrigens auch, wenn ich an die Ereignisse von Fastnacht erinnern darf. Schmerzt dich die Stelle eigentlich noch, wo er dir eins auf die Finger gegeben hat?« Er reckte den Hals, als interessiere er sich tatsächlich für Tunes blau verfärbte Schwerthand.

Doch der ballte sie zur Faust und starrte ein Weilchen darauf. »Alles heile geblieben. Und immer noch stark genug, um Euch mit einem Hieb die hübsche Nase zu brechen«, knurrte der Scharfrichter.

Sein Gegenüber hob beschwichtigend die

Hände: »Nicht doch, nicht doch! Nicht mir, sondern dem frechen langen Lümmel musst du es ordentlich geben. Und zwar nicht nur auf die Nase. Und seiner Buhle am besten auch gleich noch. Die hat auf jeden Fall ebenso einen Denkzettel verdient.«

Martin Tune runzelte die Stirn. Wen meinte der? Der Twen hatte eine Geliebte und ihm war das nicht bekannt? Da musste ihm in den letzten drei Tagen was entgangen sein. Der Twen und eine Buhle! Daraus ließ sich doch was machen. Wer sein Herz an eine Frau hängte, war auf jeden Fall … verwundbar.

»Erzählt schon, was für Neuigkeiten bringt Ihr?«, forderte Tune seinen Gast auf zu reden.

Der ließ sich auch nicht lange bitten: »Der Twen hat sich mit der blonden Dirne Katharina Sprollhaus zusammengetan. Da bin ich mir ganz sicher – die beiden sind ein Paar. Ist mir frech in die Quere gekommen bei der Hure, hat mich gewürgt und bedroht. So weit ist es schon gekommen in dieser Stadt, dass ein Schinderknecht ungestraft einen Patrizier angreifen und bedrohen kann! Der Kerl nimmt sich Sachen raus, die stehen ihm nie und nimmer zu! An den Galgen gehört der!« Gisbert hatte sich in Rage geredet. In seiner Wut war er sogar aufgesprungen und stand jetzt leicht schwankend im Zimmer.

Der Scharfrichter grinste breit und hielt ihm den Branntwein-Krug hin. Die Geste wirkte sofort. Der Junker nahm einen langen Zug und ließ sich wieder auf dem Schemel nieder.

»Lukas Twen und Katharina Sprollhaus – sieh an, sieh an … Warum geht Ihr nicht zum Rat und zeigt die Sache an? Direkt bei Eurem Oheim am besten!

Dann sitzen die beiden Vögelchen morgen bei mir hier im Turmhaus und ich kann sie ein bisschen mit dem glühenden Eisen kitzeln«, schlug Tune vor.

»Das ist mir zu einfach. Die reden sich noch mit irgendwas heraus«, meinte Gisbert mit einem Schulterzucken.

Richtig, dachte der Tune für sich. Dann kommt vielleicht noch mehr heraus über Euch, mein nobler Herr. Ihr werdet die Hure nicht gerade fein behandelt haben, sonst wäre der Twen wahrscheinlich nicht dazwischengegangen. Und andere Frauen davor habt Ihr auch nicht fein behandelt. Ich weiß sogar eine, die hat darüber den Verstand verloren. Die sitzt hier gar nicht weit weg. Die könntet Ihr ruhig mal besuchen in schwarzer Nacht. Dann rennt sie sich womöglich endgültig den verwirrten Schädel an der Wand ein, so dass es nur so kracht …

»Wir müssen die Sache ganz groß aufziehen. Dem Rat muss der Atem stocken, so dass man gar nicht viel nachfragt. Und dann darfst du deines Amtes walten und das Schwert zum Singen bringen«, unterbrach er die abschweifenden Gedanken des Scharfrichters.

»Wir könnten sie auch lichterloh brennen lassen. Die Leute fühlen sich ohnehin betrogen um einen ordentlichen Scheiterhaufen«, warf Martin Tune mit einem Schulterzucken ein und setzte wieder den Branntwein-Krug an die Lippen.

Die Laune des Junkers hellte sich auf. »Ja, ein Scheiterhaufen! Hexerei!« Gisbert sprang auf vor Begeisterung. »Herr Fronvogt, was für ein erwärmender Gedanke!«

Dann riss er ihm den Krug fort und nahm selbst einen kräftigen Schluck. »Wie stellen wir es an? Schnell, erzähl mir deine Idee im Einzelnen«, verlangte er eifrig.

Der Tune kratzte sich ausgiebig die halb entblößte Brust und ließ sich Zeit mit der Antwort. Erst als sein Besucher wieder auf dem Schemel saß und ihm den Krug zurückreichte, entwickelte er seinen Gedankengang: »Naja, der Twen ist ständig mit der Hexe Blomenow beschäftigt. Hat versucht, sie nach der Folter wieder zusammenzuflicken und auf die Beine zu bringen. So was kann natürlich abfärben, das weiß man in meinem Gewerbe. Von Hexen sollte man sich tunlichst fernhalten, die ziehen einen sonst leicht in ihren Bann ...«

»Weiter Tune, nur weiter so! Das könntest du ja nun mühelos bezeugen, dass dein Knecht ständig bei den Hexen zugange war, während du dich lieber vorsichtig zurückgehalten hast. Aber wie passt die Hure dazu?«

Der Tune musste nicht lange überlegen: »Die kommt doch aus dem Stall von Beke, der Stupe-Hure. Und deren Hurkuffen grenzt direkt an das Haus in der Langenstraße an, wo die Kindstötung stattgefunden hat. Könnte wetten, da finden sich auch ein paar Nachbarn, die bezeugen, wie die dämlichen Dirnen mit den Blomenows zusammengehangen haben. Kannengießer Fyrow war deren beider Vermieter. Wenn er nicht als Zeuge aussagt gegen die Weiber, ist er selbst mit dran. Ich mein, wer in so einem Hexendreieck haust, der steht bestimmt auch mit dem Schwarzen im Bunde.«

Gisbert schlug sich lachend auf die Schenkel. Eine geschlossene Kette von Verdächtigungen, Zeugenaussagen und erfundenen Beweisen! Da konnte der Rat gar nicht anders urteilen. Brennen würde die ganze Bande, brennen!

Der Junker beugte sich vor und legte vertraulich eine Hand auf die Schulter des Scharfrichters: »Bravo, Herr Fronvogt, ein hervorragender Plan! Lasst uns jetzt schnell ein paar Einzelheiten beraten, dann setze ich morgen ein prachtvolles Schreiben an den Bürgermeister auf.«

Martin Tune versteifte sich. »Nur, wenn Ihr augenblicklich die Hände von mir nehmt«, knurrte er durch die zusammengepressten Zähne.

Gisbert von Bentkow nahm die Hand von seiner Schulter und wischte sie verlegen an seinem prächtigen Wams ab.

Hinter der Tür, die wie zufällig nicht ganz geschlossen war, stand der alte Mattis. Er fühlte sich mit einem Male ganz schwach. Seine Knie schmerzten heftiger als sonst an den Abenden. Auch seine Brust schien wie eingeschnürt. Wenn er alles richtig verstanden hatte, heckten die feinen Herren da drin einen teuflischen Plan aus. Und die Zahl ihrer Opfer kannte keine Grenze. Lukas war in höchster Gefahr, das spürte der alte Fronknecht. Die schöne Katharina natürlich auch. Und Stupe-Beke, die Hurenmutter. Der ganzen Ecke in der Kuttlosestraße wollten sie was Ungeheuerliches anhängen, gegen das man sich schlecht wehren konnte. Wenn der Verdacht erst einmal in der Welt war und der Rat die Untersuchung begann, war bald kein Halten mehr. Dann würden etliche Stralsunder lichterloh brennen. Und er müsste die Scheiterhaufen dafür errichten, das war sein Handwerk.

Dass der Tune ein übler Mensch war, das wusste Mattis schon lange. Seine Trine war dem Henker damals entkommen, aber das waren andere Zeiten. Da ging so manches drunter und drüber in der Stadt. Da dachte man plötzlich über viele Dinge ganz anders als früher. Aber inzwischen lief alles wieder in den alten Bahnen. Und wenn der Fronvogt seinen eigenen Knecht und dessen Buhlin wegen Hexerei anzeigte, dann hatten die beiden keine Chance.

Er hatte Lukas angesehen, dass er sich endlich mit Katharina zusammengetan hatte zu Fastnacht. Mattis hatte es an Twens Gang erkannt, der gerader geworden war. Sein Kumpel schien seitdem noch riesiger als zuvor, kraftstrotzend und unbezwingbar. Ein breiter Rücken, hinter dem sich der dürre alte Mattis gern versteckte. Ein starker Arm, der ihm freiwillig Arbeit abnahm, die ihm nach all den Jahren zunehmend Mühe bereitete. Der Lukas war einer, der ungefragt zupackte, wenn eine Last zu entgleiten drohte. Und der nicht auf großen Dank wartete. Dem ein Lächeln in den Augen genug war.

Was für ein wunderschönes Paar hätten die beiden abgegeben, der riesige Lukas und die gertenschlanke Katharina. Vielleicht hätten sie auch noch zwei, drei, vier Kinderchen zeugen können, die Katharina war ja noch jung. Er hätte sich um die Brut gekümmert, die irgendwo zwischen Filter- und Kuttlosestraße herumgetollt wäre, hätte ihnen Reifen geschnitzt und freche Liedchen gesungen, die er selbst noch aus seiner Jugend kannte. Und dann wäre er mit den Rangen zur Trine ins Heilgeisthospital gezogen und sie hätten ihr ein Ständchen gesungen. Da hätte seine Trine gestrahlt übers ganze Gesicht. Und sie hätte den kleinen Knaben und Mädchen ganz feine Zöpfe geflochten mit ihren knorrigen Händen. Denn das konnte sein Trinchen wirklich gut.

Stattdessen sollten sie jetzt brennen auf dem Scheiterhaufen, der Prachtkerl Lukas und sein wunderschönes Mädchen. Mattis war hundeelend zumute. Es gab auf dieser Welt nicht den kleinsten Zipfel Gerechtigkeit für unsereins, dachte er. Und im Jenseits wahrscheinlich auch nicht. Ob man nun zur Jungfrau Maria betete oder nur zu Jesus Christus – Gott war nicht barmherzig mit den kleinen Leuten wie Lukas und Katharina und Trine und ihm. Seine müden Augen füllten sich mit Tränen.

Noch einmal strengte er sich an, durch die dicke Eichentür Fetzen des Gespräches zwischen dem weißblonden Mädchenschänder und dem rachsüchtigen Leuteschinder zu erhaschen, aber Tune und sein Gast murmelten nur noch undeutlich. Mattis hatte ja auch genug gehört. Es war ein Elend, das Steine erweichen konnte.

Dann stieß sich Mattis von der Wand ab und setzte die müden Beine in Bewegung. Er musste jetzt sofort zu Lukas und ihm erzählen, was er aufgeschnappt hatte. Lukas musste raus aus der Stadt, sofort. Katharina musste er gleich mitnehmen. Und die Stupe-Beke am besten auch. Obwohl die zu alt war zum Davonlaufen. Die würde das nicht mehr aushalten auf den Straßen und in den Wäldern. Die Stupe-Beke konnte er wohl wahrlich nicht mehr retten. Aber die beiden Jungschen, die waren stark, die würden davonkommen. Wenn er denn jetzt sofort etwas tat.

Mattis humpelte mit krummem Rücken und schmerzenden Knien zu ihrer Lagerstatt im Verschlag. Doch Lukas war nicht da. Lukas war bei Katharina.

Was weder der alte Mattis noch das glückliche Liebespaar im Hurkuffen der Stupe-Beke wussten, war die Tatsache, dass zu dieser späten Stunde der Stralsunder Rat in einer strenggeheimen Sitzung mit Stadtphysikus Dr. Johannes Scheitel über Maßnahmen gegen die bevorstehende Pest-Epidemie beriet. Ganz oben auf der Liste stand dabei die Schließung der Stadttore.

Was für ein überaus kostbares Geschenk hatte ihr die kleine Winkelhure da überlassen. So ein kleines Dingelchen, vielfach benutzt und sicher nicht sehr scharf. So eine unerwartete Gabe, die ihrem Schicksal noch einmal eine Wendung geben konnte. Nein, das war falsch, ihr Schicksal kannte kein anderes Ende als ihren baldigen Tod. Und den hatte sie ja auch wirklich verdient. Für ihre Unachtsamkeit gegenüber ihrem Kinde, das ihr verstorbener Mann ihr anvertraut hatte.

Für ihre Leichtgläubigkeit, die sie immer auf das Gute im Menschen hoffen ließ. Auch in dem Menschen, der der gewissenlose Vater ihres Enkelsohnes war. Und der einen Boten geschickt hatte, um das Kind abzuholen, damit es bei seinem reichen Vater in gesicherten Verhältnissen aufwachse. Für ihre Dummheit gehörte sie ins Höllenfeuer. Dass sie selbst noch an die Redlichkeit dieses teuflischen Boten geglaubt hatte, obwohl kein Mensch auf der Welt einem solchen Boten Glauben schenken würde. Aber sie hatte es getan, Elisabeth Blomenow, die gutgläubigste und dümmste Frau in ganz Stralsund.

Also egal, wie man die Sache auch drehte und wendete, die Hölle war ihr sicher. Nur konnte jetzt sie bestimmen, wie sie dorthin gelangte. Elisabeth lächelte in der Dunkelheit ihrer Zelle. Seit ihrer Einkerkerung war sie nicht mehr so heiter gewesen. Nein, genau genommen seit der Geburt von Ursulas Kind nicht mehr. Eigentlich schon seit den wenigen Wochen davor nicht mehr, nachdem sie die Schwangerschaft endlich bemerkt hatte. Die alte Frau Beke hatte sie erst darauf aufmerksam machen müssen. Die kannte sich aus mit den Leibern von Mädchen. Die sah, wenn sie sich unaufhaltsam rundeten, der Gang anders wurde, die Haut glatter, ja selbst die Augen glänzender. Die alte Hurenmutter hatte etliche schwangere Mädchen gesehen in ihrem Leben, die ihre Schwangerschaft zu verbergen suchten. Und deshalb hatte sie ihr beim Wäschehängen im Innenhof auch zugeraunt, wann es denn so weit sei bei ihrer Ursel? Und dass sie zur Stelle sei, um Hilfe zu leisten, wenn die schwere Stunde komme. Schließlich sei sie schon ihr ganzes Leben im Liebesgewerbe tätig und habe so manchem Wurm auf die Welt geholfen, ob nun gewollt oder ungewollt ...

Es war ein sonniger Morgen gewesen, als Beke ihr das zwischen den fadenscheinigen Laken zugeflüstert hatte. Elisabeth konnte förmlich noch die Sonne auf ihrem Gesicht spüren. Es war überhaupt das letzte Mal in ihrem Leben, dass sie die Wärme der Sonne gespürt hatte, wenn sie heute darüber nachdachte. Seitdem schien nur Kälte und Nacht zu sein. Naja, an Wärme würde es ihr ja nun bald nicht mehr mangeln, wenn sie zur Hölle fuhr, dachte Elisabeth und hätte fast angefangen zu lachen. Ein wahrlich tröstlicher Gedanke, dass sie jetzt und auf der Stelle ihre Reise hinab in die ewige Finsternis antreten konnte. Ohne dass ihr jemand anderes Gewalt antat. Ganz friedlich und aus eigenem Willen. Kein Spektakel für die gaffenden Massen, ob nun beim Tauchen im Sund oder am Scheiterhaufen auf dem Markt. Sie ganz allein, Elisabeth Blomenow, Frau eines toten Mannes, Mutter einer wahnsinnigen Tochter, Großmutter eines toten Enkels, konnte ganz für sich selbst festlegen, wann sie diese unbarmherzige, diese kalte Welt verließ. Aus eigenem Willen. Das war wahre Freiheit! Hans wäre stolz auf sie, wenn sie diese Freiheit ohne falsches Zögern ergriff.

In diesem Augenblick war Elisabeth Blomenow glücklich. In Gedanken verabschiedete sie sich von allen Menschen, die sie gekannt hatte, die sie geliebt und gehasst hatte. Sie legte noch einmal die verstümmelte, verfaulte Hand auf den Rücken ihrer schlafenden Tochter. Ursula war warm, ihr Atem ging vollkommen regelmäßig. Einen Augenblick überlegte sie, ob sie Ursula mitnehmen sollte auf ihre Reise. Doch sie hatte nicht die Kraft dafür, vor allem nicht die körperliche. Vielleicht würden sie sich ja bald wiederbegegnen auf der anderen Seite, dachte Elisabeth. Natürlich nicht im Paradies, dafür waren sie beide zu schlimme Sünder. Aber im Fegefeuer, bei nie endenden Qualen.

Gab es so etwas wie eine Familienhölle? Würde sie dort immer wieder mitansehen müssen, wie der Tune ihrem aufs Rad gebundenen, geliebten Hans die Beine, Arme und Rippen brach? Würde sie dieses grässliche Geräusch der brechenden Knochen immer und immer wieder hören müssen?

Oder würde immer wieder der Teufel in Menschengestalt an ihre Tür klopfen und mit Unschuldsmiene beteuern, er sei vom Junker von Bentkow geschickt, um dessen Sohn heimzuholen, auf dass er in dessen Hause aufwachse? Als unehrlicher Sohn zwar beim Gesinde, aber wohlgenährt von einer Amme, warm gekleidet und später mit einer gewissen Bildung versehen, bis er selbst ein Handwerk ergreifen und sich versorgen könne. Würde der Teufel wieder mit einer rührseligen Botschaft des reuigen Kindsvaters voller schmeichelnder Worte und süßer Entschuldigungen locken? Würde wieder die Verheißung darin stehen, dass der Junge eine Zukunft habe, wohl auch Umgang mit seiner Mutter pflegen dürfe und deren Andenken in Ehren gehalten werde?

Sah immer wieder alles danach aus, als würde Ursula das Kindbett nicht überleben? Fiebrig und ausgezehrt nach tagelangen Wehen und einer sehr blutreichen Entbindung, die ohne die Erfahrung der Stupe-Beke weder die Mutter noch das Kind überlebt hätten. Hatten sie zu diesem Zeitpunkte mehr als einen trockenen Kanten Brot im Hause, geschweige denn etwas Nahrhaftes, mit dem man Ursula päppeln und das Kind nähren konnte?

Ja, wusste Elisabeth Blomenow, genau so würde ihre Hölle aussehen. Indem sie immer und immer wieder zum Bett ihrer totkranken, vom Fieberwahn ganz fremd gewordenen Tochter gehen und das winzige Kind von ihrer Seite nehmen würde. Und obwohl alles sich in ihr sträubte, würde sie es wieder in die Arme des letzten Menschen geben, dem man trauen sollte. In die Arme dieses lächerlichen, ganz unmöglichen Boten. In die Arme von Martin Tune, dem Scharfrichter von Stralsund.

Du richtest nicht auch noch mich, Martin Tune, dachte Elisabeth trotzig und liebkoste in Gedanken das kleine Messerchen, das das junge Frauenzimmer ihr dagelassen hatte, nachdem sie in der Fastnacht eine Zelle geteilt und ihre Lebensgeschichten ausgetauscht hatten. Ein wahrer, ein rettender Engel der Barmherzigkeit bist Du, Ida aus Franzburg. Zur Hurerei gezwungen aus Not, verprügelt und der Stadt verwiesen, aber voll der Gnade Gottes und gesegnet mit einem mitfühlenden Herzen. Hattest Dir selbst das Messerchen unters Mieder gesteckt, falls einer der Freier dir übel mitspielen wollte. Sollte Dir ein kleines Stückchen Schutz und Würde lassen, während Du schmutziges Geld für einen halben Winter verdienen musstest. Du hast mir zu wahrer Freiheit verholfen, Du mutiges, wunderbares Mädchen.

Ganz warm vor Glück wurde ihr, als sie sich mühsam vom Strohsack wälzte und mit den verbundenen, zerschmetterten Händen nach dem darunter versteckten Messer angelte. Weil sie es nicht halten konnte, nahm sie das Heft fest zwischen die Zähne und richtete die schmale Klinge starr auf ihre Armbeugen. Erst stach sie es tief in die linke, danach in die rechte. Dann rollte sie sich befriedigt zurück auf ihr Lager und spürte lächelnd dem warmen Leben nach, das aus ihrem Leib rann und im Strohsack versickerte.

Es schneite in dicken Flocken, als Lukas im ersten Morgengrauen ins Scharfrichterhaus zurückkehrte. Er schlich zu seinem Lager im Stall, wo der alte Mattis zusammengerollt in der Kälte schlief. Einen Moment war er versucht, dem dürren Alten seinen Umhang überzuhängen. Doch als er ihn über die Schulter schlug, meinte er einen Hauch von Katharinas Körpergeruch daran zu spüren. Schnell presste er den Stoff ans Gesicht. Doch der zarte Duft war nicht mehr aufzuspüren. Lukas lächelte im Dunkel der Hütte und schalt sich einen alten Esel. Er benahm sich wie ein verliebter Jüngling. Ein ewiger Junge. So hatte sie zu ihm gesagt. Tatsächlich konnte man nach so einer Nacht glauben, dass der Jüngling irgendwo da drin noch hauste. Ein Jüngling voller Glaube und Feuereifer, bereit für Gerechtigkeit und Gottesfurcht zu streiten. Als er hier in Stralsund angekommen war, schien ihm dieser junge Twen tief begraben auf den

Schlachtfeldern des Schmalkaldischen Krieges. Verfault und vergangen wie Tausende seiner Kameraden und Glaubensgenossen. Nichts war übrig geblieben von dem lernbegierigen, neugierigen, aufbrausenden Baderjungen aus Lübeck, der es zum Studiosus in Wittenberg gebracht hatte.

Lukas stand immer noch versonnen unter dem niedrigen Dach, das der Schnee mit einem unschuldigen weißen Tuch zuzudecken begann. Da stupste ihn sein Hund in den Oberschenkel und winselte leise vor Ungeduld. Er beugte sich zu dem Tier hinab und streichelte seinen Kopf: »Na, Schwarzer? Hast du mich vermisst?«, fragte Lukas.

»Der Köter vielleicht nicht, aber ich habe die ganze Nacht auf dich gewartet«, entgegnete Mattis und quälte sich vom Strohsack runter. Ein heftiger Husten schüttelte den alten Knecht, ehe er weiterreden konnte: »Der Tune hat gestern Nacht Besuch gehabt. Der Junker von Bentkow hat sich herbemüht zu uns Sterblichen. Ist erst Schlag eins nach Hause gewankt. Wo hast du nur gesteckt?« Erneut musste Mattis übel husten.

Lukas wartete mit gerunzelter Stirn, bis der Alte weiterberichten konnte. Von Bentkow und Tune zusammen beim Branntwein? Das konnte nichts Gutes bedeuten. Was der alte Fronknecht dann erzählte, übertraf jedoch die schlimmsten Ahnungen. Was für eine Chance hatten Katharina und er, einer solchen Anklage zu entkommen? Was würde ihr Wort gelten gegen die Aussagen eines Patriziers aus dem Hause Lorbeer und des Scharfrichters von Stralsund, der seit zwei Jahrzehnten das Vertrauen des Rates genoss?

Und der durch allerlei Händel eng mit den Oberen verbunden war? »Packt eure paar Sachen zusammen und verschwindet aus der Stadt, so schnell und so weit eure Beine euch tragen«, lautete denn auch der Rat, den der Alte ihm erteilte. Lukas zögerte noch einen Moment. Es war nicht seine Art, vor Auseinandersetzungen davonzulaufen. Das hatte er noch nie getan in seinem Leben. Aber das hier war auch etwas anderes als eine Schlacht oder eine Prügelei unter Soldaten. Und es ging nicht nur um sein Leben, sondern auch um das von Katharina. Und wahrscheinlich auch um die anderen Frauen bei Stupe-Beke.

Entschlossen richtete sich Lukas auf und holte tief Luft: »Ich gehe zuerst in die Kuttlosestraße und warne die Dirnen. Dann hole ich meinen Hund und meinen Beutel«, kündigte er an.

»Ist gut, Twen, das machst du richtig. Ich schnüre dir ein Bündel mit Decken und allem Essbaren, was ich in der Küche finden kann«, sagte Mattis und setzte sich endgültig auf. An der Tür zögerte er noch einmal: »Wenn ich nicht so verdammt alt und klapprig wäre, würde ich mitkommen. Hab selten so einen guten Kumpel wie dich gehabt.«

Lukas wollte die Hand nach seiner knochigen Schulter ausstrecken und etwas Tröstliches sagen. Doch in diesem Moment durchschnitt ein spitzer Schrei die Stille des frühen Morgens. Der grässliche Laut kam aus dem Turmhaus und wollte kein Ende nehmen. Ein hohes schrilles Kreischen, das nur aufhörte, wenn die Luft in den Lungen zu Ende ging. Die beiden Fronknechte sahen sich kurz an und liefen dann sofort los über den Hof. »Ich hol den Schlüssel vom Tune«, krähte Mattis und hastete ins Haus.

Das unmenschliche Geheul aus der Zelle der beiden Frauen nahm und nahm kein Ende. Lukas sprang in langen Sätzen die Treppe hinauf. Die Schneewolken ließen nur spärliches Licht durch die kleinen Maueröffnungen sickern. Alles war in ein konturloses Grau getaucht.

Lukas hämmerte an die Tür der Zelle und bellte: »Was ist passiert? Frau Blomenow, so sprecht doch!«

Doch er erhielt keine Antwort außer den panischen Schreien. Sie mussten von Ursula kommen, schlussfolgerte er. Ob die Mutter in der Nacht gestorben war? Das konnte nicht sein! Sie hatte kein Fieber mehr, die Wunden begannen ganz allmählich zu heilen, sie aß auch wieder ein wenig. Irgendetwas Grauenhaftes musste sich in diesem Kerker ereignet haben.

Jetzt hörte er weitere eilige Schritte heraufkommen. »Geh mir doch aus dem Weg, blöder Kerl«, schimpfte der Tune mit rauer Stimme und stieß Mattis an die Wand. Das Geschrei musste auch den Scharfrichter aus dem Schlaf gerissen haben. Es bestand wohl keine Hoffnung, dass er seinen Rausch schon ausgeschlafen hatte. Lukas machte sich auf einiges gefasst. Vor allem durfte er sich nicht anmerken lassen, dass er von den mörderischen Plänen wusste, die der Fronvogt gegen ihn geschmiedet hatte.

Als der Tune mit dem Schlüssel in der Hand angehetzt kam, machte Lukas freiwillig Platz. Er drängte sich so nah wie möglich ins Dunkel des Flures. Mattis kam hinterhergekeucht, eine hell leuchtende Laterne in der Hand. Jetzt hatte der Scharfrichter auch schon die Kerkertür geöffnet und entriss dem alten Knecht das Licht.

Im Inneren der Zelle rannte Ursula Blomenow in heller Aufruhr hin und her. Wie ein in die Enge gedrängtes Tier sprang sie von einer Seite des engen Raumes auf die andere, stieß sich an den Wänden, hastete in eine andere Richtung davon, dabei ununterbrochen schrille Schreie ausstoßend. Der Tune brüllte sie an, sie solle endlich still sein, doch die junge Frau reagierte nicht auf ihn. Da drängte sich Lukas am Scharfrichter vorbei und griff sie von hinten am Hemd. Der Stoff riss, doch er konnte Ursula packen und an sich drücken. Er schloss die Arme um die sich aufbäumende und wild um sich tretende Frau. Ursula schrie mit unverminderter Kraft weiter. Im Licht der Laterne sah man, dass ihre Hände und ihr Hemd mit Blut besudelt waren.

Lukas zog die Tobsüchtige in eine Ecke des Kerkers und ließ die anderen beiden Männer hereinkommen. Martin Tune beugte sich mit der Laterne über die leblose Gestalt, die auf dem mit Blut getränkten Strohsack lag. Eine Ewigkeit schien er auf Elisabeth Blomenow herabzustarren. Dann entdeckte er das kleine Messer neben ihrem Kopf. Mit spitzen Fingern hob er es an, drehte sich zu Lukas um und fragte mit gefährlich leiser Stimme: »Hast du das hier vergessen, Twen?«

»Nein, Herr. Natürlich nicht.« Lukas staunte selbst über die Festigkeit seiner Stimme, denn das Herz schlug ihm bis zum Hals. Außerdem brauchte er alle Kraft, um die sich immer noch wie wild gebärdende Ursula zu halten.

»Das glaube ich dir aber nicht, du dreckiger Hurensohn! Hast den Hexen helfen wollen, sich der menschlichen Gerechtigkeit zu entziehen. Das ist Hochverrat!« Der Scharfrichter kam einen Schritt auf Lukas zu. »Dich sperr ich gleich mit ein hier bei den Hexen, da kannst du die Wahnsinnige nochmal bespringen, bis ich alles dem Rat hinterbracht habe.« Martin Tune lachte gehässig, so dass sein fetter Wanst wackelte und zuckte. »Hier kommst du erst wieder raus, wenn wir dich in den Keller zur Folter bringen. Und dafür lass ich mir allerhand einfallen, da kannst du sicher sein. Und dein Liebchen mit den blonden Haaren hole ich auch gleich aus dem Lotterbett …«

Lukas überlegte nicht lange. Wenn der Tune ihn jetzt hier einsperrte, kam er wahrlich nie wieder lebend heraus. Mit aller Kraft stieß er Ursula Blomenow von sich, die genau gegen Tune prallte. Der Henker stolperte rückwärts über die Tote am Boden, Ursula fiel über ihn. Das Mädchen schrie sofort mit verdoppelter Kraft und schlug wild um sich. Lukas sprang über das Menschenknäuel hinweg auf die offene Tür zu. Mattis beeilte sich, aus dem Weg zu kommen, dann stürmte Lukas auch schon an ihm vorbei und die Turmtreppe hinunter.

»So halt ihn doch fest, du saudummer Kerl«, schrie der Tune noch, während er sich mit Leibeskräften bemühte, die tobsüchtige Ursula loszuwerden und von der toten, blutbesudelten Elisabeth herunterzukommen.

Lukas rannte über den Hof und pfiff seinem Hund. Am Tor flüsterte er kurz mit dem zottigen Tier und wies ihm dann mit einer Geste einen Platz an. Wenn der Köter ihn verstanden hatte, würde er seine Verfolger noch ein paar Minuten aufhalten können. Kostbare Minuten, die Lukas brauchte, um Katharina zu retten.

Die Angst um sie trieb ihn vorwärts. In der Kuttlosestraße hämmerte Lukas rücksichtslos gegen die Tür des Hurenhauses. Beke riss sie mit ärgerlichem Gesicht auf, aber Lukas schob sie einfach aus dem Weg und rannte hinauf zu Katharinas Kammer. Seine Liebste schlief noch, wie er es erwartet hatte nach ihrer hellwachen Nacht. Die zweite und wohl auch letzte Nacht, in der sie das Lager geteilt hatten. Dieser Gedanke versetzte ihm einen Stich ins Herz. Aber er hatte keine Zeit für Gefühle. Jetzt musste gehandelt werden.

»Steh auf, Katharina. Schnell«, sagte Lukas und berührte sie leicht an der nackten Schulter. Seine Stimme drang in ihren Schlaf und noch ehe sie ganz wach war, lächelte Katharina. Doch Lukas Worte wurden drängender, seine Gesten heftiger: »Komm auf die Beine, uns bleibt keine Zeit mehr.«

Jetzt stand auch Stupe-Beke neben dem Bett. Katharina mochte die Augen nicht öffnen, das drohende Unheil nicht wahrhaben. »Was ist passiert, Herr Twen, so redet doch erst einmal mit mir!«, forderte die Hurenmutter.

Katharina schlug nun doch die Augen auf und ein Blick in Lukas' Gesicht genügte, um sie ganz wach zu machen. Sie schwang die Beine aus dem Bett und griff ihr Hemd. Lukas berichtete mit knappen Worten, was der Scharfrichter und der Junker von Bentkow planten, um sich für die Ereignisse von Fastnacht zu rächen. Dass Elisabeth Blomenow tot in ihrer Zelle lag, entweder von eigener Hand gerichtet oder von ihrer verwirrten Tochter erstochen. Und dass der Tune ihm auch das anhängen wollte. Und dass er, Lukas Twen, praktisch schon auf der Flucht vor dem Arm des Gesetzes sei.

Katharina hatte mit zunehmender Hast ihre Kleidung angezogen. Beke ging bereits in ihrer Kammer umher und schichtete Sachen aus der Truhe auf ein großes Tuch. Sie schnürte daraus ein Bündel und hastete aus der Kammer. »Ich gehe in die Küche und packe Essen dazu«, raunte sie über die Schulter.

Katharina hielt sie zurück: »Aber wo sollen wir denn hin?«

»Ich werde dich erst mal verstecken, alles andere findet sich später«, antwortete Beke.

»Und was ist mit Lukas? Müssen wir nicht schnell raus aus der Stadt?«, fragte Katharina und ihre Stimme zitterte vor Angst.

»Beke hat recht, erst mal versteckt sie dich. Was aus mir wird, werden wir später sehen«, drängte nun auch Lukas und schob sie zur Tür hinaus. Katharina wollte protestieren. Nicht sie war auf der Flucht, sondern er. Also musste er doch mitkommen. Auf dem Gang drängelten sich weitere Frauen, die das laute Klopfen an der Tür geweckt hatte. Sie standen zitternd und aufgeregt tuschelnd da und versuchten, sich den Aufstand zu erklären. Stupe-Beke rief ihnen zu: »Zieht euch an, ihr Gänse, steht hier nicht herum.« Und zu Lukas und Katharina: »Ich muss kurz weg, bin aber gleich wieder da. Schnürt inzwischen ein Bündel mit warmen Sachen und geht in die Küche, um euch nochmal richtig satt zu essen.« Die Dirnen fragten nicht weiter, sondern eilten in ihre Kammern.

Katharina war immer noch unschlüssig. Es ging doch hier nicht um sie allein, sondern um sie beide. Wie konnte sie sich verbergen, während Lukas die Häscher auf den Fersen hatte?

»Geh, mein Stern, bring dich in Sicherheit! Ich werde einen Weg suchen. Aber zuerst muss ich wissen, dass sie dich nicht kriegen«, flüsterte Lukas und drückte sein Gesicht in ihr Haar. Dann stiegen sie Beke hinterher, die in der Küche kramte.

»Wo bringst du Katharina hin?«, wollte Lukas von ihr wissen.

»In den Keller«, meinte Beke und hantierte eilig weiter.

»In den Keller? Aber da suchen sie doch zuerst«, versetzte Lukas ungehalten.

»Ja, aber nicht im Keller von Elisabeth Blomenow!«

Einen Moment herrschte Schweigen. Dann fragte Katharina: »Aber wie kommen wir denn in den Keller von Blomenows? Das ist doch im Nachbarhaus. Da müssen wir bei Fyrow durch!«

»Ich weiß einen besseren Weg«, sagte Stupe-Beke.

Auch im Hause Lorbeer war an diesem frühen Morgen bereits alles auf den Beinen. Ida rannte jammernd und händeringend zwischen ihren Kammern im Kemladen hin und her, während Diener und Mägde Kleidung, Schuhe, Wäsche und Betten in Truhen stapelten. »Du gackerst umher wie ein aufgeregtes Huhn! Hast du deinen Schmuck zusammengesucht?«, trieb Christoph Lorbeer seine Frau an. Sie heulte auf und rannte los, wild ein Taschentuch schwenkend, während sich der Hausherr wieder in die Liste vertiefte, die er gerade durchging. Dann rief er einem vorbeieilenden Knecht zu: »Hat endlich jemand Gisbert geweckt? Der Junker soll augenblicklich aufstehen und sich fertig machen!«

Lorbeer erhielt keine Antwort, aber der Diener eilte davon. Er klopfte laut an die Kammertür, hinter der Gisbert seinen schmerzenden Kopf rieb. Er war erst tief in der Nacht von seinem Besuch im Scharfrichterhaus zurückgekehrt. Der Branntwein hatte bis zum letzten Schluck geschmeckt, aber jetzt brummte ihm der Schädel und seine Zunge fühlte sich pelzig an. Was sollte nur dieser Aufruhr im Haus? Waren denn hier alle verrückt geworden?

Schon wieder hämmerte es gegen seine Tür. Er sprang in höchster Wut aus dem Bett und riss sie auf. »Was willst du?«, brüllte er den Knecht an.

»Ihr sollt aufstehen und Euch reisefertig machen. Der Herr Lorbeer ruft schon seit einer halben Stunde nach Euch«, stotterte der junge Mann und wollte sich eiligst davonmachen, nachdem er die Botschaft übermittelt hatte.

»Reise? Was für eine Reise?«, fragte Gisbert von Bentkow unwillig und kratzte sich das unrasierte Kinn.

»Keine Ahnung, Herr. Wir sollen nur packen und anspannen«, antwortete der Knecht und schickte sich zum Gehen an.

Gisbert versetzte der Tür einen Fußtritt, so dass sie krachend zuschlug. Was hatte das denn nun bitteschön wieder zu bedeuten? Sollte er nach Hause fahren? Die Reise nach Riga sollte doch erst stattfinden, wenn er dieses ältliche Fräulein aus Semlow geheiratet hatte. Wusste der Himmel, was sich der alte Lorbeer nun wieder hatte einfallen lassen.

Gisbert riss die Tür noch einmal auf in der Hoffnung, der Knecht sei noch in der Nähe. Doch niemand war weit und breit zu sehen. Dafür hörte man es auf allen Etagen rumoren. Der Junker ging in die Kammer zurück, warf sich in Hose und Wams und stieg in die Stiefel. Er musste der Sache auf den Grund gehen, egal wie kurz die Nacht gewesen war. Und dann musste er sich hinsetzen und die Anklagen gegen den Fronknecht Lukas Twen und seine Buhle aufschreiben. Noch heute wollte er das Schreiben seinem Großonkel aushändigen. Er wollte es mit den feierlichen Worten überreichen: »Damit Gerechtigkeit waltet in Stralsund!« Das hatte er heute Nacht schon vor dem Spiegel geübt. Gisbert musste grinsen, als er sich daran erinnerte.

Mit zusammengekniffenen Augen und schmalen Lippen stieg er hinunter zum Kontor, wo er seinen

Großonkel im Gespräch mit einem Bediensteten fand. »Was ist denn hier los? Brennt Stralsund?«, kam er ohne Morgengruß auf Christoph Lorbeer zu. Der gab letzte Anweisungen und widmete sich dann dem Junker. Er zog ihn am Ärmel in sein Schreibzimmer und schloss die Tür.

»Es brennt, ja mein Junge, man könnte es so sagen. Die Pest ist ausgebrochen in Stralsund«, informierte er seinen Großneffen mit unbewegtem Gesicht. Der alte Lorbeer wollte sich nicht der Panik ergeben, sondern wollte Ruhe ausstrahlen. Gisbert indes ließ sich auf einen Stuhl fallen, denn seine Knie fühlten sich weich an.

Lorbeer fuhr fort: »Hans Zöllig ist vor drei Tagen daran gestorben. Sein halber Haushalt ist angesteckt. Zwei Altgesellen aus der Fleischerzunft liegen ebenfalls auf den Tod. Gestern erhielten wir Nachricht, dass auch in Greifswald die Seuche umgeht. Und ein Informant des Rates behauptete, dass es in Hafennähe bereits Dutzende Erkrankte gebe. Noch halten die Leute das für eine der üblichen Wintererkältungen, aber der Stadtphysikus ist bereits in den Gassen unterwegs, um das Ausmaß der Seuche einzuschätzen.«

Gisbert überlegte einen Moment, welche Folgen sich für ihn aus diesen Tatsachen ergaben. Doch Christoph Lorbeer war noch nicht am Ende mit seiner Rede: »Heute Nacht hat der Rat beschlossen, dass zum Schlag der Mittagsglocken die Stadttore geschlossen werden. Danach darf nur noch die Stadt verlassen, wer eine ausdrückliche Genehmigung des Rates dafür hat. Die wenigen Vormittagsstunden müssen wir nutzen, um Vorräte in die Stadt zu schaffen. Gleichzeitig haben die Patrizier die Möglichkeit, ihre Familien auf ihren Landgütern in Sicherheit zu bringen. Und genau das werden auch wir tun.«

»Wo sollen wir denn hin?«, fragte der Junker besorgt.

»Ich schicke euch nach Endingen. Ein altes Klostergut, das früher zu Neuenkamp gehörte. Es ist noch nicht entschieden, wem der Besitz zugeschlagen wird. Solange steht es unter städtischer Verwaltung.« Also unter meiner Aufsicht, fügte der Handelsherr in Gedanken hinzu. Ein vorbildlicher Besitz mit reichlich Vorräten und gutem Ertrag. Aber das wusste außer ihm niemand so genau in der Stadt. Für die Stralsunder war Endingen ein vergessener Ort. Genau das richtige Versteck, um einige Monate zu überdauern, bis die Pest ausgewütet hatte.

»Das klingt, als wolltest du nicht mitkommen«, wollte Gisbert jetzt noch wissen.

»Das stimmt. Ich werde im Rat gebraucht. Außer meinem Leibdiener und zwei Mägden geht der ganze Haushalt nach Endingen. Und nun scheint es mir angebracht, dass du dir einen Knecht suchst und mit ihm deine umfangreiche Garderobe verpackst«, bemerkte Lorbeer spitz.

»Aber warum diese Hast? Es kann doch für dich nicht schwierig sein, uns eine Erlaubnis zu beschaffen, auch wenn die Tore schon verriegelt sind«, begehrte der Junker noch einmal auf.

»Es gilt, unser Gesicht zu wahren. Sind die Tore erst geschlossen, wird es zu Unruhen kommen. Das kennt man von anderen Pestausbrüchen. Der Mob wird die Ausfahrten belagern und nur auf eine Gelegenheit warten, aus der Stadt zu entkommen. Dann haben wir kaum noch eine Chance, mit Wagen und Tross wegzukommen.«

»Aber ich kann jetzt nicht fort aus Stralsund! Ich habe eine wichtige Aufgabe«, rief Gisbert und sprang erregt auf. Gleich bereute er seine Heftigkeit, denn ein leichter Schwindel ließ ihn taumeln.

Sein Großonkel streckte erschrocken die Arme aus, um ihn zu aufzufangen. Der Junge war doch wohl nicht auch schon krank? Trieb sich schließlich genug herum in den schmutzigen Gassen beim gemeinen Volk. Lorbeer drückte ihn vorsichtig wieder auf den Sitz und sah ihn besorgt an. Doch Gisbert winkte ab. Er habe nur schreckliche Kopfschmerzen. Es war wohl ein wenig zu viel des Guten, gestern beim Branntwein, räumte er ein und versuchte sein gewinnendstes Lächeln.

Doch das wirkte bei seinem gestrengen Verwandten nicht. Lorbeer wandte sich ärgerlich von ihm ab und schimpfte über die Schulter, dass er sich schämen solle. Die Fastenzeit habe erst vor wenigen Tagen begonnen. Er erwarte von allen Mitgliedern seines Hauses Mäßigung. Gerade in den schweren Zeiten, die Stralsund bevorstünden, müssten alle Angehörigen des Hauses Lorbeer mit gutem Beispiel vorangehen, vor allem Festigkeit im Glauben beweisen.

An dieser Stelle hakte der Junker ein: Gerade um Festigkeit im Glauben gehe es ihm ja. Er sei da einer ganz großen Sache auf der Spur, einer Verschwörung der Mächte der Finsternis. Er könne jetzt die Stadt nicht verlassen, ehe er seine Mission erfüllt habe. Der Rat müsse gewarnt werden vor den Umtrieben des

Bösen innerhalb der Stadtmauern. Kein Wunder, dass Gott die Stralsunder mit dem Schwarzen Tod strafe, wo sich die Finsternis doch immer rascher ausbreite …

Mit einer zornigen Handbewegung fiel Christoph Lorbeer ihm ins Wort: »Komm zur Sache und rede nicht um den heißen Brei herum! Wir haben keine Zeit für Geschwätz. Was für eine Verschwörung?«

Gisbert von Bentkow lächelte fein. Dann legte er seinem Großonkel dar, dass der Fronknecht Lukas Twen den Hexenkünsten der Elisabeth Blomenow verfallen sei. Und dass er sich mit der Hure Katharina Sprollhaus zusammengetan habe, um dem Teufel eine weitere Anbeterin zuzuführen. Wahrscheinlich stecke auch Beke, die Stupe-Hure, mit in der Sache. Das alles müsse gründlich untersucht werden. Am besten, man setze das ganze Pack noch heute fest und überlasse es den Künsten des Scharfrichters, der Wahrheit durch Geständnisse ans Licht zu helfen.

Die Worte kamen nicht so wohlgesetzt, wie er sich das für seinen Anklagebrief vorgestellt hatte. Mit diesem brummenden Schädel und unter den kalten Augen des Familienoberhauptes war das auch kaum möglich. Doch Gisbert redete sich frei. Seine belegte Stimme gewann an Festigkeit. Und als er sich schließlich als Zeuge zur Verfügung stellte, der für die Untaten des Fronknechtes Twen und seiner Buhle zahlreiche Beispiele anführen könne, gelang ihm sogar der vor dem Spiegel geübte Satz: »Damit Gerechtigkeit waltet in Stralsund!«

Sehr zufrieden mit sich, sah Gisbert erwartungsvoll in das verschlossene Gesicht seines Großonkels. Der wippte einige Male auf den Füßen hin und her, die

Hände hinter dem Rücken fest verschränkt. Man sah Christoph Lorbeer nicht an, wie er binnen kürzester Zeit Vor- und Nachteile dieser Informationen abwog, ihren Wahrheitsgehalt prüfte und die Folgen kalkulierte. Nach ein paar Minuten ordnete er mit gewohnter Entschiedenheit an: »Kleide dich vernünftig und kratze dir den Bart. Nach der Frühmesse in St. Nikolai tritt der Rat wieder zusammen. Du kommst mit und trägst deine Rede dort noch einmal vor.«

Lorbeer drehte ihm den Rücken zu und widmete sich einem Schriftstück. Sieh einer an, dachte der alte Handelsherr, der Bursche kann recht überzeugend lügen. Vielleicht wird doch noch mal was aus dem Taugenichts.

Mit einer hastigen Umarmung verabschiedeten sich Lukas und Katharina voneinander. Heftig drückte der große Mann sein Gesicht in ihr blondes Haar und sog gierig ihren Duft ein. Dann öffnete Beke die Bodenluke in der Küche, die zum Vorratskeller des Hurenhauses hinunterführte. Ehe die beiden Frauen ganz in der schwarzen Öffnung verschwanden, blickte Katharina noch einmal hoch und rief: »Lukas, ich kann das nicht! Was wird aus dir?«

Die Hurenmutter drängte zum Weitergehen. Doch Lukas kniete sich an die Luke: »Ich versuche, jemanden zu finden, der für uns spricht. Es muss doch irgendwen in dieser Stadt geben, der sich in all diesem Wahnsinn ein wenig Verstand bewahrt hat.«

»Der Prutze ist ein kluger Mann«, knurrte die Stupe-Beke von unten aus dem niedrigen Keller, den ihr kleines Talglicht nicht wirklich erhellte.

»Der Schreiberling? Der Kauz, der uns Weihnachten immer einlädt?«, fragte Katharina nach unten.

»Genau der. Gerichtsdiener Henricus Prutze. Den kenn' ich schon, seit wir nach Stralsund gekommen sind. Ein anständiger Mann. Und hat immer das Ohr des Bürgermeisters«, antwortete die Hurenmutter.

Lukas war nicht überzeugt. »Ich suche lieber nach Dr. Scheitel. Der war ganz nahe dran, die Wahrheit über das tote Kind bei Blomenows herauszufinden«, meinte er. »Hat einer eine Ahnung, wo der Scheitel wohnt?«

Beke und Katharina schüttelten gleichzeitig den Kopf. »Irgendwo in der Neustadt, hinter St. Marien. Aber der Prutze weiß auch das. Und wo der wohnt, kann ich dir genau sagen, mein Junge«, erscholl Bekes Stimme aus dem klammen Keller.

Johannes Scheitel war aber nicht zu Hause anzutreffen. Gemeinsam mit Gerichtsdiener Monnick zog er durch enge, schmutzige Gassen im Hafenviertel. Er besuchte niedrige Hütten und Häuser voller schmutziger Menschen aller Alter. Er ging von einer Tür zur nächsten und fragte nach Kranken. Dabei bekam er alles zu sehen, was Armut und Mangel hervorbrachten: blutigen Husten und schwärende Krätze, ausgezehrte Alte und verlauste Kinder. Und in etwa jedem vierten Haus einen Kranken mit Fieber. Und in jedem achten einen Totkranken mit Beulen unter den Achseln und in der Leistengegend.

Monnick sollte aufschreiben, in welchen Häusern sie Anzeichen für die Pest gefunden hatten. Doch aus dessen Gekrakel würde nie wieder ein Mensch schlau werden, meinte der Stadtphysikus nach einem ärgerlichen Blick auf das verschmierte Pergament, das sie mit sich führten. Er solle sich nicht sorgen, meinte Roland Monnick lachend. Die meisten der Leute kenne er mit Namen. Und er würde sich garantiert jedes Haus merken, in dem sie der Pestilenz begegneten. Scheitel drehte mit den Augen. Er wäre lieber mit Henricus unterwegs gewesen. Aber der erste Gerichtsdiener war im Rathaus unabkömmlich. Die Herren hatten bis spät in die Nacht beraten und wollten sich heute Vormittag gleich wieder treffen. Da musste Prutze bereitstehen und jede Menge Schreibarbeit erledigen. Die war nun wieder dem Monnick nicht zuzutrauen. Nein, der rattengesichtige zweite Gerichtsdiener war schon der richtige Mann für diese Aufgabe, denn er kannte sich in den winkligen Vierteln der Fischer, Träger, Kutscher und Dienstboten aus wie kein Zweiter. Was Wunder: In der Mauerstraße blieben sie vor einer Tür stehen, an die Dr. Scheitel nicht anzuklopfen brauchte, wie Monnick laut lachend erklärte. Es handele sich nämlich um sein eigenes bescheidenes Heim, das er mit der Dänisch-Grete und einigen ihrer Freundinnen bewohne. Und die seien allesamt kerngesund, wie er versichern könne.

»Ihr wohnt in einem Hurkuffen, Roland Monnick?«, fragte Dr. Scheitel ungläubig zurück.

»Mitnichten, mein Herr Stadtphysikus, das ist doch kein Hurkuffen! Das ist mein eigenes Haus, geerbt von meinen Vorvätern. Und die Damen sind alles Verwandte von meiner Grete«, versicherte der schmierige Gerichtsdiener breit grinsend.

Scheitel wusste es besser, denn er kannte die meisten der Dirnen, die zur Dänisch-Grete gehörten. Auch sie hatten eine Genehmigung des Rates, in der Mauerstraße ihrem Gewerbe nachzugehen. Und damit war auch der Stadtphysikus verpflichtet, dort hin und wieder nach dem Rechten zu sehen, um der Ausbreitung der Französischen Krankheit zu begegnen. Aber er wollte sich auf offener Straße nicht auf einen Wortwechsel mit dem schmierigen Gerichtsdiener einlassen. Der Mann widerte ihn an. Kein Vergleich mit dem gebildeten Henricus. Er hatte es ohnehin schwer mit dem Kerl, der ständig drauf und dran war, vor den Leuten zu prahlen, warum sie diese Untersuchung vornahmen. Die Menschen dachten sich vielleicht schon ihren Teil, es war schließlich nicht der erste Pestausbruch. In den zurückliegenden Jahrzehnten hatte die Seuche immer wieder ihre Opfer gefordert in der Stadt. Nicht nur Scheitel zerbrach sich den Kopf darüber, was zu ihrem Ausbruch führte und – noch wichtiger – wie man sie eindämmen konnte. Die Obrigkeit wollte die Nachricht, dass die Pest in Greifswald und Stralsund lauerte, so lange wie möglich geheim halten, um öffentlichen Aufruhr zu verhindern. Doch der war so unausweichlich wie das Amen in der Kirche.

Nicht auszudenken, wenn etwa der Monnick schon wüsste, was er wusste, dachte Scheitel. Nämlich, dass man heute Mittag die Stadttore schließen und nur noch öffnen würde, um Lebensmittel hineinzufahren und Tote hinaus. Er selbst hatte diesen Vorschlag gemacht, damit die Seuche sich nicht mit rasender Geschwindigkeit auf die Dörfer ausbreitete. Denn wenn die Bauern starben, gab es nächsten Sommer keine Ernte. Und dann würden die Stralsunder hungern, weil sie das Brot nicht mehr bezahlen konnten. Weiteres Sterben war abzusehen, selbst wenn sich die Pest bis dahin schon ausgetobt haben sollte.

Diese Sorge war den feinen Herren im Rate fremd. Sie hatten immer genug Geld, nicht nur für teuer Brot. Stattdessen fürchteten sie um ihren Ruf. Der Handel käme zum Erliegen, würde in den anderen Hansestädten bekannt werden, dass in Stralsund die Pest wütete. Man wollte das Problem lieber hinter verschlossenen Türen wissen. Als wenn sich so etwas geheim halten ließe, ärgerte sich Dr. Scheitel. Dass die Pest in Greifswald schon ihre Ernte hielt, wussten sie doch auch nicht nur, weil Meister Zöllig und seine Familie die Seuche wahrscheinlich von dort mitgebracht hatten. Sondern auch andere Quellen, vor allem Handelsreisende, ergingen sich bereits in düsteren Voraussagen. Eine solch grausame Krankheit ließ sich auf Dauer eben nicht verbergen.

Johannes Scheitel seufzte schwer und setzte seinen Weg zur nächsten Tür fort. Er hatte keine Ahnung, was am anderen Ende der Stadt geschah. Und dass bereits ein Bote auf der Suche nach ihm war, um ihn ins Scharfrichterhaus zu holen, wo es den Tod der Elisabeth Blomenow zu untersuchen galt. Er wusste auch nicht, dass der Fronknecht Lukas Twen ihn dringend sprechen wollte, weil er ganz irrtümlich der Schuld am Ableben der Blomenow bezichtigt wurde. Und bald noch weit schlimmerer Dinge.

»Das ist ja die Höhe! Erst meldet sich der Scharfrichter krank, so dass das Gottesurteil für die alte Blomenow aufgeschoben werden muss, jetzt stirbt sie ihm unter der Nase weg! Ich habe gar das Gefühl, das Amt entgleitet dem Tune!«

Bürgermeister Franz Wessel war puterrot angelaufen, als ihm die Nachrichten aus dem Scharfrichterhaus überbracht wurden. Und dann noch von diesem lächerlichen alten dürren Männchen, das man ihm geschickt hatte. Bei solch einer schwerwiegenden Sache konnte sich der Herr Fronvogt ja wohl selbst an Wessels Tür bewegen.

Der Bürgermeister schritt schnaufend im Zimmer auf und ab. Henricus Prutze kannte diese Ausbrüche des kräftigen Braumeisters. Er versuchte, wie stets in solchen Fällen, sich ganz unauffällig zu benehmen und kritzelte in seinen Akten herum.

»Haben wir denn in dieser Stadt nicht genug Sorgen? Muss jetzt auch noch so was passieren? Was werden die Leute sagen? Dass die Stralsunder zu dumm sind, eine Hexe einzusperren und abzuurteilen! Dass die Hexe es vorgezogen hat, allein zu entscheiden, wann und wie sie zur Hölle fährt! Und dass das ganze Theater womöglich die Ursache für die Seuche ist, die uns heimsucht? Der Tune soll gefälligst selbst herkommen und Rede und Antwort stehen, wie das passieren konnte. Hatten wir seinem neuen Fronknecht, dem Twen, nicht aufgetragen, die mutmaßliche Hexe wiederherzustellen? Hieß es nicht jüngst noch, sie könne gar aus eigener Kraft zum Tauchen an den Sund gehen? Ich kann das alles nicht fassen! Warum hat mir der Fronvogt nicht wenigstens den Twen geschickt, wenn er sich schon nicht selbst hertraut? Wer war überhaupt dieser jämmerliche Kerl, der die traurige Botschaft überbracht hat? Der stank ja wie eine ganze Abdeckerei!« Wessel fühlte sich offenbar persönlich beleidigt.

»Es handelte sich um den alten Fronknecht des Tune, um Mattis. Er dürfte mit Abstand der dienstälteste Helfer des Scharfrichters sein. Ist schon vor dem Kirchenbrechen unter Tunes Amtsvorgänger eingestellt worden.«

»Der kriegt auch noch Gehalt aus der Stadtkasse und kann sich dafür nicht mal ein Bad leisten? Unerhört!«, wetterte der Bürgermeister.

Prutze fand diesen Gedankengang etwas abwegig und musste sich fast ein Lächeln verkneifen. Auch Wessel schien etwas zur Besinnung zu kommen. Er stampfte noch ein Weilchen auf und ab, dann ordnete er an: «Martin Tune soll die Umstände, die zum Ableben der Elisabeth Blomenow geführt haben, genauestens untersuchen und mir heute Abend Rede und Antwort stehen.»

Henricus warf leise ein: »Sollte man ihm nicht den Stadtphysikus an die Seite geben? Der kennt sich aus mit solcherart Leichenschau. Ich sollte vielleicht auch mitgehen und ein Protokoll anfertigen?«

»Euch kann ich heute nicht entbehren, Prutze. Es werden Verordnungen bezüglich der Pest und der Schließung der Stadttore zu formulieren sein. Der Tune soll aber ruhig den Stadtphysikus hinzuziehen. Ich trau dem Tune nicht. Wenn da was unredlich gelaufen ist, könnte er es auch zu vertuschen suchen. Der Fronvogt soll ruhig wissen, dass es um sein Amt geht. Er ist nicht unersetzlich. Ich würde lieber heute als morgen den Twen zum neuen Scharfrichter von Stralsund machen.« Wessel hielt kurz inne und fügte dann in gemäßigterem Ton hinzu: »Aber das müssen wir dem Scharfrichter nicht gleich auf die Nase binden. Was ich zuletzt gesagt habe, bleibt unter uns. Verstanden, Prutze?«

»Selbstverständlich, Herr Bürgermeister«, bestätigte dieser schnell. Er hatte Franz Wessel vorenthalten, was Mattis ihm noch schnell zugeflüstert hatte: Dass nämlich der Scharfrichter alles auf Lukas Twen schieben wolle. Dass der Twen es aber gar nicht gewesen sein könne, denn er sei die ganze Nacht im Hurkuffen der Stupe-Beke gewesen. Das könne er bezeugen, hatte der alte Mattis immer wieder beteuert. Das würde der Twen auch nie machen, der sei nämlich ein anständiger Kerl. Aber dem Tune sei er ein Dorn im Auge, von Anfang an gewesen. Der warte schon lange auf eine Gelegenheit, den Twen anzuschwärzen. Da sei eine ganze große Sache im Gange, er habe da gestern Nacht das eine oder andere aufgeschnappt im Scharfrichterhaus. Und der Junker von Bentkow stecke auch mit drin in der Sache. Der wolle sie alle verderben. Aber was würde das Wort eines alten Fronknechtes gegen das seines Dienstherren gelten?

Prutze hatte nicht alles verstanden, was Mattis da mit zahnlosem Mund murmelte, nachdem der Bürgermeister den schäbigen Boten aus der Fronerei angeekelt stehen gelassen hatte. Jedenfalls zog der Gerichtsdiener es vor, diesen Teil der Geschehnisse im Scharfrichterhaus vorerst für sich zu behalten.

Er offenbarte es zwei Stunden später während der Ratssitzung, auf der Gisbert von Bentkow ganz haarsträubende Vorwürfe vortrug. Alles in allem bezichtigte der das ganze Quartier Langenstraße/Kuttlosestraße gemeinschaftlich der Hexerei. Die Ratsherren waren in heller Aufruhr. Sie hatten das Gefühl, als bräche plötzlich alles Unheil der Erde über sie herein. Die Kontrolle schien ihnen zu entgleiten. Und das nur, weil sie gezögert hatten, bei den Hexen im Scharfrichterhaus schnell durchzugreifen. Der Rat erließ umgehend Befehl, alle entbehrlichen Bewaffneten der Stadtwache sollten sich auf die Suche nach Lukas Twen, der Stupe-Beke und Katharina Sprollhaus begeben.

Es musste schon fast Mittag sein, als Lukas die Böttcherstraße heraufkam. Nur noch vereinzelt fielen dünne Flocken vom Himmel. Die ganze Stadt wirkte sauber und leise, wie mit einem frischen Laken zugedeckt. Nur vereinzelt waren Menschen unterwegs. Nichts schien die winterliche Idylle zu stören.

Den ganzen Vormittag hatte er nach Dr. Scheitel gesucht. Wo sich das Haus des Stadtphysikus befand, war zwar nicht schwer herauszubekommen, ein paar Fragen hatten genügt. Aber dort war der Doktor nicht anzutreffen gewesen. Weil sie Lukas für einen Boten des Fronvogts hielt, gab die Haushälterin des Stadtphysikus bereitwillig Auskunft: Ihr Herr sei schon ganz früh am Morgen von Gerichtsdiener Monnick abgeholt worden und zu einer Untersuchung ins Hafenviertel aufgebrochen. Also hatte sich auch Lukas dorthin gewandt, ihn aber nicht gefunden. Sie mussten ständig aneinander vorbeigelaufen sein. Im Hafenviertel war es seltsam still. Lukas schob das auf den frisch gefallenen Schnee. Er wusste nicht, dass sich in den Vierteln der Armen die Seuche zuerst ausbreitete und die Menschen bereits merkten, dass der Tod umging.

Dann mussten sie eben doch aus der Stadt flüchten, wenn er keinen Fürsprecher fand, beschloss Lukas. Dass er gemeinsam mit Katharina unbelästigt durchs Stadttor marschieren könnte, schien ausgeschlossen. Sollte sie ruhig einige Tage in ihrem Versteck ausharren, bis sich eine Gelegenheit ergab. Er würde mit Beke beraten müssen, wo sie sich in der Nähe der Stadt wiedertreffen konnten.

Sich mitten im Winter hinaus aufs freie Feld zu wagen, war keineswegs ohne Gefahren. Es gab bei den Bauern kaum etwas einzuhandeln, die hatten in dieser Jahreszeit selbst wenig zu beißen. Die Wege waren unsicher, man musste immer mit Räubern rechnen, die nach dem Besitz und gewöhnlich auch dem Leben der Reisenden trachteten. Der Handel über Land kam jetzt ebenfalls fast zum Erliegen. Es war also auch nicht möglich, sich einer größeren Reisegesellschaft anzuschließen, die durch bewaffnete Begleitung geschützt war. Eine Waffe, die bräuchte man jetzt. Doch Bürgermeister Wessel hatte ihm sein Schwert weggenommen. Er konnte es in dieser Situation kaum zurückfordern.

Eine ungeplante Flucht mit unbekanntem Ziel – die Lage schien aussichtslos. Kein Schwert, kein Proviant, nicht einmal seinen Hund hatte er bei sich. Und er musste bei allen Überlegungen auch an Katharina denken. Konnte man ihr zutrauen, wochenlang zu wandern, in Scheunen zu schlafen, manchmal auch einfach im Wald? Konnte man ihren zarten Füßen unwegsames Gelände zumuten? Nässe, Kälte und Gewalt? War sie nicht an ein weiches Bett und schöne, bunte Kleider gewöhnt? Trotzdem: Ohne Katharina wegzulaufen, schien ihm unmöglich. Schließlich war ihr Leben ebenso bedroht wie das seine. Also nicht lange überlegen, sondern einfach handeln, befahl sich Lukas.

Gleich aus mehreren Gründen hatte Lukas aber das sichere Gefühl, noch einmal in die Fronerei zurückkehren zu müssen. Und sei es nur, um seinen Hund zu holen. Einen besseren Gefährten konnte man sich auf der Flucht nicht wünschen. Das Tier jagte sogar selbst, so dass man sich um sein Futter keine Sorgen machen musste. Und seinen alten ledernen Schultersack, der ihn seit den Feldzügen begleitete, konnte er auch gebrauchen. Er musste sich nur am Tune vorbeischleichen. Vielleicht lag der auch schon wieder in seiner Kammer und betrank sich weiter. Und in Tunes Amtsstube gab es mehrere brauchbare Waffen, nicht nur das große Richtschwert …

Lukas ging langsam die Böttcherstraße hinauf. Er wollte sich so unauffällig wie möglich benehmen, verlangsamte aber den Schritt, je näher er der Filterstraße kam. Dann lugte er vorsichtig um die Ecke, von wo er einen guten Blick auf das Scharfrichterhaus hatte. Da öffnete sich das Hoftor und der Fronvogt persönlich trat auf die Straße. Lukas zog schnell den Kopf zurück und duckte sich in den nächstbesten Hauseingang. Doch Martin Tune bemerkte ihn nicht. Er schritt zügig die Böttcherstraße in die andere Richtung hinauf. Sein fetter Leib im dunkelbraunen Rock wirkte wie ein wandelnder Kothaufen auf dem frisch gefallenen Schnee, dachte Lukas angewidert.

Martin Tune war unterwegs zur Stadtwache, um einen Trupp Lanzenträger zu erbitten, die sich am Scharfrichterhaus postieren sollten. Denn er war sich fast sicher, dass der flüchtige Verbrecher Twen noch einmal dorthin zurückkehren würde, um seine Habseligkeiten zusammenzusuchen und seinen Hund herbeizupfeifen. Twen konnte ja nicht wissen, dass er den blöden Köter einfach abgestochen hatte. Die Töle hatte doch wirklich mit gebleckten Zähnen versucht, ihm den Weg zu versperren. Nun lag der riesige schwarze Kadaver im rot gefärbten Schnee gleich hinter dem Hoftor. Bei seiner Rückkehr würde er den alten Mattis anbrüllen, warum er das tote Vieh nicht längst weggeräumt hatte. Und dann brauchte er nur noch auf den Frechling zu warten, der ihn von seinem Posten vertreiben wollte …

Wen Lukas nicht bemerkte, als er dem Tune hinterhersah, war Johannes Scheitel, der ebenfalls zügigen Schrittes dem Scharfrichterhaus zustrebte. Die

Nachricht von Elisabeth Blomenows Tod hatte ihn sehr beunruhigt. Der Auftrag des Rates, die Leiche zu untersuchen, schien ihm jetzt wichtiger als die Zählung der Kranken. Gegen die Ausbreitung der Seuche konnte er ja doch nicht wirklich etwas bewirken. Aber hier galt es, ein Geheimnis zu lüften und für Gerechtigkeit zu sorgen. Er hatte den überaus lästigen Roland Monnick für zwei Stunden nach Hause geschickt, dann sollte der Gang fortgesetzt werden. Der Stadtphysikus entdeckte den Hünen, als er an ihm vorbeikam und sprach ihn an. Lukas war erleichtert, als Dr. Scheitel vor ihm stand: »Ich habe den ganzen Vormittag nach Euch gesucht!«

»Ja, ich weiß, Elisabeth Blomenow. Ein Bote des Rates hat mich schon aufgefordert, in die Fronerei zu kommen.«

»Nein, darum geht es gar nicht. Oder eigentlich auch. Aber es hängt noch viel mehr dran. Bestimmt sucht man schon nach mir.«

»Twen, was redet Ihr da für wirres Zeug? So aufgeregt kenne ich Euch gar nicht. Kommt, lasst uns hinübergehen in die Fronerei. Dort können wir in Ruhe reden.«

Schnellen Schrittes bogen sie um die Ecke und öffneten das Hoftor. Dahinter stand der alte Mattis, der sich ächzend mühte, Lukas erstochenen Hund wegzuschleifen. Lukas sprang hinzu und nahm das tote Tier mühelos auf die Arme. Voller Bitterkeit sah er auf den erkalteten Leib hinunter.

»Was um alles in der Welt ist denn hier geschehen? So sprecht doch! Und wo ist überhaupt der Tune?«, verlangte Dr. Scheitel energisch zu wissen.

»Der holt ein paar Stadtwächter, um Lukas festzunehmen«, sagte Mattis mit müder Stimme.

Scheitel stand wie vom Donner gerührt. Der riesenhafte Mann mit dem schlaffen Hundekörper im Arm kam ihm plötzlich seltsam verloren vor. Wie ein Junge, dem man aus der Patsche helfen musste. Johannes Scheitel machte ein paar Schritte auf ihn zu und streichelte das zottelige Fell des toten Tieres. Dann blickte er Lukas Twen fest in die Augen: »Wie kann ich Euch helfen, Mann?«

Lukas trug seinen Hund zur Abdeckgrube und legte ihn einstweilen hinein. Dann schilderte er abwechselnd mit Mattis, was sich in den letzten Stunden im Scharfrichterhaus ereignet hatte. Der Stadtphysikus hörte schweigend zu. Erst als die beiden Knechte geendet hatten, erlaubte er sich ein paar Nachfragen. Seine letzte lautete: »Ich verstehe dieses seltsame Bündnis nicht. Was hat ein Patriziersöhnchen wie von Bentkow mit einem Scharfrichter zu tun? Wieso sind die so dicke miteinander, dass sie so etwas aushecken können?«

»Es ist offenbar nicht das erste Mal, dass sie gemeinsame Sache machen. Wenn Ihr mich fragt, stecken sie auch hinter der Kindstötung bei Blomenows«, bekannte Lukas und fügte hinzu: »Ich glaube fest daran, dass der Junker der Vater von Ursulas Kind war. Und der Tune muss ihm irgendwie behilflich gewesen sein, das Kind zu beseitigen.«

»Ich mag es kaum glauben, aber Ihr könntet recht haben. Wir müssen unseren Verdacht dem Rat vortragen. Ich muss mit Henner Prutze reden, der muss uns direkt bei Bürgermeister Wessel vorsprechen lassen. Vor allem allein mit ihm. Sobald der alte Lorbeer dabei ist, hat der verbrecherische Lümmel einen nahezu unbezwingbaren Fürsprecher.«

»Aber Ihr habt keine Zeit, erst lange mit den Oberen zu verhandeln. Für Lukas und Katharina steht's auf des Messers Schneide. Wenn der Tune ihn findet, fackelt er nicht lange«, mischte sich Mattis ein.

»Ich fürchte, auch darin habt Ihr recht.« Scheitel überlegte noch einen Moment, dann entschied er: »Packt schnell Euer Bündel und geht zu meinem Haus. Ihr wisst ja inzwischen, wo das ist. Sagt meiner Magd, Ihr sollt dort auf mich warten. Ich denke, bei mir sucht man Euch nicht gleich. Dadurch gewinnen wir ein wenig Zeit ...«

»Seine Zeit ist abgelaufen!«, schallte eine schneidende Stimme über den Hof. Der massige Leib von Martin Tune füllte das Hoftor aus. Hinter ihm drängten vier Stadtwächter mit Hellebarden nach. Tune winkte sie mit einer herrischen Geste herein und zeigte mit ausgestrecktem Arm auf Lukas: »Ergreift den Hochverräter und Satansdiener!«

Dr. Scheitel überlegte nicht. Er warf sich zwischen den Fronknecht und die anstürmenden Wachen: »Zurück! Hier ist das letzte Wort noch nicht gesprochen! Der Twen ist unschuldig!«

Die Bewaffneten verzögerten ihren Schritt, senkten aber trotzdem die Spieße und zielten auf die beiden Männer. Natürlich wollten sie den Stadtphysikus nicht verletzen, aber ihre Befehle waren eindeutig, was den Riesen betraf.

Johannes Scheitel nutzte ihr Zögern: »Seid vernünftig, ihr Männer. Der Tod von Elisabeth Blomenow ist noch gar nicht untersucht. Der Fronvogt legt falsches Zeugnis ab, weil er den Twen hasst! Glaubt mir, hier ist keine Hexerei im Spiel. Hier steckten vielmehr menschliche Bosheit und Neid dahinter …«

»Hört nicht auf den verrückten Doktor! Der steht auch schon im Bann des Teufels! Ich bin ja wohl nicht neidisch auf einen Kerl wie diesen hergelaufenen Landsknecht«, fiel ihm Martin Tune scharf ins Wort und zeigte wieder mit ausgestrecktem Arm auf Lukas.

Doch die Wachen zögerten. Erneut sah Scheitel seine Chance. Diesmal wandte er sich über die Hellebarden hinweg direkt an den Henker: »Der Twen war dir von Anfang an ein Dorn im Fleische. Der ist dir über, Tune, nicht nur körperlich. Der ist größer, stärker, geschickter und schlauer als du. Und der hat auch rausgekriegt, dass du deine dreckigen Finger im Spiel hattest, als das Blomenowsche Kind zu Tode kam.«

»Es reicht!« Martin Tune lief blaurot an, seine Stimme war nur noch ein schrilles Kreischen. Er stieß die nächststehende Wache aus dem Weg und ging mit erhobener Faust auf den Stadtphysikus los. Der tauchte geistesgegenwärtig weg. Der Schlag zielte nun auf Lukas' breite Brust, doch der riss nur den Arm hoch und wehrte Tune mühelos ab. Das schien den Scharfrichter noch mehr zu erzürnen. Er senkte den Kopf wie ein Stier und rannte in heilloser Wut auf Lukas los.

»Vorsicht! Ein Messer!«, schrie Scheitel, als er die Waffe in Tunes Hand aufblitzen sah. Niemand hatte gesehen, wie der Henker den Dolch zog. Plötzlich war er da und zielte mit tödlicher Präzision auf

Lukas Bauch. Der konnte dem Stoß mit einer halben Drehung ausweichen. Die Klinge schabte auf seinem abgewetzten Lederwams entlang, ohne ihn zu durchdringen. Doch Martin Tune holte sofort zum nächsten Hieb aus.

Lukas taumelte seitwärts und stieß mit einem Mann der Stadtwache zusammen. Ohne zu überlegen, entriss er diesem die Hellebarde und senkte den Schaft. Martin Tune rannte blindlings in die scharfe Spitze. Er stoppte mit hocherhobener Hand mitten in der Bewegung, die Klinge keinen halben Meter von Lukas Herz entfernt. Der Scharfrichter starrte ihn hasserfüllt an. Ein Zischen drang aus Tunes Kehle, es schien, als wolle er mit letzter Kraft noch einmal vorwärtsstürmen. Die Hellebarde drang tiefer in dessen Wanst ein und riss ihn auf. Lukas spürte das schwere Gewicht des fetten Körpers, er brauchte alle Kraft, um den Schaft zu halten. Dann erst sank Martin Tunes erhobenes Messer langsam nieder. Ohne die Augen von Lukas zu lassen, brach er in die Knie. Lukas zog die Hellebarde zurück und der Henker fiel heftig aus dem Leib blutend zu Boden.

Niemand rührte sich. Umstanden von den Männern der Stadtwache, seinen Knechten und dem Stadtphysikus lag Martin Tune im Hof des Scharfrichterhauses und färbte den Schnee rot. Keiner legte Hand an, um ihm zu helfen. Nach einigen Minuten ging ein Zittern durch den schwammigen Leib, dann schien das Leben ihn endgültig verlassen zu haben. Johannes Scheitel kniete nieder und drehte ihn um. Hässlich klaffte Tunes aufgeschlitzter Bauch. Der Doktor legte eine Hand aufs Herz und brachte sein

Ohr ganz nah an des Henkers Gesicht, doch er konnte weder Herzschlag noch Atmung feststellen. Dann schloss er dem Scharfrichter von Stralsund die Augen, denn er konnte deren unverändert boshaftes Starren nicht mehr ertragen.

Scheitel richtete sich auf und sah schmerzerfüllt auf Lukas Twen. »Jetzt, mein Freund, kann Euch niemand mehr helfen«, sagte er und gab den Stadtwächtern ein Zeichen. Zwei von ihnen nahmen Lukas in die Mitte und führten ihn zum Turmhaus. Mattis hakte den Schlüssel von Tunes Gürtel, ohne den Toten zu berühren. Dann schlurfte er hinterher. Mit dem Ärmel wischte der Alte sich die Augen, denn er hatte den Tränen nichts mehr entgegenzusetzen.

VI

Ihres Scharfrichters beraubt, mussten die Stralsunder Ratsherren ungewöhnliche Wege gehen, um die Sache zu bereinigen. Dass der Fronknecht Lukas Twen seinen Dienstherrn getötet hatte, stand außer Zweifel. Dafür wurde er zum Tode auf dem Rad verurteilt. Allerdings saß er noch bis Anfang Juni in der Kustodie und wartete auf seine Hinrichtung. Erst dann erschien der Scharfrichter von Lübeck in Stralsund und waltete aushilfsweise seines Amtes. Mehrere andere hatten die Einladung vorher abgelehnt, denn es hatte sich doch herumgesprochen, dass am Strelasund die Pest wütete. Außerdem wurde es ein langer Winter, gefolgt von einem feuchten Frühjahr. Die Wege erwiesen sich als kaum passierbar.

Der Lübecker Henker indes war ein beherzter Mann. Er empfand es jedenfalls als Ehre, den gewaltsamen Tod seines Amtsbruders zu sühnen. Außerdem handelte es sich bei dem Delinquenten ja wohl um einen gebürtigen Lübecker, wie man ihm berichtet hatte. Und damit fühlte er sich persönlich zuständig.

Man behandelte Lukas gut, während er in Haft saß, auch wenn man ihm nicht einen Augenblick die Ketten an Füßen und Händen abnahm. Denn man hatte selbst vor den gebundenen Fäusten des Hünen noch Respekt. Es hatte keine hochnotpeinliche Befragung stattgefunden, denn Twen machte keine Anstalten, das Augenscheinliche zu leugnen. Trotzdem kam es zu einer Vernehmung durch den Ratsherrn Nikolaus Rode, über die Gerichtsdiener Henricus Prutze ein aufschlussreiches Protokoll anfertigte. Darin ging es in großen Teilen um die Kindstötung, die man Elisabeth und Ursula Blomenow zugeschrieben hatte. Die Aussage des Twen belastete den ehemaligen Fronvogt Martin Tune und eine weitere Person aus den höchsten Kreisen der Stadt derart, dass man das Protokoll bald als Geheimdokument behandelte und der Bürgermeister es unter Verschluss nahm. Trotzdem schienen hier und da Kopien aufzutauchen, die heimlich die Runde machten und in eingeweihten Kreisen für viel Getuschel sorgten.

Christoph Lorbeer, der seine Augen und Ohren überall hatte, blieb dies natürlich nicht verborgen. Er schickte seinen Großneffen Gisbert von Bentkow deshalb unverzüglich auf das alte Klostergut Endingen, wo sich Ida bereits mit ihrer Dienerschaft eingerichtet hatte. Daran war nichts Verwerfliches, fast alle Patrizier hatten sich und ihre Familien aufs Land gerettet, um die Pest fernab der Stadt auszusitzen. Gisbert fand den Landaufenthalt hingegen grässlich langweilig und wilderte zu seiner Unterhaltung derart schamlos in den umliegenden Wäldern, dass kein einziger Hirsch mehr übrig war, als der pommersche Herzog im Herbst just im Richtenberger Forst eine Jagd ansetzte. Sehr erbost über die magere Strecke befahl er eine Untersuchung, die nicht nur ans Tageslicht brachte, dass Junker von Bentkow der Wilddieb war, sondern dass der Stralsunder Rat sich auch hemmungslos an einem Besitz bereicherte, dessen Zuordnung noch nicht erfolgt war. Der Herzog entsandte Rechtsgelehrte an den Kaiserhof, die unter Zuhilfenahme einiger Bestechungsgelder binnen eines Jahres erwirken konnten, dass das Gut Endingen der herzoglichen Schatulle zugeschlagen und die Stadt Stralsund zur Zahlung einer deftigen Pacht verpflichtet wurde. Und zwar rückwirkend für 20 Jahre. Die Ratsherren waren darüber verständlicherweise nicht sehr erfreut, zumal die Einnahmen aus dem Gut Endingen irgendwie ihrer Aufmerksamkeit entgangen waren. Und Christoph Lorbeer, dem die Verwaltung der enteigneten Kirchengüter oblag, konnte man nicht mehr fragen. Das Oberhaupt eines der mächtigsten Patriziergeschlechter im Ostseeraum erlag kurz vor Ostern der Pest. Er hatte bis zum Schluss versucht, die Fäden seines Imperiums in der Hand zu behalten und sich deshalb geweigert, die Stadt zu verlassen, in der die Seuche immer offensichtlicher um sich griff. Gisbert von Bentkow musste aus dem Familienvermögen von der Verurteilung wegen Wilddieberei freigekauft werden. Die anschließend gefeierte, wenig prachtvolle Hochzeit seines missratenen Großneffen mit dem Semlower Fräulein verpasste Christoph Lorbeer ebenso wie Gisberts frühen Tod. Kurz nach dessen 27. Geburtstag war der Junker im Wirtshaus wegen seiner langen weißblonden Locken von anderen betrunkenen Zechern als Mädchen verhöhnt worden. Im anschließenden Gerangel unterlag von Bentkow einem geschickten Fechter.

Nicht weniger erbarmungslos als die Pest griff auch die Obrigkeit durch. Nachdem sich der Aufruhr, den die Schließung der Stadttore erwartungsgemäß hervorrief, nach einigen Tagen gelegt hatte, fand und verhaftete man Beke, die Stupe-Hure, und verbrannte sie eine Woche später als Hexe auf dem Scheiterhaufen. Die Stadtwache war herangezogen worden, um den Scheiterhaufen zu errichten. Ausnahmsweise durfte Gerichtsdiener Roland Monnik die Fackel senken, um das Feuer zu entzünden. Die Stralsunder hatten mit dieser Hinrichtung endlich einen Sündenbock gefunden, den sie für den Ausbruch der Seuche verantwortlich machen konnten. Eigentlich sollte Ursula Blomenow das gleiche Schicksal ereilen, aber sie war so augenscheinlich geistig verwirrt und zudem durch die Aussage des Lukas Twen entlastet, dass man sich entschloss, Gnade walten zu lassen. Die unglückliche Tochter von Hans und Elisabeth Blomenow wurde als städtisches Mündel ins Heilgeisthospital gesteckt. Dort traf sie ihre alte Freundin Trine Bruse wieder. Die alte Trine bewies ein glückliches Händchen im Umgang mit der verängstigten und zu Ausbrüchen neigenden Wahnsinnigen. Und als im Jahr darauf die Sonne endlich wieder wärmte und die Wege trocknete, als die Pestepidemie zum Stillstand kam und als der Wandertrieb Trine Bruse erfasste, sah man die beiden gemeinsam über Land ziehen und betteln. Dabei führten die zwei Frauen stets ein buntes Wägelchen mit einer Puppe mit sich, die sie hüteten wie ihren Augapfel.

Der alte Mattis freute sich über diese Entwicklung sehr und schaute so oft es ging im Heilgeisthospital nach Trine und Ursula. Er hielt über Monate allein die Stellung im Scharfrichterhaus und erledigte die notwendigsten Arbeiten. Dafür belohnte er sich, indem er seinen Strohsack aus dem Stall schleppte und die warme Kammer des Tune bezog. Auch dessen Bierkeller leerte er hemmungslos und ohne schlechtes Gewissen. Der im Herbst 1549 neu ernannte Stralsunder Scharfrichter Peters brachte eigene Fronknechte mit, doch Mattis erhielt ein Gnadenbrot aus der Stadtschatulle. Immerhin hatte er drei Fronvögten gedient und galt als der geschickteste Abdecker, so weit man in der Stadt zurückdenken konnte. Dank des städtischen Salärs konnte auch er schließlich ganz ins Heilgeisthospital umziehen, wo er ein Jahr später friedlich im Bett starb. Es war Mai – und Trine und Ursula hatte es gerade wieder hinaus aufs Land gezogen.

Ein weitaus weniger friedliches Ende fanden hingegen der Kannengießer Herrmann Fyrow und seine Frau. Marie hatte ihren Mann genötigt, die Sachen zu packen und vor der Pest davonzulaufen. Sie hatte Verwandtschaft in Voigdehagen, was ihr erst einmal weit genug weg von der Stadt schien. Sie kamen jedoch zu spät: Die beiden gerieten in das Chaos am Tribseer Tor, wo sich Hunderte Menschen nebst Pferden, Fuhrwerken und Karren drängten. Es wollten noch ebenso viele schnell hinein wie hinaus, während die Torflügel schon aus den Verankerungen genommen und halb geschlossen standen. Marie Fyrow gehörte zu jenen, die am lautesten zeterten, drängten und um sich schlugen. Dabei geriet sie zu nah an die Räder eines schwer beladenen Gefährts. Das erhebliche Gewicht rollte über ihre Füße und brach darin sämtliche Knochen. Ihr Mann musste die vor Schmerzen fast wahnsinnige Marie auf seinem Rücken nach Hause schleppen und zu Bett bringen. Dort lag sie drei Tage bei ununterbrochenem Gejammer und Geschrei. Bader Gentzkow kam am zweiten Tag in Fyrows Haus und empfahl die Amputation beider Füße, doch Marie wehrte sich derart, dass man sie einstweilen in Ruhe ließ. In der dritten Nacht konnte der Kannengießer die schrille Stimme seiner Gattin nicht mehr ertragen. Er drückte ihr ein Daunenkissen aufs Gesicht, bis sie Ruhe gab. Marie wehrte sich bis zuletzt und setzte dabei erstaunliche Kraft frei. Es war ein harter Kampf, bei dem auch Herrmann nicht ohne Kratzer und blaue Flecken blieb. Aber am Ende obsiegte er und hatte endlich, endlich Ruhe.

Das Drama in der Fyrowschen Wohnung hatte eine unerkannte Zeugin: Im Keller des Hauses hockte Katharina Sprollhaus. Verängstigt, verfroren, halb verhungert und verdurstet und voller Trauer um den Verlust ihres Geliebten. Sie wusste nicht, was das tagelange Geschrei und Gepolter über ihr bedeutete, aber sie wagte auch nicht, ans Licht zu kommen. In der ersten Nacht war sie einmal zurückgekrochen ins Hurenhaus, um Essbares und Decken zu suchen, hatte aber niemanden vorgefunden. Ihr Zuhause war leer. Sie hatte keinen anderen Ausweg gesehen, als sich weiter zu verstecken und auf Hilfe zu warten. Allmählich fühlte sie sich wie in einem Verlies eingesperrt, einem recht gruseligen dazu. Denn dieser Keller befand sich unmittelbar unter der ehemaligen

Wohnung von Elisabeth und Ursula Blomenow. Und hier irgendwo musste die Leiche des Neugeborenen versteckt gewesen sein, bis Marie Fyrow sie bei einem ihrer kleinen Diebeszüge gefunden hatte. Zum Schluss dachte Katharina, dass man schließlich auch ihren verwesten Körper irgendwann hier unten finden würde. Sie war drauf und dran, dieses Schicksal als Strafe für ihren sündigen Lebenswandel zu akzeptieren.

Dass die Keller vieler Häuser durch Gänge miteinander verbunden waren, hatte nicht nur Marie herausgefunden. Was ihrer Aufmerksamkeit aber entgangen war: Es gab einen niedrigen Durchlass von Fyrows Keller zu dem des Hurenhauses. Was wie fest vermauert aussah, war nur lose aufeinandergelegt. Und Herrmann hatte im Laufe der Jahre eine erstaunliche Geschicklichkeit entwickelt, den Durchschlupf zu erweitern, um hin und wieder vorfristig die Miete einzutreiben bei den Dirnen der Stupe-Beke, ohne dass seine streitsüchtige Gattin davon eine Ahnung hatte.

Leider kannte sich auch Martin Tune bestens aus in den alten Kellern der Stadt. Als er damals mit dem Neugeborenen unter dem Umhang die Wohnung verließ, hatte er sich in Fyrows Keller geschlichen. Und von dort in den Blomenows. Er hatte ein Schnürband seines Hemdes um den winzigen Hals geschlungen und ohne großen Kraftaufwand gezogen, bis der Knabe aufgehört hatte zu atmen. Das Ganze geschah völlig geräuschlos, obwohl er zur Sicherheit noch seine Pranke auf das kleine Gesicht gedrückt hatte, um jeden Schrei im Keim zu ersticken. Anschließend legte er das leblose Bündel in eine kleine Vorratskiste und schlich sich auf dem gleichen Weg zurück. Gefühlt hatte er dabei nicht mehr als beim Ersäufen junger Katzen. Dass direkt über seinem Kopf die Witwe Blomenow, der er schon den Ehemann genommen hatte, um das Leben ihrer im Kindbett fiebernden Tochter kämpfte, fand Martin Tune dabei eher erregend. Er stieg mit einem breiten Grinsen aus der Unterwelt wieder herauf und schlich sich an den schlafenden Fyrows vorbei. Gisbert von Bentkow ließ es sich einiges kosten, dass der Tune die sündige Frucht seiner Lenden beseitigte. Und dass er es auch noch so gedreht hatte, dass der Verdacht auf die Mutter und die Großmutter fallen musste, dünkte die beiden Herren ein besonders gelungenes Schurkenstück.

Wie gesagt: Am Tag nach Tunes Tod wurde die Hurenmutter Beke verhaftet. Es erschien dem Rat angebracht, das wegen der Einschließung in den Stadtmauern aufs Höchste erregte Volk zu beruhigen und mit einer Hexenverbrennung von der Pest abzulenken. Da ohne Scharfrichter eine hochnotpeinliche Befragung nicht möglich war, quälte man die zähe alte Stupe-Beke so lange mit Wasser- und Schlafentzug, bis sie halluzinierte und ein Geständnis unterschrieb, in dem sie sich als Hexe bekannte. Der Ratsherr Gottschalk Vollrath tat sich dabei als Vernehmer hervor und schonte die eigene Gesundheit nicht, bis die Hexe geständig war. In einer Pause, als sich Herr Vollrath nach Hause entfernt hatte, um eine stärkende Mahlzeit zu sich zu nehmen, raunte Beke dem protokollführenden Gerichtsdiener Henricus Prutze etwas zu, was den in höchste Aufregung versetzte: Wenn er schon den Lukas Twen nicht vor dem Tode bewahren könne, so solle er wenigstens dessen Frau Katharina

Sprollhaus retten. Die beiden würde die reinste Liebe verbinden, die sie und er je erlebt hätten, fügte die Hurenmutter noch hinzu. Dann verriet sie mit leiser Stimme und letzter Kraft, wo Katharina versteckt war.

Am Vormittag nach der Nacht, in der Marie Fyrow endlich aufgehört hatte zu schreien, öffnete sich die Kellerluke über Katharina. Helles Tageslicht strömte herein und blendete sie schmerzhaft nach der langen Dunkelheit. Stadtphysikus Scheitel und Gerichtsdiener Prutze hatten sich an Herrmann Fyrow unter dem Vorwand vorbeigeschoben, sie müssten noch einmal eine letzte Sache in der Blomenowschen Behausung klären, ehe die Gerichtsakten endgültig geschlossen werden könnten. Es passe jetzt schlecht, hatte ihnen der sonst so einsilbige Handwerker beschieden. Seine Frau habe heute Nacht das Zeitliche gesegnet und er müsse umgehend ein paar Verwandte bitten, ihren Leichnam für die Bestattung herzurichten. Er wolle auch zum Pastor und zum Totengräber, die Herren würden sicher einsehen, es gebe allerhand zu tun. Woran seine Frau denn gestorben sei, wollte Dr. Scheitel wissen, dessen berufliches Interesse sofort erwacht war. Gut möglich, dass hier die Seuche auch schon Ernte hielt. Fyrows Antwort, seine Frau habe sich beide Füße gebrochen und zwar vor drei Tagen, ließ ihn jedoch ungläubig die Stirn runzeln. Die Verstorbene würde er sich gern mal näher ansehen, meinte Johannes Scheitel. Fyrow war so verdutzt, dass er sie unverzüglich in die Schlafkammer geleitete. Dort lag Marie in einer völlig zerwühlten Bettstatt, das dicke Daunenkissen noch halb auf dem Gesicht, die Augen starr, die Lippen zerbissen –

eine grausige Grimasse des Schreckens. Unter ihren Fingernägeln fanden sich Blut und Haare, worauf der Stadtphysikus unverzüglich den Gerichtsdiener aufmerksam machte. Dann baten die beiden Amtspersonen Kannengießer Fyrow, seine Ärmel ein wenig aufzukrempeln, so dass sie zahlreiche frische Kratzer bewundern konnten, die ihm Marie im Todeskampf zugefügt hatte. Als Prutze ihn auf den Kopf zu fragte, ob er seine Frau mit dem Kissen erstickt habe, fing Herrmann Fyrow an zu schluchzen wie ein Kind und konnte sich kaum noch auf den Beinen halten. Sie setzten ihn in die Küche und fingen den erstbesten Burschen auf der Straße ab, er solle die Stadtwache informieren. Bald darauf erschienen zwei Mann im Hause Langenstraße/Ecke Kuttlosestraße, um den Gattenmörder Herrmann Fyrow festzunehmen. Dann endlich konnten sie Katharina aus dem Kellerloch ziehen.

Auch Fyrow wurde bereits wenige Tage später zum Tod durch den Strang verurteilt, was aber ohne Scharfrichter schwer zu machen war. So saß er einige Zeit in der Kustodie, bis eine Lungenentzündung den völlig gebrochenen Mann vorzeitig dahinraffte.

An diesem Tag erwarb sich das einstmals Blomenowsche Haus endgültig den Ruf einen Unglücksortes, der nur Tod und Verderben über seine Bewohner bringe. Das ermöglichte Katharina, sich noch einige Zeit weiter dort zu verstecken, allerdings versorgt von Scheitel und Prutze, die sie so oft es ging besuchten und ihr Mut zusprachen. Etwa vier Wochen später schmuggelte sie Johannes Scheitel aus der Stadt. Er begleitete einen kleinen Trupp Männer mit Vogelmasken, die nach einem geeigneten Platz für einen neuen Pestfriedhof Ausschau halten sollten. Denn die Zahl der Toten stieg mit jedem Tag und der Beerdigungsplatz innerhalb der Mauern wurde eng. Neben ihm auf dem Kutschbock hockte als Aussätziger verkleidet und vermummt die wegen Hexerei und Hurerei gesuchte Katharina Sprollhaus. Nachdem die Pestwächter sich auf ein geeignetes Gelände an der späteren Brunnenaue geeinigt hatten, zog Dr. Scheitel mit seinem seltsam schweigsamen Begleiter weiter zu den vorgelagerten Höfen, um angeblich zu überprüfen, ob sich die Seuche auch dort schon ausbreite. So stand es jedenfalls in dem Geleitbrief des Rates, aufgesetzt von Henricus Prutze, der ihnen alle Tore öffnete.

Sie fuhren nach Lüssow, auf den Hof von Bauer Brahme. Der war ein anständiger Mann, aber das Schicksal hatte ihn diesen Winter arg gebeutelt. Seine Frau und das Neugeborene waren im Wochenbett gestorben, zwei weitere Kinder an Masern. Außerdem hatte er drei Kühe verloren, darunter einen durchgedrehten Stier, worüber man sich in Stralsund noch immer die abenteuerlichsten Geschichten erzählte. Der Vorfall galt bald als ein weiteres Vorzeichen für die schlimmen Ereignisse, die 1549 die Stadt erschütterten.

Brahmes Familie schien im Elend zu versinken, wahrscheinlich würde er nächstes Jahr die Pacht nicht aufbringen können und den Hof verlieren. Nun stellte ihm der Stadtphysikus diese wunderschöne Frau vor. Sie heiße Katrin und sei eine geschickte Näherin, eine junge Witwe, deren Mann gerade an der Pest gestorben sei. Das Schicksal habe sie also ähnlich schwer getroffen wie ihn, zumal sie schwanger sei und in wenigen Monaten niederkomme. Wenn Brahme sich bereitfinde, sie und ihr Kind aufzunehmen, würde sie ihm aus freien Stücken die Hausfrau ersetzen und bei der Aufzucht seiner Kinder helfen.

Brahme willigte selbstverständlich ein. Mit diesem Tag endete seine Pechsträhne. Er behandelte seine blonde Haushälterin mit größtem Respekt und bald auch mit Liebe. Sein Hof blühte wieder und alle Kinder gediehen prächtig. Der Knabe, den Katharina Ende Oktober zur Welt brachte, geriet ungewöhnlich groß. Sie glaubte mit jeder Faser ihres Herzens daran, den Vater zu kennen, obwohl sie sich nicht sicher sein konnte. Der Junge wurde jedenfalls auf den Namen Lukas getauft. Und weil sie am selben Tag heirateten und der Bauer ihn an Kindesstatt anerkannte, ging der Knabe als Lukas Brahme durchs Leben.

Katrin Brahme half nach Kräften in der Wirtschaft und hatte nach einiger Zeit alles gelernt, was eine ordentliche Bäuerin wissen musste. Sie besserte das Einkommen der Familie durch feine Näharbeiten auf, die sie ihren Mann in der Stadt verkaufen ließ. Sie selbst betrat nie wieder die Mauern von Stralsund. Stattdessen erwarb sie sich in den umliegenden Dörfern einen guten Ruf als Hebamme, die den Frauen in ihrer schweren Stunde zuverlässig zur Seite stand.

Dr. Johannes Scheitel besuchte das Lüssower Vorwerk ein-, zweimal im Jahr und unterhielt sich stets lange mit der Bäuerin. Dabei ließ er sie an seinem akademischen Wissen über die weibliche Natur und die Geburtskunde teilhaben. Katharina wiederum erzählte von ihren praktischen Erfahrungen und stellte viele Fragen, so dass sich die beiden stundenlang in Dispute verwickelten, die jeder Universität zur Ehre gereicht hätten. An eine solche, nämlich die in Greifswald, wurde der Medikus denn auch einige Jahre später berufen. Seinen Posten als Stadtphysikus von Stralsund und sein Haus hinter der Marienkirche räumte er dafür ohne großes Bedauern. Denn die politischen Verhältnisse in der Stadt waren immer weniger nach seinem Geschmack.

Als braver Diener und wahre Stütze des Stralsunder Rates erwies sich indes Henricus Prutze, den eine lebenslange Freundschaft mit Johannes Scheitel verband. Solange der Doktor noch als Stadtphysikus arbeitete, untersuchten sie gemeinsam manchen unlauteren Todesfall und lernten dabei, den unter der Folter abgepressten Geständnissen zu misstrauen. Aber nur selten gelang es ihnen, die Vernunft obsiegen zu lassen und das Gericht mit sachlichen Argumenten zu überzeugen. Prutze sollte das wahrhaft biblische Alter von 87 Jahren erreichen. Er überlebte unter anderem den aufbrausenden Bürgermeister Franz Wessel, den zehn Jahre nach den geschilderten Ereignissen mitten während eines Festgelages der Schlag traf. Fast vollständig gelähmt, musste der einst so mächtige Braumeister noch bis 1570 gefüttert und gewaschen, gebettet und gesäubert werden, ehe sein ochsenstarkes Herz endlich aufhörte zu schlagen. Doch schon bevor der Schlagfluss ihn ereilte, musste er sein Amt als Stadtoberhaupt an Nikolaus Gentzkow abgeben, einen entfernten Verwandten des gottesfürchtigen Badermeisters Dietger Gentzkow. Der hatte sich selbstlos in den Kampf gegen die Pest geworfen und war ihr schließlich auch erlegen. Genauso erging es übrigens Gerichtsdiener Roland Monnick, in dessen Hurenhaus fortan die Dänisch-Grete nach eigenem Willen schaltete und waltete.

Monnicks Amtsbruder Henricus Prutze nutzte jedenfalls seine letzten zwei Lebensjahrzehnte, um eine eigene Chronik der Stadt Stralsund zu verfassen. Besonderes Augenmerk legte er dabei auf die Ereignisse seit dem Kirchenbrechen 1524, wobei er ausführlich die Verdienste des Achtundvierziger-Ausschusses und seines Sprechers Hans Blomenow würdigte. Auch über das Wüten der Pest führte der Gerichtsschreiber sorgfältig Buch. Wörtlich hieß es dazu in seiner Chronik:

»Im Jahre 1549 hob hier ein so bedeutendes, elendes Sterben an, wie es seit Menschenzeiten nicht zu denken war. Es ging sehr über die schwangeren Frauen sowie über viele Jungfrauen, auch die verlobt waren, über Dienstmägde, Knechte und sehr viele Kinder her. Alle Kirchhöfe waren voll belegt. Jedermann vermisste einen der Seinigen. Viele Reiche flohen aus der Stadt ...«

Außer seinem Freund, dem Universitätsgelehrten Scheitel, zeigte er sein umfangreiches Werk niemanden. Aber er schmuggelte es bei einem seiner letzten Gänge ins Rathaus unter einen Berg Akten, die dort für die Ewigkeit aufbewahrt werden sollten. Bis ans Ende seines langen Lebens behielt es sich Henricus Prutze als einziges Vergnügen vor, zu Weihnachten ein paar Frauenzimmer in seine mönchisch karge Behausung einzuladen und zu bewirten. Die gemeinsten Dirnen der Stadt wurden dann immer ganz rührselig und umsorgten den alten Gerichtsdiener, als wäre er ihr eigener Vater oder Großvater. Der Hurkuffen der Stupe-Beke, den er am liebsten eingeladen hatte, wurde indes nach der Verbrennung der Hurenmutter aufgelöst. Die Frauen mussten sich eine andere Bleibe suchen oder die Stadt verlassen. Oder heiraten, um sich ehrlich zu machen. Letzteres gelang jedoch nur Katharina Sprollhaus. Aber da hieß sie schon Katrin und niemand wusste, welchem Gewerbe sie früher angehört hatte. Dem Bauer Brahme gebar sie noch drei weitere gesunde Kinder, darunter ein Mädchen mit blonden Flechten, das ihre Schönheit erbte.

Elisabeth Blomenow durfte als Selbstmörderin nicht in geweihter Erde begraben werden. Man verscharrte sie einen Tag nach Tunes Tod und Twens Festnahme unauffällig am Rande der großen Müllgrube vor dem Tribseer Tor. Mattis war der Einzige, der wusste, wo die Stelle lag. Doch er nahm dieses Wissen mit ins Grab. Um das Schicksal der Familie Blomenow redeten sich die Stralsunder noch viele Jahre die Köpfe heiß. Selbstverständlich nur, wenn kein Vertreter der Obrigkeit in der Nähe war.

NACHWORT

Wer in der Stralsunder Stadtgeschichte ein wenig bewandert ist, wird in diesem Roman einige Namen und Ereignisse finden, die tatsächlich historisch überliefert sind. Allen voran die Stralsunder Bürgermeister Franz Wessel (1487-1570), Christoph Lorbeer (gestorben 1555) und Nikolaus Gentzkow (1501-1576). Auch die Verkündiger der Lutherschen Lehre in Stralsund, Christian Ketelhot (1492-1546) und Johann Kureke, sind in den Geschichtsbüchern zu finden. Aber selbst Beke, die Stupe-Hure, hat es tatsächlich gegeben: Sie wird im Hurenregister von 1560, in dem der Rat Namen, Angaben zur Herkunft und Wohnadressen der Stralsunder Prostituierten akribisch aufführen ließ, als eine von zwei Hurenmüttern erwähnt. (Die meisten Damen dieses Gewerbes hießen übrigens Grete, nicht nur die Dänisch-Grete, deren Name ebenfalls besagtem Dokument entlehnt ist.)

Das Stralsunder Stadtarchiv bewahrt dieses und vieles andere Material von unschätzbarem Wert auf, aus dem man die Ereignisse der Zeit der Reformation rekonstruieren kann. Auch wenn diese Quellen durch die Umstände, die 2012/13 als »Stralsunder Archiv-Skandal« in die Annalen eingehen werden, bis auf Weiteres für die Öffentlichkeit versiegt sind, sei den Mitarbeitern Dank gesagt, die sich für das Zustandekommen dieses Romans engagiert haben. Was man den Stralsundern indes nicht so leicht wegnehmen kann, sind die steinernen Zeugen: Das Scharfrichterhaus, ein in den ältesten Teilen 700 Jahre altes Gemäuer, ist noch heute in der Filterstraße zu finden. Das Heilgeisthospital beherbergt zwar nicht mehr die Armen und Elenden, aber in der heutigen Wohnanlage konnte viel vom Flair vergangener Zeiten bewahrt werden. Wie überhaupt die Straßen und Gassen, die Märkte und Tore, die alle in der ursprünglichen Lage erhalten sind und größtenteils unveränderte Namen tragen, eine stete Quelle der Inspiration für dieses Buch bildeten.

»Des Henkers Knecht« verarbeitet einige Gerichtsfälle, zu denen sich bis heute Unterlagen erhalten haben. Da sei zunächst das Schicksal von Hans Blomenow erwähnt, Altermann der Schuster, Sprecher der Achtundvierziger, der später gefoltert und unter falscher Anklage gerädert wurde. Aus dem Jahre 1544 ist der Ehebruch eines Fleischer-Zunftmeisters bekannt, der sich allerdings nicht vor dem Scharfrichter fürchten musste, sondern sich mit zwei Ochsen und einer hübschen Summe sundischer Mark von der Schuld freikaufen konnte. Ein Beispiel dafür, wie in der damaligen Gerichtsbarkeit mit zweierlei Maß gemessen wurde. Selbst der Fall von Kindstötung, für den Mutter und Großmutter angeklagt wurden, ist authentisch, datiert allerdings aus dem 18. Jahrhundert. In der Gerichtsakte findet sich wirklich ein Stück des Wäschebandes, mit dem der Säugling erwürgt wurde. Ein erschreckendes Zeitzeugnis, das einem Gänsehaut bereitet.

Ausgangspunkt unseres Buches ist allerdings die Geschichte des Henkers Martin Tune, der seit 1527 in

Stralsund amtierte. 1549 wurde er tatsächlich von einem Knecht namens Tven erschlagen. Dieser Knecht wurde erst ungewöhnlich spät gerädert, weil kein Henker in der Stadt war. Martin Tune erhielt damit ein Alleinstellungsmerkmal in der langen Liste der Stralsunder Scharfrichter, die 1288 mit Claus Pillearius beginnt und erst 1797 mit Christian Hermann Wentzel endet.

Aus der Fülle der Sekundär-Literatur, die die Autorin für die Arbeit an diesem Roman studierte, möchte sie zwei Verfasser besonders hervorheben. Zum einen Bartholomäus Sastrow (1520-1603), dessen autobiographisches Buch »Bartholomäi Sastrowen Herkommen, Geburt und Lauf seines ganzen Lebens« genau jenes Stralsund beschreibt, in dem auch »Des Henkers Knecht« spielt. So wurde Sastrow zu einer unschätzbaren – und durchaus unterhaltsamen – Quelle von unübertroffener Authentizität. Zum anderen natürlich Prof. Herbert Ewe (1921-2006), ohne den unser Wissen über die Stadtgeschichte denkbar bescheiden wäre. Nie wieder vor oder nach dem langjährigen Leiter des Stralsunder Stadtarchives ist es einem Geschichtsforscher gelungen, uns die Vergangenheit so eindringlich vor Augen zu führen. Das gilt auch für die Ereignisse um das Stralsunder Kichenbrechen 1525. Der Dank der Stralsunder sei ihm dafür gewiss.